구멍 난 세계

우리 세계에 뚫린 구멍에 관한 이야기

구멍 난 세계

초판 1쇄 인쇄일 2025년 09월 08일
초판 1쇄 발행일 2025년 09월 30일

지은이 김지웅
펴낸이 양옥매
디자인 표지혜
마케팅 송용호
편 집 김민정

펴낸곳 도서출판 책과나무
출판등록 제2012-000376
주소 서울특별시 마포구 방울내로 79 이노빌딩 302호
대표전화 02.372.1537 **팩스** 02.372.1538
이메일 booknamu2007@naver.com
홈페이지 www.booknamu.com
ISBN 979-11-6752-690-8 (03800)

* 저작권법에 의해 보호를 받는 저작물이므로 저자와 출판사의 동의 없이 내용의 일부를 인용하거나 발췌하는 것을 금합니다.
* 파손된 책은 구입처에서 교환해 드립니다.

Into The Broken World

구멍 난 세계

우리 세계에 뚫린 구멍에 관한 이야기

김지웅

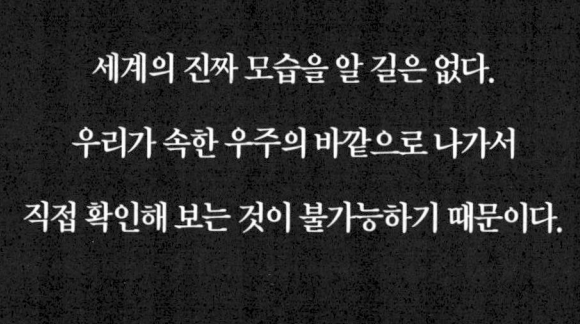

세계의 진짜 모습을 알 길은 없다.
우리가 속한 우주의 바깥으로 나가서
직접 확인해 보는 것이 불가능하기 때문이다.

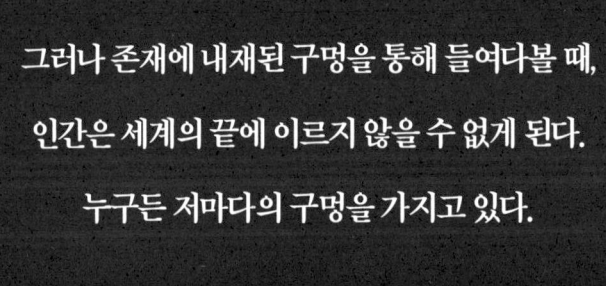

그러나 존재에 내재된 구멍을 통해 들여다볼 때,

인간은 세계의 끝에 이르지 않을 수 없게 된다.

누구든 저마다의 구멍을 가지고 있다.

추천의 글

•

김혜자(배우)

　끝없는 공허와 어디가 시작인지 알 수 없던 어둠이 내 삶에 드리워진 것을 깨달았을 때, 운명처럼 아프리카를 만났습니다. 그 땅의 사람들이 나의 텅 빈 마음을 조용히 마주 보게 만들었습니다. 지난 30여 년간 월드비전과 함께 해온 아픔과 치유의 여정 속에 내가 확실하게 알게 된 사실은 이것입니다. 결핍은 도움의 대상이 아니라 함께 나눌 수 있는 하나의 얼굴이라는 것. 진정한 변화는 동정이 아니라 동행에서 비롯된다는 것. 그렇게 구멍 속에서 기적 같은 채움을 경험했습니다. 고통과 슬픔은 생의 오점이 아닌 서로를 향해 다가설 수 있는 통로였습니다. 삶을 다시 사랑할 수 있게 해준 것은 어둠 속에서도 반짝이는 아이들의 존재였습니다. 놀랍게도 『구멍 난 세계』는 나를 구해주었습니다. 『구멍 난 세계』를 통해 여러분도 결핍이 아닌 채움을 경험하시길 바랍니다.

정애리(배우)

몇 번의 안타까운 탄성과 몇 번의 눈물을 흘리며 책을 읽었습니다. 작가와는 여러 번 아프리카에 동행한 적이 있지요. 책을 쓴다는 것도 알고 있었지만 경험을 다룬 에세이일 줄 알았지 소설일 거라곤 생각지 못했습니다. 이 책은 작가의 경험을 바탕으로 이루어낸 자전적 소설이라 할 수 있겠지요. 궁금했습니다. 아프리카 대륙 이야기를 하는데 어떻게 소설로 다루어질까. 짧지 않은 책을 다 읽고는 왜 소설로 이야기하고 싶었는지 이해할 수 있었습니다. 그 속에 담긴 삶들을 본인이 주장하기보다는 독자들에게 스며들게 하고 싶었구나. 길을 찾는 청년에게 꿈의 실현처럼 시작된 아프리카 종단. 기대와 달리 너무나 아픈 사고를 당한 후 내뱉는 한마디.

두 번 다시 그곳에 발을 들여놓지 않겠어. 캄캄한 어둠의 땅에 내 마음 따위, 절대로 주지 않을 테야. 이제 빛 가운데 살겠어. 밝은 곳에서, 절망 대신 희망만을 바라볼 거야.

그러나 어둠의 심연을 헤매다 결국 '진짜' 세계의 깊은 것들을 알아가는 과정을 그리고 있습니다. 진정으로 우리가 처한 현실을, 삶과 사람들을 알게 된 것이지요. 많은 우여곡절을 겪으며 비로소 빛을 만난 주인공을 통해 작가는 끊임없이 치유와 회복에 대해 그리고 그들이 아닌 우리로서 '함께'에 대해 이야기합니다. 저도 아프리카에 비교적 자주 다닙니다. 작가처럼 늘 하는 고민이 있지요. 어떻게 하는 것이 진정으로 '함께'하는 것일까. 아픔과 고통을 대할수록 내 안에 구멍 또한 느껴집니다. 어쩔 수 없이 우리 모두는 가슴속에 구멍을 가지고 살아가는지 모르겠습니다. 그러나 또 우린 알지요. 그 구멍을 통해서야 나도 너도 채워질 수 있다는 걸. 주인공 '버든'과 '채트인'이 그런 것처럼. 그래서 나도 너도 '우리'가 잘 살아갈 수 있기를 마지막 책장을 덮으며 깊이 기도합니다.

김재원(KBS 아나운서)

아프리카는 우리가 당면한 심각한 문제들 뒤로 멀찍감치 밀려났습니다. 하지만 그들이 떠안은 많은 문제는 사실 우리가 만들었습니다. 아프리카를 그들이 아닌 우리로 만들려는 청년이 여기 있습니다. 익숙함을 벗어나는 것은 엄청난 도전입니다. 어린 시절 누구나 한 번쯤 꿈꿨을 아프리카 여행은 아무에게나 기회로 주어지지 않습니다. 일처럼 여행처럼 만나는 아프리카는 행복한 불편입니다. 보이는 현실이 아닌 내가 바라고 믿는 것으로 세상을 보고 덤비는 사람들에게만 주어지는 성취의 기쁨, 만남의 축복, 상실의 아픔이 이 책에 있습니다. 공교롭게도 모든 것이 뜻밖입니다. 우리 각자가 시대의 그림을 완성할 순 없습니다. 다만 내게 맡겨진 곳을 칠할 뿐입니다. 작가의 경험적 성숙도가 경험치 이상으로 드러나는 문장에서 독자는 자신의 삶에서도 인지하지 못 했던 자기의 문제를 발견하는 기회를 선물로 받습니다. "참 열심히 살았구나"라는 말이 절로 나올 만큼, 한 청년의 열정을 묵직하게 담은 이 책은 누군가를 진심으로 돕고자 한다면 '함께' 되는 길밖에 없다는 공감의 법칙을 증명합니다. 책을 읽고 나니 작가를 찾아가 와락 안아주고 싶어집니다. 분명히 안고 나면 제 눈가에 촉촉함이 배어날 것입니다. 이는 저 때문에 구멍 난 아프리카를 품는 눈물입니다. 이제 조심스럽게 저도 나서겠습니다.

최강희(배우)

'친구'라는 한마디에 좀처럼 나지 않던 눈물이 났고, 마음 편히 울 수 있었습니다. 마음이 한결 깨끗해집니다. 그리고 책 속의 그들이 다시금 보고 싶습니다. 어떻게 모순에다 상처투성이인 우리들이 서로에게 '친구'가 되고 '기적'이 될 수 있을까요? 어둠 속에서 희망의 존재를 묻고 계신 분들에게 이 책을 읽어 보시길 추천해 드립니다. 당신의 아픈 구멍을 통해 바라본 세상을 나눠주셔서, 제게는 위로와 넓은 시야와 소망을 더해주셔서, 감사합니다.

프롤로그

 암흑의 역사. 만성적인 성장 실패. 천연자원의 저주. 척박하고 메마른 땅. 심각한 원조 의존. 열악한 도로 상황. 기후 변화와 사막화. 반복되는 기아의 계절. 숱한 내전과 유혈 사태 그리고 수백만의 난민들. 정치적 불안정. 극단적 빈곤에 처한 인구의 절반. 매일 위협받는 생계. 낙후된 농촌과 도심 속 빈민가. 책과 분필이 부족한 학교. 약품과 장비가 동난 병원. 미미한 전력 공급과 주기적인 정전. 심심찮게 끊겨 버리는 수도. 검은 연기를 내뿜는 고물 자동차들. 대형 사고의 위험이 도사리는 비행기와 선박들. 훼손되고 방치된 공공시설. 세계의 쓰레기장. 독재자의 탄압과 횡포. 반대 세력의 빈번한 쿠데타. 대통령의 우상화와 친인척의 권력 독점. 엘리트들의 원조 자금 횡령과 각종 부정 축재 사례들. 공무원과 경찰들에게 만연한 부패와 권위주의. 수십 년째 감소 중인 식량 생산량. 그사이 식량 순 수입국으로 전락. 그러나 여전히 농업이 대부분인 산업 구조. 버려진 국민들. 붕괴된 도덕성. 에이즈, 말라리아, 황열병, 결핵, 콜레라 등 집단적 죽음을 부르는 질병들. 점점 더 희박해지는 식수. 인종 차별. 종족 분쟁과 권력 투쟁. 종교 전쟁. 테러와 암살. 강제 추방과 약탈. 대규모 학살과 집단 린치. 해적들. 현대적인 무기로 무장한 갱단과 사병조직. 심지어는 소년병들. 언론 탄압, 정적 체포, 부정 선거 등 멀고 먼 민주화의 길. 양산되는 선동과 증오의 구호들. 대책 없이 늘어나는 인구. 불안한 치안과 치솟는 범죄율. 평균 이하의 기대 수명. 기복이 심한 경제 지표. 세계에서 가장 가난한 대륙. 까막눈의 어른들. 홍역, 설사증, 폐렴, 굶주림으로 죽어가는 어린이들. 거리로 내몰리는 고아들. 문명의 부재. 반이성적이고 비논리적인 미개의 문화. 무지와 야만 그리고 혼돈의 세계.

'두 번 다시 이곳에 발을 들여놓지 않겠어.
캄캄한 어둠의 땅에 내 마음 따위, 절대로 주지 않을 테야.
이제 빛 가운데 살겠어.
밝은 곳에서, 절망 대신 희망만을 바라볼 거야.'

차례

추천의 글　　　　　　6
프롤로그　　　　　　12

1부

두 세계　　　　　　18
세계의 끝　　　　　　42
검은 대륙　　　　　　84

2부

중간 지점　　　　　　108
버스 터미널　　　　　　160
첫 번째 마을　　　　　　210
두 번째 마을　　　　　　268
세 번째 마을　　　　　　348
세상의 끝 너머　　　　　　410
우주의 모양　　　　　　464

구멍 난 세계 속으로　　　　　　466

1부

버스가 터미널 주변을 도는 동안 나의 친구가 불쑥 나타날 것이라는 확신은 들지 않았다. 황망한 표정으로 배낭이며 카메라 가방이며 짐들을 주섬주섬 꺼내 들었다. 버스에서 내리기로 결정을 내린 상태였다. 하지만 자리에서 일어나려던 그때 창밖으로 또 한 명의 이방인이 두리번거리며 인파 속을 헤집고 다니는 모습이 포착된 것이다. 하마터면 눈물이 왈칵 솟구쳐 나올 뻔했다. 뻑뻑한 창문을 두 손으로 힘껏 열어젖히고 그를 불렀다.

ого # 두 세계

드디어 세상의 끝에 도착했다.

 광활한 대륙을 관통하며 그토록 되뇌어 오던 아프리카 종단을 마침내 목전에 두고 서 있다. 집을 떠나온 지 한 해 반쯤 지났을 것이다. 내게 속한 손목시계는 멈춰 있지만 내가 속한 계절이 그 정도 바뀌었다. 그러나 오래전에 적도를 지나왔기 때문에 그마저도 확신할 수는 없겠다. 여행은 계획보다 훨씬 길어졌다. 어차피 이곳에서 계획대로 이루어진 것이 있었던가. 아루샤에서 떠나온 지도 일 년의 시간이 흘렀지만, 그날의 기억은 지금까지 선명하게 떠오른다. 그것도 아주 반복적으로.

 주위로는 빛이 넘쳐서 눈이 부셨고 황량한 대지 위에 검게 그을린 두 사람이 마주하고 있었다. 한 사람은 나였다. 얼룩덜룩 생기 없이 타들어 간 살가죽. 햇빛에 탈색되어 버린 눈빛. 이마와 어깨 위에 피어난 열꽃. 입가에 하얗게 마른 침 자국. 절뚝거리는 다리와 양팔에 딱지 앉은 상처들. 모습은 달라졌지만 멀리 대륙의 끝자락을 그렇게 감동적으로 바라보고 있을 사람은 지구상에 나밖에 없다. 또 한 사람은 아프리카인이었다. 오래전부터 이 땅이 그의 터전이었다는 점에서 정작 자신은 어떠한 떨림도 없을 테지만 뜨거운 언덕 위에 마주한 그의 모습 역시 만만치 않게 기이했다. 마른 땅처럼 갈라진 얼굴의 노인이 낙타 옆에 앉아 땀을 뻘뻘 흘리며 맨손으로 불을 만들고 있었다. 연료는 주변에 널린 돌멩이들과 마른 낙타 똥이 전부였다. 빨갛게 달아오른 산화물 위로 스멀스멀 연기가 피어올랐다. 내 생각대로 대륙의 끝이 가까워졌다면, 아마도 그는 아프리카에서 내가 만날 마지막 안내자였다. 형용할 수 없이 부푼 마음을 가다듬고 조심스럽게 노인의 옆자리로 다가가 먼 곳을 가리키며 물었다.

"저 지평선을 넘어가면 무엇이 나오죠?"

대답을 기다리는 순간에는 지나온 여정이 카메라에 담긴 영상들처럼 머릿속에 고속으로 스쳐 갔다. 두근거리는 심장을 주체하기 어려웠다. 도저히 믿어지지 않을 놀라운 이야기들이 대륙의 곳곳에서 나를 여기까지 안내한 것이다. 나의 손가락이 가리키는 방향을 물끄러미 바라보던 노인이 고목처럼 말라붙은 입술을 드디어 열었다.

"거기엔 아무것도 없다네."

　꿈처럼 가물가물 이십 대를 지나왔다. 그것은 몇 년에 걸쳐 나누어 꾼 하나의 긴 꿈이기보다, 밤사이 침입하듯 찾아와서는 인사도 남기지 않은 채 눈 감은 자아의 문을 박차고 나가 버린 여러 번의 짧은 꿈들이다. 꿈들은 저마다 엉성하고 전혀 다른 줄거리였을 뿐, 어떤 모양으로 연결되거나 의미를 만들어 낼 수 없이 별개인, 어지럽고 흐릿한 잔상이었다. 그래서 '의미'보다는 '의문'만을 남겨 놓았다. 아무에게도 건넨 적 없으며 실은 내 안에조차 뒤죽박죽인 채 정리된 적 없던 물음들. 내내 머뭇거리다 쭈뼛이 접어 보이지 않게 감추었던 의문들이 어리고 불안한 자아에 생겨난 공백의 자리마다 남겨져 기억 주변을 맴돌았다.

　'어떤 명분으로 살고 있나?'
　'제대로 된 길을 가고 있나?'
　'그러나 이 모든 것들이 허구는 아닌가?'

　불안정한 영상들과 대답은커녕 던져진 적조차 없던 질문들이 뒤섞이듯 이어져 하룻밤을 있는 대로 늘려 놓은 것이다. 그 길고도 지루한 꿈에서인 것처럼 반쯤은 잠이 든 채 가물가물 청춘을 지나왔다.

그러나 흐릿했던 시간 속에도 한 인물만은 뚜렷이 떠오른다. 그는 청춘의 침상에서 나를 편안히 잠들게도, 흔들어 깨우기도 하며 숙면과 불면의 밤을 오가게 만든 새벽녘의 방문자였다. 달아난 꿈들이 열어 놓은 방문 틈새로 스며든 냉기에 잠을 설친 내 영혼을 어루만지며 어둠을 지새워 준 무언의 파수꾼이었고, 한 편으로는 잠의 주인인 나에게 대답하기 곤란한 질문을 던지며 잠들기 전 안주와 자기 확신을 번갈아 체벌하던 감금자이기도 했다. 결국, 어떤 모양으로도 그는 나의 젊은 시절을 아프게 하다 단단히 지탱하기도 하며 특별한 영향을 미쳤는데, 나의 기억 속에 켜켜이 스며 있기보단 마치 스스로가 하나의 세계인 것처럼 또렷한 존재감을 내포하고 있었다. 놀라운 섭리에 의해 새롭고 분명한 세계가 그를 앞세워 나에게로 다가오는 중이었다.

이십 대의 문이 엉거주춤 열리던 대학교 신입생 환영회에서 그와 어색하게 조우했었다. 어색함이 비단 우리 사이에만 있던 것은 아니다. 학과 교수님의 환영사를 듣는 신입생 대부분이 학창 시절 내내 입었던 교복의 구속력을 극복하려는 듯 저마다 머리엔 요란하게 힘을 주고 옷들은 형형색색 차려입은 모습들이지만 어쩐지 더 갑갑하고 우중충했으며 맥이 빠진 인상이었다. 교복 대신 이제부터는 학교의 간판이나 학과의 명성 같은 것이 자신들의 정체성으로 대체된 것뿐이라는 실망감 때문이었으리라. 교수님의 낙관적인 인사말이 의기소침해진 우리들의 귓가에 스쳤다가 식순에 맞추어 홀연히 강당을 빠져나갔다. 어색함에 있어서는 선배들도 다를 게 없는 존재들이었다. 신입생인 우리를 그룹별로 동그랗게 둘러앉힌 뒤 자신들은 가운데 서서 능청스러운 유세를 부렸는데 두서없던 이야기들이 결국에는 술잔을 채우는 것으로 마무리 지어졌다. 그렇게 중심도 의미도 없던 여러 개의 작은 원들 가운데 채트인과 내가 처음으로 함께 있었다.

  채트인은 큰 키에 호리호리한 체구를 단출하게 모자로 눌러 덮고 있었지만, 챙 밑으로 시원하게 뻗은 콧날과 날렵한 턱선이 도드라져 보였고, 입가에 절제된 미소가 매력을 더했다. 그곳에 모인 우리들이 저마다 주인공을 자처하며 존재감을 부각하려 온갖 재주와 수법들을 동원하는 가운데 말없이 미소만 지을 뿐 행동을 간소하게 일관하던 채트인이 단연 눈에 띄었다. 이윽고 자기소개 시간이 되자 내심 그를 경계하던 동기들의 이목이 집중되었다. 장황한 이야기를 생략해 버리고 그저 이름과 나이를 밝힌 게 전부지만—일 년의 재수 시절을 보냈기에 동기인 우리보다 한 살 많다는 것을 그때 알게 되었다—차분하면서도 또렷한 저음에 묻어난 진지함 때문에 그의 소개가 가장 친근하게 전달되는 것 같았다.

그날 우연히 같은 원에 속해 있던 계기로 나의 신입생 시절 대부분을 그와 가까이 보낼 수 있었다. 함께 수업을 듣고 쉬는 시간이면 캠퍼스의 뻔한 곳들을 배회하며 그럭저럭 안락한 생활을 위해 만들어진 목적대로 우리의 매일은 수많은 비슷한 무리들과 같이 술집에 모여드는 것으로 일단락되곤 했다. 다만 거기에서 채트인은 우리와 구별되었다. 핑계를 대며 내빼지 않았지만, 우유부단 이끌려 다니는 것도 그의 성격이 아니기에 채트인은 한사코 술에 취하는 법이 없었다. 그러나 우리들은 달랐다. 허점투성이인 본질은 교묘히 감추고 드러내고 싶어 안달이던 허영과 자기 과시를 풀어내는 데 취기와 건배보다 편리한 것은 없었다. 둘러앉은 우리의 낯빛이 빨개지고 눈빛이 몽롱해지고 불안정한 언성들이 높아질 무렵이면, 오직 한 사람, 채트인만이 모두의 이야기를 오롯이 빨아들였다. 축배의 열기에서 소외되었지만 기만과 허세, 시기와 모함, 난무하던 거짓 맹세에서도 유일하게 동떨어진 모습이었다. 그래서 때로는 그야말로 진정 즐거운 시간을 보내는 것이 아닌가 하는 의문마저 들었다. 혹여 밑바닥을 드러내면 어색함이 탄로 날까 초조하게 의식했던 우리들 가운데서 채트인은 시종일관 자기의 잔이 깨끗이 비어 있도록 고수했고, 넙죽넙죽 채우기 급급했던 우리와는 달리 모든 이야기를 경청하며 차곡차곡 자기 안에 담아 두었다. 따라서 동기 사이였음에도 채트인이 우리와 어울려주고 있다는 인상을 종종 받았는데 전혀 불편한 느낌은 아니었다. 오히려 왠지 모를 안락함을 느낀 것이 무리 가운데 비단 나 혼자만은 아니었을 것이다.

그토록 안정적이면서 돌출된 채트인의 존재감은 확실히 우리의 작은 원을 넘어서고 있었다. 당시 선배들은 신입생에게 전통과 위계라는 명분을 내세우며 빈번하게 음주를 강요했는데, 술기운을 빌어 청중의 귀를 해제시키고는 자신들의 옹색한 권위를 세우려는 뻔한 수법에 불과했다. 하지만 뻔히 당하는 수밖에 없던 우리와는 달리 채트인은 그런 분위기에서 예외였다. 그는 누구에게나 부드러운 동시에 태연할 수 있었다. 그런 채트인에게 선배들조차 조심스러움을 내비치곤 했는데 아마도 그가 자신들과 동갑내기였던 사실과 더불어 그의 앞에서는 빈 잔처럼 드러나 버리는 본인들의 민낯이 불편했던 것이 틀림없었다. 아무튼 동기들 사이에 오직 채트인이 만들어 낸 그러한 양상의 목격자로서 우리는 내심 든든할 뿐 아니라 통쾌함마저 공유했다. 한마디로 채트인은 존중받는 형이었으며, 그가 함께 있어 주는 것을 우리는 당연하게 따르고 반겼다.

하지만 그렇게 즐거운 시간을 보내면서도 나는 채트인을 쉽게 잊었다. 실은 모든 것들을 지나쳐 버리고 있었다. 신입생이 된 당시는 입시에서 목표로 하던 대학 진학에 실패한 직후이기도 했다. 사회 초년생으로서 자기소개서의 첫 줄이 초라하게 작성되었다는 실망감 때문에 나아갈 길을 잃고 방황 중이었다. 따라서 온갖 방종에 빠져 성인이 된 지위를 누리면서도 함께하던 사람들, 자리와 시간들, 오갔던 대화나 약속들은 몽땅 표류 중인 상태로 비약시켜 흘려버리곤 했는데, 그런 내게 채트인 역시 방황 중인 존재로 인식되었던 것이다. 다만 조금 더 유별나고, 부산스럽게, 그만의 방황을 유희하고 있는 것으로 여겨졌다.

그도 그럴 것이 채트인은 너무도 다양한 것들을 좋아했던 나머지 일상의 행보가 종잡을 수 없이 분망했다. 가령 수업이 없는 시간이면 도서관으로 사라져서는 사진술에 관한 입문서들을 탐독하더니 어느 날엔 대뜸 낡은 수동카메라 한 대를 우리 앞에 꺼내 소개했다. 묵직한 쇳덩어리에 잠깐은 호기심을 가졌어도 작은 유리 구멍으로 피사체를 흘겨봐야 하는 불편함에 우리는 금방 싫증을 느낄 뿐이었다. 하지만 주위의 그런 냉담한 반응은 아랑곳없이 채트인은 자신의 고물 카메라를 애지중지하며 어디에든 가지고 다녔다. 학교에서, 카페에서, 심지어 길을 걷다가도. 시도 때도 없이 멈춰 서서 셔터를 눌렀는데 눈길을 돌려 보면 썩 아름답다거나 특별할 것이 없었기에 그가 무엇을 찍은 것인지는 알 길이 없었다.

그런가 하면 채트인은 영화에도 빠져 있었다. 시간이 생길 때마다 거의 멸종되어 사라져 버린 비디오테이프들을 수집하러 다녔는데, 폐점된 가게나 처분을 희망하는 거래자들을 찾아 도심 속 골목들을 배회하곤 했다. 친구인 내게 당혹스러웠던 점은 그처럼 쓸데없는 일에 마치 구조라도 나서듯 진지하고 열성적인 모습이었다. 다양한 아르바이트를 전전하며 알뜰하게 돈을 모아 영화 제목이 빼곡히 적힌 목록을 썼다 지우기를 반복해야 겨우 몇 개의 테이프를 손에 넣던 그였지만, 다행히 그는 놓친 것들을 아쉬워하기보다 간직하게 된 영화들을 소중히 여기며 만족할 줄 아는 성격의 소유자였다.

한편 어느 장소에든 커다란 헤드셋을 끼고 나타난 그의 음악에 대한 애정이라면 우리에게도 수긍이 가는 부분이었다. 채트인이 고등학생 시절 유명한 댄스팀의 멤버였던 사실과 수험생 때 춤을 즐기다 재수까지 하게 된 내막은 동기들 사이에서도 유명한 일화였기 때문이다. 다만 거기에서조차 유별나다는 인상을 받게 되는 지점이 있었는데 이를테면 음악을 감상하는 모습이었다. 음악을 대하는 모습에서 신비로움이 엿보였다고나 할까. 헤드셋을 쓰고 리듬에 몸을 들썩인다거나 박자에 맞춰 손발을 까딱거리는 움직임들을 그에게선 일절 찾아볼 수 없었다. 대신 그가 음악을 듣고 있으면 마치 어디론가 다른 세계로 이동하여 무언가를 부단히 사고하는 것처럼 느껴졌다. 그러므로 음악에 흠뻑 빠진 그의 입술이 무거워지고 눈매가 예리해지는 것을 목격하게 될 때마다 나에겐 자연스럽게 그가 어떤 음악을 듣는지보다 그가 어떤 사람일까 하는 궁금증이 떠올랐다.

사진, 영상, 음악, 적어도 거기까지는 자유를 만끽하려는 한 명의 사내에게 용납될 수 있는 행보들이라 여겨졌다. 하지만 영 못마땅한 부분도 있었다. 이를테면 그가 기도하는 모습이었다. 두 눈을 감고 정적에 잠긴 채 그만의 의식에 빠져드는 모습을 볼 때마다 나는 어쩐지 탐탁지 않았다. 멋진 사진을 찍고, 좋아하는 영화를 수집하고, 음악에 심취되어 감상하는 모습이라면. 비록 방황 중인 젊은이에게일지라도 유희의 도구쯤으로 이해될 수 있겠으나, 신앙과 경건마저 자기 과시를 위한 수단으로 취급되어서는 안 된다는 의구심이 깔려 있었다. 한 시절을 가까이서 지낸 친구임에도 그토록 단편적 인상과 판단들로 나는 채트인을 스치듯 지나쳤다.

하지만 왜곡과 편견 없이 채트인을 이해하게 되는 부분도 있었다. 그가 우리와 어울리는 시간을 진정으로 좋아했던 사실이다. 실제로 채트인은 우리와 있는 내내 술 없이도 경청할 준비가 된 유일한 인물이었다. '나'와 '너'라는 모호한 경계에 머뭇거리다 도저히 기약 없었을 만남들이 필연적으로 이어져 온 것도. 흩날리는 풀잎처럼 방황 중이던 우리에게서 '우리가 무엇 때문에?'라는 의심을 걷어 내고 '우리이기 때문에'라는 귀속감을 심어 준 것도. 모두 채트인이 붙들었던 보이지 않는 끈 덕분이었다. 그는 하나의 무리가 자연스럽게 '우리'가 되는 것을 진심으로 흡족해하며 즐거워했다. 마치 사람들 사이에 간격이 사라져서 온전히 하나가 되는 순간을 간절히 염원이라도 하듯 말이다. 그것이야말로 그의 뚜렷한 정체성이었으며 가려질 수 없는 본질과도 같았다. 그러므로 사진, 영화, 음악과 같이 온갖 것들을 쫓아 배회하였음에도 채트인이 그것들에 고립된 적은 없다. 오히려 우리와 풍성하게 이해하고 교감하는 데 그 모든 재료들을 동원했다고 할 수 있었다. 다만 그렇게 그가 찬양하던 것이 '우리'라는 것을 확신했기에, 더불어 그것이 세상에서는 '성공'으로 향하는 길과 거리가 멀다는 것을 일찌감치 단정 짓고 있었기에, 더욱더 그를 방황하는 존재로 인식하며 간단하게 흘려보냈다.

캠퍼스에서 두 번째 봄을 맞이할 즈음 군에 입대하게 되면서는 채트인을 까마득히 잊어버렸고, 함께 어울리던 무리 역시 자연스럽게 와해되었다. 저마다 날짜와 행선지가 다른 입영통지서를 받아 들고 뿔뿔이 흩어지게 된 영향이 컸다. 친구들이 떠날 때마다 채트인은 버스 터미널까지 동행하며 배웅해주었지만 정작 본인은 어느 날엔가 조용히 떠나갔다. 채트인이 홀연히 입대하고 난 뒤로는 서로가 기억에도 남아 있지 않을 정도로 소원해졌다. 엄습하듯 도래해 온 미래를 향해 채비를 갖출 새도 없이 떠밀려 나온 청춘이었고, 짧은 호흡으로 무작정 내달려야 했던 우리였다. 별안간 떨어진 돌격 명령에 무기도 없이 부랴부랴 흩어진 운명들이었다. 자고 일어나니 어른이 되어 있었고, 나 역시 방황은 그만 일단락되어야겠다고 저항 없이 순순히 받아들였다.

전역 후에는 그토록 그리던 일상으로의 복귀였지만 예전의 아늑함은 찾아보기 힘들었다. 알 수 없는 미래를 향한 불안한 걸음들이 이미 출발한 상태였다. 무의미하게 흘러만 가던 내 인인생에서도 나만의 산을 오를 채비를 서두르기로 했다. 이왕이면 높이 올라 보고 싶었고, 잘 해내고 싶었다. 다른 친구들 역시 각자 자기의 산을 오르고 있으리라며 속으로 짐작만 했다. 막상 자유롭게 왕래할 수 있게 되었음에도 '언제 한번 보고 싶다'는 메시지만 주고받을 뿐 '나중에'라는 핑계와 함께 모일 구실을 찾기가 어려워졌다. 현실이 긴박하게 시간을 옥죄었고, 우리들 역시 무엇이든 바쁘게 쫓아야만 안심을 할 수 있는 처지가 되어 있었다. 자격증이며, 시험 점수며, 인턴 경험이며, 봉사 활동같이 사회가 요구하는 생산성을 증명해 내기 위해 전력으로 내달리는 수밖에 없었다. 분주하고 초조해진 캠퍼스 어디에도 무리가 다시 모일 느긋한 자리는 마련되기 어려웠거니와 채트인이 학교를 그만두었다는 소식은 학기가 시작된 지 두세 달쯤 지나서, 그것도 무리가 아닌 다른 친구들을 통해 전해 들었다. 채트인 역시 어딘가에서 자기의 산을 오를 새로운 출발을 했거나, 아니면 더욱더 고약한 방황으로 접어들었으리라는 짐작만 대충하고는 또다시 나의 길에서 그를 잊었다.

　세 번째 학기가 시작되고 전공 수업을 들으면서는 나만의 산을 오르기 위한 구체적인 계획을 세워갔다. 무엇보다 사람들을 돕는 일을 진로로 삼고 싶었다. 어린 시절 쉽게 부서졌던 나의 자존감을 위로해준 감정은 그래도 세상이 서로 도우며 지탱해주는 힘으로 돌아간다는 든든함에 거할 때였기 때문이다. 가족, 국가, 공동체. 그리고 혼자가 아니라는 기분. 나에게 안정감을 선사해 준 그 건강한 순환을 유지하기 위해서라도 무엇이든 타인에게 도움이 되는 일을 해보겠다며 나서려던 참이었다. 가능하면 많은 사람을 돕고 싶었다. 그런 삶이라면 애정 어린 목소리로 나의 길이라 부를 수 있을 것 같았다. 그러나 진로의 초입을 닦으려 본격적으로 사회의 현장들을 경험하면서는 답답한 교착 상태에 빠져들었다. 세상 구석구석에 도움이 필요한 사람들이 있는가 하면, 요소요소에서 도움을 전해 주는 사람들이 있었다. 그러니 적어도 사회가 건강하게 돌아간다는 안도감을 통해 스스로 설정한 길에서 보람을 찾을 수 있을 것도 같았다. 하지만 가까이서 들여다볼수록 그런 안정감은 대단히 위협받았다.

내가 느끼던 안정감이 '도움이 필요한 사람들'과 '도움을 주는 사람들'의 역할이 선명하게 드러나는 양 진영의 경계에서만 간신히 유효할 뿐이라는 점을 회의적으로 관찰하게 된 것이다. 구분선 위에서는—이를테면 정책과 예산상에서, 혹은 시혜자의 책임과 수혜자의 권리상에서—두 집단의 만남이 비교적 정확하게 이루어졌다. 하지만 서로가 양쪽으로 몇 걸음씩 물러서게 될 때, 다시 말해 좁고 가느다란 선보다 압도적으로 넓고 지배적인 각자 삶의 진영으로 돌아가게 될 때면 인생에서 안정감이란 광활한 대지 위에 대충 그어진 선처럼 미약하고 보잘것없이 되어 버렸다.

도움이 필요한 사람들의 삶은 결핍이 많으면서도 가야 할 길이 아득하게 느껴졌기에 나로 하여금 상상하기 어려운 부담감을 자아냈다. 어쩌다 그들에게 지워진 짐의 일부를 덜어 준다거나 잠시 부축해 준다고 하더라도 당사자인 그들을—병상의 노인들과 이주민들과 장애인들과 고아들을—무자비하게 짓누르는 고통의 무게가 과연 조금이나마 줄어들게 될까 하는 의구심마저 들었다. 그러므로 '대체 얼마나 노력해야 인간의 척박한 삶 속으로 행복을 초대할 수 있게 될까' 하는 가정이 떠오를 때마다 우울에서 빠져나오기 힘들었다.

그런가 하면 '도움을 주는 사람들'의 진영에서도 삶은 고단함의 연속이었고 행복은 쉽게 허락되지 않았다. 선한 행위에 순간 보람을 느끼며 만족감을 가질 수는 있어도 인생에는 누구나 늙고 병들고 가난해지고 스스로 포기하고 싶어질 불완전성이 공존했다. 또한, 박애적 사명감과 직업적 업무 수행 사이의 혼란스러운 경계가 늘 따라다니며 심신을 피로하게 만들었다. 누적된 피로감이 감당하기 곤란한 수준이 되면 '도움을 주는 사람들'에게조차 탈진과 정체를 초래하기 마련이기에, 삶을 안정적으로 지켜내기 위해서는 어느 정도 선에서 '도움을 받는 사람들'과의 거리를 유지해야 했고, 대부분의 현장에서 그것은 기술이자 능력으로 통했다.

이렇듯 어느 지점에서든 운명적으로 갈라설 수밖에 없는 두 세계였다. 한쪽에서 인생들은 너무도 쉽게 절박해지고, 다른 쪽의 인생들 역시 가까스로 쉼과 안정을 지켜내야 하는 양상이 나로선 자신감을 잃도록 만들었다. '그들에게 도움을 줄 수 있을까?'라는 실효성에 관한 의문과 '내가 누구를 돕는 사람이 될 수 있을까?'라는 정체성에 관한 물음이 복잡하게 뒤엉켜 발목을 붙잡았다. 그해 여름에만 희망하는 직업이 여러 번 바뀌었으나 결론은 나지 않았다. 해소되지 않는 갈증에 목말라하며 수렁에 처박힌 기분이었다.

한편. 길고 무덥던 여름의 끝자락에 이르러서 채트인과의 재회가 우연적으로 한 번, 필연적으로 또 한 번 이루어졌다. 먼저는 번잡스러운 도심의 정류장에서 버스를 기다리던 오후였다. 그날은 전공 과제를 위해 봉사 활동 중이던 병원 시설에 입원한 이주노동자 환자와 그를 간병하기 위해 필리핀에서 날아온 보호자를 면회하고 오는 길이었다. 이어서는 저명한 국제구호활동가의 강연회에 참석하기 위해 버스를 기다리던 참이었다. 하지만 진짜로 내가 가야 할 곳이 어디인지를 두고 망설이던 중이기도 했다. 저마다 행선지를 확정지었을 군중들 속에 혼자만 갈피를 잡지 못했다고 생각하니 우울했다. 매캐한 도심의 습기 때문에 달아오른 햇살이 힘을 빠지게 만들었고, 달리는 차의 유리들이 사방으로 튕겨내는 광선에 눈이 아팠다.

그때 어지럽던 시야로 갑작스럽게 채트인이 들어온 것이다. 무신경한 표정으로 손목시계 아니면 손안의 스마트폰만 들여다보던 사람들 사이에서 나를 향해 시선을 보내며 진작부터 눈인사를 준비하던 한 사람이 틀림없는 채트인이었다. 그가 환하게 웃고 있었다. 멋쩍게 웃으면서 인파를 헤치고 그에게로 다가갔다. 그러고는 누가 먼저랄 것 없이 예전과 같이 인사를 나누었다.

"버든."

도시의 소음 가운데 그의 목소리만이 생명력을 가진 것처럼 또렷하게 전달되었다. 갑작스러운 만남이었음에도 그가 부르는 음성 속 나의 이름이 한 번도 떨어지지 않고 지낸 것처럼 자연스럽기까지 했다.

"채트인!"

반면에 나는 다소 끝을 올리며 놀란 듯 그의 이름을 불렀다. '이런 곳에서 만나다니! 어디로 가는 길이었어? 그런데 학교는 왜 그만두었지?'와 같이 뒤늦은 궁금증과 매끄러워야 하는 대화와 당당하고 자신 있게 보여야 하는 내 모습 등을 의식한 대사들을 자동적으로 준비했는데, 이내 한 가지 감정이 그것들을 철회시켰다. 미안함이었다. 연락이야 피차 못했으니 혼자만 미안할 일은 아니라는 계산이 차마 사과를 발설하는 것은 막아 주었다. 그리하여 태연한 척 반가움만 내보이려 했지만, 자꾸 알 수 없는 미안함이 밀려드는 것이었다. 그때 채트인이 나를 위해 자신이 기다리던 버스를 지나쳐 버린 것은 모르고, 내가 탈 버스를 핑계 삼아 서둘러 만남을 마무리했다. 버스에 올라 내려다보니 채트인이 미소를 지으며 창문에 손을 얹어 인사를 보내고 있었다. 활짝 펴진 그의 커다란 손바닥 위로 나의 손을 한 번 마주 대는 것으로 그날의 만남이 끝이 났다.

며칠 뒤 이루어진 두 번째 만남은 훨씬 극적이면서 장차 두 사람의 향방에 있어서도 결정적으로 작용했다. 모처럼 어렵사리 시간을 맞추어 회동하게 된 옛 무리의 모임 자리에서였다. 반가운 얼굴들은 그대로지만 대화의 주제가 현저히 무거워진 것이 이전과 차이였다. 짓궂은 농담이나 추억을 곱씹는 우스갯소리들이 예전의 가벼움을 재연하기 위해—차라리 그게 낫다고 생각되었는지—툭툭 던졌지만, 자꾸만 화제가 진로에 대한 걱정이나 현실에 대한 푸념, 또는 학점, 연봉같이 숫자에 관한 이야기로 모여지며 분위기가 처지는 것을 막을 길이 없었다. 그러던 중 모두가 궁금했던 채트인이 학교를 그만두게 된 내막에 대해 들어보게 되었다. 차분하고 담담한 어조로 그가 자신의 사연을 우리에게 풀어 놓았다. 다큐멘터리를 만들기 위해 예술대학교에 들어갈 준비를 하고 있다는 설명이었다.

'다큐멘터리?'

초저녁의 허망한 넋두리들 가운데 던져진 낯선 단어가 너무나 뜻밖이면서도 간명해서 충격을 안겨 주었다. 이로써 그가 방황하고 있을 것이라던 나의 우려는 오산이었고, 어쩌면 자신만의 길로 접어들었으리라는 짐작은 '다큐멘터리'라는 단어가 주는 인상만큼이나 이미 그에게 구체적 현실이었다. 이야기를 마쳤을 때 친구들은 일제히 채트인의 도전을 두고 의아하다는 반응이었지만 솔직히 나는 부러웠다. 그가 일찌감치 방황을 끝냈을 뿐 아니라 도리어 부지런히 자기의 산을 오르고 있었음을 알아차렸기 때문이다. 물론 다큐멘터리라면 내게도 낯설었다. TV 채널을 돌리다 우연히 지나쳤을 야생동물들의 행렬 장면이나 천체 망원경에 포착된 아득한 우주의 이미지들이라면 나 역시 흥미가 없던 생소한 주제들에 불과했다. 하지만 채트인에게라면 오롯이 하나의 산이 될 수 있을 것 같았다. 사진. 영상. 음악. 심지어 기도하던 모습까지도. 단순하게 방황으로 치부되던 어지러운 파편들이 그의 산에서는 온전하게 하나의 길로 모여진 것이었다. 어쩌면 그리 일관되면서도 치밀하게 준비 해올 수 있었단 말인가. 당장의 진로를 두고 대책 없이 정체되어 있던 나로서는 그토록 멋진 길을 찾아낸 채트인을 저녁 내내 감탄으로 바라보며 앉아 있었다.

　결과적으로 두 번째 만남이 두 사람 사이에 새로운 변곡점으로 작용했다. 한껏 그에게 매료된 그날의 대화 중간에 무심코 흘려진 목적지 하나가 생각지도 못한 두 사람의 길을 공교롭게 교차시켰기 때문이다. 당시에 나는 지리멸렬한 생각들에 빠진 채 좀처럼 나아가지 못했으므로 그런 상태를 정리해 줄 하나의 목적지를 염두에 두고 있었는데, 놀랍게도 채트인 역시 동일한 목적지를 자신의 길에 그려 오던 것을 알게 되었다. 자정 무렵 한산해진 거리에서 무리는 다시 각자의 삶 속으로 뿔뿔이 흩어졌지만 채트인과 나는 둘도 없는 단짝처럼 가까워지게 되었다. 한 장소가 우연적으로 두 사람에게 새로운 출발을 알려 왔고, 동시에 그 신호가 바다 먼 곳으로부터 필연적으로 우리를 안내했다.

　여름이 끝난 뒤부터는 채트인과 나의 길이 얽히고설켜 하나의 길로 이어졌다. 나에게는 떠나기 전 마지막 학기였고 채트인도 본격적인 예술학교 입시 준비에 접어들었지만 대화는 지속적으로 이루어졌다. 우리는 어느 장소에서든 우리를 둘러싼 벽 너머의 세계를 향해 무수한 주제로 대화를 즐겼다. 쟁론과 담론들, 상처와 비밀들, 서로 성장해 온 이야기며 내면의 이야기들이 두 사람을 나란히 안내했다. 물론 언제나 같은 생각을 공유하는 것은 아니었다. 때로는 둘의 의견이 일치를 이루지 못하고 전혀 다른 주장으로 설전이 벌어지기도 했다. 하지만 그럴 때마다 각자의 신념대로, 그러나 같은 방향으로 나아가기로 합의했다. 그렇게 해서 채트인과 나의 길이 만났다 헤어졌다 다시 만나기를 반복하며 마치 하나의 길인 것처럼 뻗어왔다. 그 길에서 우리는 시간 가는 줄 모르고 밤을 지새웠고, 쌀쌀해진 새벽공기에 헤어지면서도, 각자의 방향으로 삐뚤빼뚤하게 난 골목길을 따라 멀어지면서도, 결국에는 나란히 앞으로 나아갔다. 방향은 약속이었고 약속이 가리키는 방향으로는 다시 같은 목적지가 기다리고 있었다.

겨울로 접어들면서 채트인이 몹시 바빠졌다. 마침내 바라던 예술대학교로부터 합격 통지를 받게 되어 기뻐했고, 함께 축배를 나눈 뒤에는 새롭게 시작된 배움의 나날들에 흠뻑 빠졌다. 학기가 끝나고는 나 역시 바빠지게 되었는데, 계획된 출국 날짜가 성큼 다가오고 있었으므로 채트인을 축하해 준 뒤에는 필요한 정보와 짐들을 챙기는 일에 여념이 없었다. 신입생으로 새로운 학기를 시작하게 된 채트인이기에 당장은 떠날 수 없고 이듬해 여름쯤이나 되어야 합류가 가능해 보였으나 그마저도 확실치 않았다. 나는 일찌감치 휴학을 신청해 놓고 출발 준비를 마친 상태였기 때문에 응당 먼저 떠나기로 했다. 물론 끝까지 혼자 여행을 마치고 돌아오게 될 가능성까지 단단히 챙겨 배낭에 실었다. 떠나기 전 공항에서 몇 사람에게 간단하게 전화로 인사를 남겼는데 제일 먼저 아버지께, 마지막으로는 채트인에게였다.

"곧 만나자, 버든."

전화기 너머로 나를 부르는 침착하면서도 다정한 그의 목소리에 긴장감으로 죄어 오던 나의 영혼이 편안해지는 것을 느꼈다. 그리고는 확실한 길을 찾아, 내가 오를 산을 찾아, 내내 실패와 방황으로 얼룩졌지만 끊임없이 무언가를 찾았고 분명한 것을 필요로 했던 젊음을 걸고 미지의 세계로 떠나왔다. 비행기가 멀리 우리의 목적지인 아프리카로 향하고 있었다.

세계의 끝

녹이 슨 버스 내부로 쌀쌀한 고원의 습기가 파고들었다. 새벽 어스름 속에 오십 인승 정원쯤은 어물쩍 넘겨 버린 승객들의 형체가 부산한 몸짓으로 꿈틀대는 중이었다. 움직임의 주인들은 저마다 담소와 노래를 즐기고 있었는데 그들의 언어를 알아들을 수 없는 통에 버스 안의 소란이 마치 새벽을 떨치고 태양을 불러내기 위한 무슨 의식을 시작하려는 것처럼 느껴졌다. 의식은 흡사 즐거운 축제처럼 활기가 넘쳤다. 덩달아 어두웠던 하늘에도 여명의 낌새가 번져 오고 있었으나. 홀로 이방인으로 앉아 있던 나 자신만은 걱정스럽게 발을 구르며 안절부절못하던 참이었다. 푸르스름하게 밝아 오는 창밖을 향해 시선이 초조하게 방황하는 동안 버스 뒤편으로부터 주인 품에 안긴 닭 우는 소리, 칭얼대는 아이들 소리, 어머니들의 노랫소리가 열기를 한껏 고조시켰다. 서늘했던 공기가 순식간에 데워지면서 등줄기 위로 미지근한 식은땀이 눈물처럼 흘러내렸다. 부디 늦지 않게 나타나야 할 누군가를 기다리는 초조함 때문이었다.

  '그렇다면 이제 어쩐담?'

  거듭 자문하여 보았지만 긴박하게 돌아가는 시계 초침 소리와 여태 빈 상태로 남겨진 나의 옆자리 하나가 별안간 여행을 엉망으로 만들 것 같은 불길함에 좀처럼 침착하기 어려웠다.

잠시 후 아직 추위를 떨치지 못한 듯 보이는 사내 한 명이 부스스한 머리로 몸에 담요를 두른 채 올라탔다. 한 손에는 막냇동생쯤 되어 보이는 어린 소년의 손을 잡고 다른 손에는 도시락으로 보이는 헝겊 주머니를 쥐고 있었다. 아뿔싸, 운전기사였다. 그가 곧장 운전석 옆에 담요를 펼치고 동생을 앉히더니 자신도 운전석에 자리를 잡았다. 이어서 행한 몇 차례의 시도와 실패 끝에 버스의 엔진이 시끄러운 소리를 내기 시작했다. 결국 걸려 버린 시동과 함께 간절하게 그것을 거부했던 부질없는 바람은 연료처럼 타 버렸고, 철컹 소리를 내며 닫혀 버린 고물 출입문에 나의 가슴까지 둔탁하게 막혀 버리고 말았다. 운전기사는 챙겨 온 헝겊 주머니에서 망고 열매 하나를 끄집어내어 동생의 손에 쥐여 주고 버스 안내원으로부터 건네받은 승객 명단을 훑어본 뒤 지체 없이 굉음과 함께 버스를 출발시켰다. 순식간에 진행되어 버린 절망 앞에 나는 어찌할 바를 모르다가 뒤늦게 운전기사와 안내원에게 매달리며 애원하기 시작했다.

"죄송합니다. 아직 한 사람이 타지 못했어요! 제 옆자리가 비어 있잖아요. 그가 곧 돌아온다고 했다고요!"

두 사람은 잠시 머뭇거리더니 다행스럽게도 영어를 할 줄 알

앉던 안내원이 대답해 주었다.

"이봐요, 백인 친구. 우리는 회사의 요구에 따라 지금 당장 버스를 출발시켜야 하오. 보시다시피 이 바쁘고 복잡한 터미널에서 우리에게만 자리를 내줄 순 없기 때문이오."

그러나 마찬가지로 물러설 여지가 없던 나는 시간이라도 끌 요량으로 더욱더 간절하게 매달렸다.

"아주 잠시만 기다려 줄 순 없을까요? 우리는 반드시 함께 떠나야 해요. 제발 부탁이에요."

애걸복걸하는 나에게 승객들의 주의가 집중되자 난감해진 안내원이 운전기사를 향해 무언가 지시를 내리더니 제안을 건네 왔다.

"미안하게 됐소. 아무래도 더는 출발을 지체할 수 없겠소. 그러나 버스터미널 주위를 천천히 한 바퀴만 돌아보도록 하지. 그동안 당신의 친구가 돌아온다면 불러 태우도록 해 보시오."

"좋아요! 그렇게 해 주세요. 정말로 고마워요."

겨우 얻어 낸 양보에 거의 체념했던 상황을 돌이켜서 다시 숨통이 트인 것처럼 느껴졌다. 솔직히 버스가 터미널 주변을 도는 동안 나의 친구가 불쑥 나타날 것이라는 확신은 들지 않았다. 그보다는 위기를 헤쳐나가기 위해 궁리해 볼 시간이나마 벌었다는 임시적인 안도였다. 버스의 맨 앞쪽에서 피부색이 다른 외국인이 벌이는 우스꽝스러운 촌극을 구경하며 나를 대화의 주제로 두고 하나가 되었을 승객들이 웃음을 터트리는 사이. 황망한 표정으로 배낭이며 카메라 가방이며 짐들을 주섬주섬 꺼내 들었다. 버스에서 내리기로 결정을 내린 상태였다. 하지만 자리에서 일어나려던 그때 창밖으로 또 한 명의 이방인이 두리번거리며 인파 속을 헤집고 다니는 모습이 포착된 것이다. 하마터면 눈물이 왈칵 솟구쳐 나올 뻔했다. 뻑뻑한 창문을 두 손으로 힘껏 열어젖히고 그를 불렀다.

"채트인!"

"채트인—!"

"여기야, 채트인!"

몇 번의 외침 끝에 나의 목소리가, 그리고 익숙한 우리의 언어가, 그의 귀에 도달했고 채트인도 나와 같은 표정으로 기뻐하며 손을 흔들었다. 나는 소리를 내지르며 호들갑을 떨고 나의 동료는 멀리서 팔을 번쩍 치켜들고 뛰어오는 대목에서 군중들은 박장대소하며 축제의 열기가 최고조에 이르렀다. 활짝 열린 출입문으로 올라선 채트인의 배낭을 버스 안내원이 손수 받아 주며 정감 어린 목소리로 인사를 건넸고.

"카리부!"

채트인도 땀을 훔치며 미소로 화답했다.

"아산테."

어눌한 현지어 인사말에 버스 안은 또다시 웃음바다가 되었지만 저마다 알아들을 수 없는 한 마디씩을 호의적으로 건네며 반겨 주었기에 머쓱함보다는 으쓱함이 밀려왔다.

마지막 자리까지 채워지자 버스 안의 모든 사람이 비로소 축제에 초대받은 자들이 되어 있었다. 나도 낯선 나라에서 다시금 편안함을 되찾고는 솟아오르는 태양을 마음껏 음미했다. 거뭇했던 땅 위로 아침의 빛이 드러나면서 절로 감사함이 고백 되는 사이 버스가 경쾌하게 아루샤의 터미널을 빠져나왔다. 다행스럽게도 출근 시간 정체가 시작되기 전 구불구불한 구도심을 탈출해 나왔고, 도시 외곽을 거쳐 시골 마을 몇 개를 지나치는가 싶더니 버스는 편안하게 대자연의 품에 안겼다. 광활한 아프리카의 초원이 눈앞에 펼쳐졌다.

아프리카의 초원은 황량하지만 단순히 돌과 풀과 흙만으로는 묘사될 수 없는 다채로움을 간직한 장소이기도 했다. 장엄한 산봉우리 대신 뭉툭한 둔덕들이 드문드문 흩어져 있고, 험준한 고지에서 내려다보이는 탁 트인 장관 대신 텅 빈 것 같은 단조로운 벌판이 지루하게 전개된다. 땅에는 부스러진 돌멩이들이 흙먼지와 나뒹굴고 푸르고 울창한 고목들 대신 키 작은 관목 덤불이, 탐스러운 과실수 대신 가시 박힌 선인장이, 그마저도 띄엄띄엄 눈에 띌 뿐이다. 굽이치며 뻗어 나가는 강줄기도 없다. 흙탕물이 고인 자그마한 웅덩이들이 어쩌다 몇 군데에 숨어 있을 뿐이다. 이렇게 조악하고 조용한 데다 빈약하기까지 한 들판에 다채롭다는 수식은 동의를 얻기 어려울 테지만 내 앞에 펼쳐진 초원이 간직한 역동과 다채로움은 누구나 익숙하게 동경해 온 것들과는 차이가 있었다.

언젠가 한 아프리카인 안내자가 사바나 초원에 똑같은 광경이란 있을 수 없다고 우리에게 소개했었다. 우기로 접어들면 바닥을 드러내었던 물길은 강이 되고, 웅덩이는 호수가 되고, 평원엔 나무들이 무성하게 자라게 된다. 반면 건기가 찾아오면 모든 것들을 말려버리는 무더위가 이어진다. 건조한 바람이 수분을 앗아가고, 나무는 앙상하게 말라 죽고, 가장 질긴 풀조차 불쏘시개처럼 타들어 가게 된다. 그러면 열기로 인해 강은 다시 땅 밑으로 스며들고, 웅덩이는 진흙으로 굳어지고, 숲도 사라지게 된다. 이같은 극단적 환경의 변화가 초원에 살아가는 동물들에게도 부단한 영향을 미쳐왔다. 매년 150만 마리의 누 떼, 45만 마리의 가젤들, 25만 마리의 얼룩말 무리가 수개월씩 평원을 가로질러 이동하는 장관이 연출되는 것 역시 초원의 이러한 변화무쌍한 환경 때문이라고 했다. 갑자기 생겨난 강이 길을 막아서는가 하면 극심한 가뭄이 길 위에서 말라 죽게도 만들지만, 동물들이 모험을 감행해야 할 이유는 분명하다. 초원을 가로지르는 여정만이 생명을 유지하고 공동체를 존속시킬 유일한 열쇠, 즉 삶과 죽음의 문제를 풀어낼 해법이기 때문이다. 그러므로 물과 비의 냄새가 전해지는 방향을 따라, 죽음을 피하고 목숨을 보전코자 하는 본능적 요구에 따라, 초원의 동물들은 언제나 이동하는 중이라 할 수 있다. 이렇듯 아프리카의 초원 위에는 예측할 수 없는 다채로운 운명들이 복잡한 실타래와 같이 엇갈리고 연결되어 뻗어 있었다.

   초원을 내다보며 잠시 몽상에 잠긴 사이 대지를 달군 한낮의 열기가 버스의 차체를 덥혀 놓았다. 평원의 먼 곳에서 오른 아지랑이가 대기를 신비롭게 일그러트리는가 하면 길옆으로는 자연적으로 연소되어 검게 그을린 들판을 심심치 않게 지나쳐 왔다. 초원에 나타난 징후들로 보아 건기가 오고 있음을 알 수 있었다. 물론 그것이 달력 위에서 확인되는 사실은 아니다. 초원에서는 오로지 변화무쌍한 자연의 실체적 현상들을 통해 시간과 계절을 가늠할 수 있을 뿐이다. 그러므로 구름이 증발해 버린 파란 하늘과 거친 질감으로 말라가는 노란 풀잎들과 까무잡잡하게 익은 나의 살갗 위 땀방울로 초원의 계절을 짐작하게 된다. 어느덧 사바나의 동물들이 고향을 떠날 시기가 다가오고 있었다. 그들은 머나먼 목적지를 향해 이동을 시작하게 될 것이다. 더러는 상처를 입고, 무리를 잃어버리고, 죽기까지 할 수 있는 험난한 여정을 거쳐야 하겠지만. 바람결에 실려 오는 비구름의 냄새를 쫓아, 생명의 근원을 쫓아, 초원의 생존자들은 주저 없이 출발하게 될 것이다.

문득 '나는 어디를 향해 가고 있을까?' 하는 물음이 평원 위에 연기처럼 피어올랐다. 버스가 달리는 가느다란 길 역시 초원 위에 얽힌 그 무한의 길들과 교차하고 있을 터였다. 그러나 나에게는 아직 지도가 없다. 흙먼지와 손때에 닳아 너덜너덜하고 누렇게 뜬 여행 책자에는 우리가 당장 어디쯤 달리고 있는지조차 찾을 수 없을 뿐 아니라—지명으로도 길로도 표시되어 있지 않은 여백의 어디쯤을 달리고 있었다—낯선 대륙 위에 도달하게 될 목적지가 어디일지, 거기에서 얻게 될 것이 무엇일지 안내하는 지도가 내게는 없다.

여행 내내 부산하게 움직였지만 이렇다 할 성과를 이루지 못했고, 거금을 들여 구매해 온 카메라에도 건져 낼 사진이 몇 장 없었다. 지금까지 아프리카에서 만난 사람들의 절반 정도는 우리에게 친절했으나, 절반은 불친절하거나 경계를 했다. 그들에게 주어진 삶의 여건이란 것도 절반은 우리가 짐작한 대로 가난했으나, 나머지 절반은 짐작보다 훨씬 열악한 환경에 처해 있었다. 그렇다고 거기에서 단순히 불행만을 느낀 것은 아니다. 물질적 결핍 속에서도 행복을 충만하게 누리는 모습들을 목격할 수 있었다. 워낙에 낙천적인 데다 즐거움을 추구하는 사람들인지라 아프리카인들은 웃고 춤을 추고 노래를 불렀다. 오히려 걸어오는 농담에 정색하고 흥겨운 춤사위에 쑥스러워하며 질색을 했던 사람은 도시인인 나였다. 그렇게 밝고 긍정적인 정서를 지닌 사람들을 두고, 또 다채로운 아름다움을 간직한 아프리카를 두고, '검은 대륙'이니 '저주받은 땅'이라니. 맞지 않는 말이다. 차라리 절반쯤 불행하고 나머지 절반쯤은 행복한 땅이라면 크게 벗어나지는 않을 것이다. 여기에도 우리와 같은 사람들이 살고 있으므로. 삶이 결국에는 매한가지이므로. 절반의 부정과 절반의 긍정. 절반의 낙심과 절반의 희망. 절반의 슬픔과 절반의 기쁨. 어차피 인생이 그런 것 아니었나. 애초에 완벽한 순간이란 성립될 수 없다. 다채로움이야말로 삶의 건강함이 아니던가. 수많은 기회와 다양한 가능성을 내포한 인생의 기묘한 작동 원리 말이다. 슬픔과 불행의 가능성이 누구에게나 열려 있듯 행복의 기회와 가능성도 누구에게나 주어진다. 대충 그런 식으로 여행에서 경험한 것들을 정리할 수 있을 것이다. 어차피 여행은 해피 엔드로 마무리될 예정이다. 여행 후에 작성될 보고서는 그럴듯하게 꾸며져 소중한 경험으로 축적될 것이다. 낯선 곳에서의 경험을 어쩌다 인정받게 된다면 진로를 수월하게 개척해 낼 수도 있을 것이다. 그러나 솔직하게 나는 지도를 가지고 있지 않다. 계획된 여행은 절반이 남았지만 어디로 가야 할지 무엇을 얻게 될지 도무지 알 길이 없다. 어쩌면 내가 떠나온 곳으로 돌아가는 그날까지, 그 이후에도, 똑같이 답을 모르고 있을 것이다.

하지만 답을 찾겠다는 기대 자체가 줄어든 것도 사실이다. 두려움 때문이다. 몸에 문제가 생긴 것이다. 일주일 전 늦은 밤 잔지바르 해안가에 도착했을 때 마땅히 묵을 곳을 찾지 못해 그대로 바닷가에서 노숙을 감행했는데, 밤새 모기떼로 몸살을 앓은 그날 이후부터 몸 상태가 엉망이 되었다. 먹은 것마다 탈이 나서 아무것도 소화할 수 없었고, 밤만 되면 찾아오는 오한과 고열에 아무리 이불을 둘러싸매도 추위를 느꼈으며, 낮에는 통증으로 온몸이 조여드는 것 같았다. 결국, 내가 말라리아에 감염되었을 가능성을 염두에 두게 되었고 우리가 탄 버스가 다음 목적지에 도착하면 검사를 받아 볼 계획을 세웠다. 아프고 약해진 몸이 나를 의기소침하게 만들 뿐 아니라 두렵게도 만들었다. 여행의 목적지가 아닌 병원에 도달하기를 간절히 기다리는 상황이 참담하게 느껴졌다. 게다가 두려움은 내 안에 다른 부분들까지 연이어 감염시킨 듯했다. 아직 해야 할 일들이 남아 있었다. 카메라에 담긴 사진들, 배낭에 모아 놓은 수집물들, 수첩의 기록과 아프리카 사람들이 전해 준 갖가지 선물들이 잇달아 신경 쓰였다. 어느 것 하나 놓치고 싶지 않아 더욱더 불안했다. 무사히 여행을 마치고 돌아가고 싶다. 어렵게 얻어 낸 것들을 빠짐없이 전부 가지고 가고 싶다.

결국, '나는 어디를 향해 가고 있을까?'라는 물음이 머릿속에 떠다니다 도착한 곳이 집이었다. 나의 집. 아버지의 단단한 언덕, 안전하고 아늑한 나만의 공간, 정성스레 차려진 아침의 식탁, 그리고 어머니의 기도들. 아! 나는 끝내 떠올리지 말아야 할 생각에 닿아 버리고 말았다. 지금까지 아프리카 대륙을 여행하는 동안 집이 그리웠던 순간은 딱히 없었다. 우리는 낯선 마을의 허름한 잠자리에서 곧잘 잠을 청했고, 익숙지 않은 모양과 냄새의 음식들로도 거부감 없이 끼니를 해결했으며, 비일비재하게 벌어지는 난감한 상황들 앞에 가끔씩 투덜거리기는 했어도 맹세코 집에 돌아가고 싶다는 생각을 떠올린 적은 없다. 그러나 하필 여행의 절반을 지나며 나의 삶이 나아갈 방향을 떠올리다 도달한 곳이 우리 집 현관문 앞이라니. 차마 부끄러워 채트인에게는 고백 못 할 이야기라고 곱씹으며 거둬들였다. 하지만 자꾸 버스가 흔들리는 탓에 생각이 요동치며 내면을 아프게 했고, "괜찮은 거야?"라고 묻는 채트인에게 하마터면 하소연을 털어놓기 직전이었으나 괜찮다고 대답했다. 버스의 진동에도 불구하고 채트인은 용케 배낭에서 마른 빵과 땅콩버터를 꺼내어 아침 식사를 제공해 주었다. 퍽퍽해진 식빵을 침과 함께 억지로 삼켰다. 나에게 한 조각, 채트인에게 똑같이 한 조각씩이었다. 아침보다 강렬해진 햇빛이 어쩐지 입안을 더 마르도록 만드는 기분이었다. 꾸역꾸역 끼니를 해결하고는 눈을 감고 잠을 청했다. 다시 올라온 열 때문에 어지러웠고, 감은 눈 속에서 기어이 현관문을 열어젖히고 집 안으로 들어섰다. 식탁에 놓인 온갖 따뜻하고 먹음직스러운 음식들을 게걸스럽게 씹어 삼켰다. 그러고는 가물가물 잠에 빠져들었다.

이른 새벽 도시를 빠져나올 때만 하더라도 밋밋하게나마 포장된 도로 위를 지나왔지만 곧 끝나버렸고 초원에선 내리 몇 시간째 붉은 흙길을 달려야 했다. 버스 안에 잠을 돕는 요소라고는 없었다. 가죽 시트는 죽은 동물들의 뼈처럼 허연 속을 드러낸 채 벗겨졌고, 의자의 팔걸이들은 죄다 받침목이 사라진 상태로 녹슨 프레임만 흉물스럽게 남아 있었다. 유리가 떨어져 나간 창틀마다 판자로 땜질을 해 놓은 바람에 초원의 돌풍을 간신히 막아 내고 있었지만 열기와 습기가 빠져나가는 것까지 차단되어 버스 안은 찜통과 다름이 아니었다. 승차감에 대해서라면 언급할 필요조차 없겠다. 몸을 고정할 안전띠도 존재하지 않으니깐. 승객들은 저마다 붙잡은 좌석 등받이와 옆 사람의 단단한 어깨를 안전띠 삼아 스스로 몸을 고정해야 했다. 다행스럽게도 내가 앉은 자리에서는 창문에 몸을 기댄다면 어찌어찌 잠을 잘 자세를 만들 수 있었지만, 통로 쪽 채트인의 자리는 그마저도 불가능했다. 결국, 채트인은 토막잠을 이루는 것조차 포기한 채 뒷좌석 사람들과의 수다로 지루함을 견디는 중이었다. 한편 그토록 열악한 상황에도 불구하고 버스 안의 승객들이, 그러니깐 아프리카인들이, 너무도 편안하게 잠에 빠져든 모습에는 놀라지 않을 수 없었다. 사람들은 고물 버스의 품속에서도 마치 요람에 누운 것 같은 고요함을 유지하는 중이었다. 그러므로 내가 속한 초원 위에는 세 가지만이 제대로 작동되고 있는 것처럼 느껴졌다. 버스의 엔진과 건기의 태양, 그리고 깊은 잠에 빠진 그들이었다.

정오 무렵 버스가 초원의 한 마을에 정차했다. 잠에서 깨어난 사람들이 주섬주섬 내릴 채비를 마친 채 통로에 섰고, 문밖에는 새로운 사람들이 짐을 놓고 대기 중인 것으로 보아 아마도 중간

경유지쯤 되는 곳으로 여겨졌다. 초원 위 외딴 정거장인 셈이던 마을은 또한 작은 시장이라 해도 손색없어 보였다. 버스 주위엔 행상들이 햇볕이 내리쬐는 흙바닥에 주저앉아 물건을 내다 팔았는데 지역에서 자란 과일과 채소들이 알록달록 진열되어 있었다. 초원의 한가운데서 느닷없이 조우하게 된 사람들의 풍경에 나는 반가웠고, 시장의 사람들 역시 꽤나 우리를 기다린 모양이었다. 호기심에 찬 아이들을 앞세워 노인들이 지팡이를 내디뎠지만 가장 위세를 떨치며 둘러싼 이들은 상인들이었다. 구운 옥수수, 새까맣게 탄 염소 고기, 기름에 구운 과자, 정체불명의 꼬치 요리 등을 한 무더기씩 광주리에 싣고 나온 상인들이 출입문 입구 쪽에 진을 쳤다. 그러자 버스에서 내린 승객들도 그 열띤 인파 속으로 섞여 각자 구하는 것들을 능숙하게 찾아냈다. 사방에서 교섭을 벌이는 목소리들 가운데 흥정에 성공한 사람들의 손에는 기름진 고기가, 싱싱한 과일이, 시원한 음료가 만족스럽게 쥐어졌다. 허기를 달랜 남자 승객들은 버스를 등지고 초원을 향해 서서 소변을 누기도 했다. 여자들도 몇 발짝 떨어진 풀숲에 살포시 앉아 볼일을 해결했다. 나는 예의를 차릴 것도 없이 그토록 초원과 어울리는 사람들의 뒷모습을 넋을 놓은 채 바라보았다. 한적하던 마을에 도착한 버스 한 대로 초원에는 생기가 돌았고, 지도 위에도 없는 이곳에서 이대로 잠시 쉬어 갈 모양이었다.

  채트인도 몸을 풀기 위해 버스에서 내렸다. 그러자 언제나 그랬듯 사람들의 시선이 한 곳으로 집중되었다. 우리들의 피부색 위로였다. 대륙의 안쪽으로 깊숙하게 들어올수록, 도시에서 멀리 떨어진 외딴곳일수록, 점점 더 강렬해져 오는 시선이다. 아프리카인들이 여기저기서 술렁이기 시작하자 비록 한마디도 알아들을 수 없었지만—우리를 주제로 하고 있음은 자명한 사실이었다.—채트인 역시 이제는 그런 분위기에 한결 익숙해졌다. 그가 먼저 환하게 웃어 보이자 상인들은 팔아야 할 물건보다 채트인에게 관심을 더 보이며 다가섰다. 휘둥그레진 눈으로 물러섰던 아이들도 그제야 긴장을 풀고 나의 친구에게 달라붙어 피부를 쓰다듬었다. 까맣고 작은 손들이 채트인의 살갗을 더듬는 모습에, 또 그 손길들에 편안하게 몸을 맡긴 채트인의 모습에, 먼발치서 구경하던 여인들이 큰소리로 웃음을 터뜨리고 말았다. 그렇게 경계와 긴장이 이완되는 광경을 창밖으로 관찰하고 있자니 무심결에 마을 사람들의 생김새와 복장이 눈에 들어왔다. 오뚝한 콧대와 움푹 들어간 눈매, 얇은 입술과 뾰족한 턱선, 그리고 짙은 갈색 피부의 생김새가 어딘지 낯이 익었다. 남자들이 몸에 두른 **빨간색** 천을 알아보고 그제야 기억으로부터 하나의 확신이 떠올랐다. 그들은 틀림없는 초원의 전통 부족, 마사이족이었다.

  며칠 전 아루샤라는 도시에서 예정엔 없던 사파리 투어에 참가하게 된 적이 있다. 그때 마사이족이 사는 마을에 들러 구경하는 일정도 포함되어 있었는데, 성깃하게 세워진 나무 울타리 안쪽으로 흙집을 짓고 모여 살던 공동체의 본업은 우스꽝스럽게도 관광객들을 상대하는 일이었다. 전통 의상을 입고 기념 촬영을 해 주거나 자신들이 만든 기념품을 방문객에게 판매하는 식으로 삶을 영위하고 있었다. 비록 그때 만난 마사이족은 내게 꼭두각시 같은 인상을 전해주었지만, 그래서 실망과 조소를 남긴 채 스치듯 지나쳐 왔지만, 이곳 초원 위 외딴 시장에 모여든 사람들이 그들과 똑같은 복장과 생김새를 하고 있음이 우연히 나의 뇌리에 떠오른 것이다. 그때 안내자의 설명으로 알게 된 마사이족 이야기라면 자신들의 의지와 상관없이 조상들의 땅으로부터 내쫓긴 서글픈 역사였다. 먼 과거에는 유럽 제국들의 식민지 통치로 철길과 도로와 국경이 초원 위에 그어지면서 임의로 공동체가 나누어졌고, 가까운 과거에는 국립 공원과 사파리 조성을 위한 땅을 정부에게 강제로 몰수당하면서 또다시 뿔뿔이 흩어지게 된 사연이었다. 그렇게 일부는 도시로, 일부는 더 척박한 초원으로 흘러 들어가게 된 것이다. 고향에서 밀려나고 쫓겨

날 때마다 마사이족 사람들은 그런 역경의 원인을 자신들의 탓으로 여기며 자책했다고 한다. 질곡의 세월을 겪은 이후 일부는 관광객을 상대하며, 또 일부는 물건을 내다 팔며 살아가는 오늘의 모습으로 전락하기까지 말이다.

  어쩐지 마을의 전경이 생기 없이 처연하게 느껴졌다. 날카로운 태양이 기분을 예민하게 부추기는 탓도 있었고 열대의 전염병에 감염되었을지 모르는 나의 몸에 또다시 미열이 돌기 시작한 탓도 있었겠다. 어쨌든 불쾌하고 답답했다. 마치 초원의 자유로운 주인이던 마사이족 사람들이 미개한 이방의 부족으로 전락해 버린 모습을 관조하며 들은 생각처럼. 그런 기분으로. 창밖을 내다보는 동안 시장 구경을 마치고 돌아온 채트인이 버스에 올라탔다. 이번에는 채트인과 내가 서로 자리를 바꾸어 못 이룬 잠을 보충하기로 했다. 승객들도 삼삼오오 탑승하여 빈 좌석들을 채워 나갔다. 운전석 옆자리의 어린 소년은 운전기사 형이 꽂아준 빨대를 입에 물고 붉은 콜라의 거품을 빨아들였다. 오는 내내 곁눈질로 훔쳐보던 경계심이 조금은 누그러졌는지 이제는 우리의 눈길을 피하지 않고 물끄러미 쳐다보는 소년에게 채트인이 흡족한 웃음으로 화답했다. 이윽고 버스의 좁은 통로며 출입문 계단에 이르기까지 다시 아프리카 사람들로 가득 채워지자 주머니를 두둑이 메운 상인들이 팔던 물건들을 내려놓고 흥에 겨워 노래를 부르기 시작했다. 마을 사람들은 껑충껑충 발을 구르며 뛰어오르는 춤사위를 벌였고, 그 열기 속에 버스는 굉음을 내며 초원을 향해 움직였다. 나는 어지러움을 참지 못하고 눈을 감았다. 어느 틈에 들어온 파리 한 마리가 뺨 위로 성가시게 날갯짓을 해대는 바람에 눈을 감고도 편치 않았다. 달리는 버스 뒤로 아이들이 헐레벌떡 따라붙었다. 바퀴가 회전하며 일으키는 먼지구름 속에 상인들의 노랫소리는 아련하게 흩어졌지만, 눈을 감은 나의 귓전으로 꽤나 오랫동안 이어져 들렸다.

'마사이의 전사들은 고함을 지르며 창에 날을 세우지.
사자의 피가 흘러넘칠 때까지.
사자의 피가 길을 적시면,
우린 그 길을 따라 집으로 가겠지.
길 위로는 초원의 비가
눈물처럼 주룩주룩 내린다네.'

다시 초원. 마사이족의 흔적들은 대지 위에서 모조리 지워져 버렸을 만큼 시간이 흘렀다. 잠시나마 여행의 위안거리였던 마을의 흔적들도 아지랑이처럼 증발되어 사라졌다. 그만큼의 거리를 달려왔다. 계속해서 멀어지는 중이다. 방금까지 눈앞에 실체를 지녔던 모든 것들이 어느덧 초원의 머나먼 뒤안길로 자취를 감추었다. 하지만 내겐 마사이족 이야기의 일부가 사라지지 않고 뒤따라왔다.

'바보같이. 자신들을 탓했다니…….'

한때 사자와 맨몸으로 겨루었을 만큼 초원에서 전설적인 존재들이던 그들이 그토록 순순히 물러난 사연에 서글픈 생각이 버스 안을 떠도는 파리와 함께 맴돌았다. 그런데 아쉬워만 하다 놓칠 뻔했던 이야기의 또 다른 부분이 떠올랐다. 다행스럽게도 모두 사라진 것은 아니다. 마사이족에게 긍지와도 같은 하나의 전통이 초원 어딘가에 아직 남아 있었다. 바로 마사이 부족 최정예 전사를 지칭하는 '모란'들의 존재였다.

전해지는 이야기에 따르면 마사이 부족에게 '모란'으로 인정받는 일은 일생에서 가장 영광스러운 순간이라고 했다. 붉은 염료로 가느다랗게 딴 머리와 사자를 상대하게끔 뾰족하게 다듬은 긴 창은 전사의 신분을 나타내는 고유의 상징으로 알려졌지만, 진정으로 '모란'의 지위를 대표하는 자격은 내면의 용기였다. '모란'이 사자를 쓰러트리기 위해서는 물러서지 않고 정면으로 달려드는 입안으로 긴 창을 꽂아 넣어야 했는데, 용기가 없는 '모란'은 사자에게 죽임을 당하게 될 운명이었기 때문이다. 다만 그런 영광스러운 지위가 선택받은 소수에게만 주어지는 것은 아니었다. 마사이족이라면 누구나 예외 없이 '모란'의 시기를 통과해야 할 의무를 지니게 된다. 그러므로 '모란'은 마사이의 젊은이라면 어른으로 성장하기 위해 반드시 거쳐야 하는 일종의 관문이자 훈련인 것이다. 마사이족 전사들은 그 전통을 따라 오늘날까지 초원을 순례하는 중이며, 마침내 어른으로 거듭나는 순간에는 온 마을이 축제를 열어 큰 기쁨으로 받아들인다고 한다.

광활한 초원 어딘가에 아직도 반짝거리는 창 하나를 들고 있을 마사이족 전사들이 떠올랐다. 비록 이제는 사자를 사냥할 필요가 없어졌지만, 만일 혼자 있을 때 사자가 달려든다면 주저 없이 맞서 싸울 것이다. 여전히 자신들의 창을 지니고 있기 때문이다. 초원으로 나선 '모란'은 탄생에 대해 배우게 될 것이다. 대지에 잉태되는 푸른 식물들. 어린 짐승들. 나무의 열매들. 가축의 젖과 샘과 웅덩이와 강줄기들. 초원을 여행하면서 그 대지로부터 도움을 얻게 될 것이다. 동시에 죽음에 대해서도 배우게 될 것이다. 하늘에서 들려오는 조상들의 목소리. 햇살과 비. 돌풍과 번개. 안개와 무지개. 어둠과 별과 영혼이 깃든 지혜들. 초원을 순례 중인 '모란'은 그 하늘의 도움을 받게 될 것이다. 그렇게 두 세계를 오가는 경험을 통해 마침내 소년의 굴레를 벗어던지고 어른이 되어 돌아온 '모란'들이 털어놓았다는 초원의 비밀이 오늘날까지 아프리카의 속담으로 전해진다.

"초원과 하늘이 만나는 곳. 그곳이 세상의 끝이다."

이것이 내게 떠오른 마사이족 이야기의 다른 부분이며, 나로 하여금 울적했던 감정에서 벗어나도록 도와준 기억 속 새로운 관점이었다. 전부 사라져 버린 것은 아니라는 안도감이 창틈으로 밀려드는 바람과 함께 내 곁에 머물렀다. 그 바람결인지 귀찮게 굴던 파리 한 마리도 어느새 밖으로 빠져나갔다. 포장되지 않은 초원의 한 줄 길을 따라 버스는 여전히 흔들렸지만, 마음은 서서히 정돈되는 중이었다. 짐 꾸러미와 집기들 사이에 살과 살을 맞대고 잠에 빠진 아프리카의 사람들처럼, 자리를 바꾸고 난 뒤에는 마침내 단잠을 이루는 데 성공한 내 옆의 채트인처럼, 나 역시 대륙의 품 안에 스스로를 의탁해 볼 준비가 되어갔다. 열이 내리고 한결 가벼워진 몸을 일으켜서 창밖을 내다보니 탁 트인 평원이 친근하게 펼쳐졌다. 멀리 햇살이 초원과 하늘이 맞닿은 지점까지 밝히고 있었다. 아마도 저 지평선을 바라보며 홀로 여행 중이던 마사이 전사들이 세상의 끝을 떠올렸던 것이 아닐까 하는 생각이 들었다.

세상의 끝. 그렇다. 나는 세계의 끝이 궁금했다. 물론 그것은 인간의 오랜 물음이기도 했다. 인류의 역사에서 지구가 평평하다고 여겨지던 시기가 대부분을 차지했던 동안에도 그대로 믿기를 거부하던 사람들에 의해 세계의 진짜 모습은 끊임없는 추궁을 당해 왔다. 고대 그리스의 철학자들은 지구의 그림자가 달을 가릴 때 나타나는 월식 현상을 관찰하며 둥근 지구의 모양을 추측했고, 같은 시각 서로 다른 지역에서 그림자의 길이에 차이가 생기는 현상을 통해 둥근 지구의 모양을 증명하기도 했다. 하지만 대다수 사람들은 변함없이 세계의 모습을 평평하거나 네모난 것으로 인식하고 있었다. 눈앞에 펼쳐진 지평선과 수평선이 여전히 직선으로 뻗어 있었기 때문이다. 그러다 중세에 이르러 한 사건을 통해서야 비로소 세계의 모양이 실질적으로 입증되게 된다. 동쪽 바다로 출항한 스페인 탐험가의 선단이 일 년 뒤 서쪽 바다를 통해 똑같은 항구에 도착했던 것이다. 탐험단은 오로지 수평선을 향해 일직선을 그리듯 항해한 것이기에 지구가 둥글다는 사실이 입증된 셈이었고, 사람들은 마침내 세상의 끝을 알게 되었노라고 인정하게 되었다. 하지만 근현대로 접어들면서 프랑스의 한 수학자가 그 실험에도 문제를 제기했다. '바다에서 한 방향으로 일직선을 그리며 나아간 배가 처음 출발한 장소로 되돌아왔기 때문에 지구가 둥근 것'이라는 가설에 허점이 있음을 지적한 것이다. 그의 계산에 따르면 지구가 원기둥 모양이거나 가운데 구멍이 뚫린 도넛 모양이라고 하더라도 같은 결과를 얻게 된다는 반론이었다. 결국, 세계의 진짜 모양을 확인하기 위해서는 우리가 속한 세계의 바깥으로 나가서 직접 관측할 때만이 가능해진다는 것이 그가 제기한 물음이었다. 그리고 수학자는 그것을 정리하여 다음과 같은 가설로 세상에 소개했다.

'로켓 끝에 긴 밧줄을 매달고 지구에서 우주로 발사시킨다. 밧줄을 매단 로켓이 우주 전체를 누비는 기나긴 여정을 진행하다 언젠가 다시 지구에 무사히 착륙하게 된다면. 그다음으로 로켓에 매달렸던 밧줄의 양쪽 끝을 붙잡고 잡아당겨 줄을 모두 회수한다. 이때 우주로 던져졌던 밧줄을 모두 회수하는 것이 가능하다면 우주는 완전한 하나의 공간이라고 할 수 있다. 그러나 밧줄이 어딘가에 걸려 회수할 수 없게 된다면 우주의 어딘가에는 커다란 공백, 즉 거대하고 투명한 구멍이 존재하고 있음을 알 수 있다. 밧줄이 구멍에 고리처럼 걸린 것으로 추론할 수 있기 때문이다.'

이것이 '세기의 난제'로 알려지며 많은 수학자와 과학자들을 괴롭혔던 푸앵카레의 이론이다. 어디까지나 과학적 가설의 논리적 증명을 위해 설계된 이론이라는 점에서 가상의 장치들이 동원되기는 했지만, 그것은 내게도 특별한 영감을 제시해 준 관점이었다. 눈에 보이는 내부에서 눈으로 볼 수 없는 외부를 확인하려는 시도였다는 점에서 그러했다. 비록 내가 호기심을 품은 세계의 끝은 지구의 모양이나 우주의 공간을 의미하는 것은 아니었지만, 푸앵카레의 접근이야말로 내가 의문스럽게 여겨오던 세계의 모양을 알아낼 방법이 될 수 있을 것도 같았다. 그러나 내가 궁금했던 세계의 모양은 그보다 훨씬 작고, 사소하며, 일상적인, 바로 내 인생이 전개되는 세계의 모양이었다.

그렇다. 나는 내 앞에 놓인 세계의 진짜 모습을 알아내길 원했다. 삶의 기로 곳곳에서 때로는 두렵고 막막한 심정으로, 때로는 기대와 설렘으로, 부단히 드러나는 세계의 낯선 모습들을 의문스럽게 감지해오고 있었다. 어린 시절 커다란 교문 앞. 어머니의 손을 놓고 드넓은 운동장을 가로질러 걸음을 내딛던 복잡하고 길었던 순간. 학창 시절의 끝자락 옛 친구들과 헤어지던 날. 결국은 저마다의 앞에 도착해 버린 성적표를 펼쳐 들고 몇 명은 엎드려 울음을 터뜨리고 몇 명은 기쁨을 감추지 못해 탄성을 내지르던 마지막 교실 풍경. 그때는 들리지 않던 선생님의 마지막 인사 말씀. 떨리던 그 목소리. 그리고 부끄러운 청춘. 술에 취해 올라탔던 늦은 밤의 시내버스. 냉랭했던 사람들의 눈초리와 애타게 나를 찾으시던 어머니의 부재중 전화벨 소리. 그것들을 묵과해 버리고는 비틀비틀 찾아 들어간 버스의 맨 뒷좌석. 그 흔들림. 흔들림 속에 죄책감. 도서관에 처박힌 채 부랴부랴 뒤적이던 전공 서적. 점수인지 미래인지 도무지 불투명했던 것들을 위해 다급하게 넘겨진 두꺼운 나의 책. 별안간 소집을 통보해 온 고립된 사회. 고립된 사회 바깥으로 더 거대하게 고립된 사회. 그리고 진짜 세상. 도움이 필요한 사람들과 도움을 주는 사람들의 두 세계. 그 밖에 성별 출신 나이 종교 이념 외모 직업 등 그야말로 모든 것을 기준으로 견고한 두 진영이 서로 다가서지 못하고 갈라서는 사회. 정말로 이게 진짜 세상이라고? 아무튼. 그렇게 복잡다단한 실상을 마주하며 나는 엉거주춤 서 있으면서도 한편으로는 세계의 진짜 모양을 향한 궁금증을 끊임없이 가중시켜 왔던 것이다.

아프리카에 오기 전 사람들은 내게 궁금해했다.
"왜 하필 아프리카로 가는 거니?"
질문에는 낯선 대륙에 대한 편견과 나에 대한 근심이 뒤섞여 있었다. 그래서 물음에 답하는 것은 상당히 곤욕스러운 일이었다. 그들이 궁금했던 것은 나의 생각이 아닌 본인들이 중요하게 여기는 것들을 내가 얼마나 잘 따르는지였기 때문이다. 결국, 사람들에게 쉽게 수긍할 만한 이유를 찾아 답하는 것만이 대화를 마무리 지을 방법이었다. 그러면 장시간의 설교나 조언은 모면할 수 있었고, "참 이상한 아이구나."하는 눈총 대신 "참 특이하구나." 정도의 선에서 그래도 약간의 인정을 받을 수도 있던 것이다. 하지만 역시나 '아프리카'라는 단어가 사람들을 안도시키기엔 어김없이 걸림돌처럼 작용했다. 이해시키려 할수록 사람들은 의아해했고, 대화는 흔쾌히 끝난 적이 없다. 실은 나조차도 정확하게 알지 못하는 것을 "모르겠다. 그러나 일단 떠나야 할 것 같다."라는 대답으로 솔직하게 드러냈다가는 도저히 감당해 낼 자신이 없기도 했다. 아직 인생에서 확실한 계획을 갖추지 못한 점을 들키고 싶지 않았고 한심하게 보이고 싶지도 않았다. 그러므로 진실한 내면의 속마음을 고백할 용기가 없던 것을, 또 그런 삶을 스스로도 매우 불안해하고 있던 것을, 그토록 에둘러 방어해 내고 있었던 것이다.

그러나 채트인은 예외였다. 형의 깊은 눈빛은 언제나 그윽하게 나의 막혀 버린 가슴을 관통했고, 시원스러운 웃음은 내 안에 해묵은 고민들을 거침없이 쏟아져 나오도록 이끌었다. 그것은 특별한 기술이기보다―물론 다큐멘터리를 전공하던 형의 기술이기도 했다—채트인의 인간적 깊이이자 타인에 대한 애정이었다. 하루는 방안에서 우리의 대화가 아프리카를 향해 새벽을 헤치고 나아가던 중 그가 물었다.

"왜 가고 싶니?"

물음이 던져진 찰나에 놀랍게도 구원의 요소를 마주친 것 같았다. 그 물음이 내 안에 숨어 있던 진짜 나에게 건네진 최초의 음성이기 때문이었나? 아니면 수많은 사람이 무심결에 지나쳤고 나 자신마저 소홀하게 다루었던 진짜 나를 발견해 낸 것이 처음이기 때문이었나? 모르겠다. 무슨 연유에서 일어난 동요였는지. 아무튼 내 안에 울컥해져 오는 흥분을 간신히 억눌러야 했다. 이어서는 떨리는 목소리를 가다듬고 정리되지 않은 생각들을 순순히 그에게 털어놓고 말았다.

"내 안에 분명한 것이 있었으면 좋겠어. 지워지지 않을 강렬한 인상을 머리가 아닌 가슴에 담아 오고 싶어. 머리에는 걱정과 잡념이 너무 많아. 쉽게 겁을 먹거나 잊어버리게 되지. 그보다 분명한 기억이었으면 좋겠어. 욕심과 유혹에 닳아지지 않고 세월에 변질되지 않을 기억. 그것이 내 삶을 지배할 만큼 또렷하게 새겨져서 필요한 순간마다 꺼내 확인할 수 있는 약속이 되어 줬으면 해. 맹세컨대 그런 약속을 내 삶으로 가져온다면 팔 하나를 잃어도 기뻐할 거야."

팔 하나라니. 어리석은 표현이었다. 그 무렵 채트인과 함께 서 서아프리카의 라이베리아 내전을 다룬 다큐멘터리를 시청한 적이 있는데, 영상 속 반군 게릴라들이 닥치는 대로 주민들을 잡아들여 팔을 절단시킨 끔찍했던 장면이 뇌리에 각인된 모양이었다. 너무도 격앙되어 내뱉어진 표현이지만, 정작 버리고 싶던 것은 온전한 삶을 누리면서 그만한 값어치를 살아 내지 못한다는 부담감이었다. '도움을 주는 사람들의 세계'로는 슬쩍 들어가고 싶으나 '도움이 필요한 사람들의 세계'에서는 애써 외면하던 나 자신이고, 양쪽 어깨에 달려서는 바깥으로 펴지지 못하고 자꾸만 안으로 굽는 수치스러운 내 팔이었다. 결국 나는 한쪽 팔보다도 그것을 그토록 애지중지하며 망설이던 나 자신에게 모질게 대항해보고 싶던 것이 아니었을까. 그때 우리 사이에 놓인 커피가 식도록 무슨 말을 늘어놓은 것인지 나조차 헷갈렸지만 분명 원하는 것이 있었다. 일종의 약속이었다. 한 번뿐인 삶이 의미 있길 바라면서도 끝내 행복에 도달하고 말리라는 확실한 보증이 필요했다. 대답을 들은 채트인이 조용히 웃으며 커피 한 모금을 마저 들이켰다. 그러고는 내게 제안했다.

"같이 가자."

그렇게 약속이 성립되었다. 방향은 아프리카.

다시 여기는 아프리카의 초원. 우리는 함께 여행의 절반을 지나왔다. 시기상으로도 거리상으로도 대충 그쯤 지나오고 있을 것이다. 남겨진 절반의 여정이 여전히 우리를 기다리고 있다. 무려 반나절 동안 광막하고 메마른 건기의 평원을 달려오는 내내 긴장과 흥분 사이를 갈팡질팡하던 나에게 다시금 평정이 찾아왔다. 문득 잊고 있던 물음들까지 드넓은 풍경 위에 떠올랐다. "왜 하필 아프리카로 가는 거니?"라고 물었던 사람들의 물음에는 불분명한 태도로 어물쩍 넘어왔다. "왜 가고 싶니?"라고 물었던 채트인의 물음에도 격앙되어 장황한 울분만 털어놓았을 뿐 역시나 요점은 놓쳤었다. 그러나 이쯤에서 나는 그 물음들을 도로 불러내야 할 것 같다. 여행이 절반으로 접어들고 있는 까닭이다. 그렇다면 다시 물음. 나는 왜 여기에 있는가. 지도 때문이다. 누 떼가 생명의 근원을 찾아 멀리 비 냄새가 안내하는 곳을 향해 이동을 시작하듯, 내게도 인생의 분명한 목적과 그 목적이 이끄는 방향으로 안내해 줄 지도가 필요하다. 세계관 때문이다. 모란이 초원에서 대지와 하늘을 경험하며 세상의 끝을 알아내듯, 나에게도 세계의 참모습을 꿰뚫어 볼 수 있도록 도와줄 경험으로 충만한 지혜가 필요하다. 그런 세계관이야말로 나에게 유혹과 난관에 굴하지 않고 싸워 이길 수 있는 길고 예리한 창 하나를 손에 쥐여 줄 것이기 때문이다. 그러므로 지도와 세계관. 삶의 방향과 이유, 목적과 의미, 그러니깐 인생을 성공적으로 안내할 궁극의 열쇠를 찾아 나는 지금 아프리카에 있는 것이다. 태양이 빛으로 초원을 채우고 있었다.

'버스가 다음 목적지에 도착하자마자 치료를 받고 병을 이겨 낼 거야.'
든든한 동반자가 내 옆자리에 잠들어 있다.

'모든 난관을 헤치고 앞으로 나아갈 거야.'
단단한 밧줄을 매단 로켓 하나가 방금 지구를 막 출발했다.

'무언가 새로운 것을 알아내게 될 거야.'
낡고 오래된 스카니아 버스 한 대가 아프리카 대륙을 가로질러 세계의 끝을 향해 달리고 있다.

완벽한 평온의 오후였다. 한결 개운해진 기분으로 파란 하늘로부터 창문 틈을 비집고 밀려드는 바람을 음미했다. 초원은 잠잠했으나 아름다웠고 햇살은 한층 더 눈이 부시게 쏟아져 내리고 있었다. 버스의 승객들도 전부 깊은 잠에 곯아떨어진 모양이었다. 뒤척이던 채트인도 어느새 편안한 잠에 빠져들었고, 채트인과 장난을 주고받던 앞자리의 소년도 지금은 운전석에 머리를 기댄 채 앙증맞게 코를 고는 중이었다. 버스는 비포장도로에서 여전히 위아래로 덜컹거렸지만, 이제는 제법 흔들림에 적응하게 된 우리이기도 했다. 배는 적당히 불렀고 바람은 따듯했다. 세상은 조용했고 버스는 길을 따라갔다. 그래서 스르르 눈이 감겼다.

얼마나 지났을까. 눈이 번쩍 떠졌다. 버스의 흔들림이 몸에 익숙지 않은 진동으로 전해져 오자 눈이 의식보다 먼저 반응했다. 창밖의 광경에 문제가 있어 보였다. 길을 벗어나 길이 아닌 곳을 달리고 있었다. 운전기사는 운전대를 잡고 버스를 제자리로 돌려놓으려 애를 썼지만, 확실히 문제가 있어 보였다. 길이 아닌 곳으로 너무 멀리 벗어나 버린 것이 문제였다. 운전대는 길 위에서만 작동했고 평온은 길 위에서만 존재했다. 시선이 심하게 흔들렸고 버스는 몇 차례 구르다 뒤집어졌다. 눈앞의 모든 것들이 회전하며 뒤섞이는 동안 질끈 눈을 감았다. 이 모든 일이 너무도 짧은 순간에 벌어졌으므로 사람들은 아무 소리도 낼 수 없었다. 너무 조용했다. 그래서 꿈이라고 생각했다.

정신을 차리니 지옥이었다. 몸 위로는 고철 덩어리 버스가 처참하게 구겨진 채 거꾸로 찍어 누르고 있고 내 몸은 버스와 함께 구겨져서 꼼짝도 할 수 없었다. 다만 왼쪽 다리가 나를 살려 놓고 있었다. 무겁게 짓누르는 구조물을 접힌 왼쪽 무릎이 떠받쳤고, 우연히 만들어진 그 작은 공간이 나를 간신히 숨 쉬게 만들었던 것이다. 죽음이 바로 위에 있었고 나와 죽음의 간격에는 왼쪽 무릎만이 위태로이 버티고 있었다. 오른쪽 허벅다리는 이미 버스의 구조물 어딘가에 짓눌려 부풀어 오르는 중이었다. 고통을 못 이겨 비명을 질렀다. 포기할 수밖에 없는 상황이었다. 등 뒤로는 건기의 태양에 내내 달구어진 아프리카의 대지가 너무 뜨거웠고, 몸 위로는 꼬박 여섯 시간 동안 엔진으로 달구어진 고철 덩어리 버스가 너무 무거웠다. 참기 힘든 고통이 온몸을 파고들었다. 누구에게 도움을 청하고 매달리기에는 이미 모든 것들이 심각하게 망가져 버린 상태였다. 결국, 어쩔 수 없이 받아들여야 했다.

　한낮의 초원 위였음에도 눈을 떴을 땐 사방이 어두운 밤 같았다. 종잇장처럼 일그러진 버스의 몸체가 산산이 조각나 버린 잔해들과 뒤엉켜 캄캄하고 협소한 공간 안쪽에 나를 가둬 놓았다. 헝클어진 파편들 사이로 가느다랗게 들어오는 빛줄기 덕분에 내 몸의 짓눌린 부분이 뒤집힌 버스의 하부 골격 어디쯤임을 알아차릴 수 있었다. 다만 버스의 지붕에서 창문이며 좌석들까지 익숙했던 내부의 풍경은 모조리 형체를 알아보지 못할 잔해들 속으로 사라져 있었다. 서서히 시야가 밝아지면서 참혹한 광경이 보이기 시작했다. 오른편으로는 한 남자의 검은 팔뚝이 움직이고 있었다. 남자의 몸체는 나와 같은 처지로 구조물 틈바구니에 갇혀 보이질 않았고 한쪽 팔만이 필사적으로 허우적대며 고통을 표현하고 있었다. 왼편으로는 겁에 잔뜩 질린 채 비명을 지르고 있는 한 여자의 얼굴이 보였다. 여인의 허리 아래는 이미 버스와 어둠 속에 깊이 파묻혀진 채로였다. 그 외에 눈으로는 확인할 수 없었으나 잔해 아래 여기저기에서 공포에 울부짖는 소리들이 들려왔다. 끔찍한 고통을 호소하고 있었고 절박하게 도움들을 요청하고 있었다. 그 와중에 채트인이 보이지 않았다. 그가 아직 어둠 속에 있음을 직감했다. 바깥에 있었더라면.

지금쯤 큰 소리로 나의 이름을 부르고 있을 그였다. 신음하는 나에게 제발 기다리라며 조금만 더 버티라며 울부짖으리라. 부드러운 미소를 짓던 얼굴이 분노로 일그러져 사람들에게 도움을 청하고 있으리라. 그러나 그의 목소리가 들리지 않고 있었다. 순간 무서운 쪽으로 생각이 기우는 것을 막을 길이 없었다. 가슴 속 깊은 곳까지 걷잡을 수 없는 통증이 찾아왔다. 나가야 했다. 저 빛으로. 어떻게든 나아가야 했다.

몸을 움직여 보았다. 육중한 버스 잔해에 잘려 나간 줄 알았던 팔다리가 정신을 가다듬고 보니 아직 몸에 붙어 있었다. 두 팔이 가까스로 움직일 수 있는 공간이 있었고, 왼쪽 무릎은 접어진 채 버스의 무게를 지탱하고 있었다. 오른쪽 다리가 문제였다. 허벅지 부위가 깊숙하게 눌린 채 부풀어져 곧 끊어져 버릴 것처럼 아파왔다. 다만 오른쪽 다리 끝에 매달린 발가락들을 꼼지락거릴 수는 있었다. 그게 마치 작은 희망처럼 꿈틀거렸다. 아직 부러지지 않았다. 내 정신으로, 내 신경으로, 움직임을 통제할 수 있었다. 아직 내 다리였다. 아직은 내가 주인이므로 나한테 달려 있었다.

'이제 무엇을 해야 할까?'

방법 한 가지. 기다림. 사람들의 도움을 기다려 보기로 했다. 맨손으로 이 뜨거운 초원에 밭을 일구고 길을 낸 아프리카 사람들이 위험에 빠진 우리를 위해서도 분명 무언가를 해낼 수 있으리라. 먼 곳에서 들려온 둔탁한 파괴음을 이상하게 듣고, 또는 공중에 피어오른 모래 연기가 심상치 않음을 발견하고는, 들판 어딘가에서 반드시 모습을 드러내리라. 울부짖는 사람들을 구출하고 구원의 손길을 나에게도 뻗으리라. 그때까지 버텨 보자. 고통은 꾹 참고 숨은 천천히 들이마시자. 조금이라도 기운을 낭비하지 않기 위해 더는 소리를 지르지 말자. 마실 물이라도 찾아보자. 사람들이 도착할 때까지 시간과 싸워 보자. 하지만 초원을 지나는 버스가 하루에 고작 한 대뿐이기에 이른 새벽부터 우리가 그토록 분주했던 기억과 지도 위 어디쯤인지 알 수 없는 이곳까지 달려온 반나절이라는 시간과 창밖으로 끊임없이 이어져 온 광활했던 초원의 풍경이 한꺼번에 떠올랐다. 불현듯 내 안에 솟아오르려던 의지의 불씨가 절박한 숨결 마디마디로 사그라지는 것이 느껴졌다.

'훨씬 더 오랜 시간을 기다려야 할지 모르겠다…'

그동안 버스가 조금이라도 내려앉으면 끝이었다. 새어 나간 연료에 불이 붙어 폭발해도 끝이었다. 그렇다면 방법 또 한 가지. 내 힘. 이를 악물고 힘을 내어보리라. 내 안에 남은 모든 힘을 쏟아 육중한 고철 덩어리를 기적처럼 들어 올리리라. 바보 같은 생각이었다. 비록 형체가 처참하게 일그러졌을지라도 내 위에 있는 것은 버스였고 오른쪽 허벅지는 너무 깊이 박혀 있었다. 잘못 움직였다가는 버스가 주저앉을지 모르는 일이었다. 다급해진 나머지 버스에 짓이겨진 피부를 벗겨 낼 도구를 찾아보았다. 주변엔 뭉툭하고 녹슨 파편들뿐이고 칼은 없었다. 그것으로 살점과 근육을 도려내고 다리를 빼낸들 다음에는 심각한 출혈과 싸워야 할 것이었다. 힘을 모두 써 버렸다가는 정작 기다림을 감내하지 못할 수도 있었다. 위험했다. 세 번째. 네 번째. 다섯 번째…. 어둠 속에서 길을 찾기 위해 분주하게 머리를 굴리며 정신의 날을 세워 보았지만 결국 다리가 문제였다. 복잡한 심경으로 맥없이 끼어 있는 오른쪽 다리를 매만졌다. 끔찍한 아픔이었다. 살을 에는 아픔보다 영영 두 발로 일어설 수 없으리라는 생각이 나를 더 아프게 만들었다. 다리는 잃고 싶지 않았다. 아프리카에 오기 전 우스꽝스러웠던 고백 중 팔 하나를 언급했던 것도 다리보다는 아깝지 않기 때문이었다. 건강한 두 발로 어디로든 자유롭게 왕래할 수 있다면, 그러다 운이 좋게 삶의 비결을 알려 줄 열쇠를 찾아내기라도 한다면, 그것만으로도 나는 산을 올라 볼 자신이 있었던 것이다. 그래서 서러웠다. 벗어날 방법은 찾지 못한 가운데 자꾸만 다른 생각이 비집고 들어왔다. 어머니의 얼굴이 떠올랐다. 채트인 어머니의 얼굴도 떠올랐다. 여리고 약한 두 여인의 얼굴이 눈물로 얼룩져 있었다. 가슴이 터져 버릴 듯 온몸이 쥐어짜듯 아파왔다. 울음을 참고 기도했다. 나가야 했다. 빛으로 나아가야 했다.

얼마나 시간이 흘렀을까. 초원으로부터 사람들의 소리가 들려오기 시작했다. 구조대는 아니었다. 버스를 들어 올리거나 절단하는 데 쓰일 장비의 소리는 들리지 않았고, 대신 당황하여 어쩔 줄 모르는 음성들과 죽음의 감옥 여기저기를 매만지는 안타까운 손놀림들이 전해졌다. 그러나 절망에 갇힌 수감자에게는 그 인기척만으로도 커다란 위안이었다. 더 이상 울먹이지 않고 동요도 억눌렀다. 왼쪽 다리는 짓누르는 무게를 지탱하고 있었고 오른쪽 다리는 짓눌려 있었다. 두 팔은 움직일 수 있었다. 두 팔이 무엇이든 해야 할 차례였다. 잔해들 속에 나뒹구는 의자 등받이 파편을 집어 들었다. 내 왼쪽 무릎보다 단단하고 묵직했다. 무게를 지탱할 수 있었다. 공간을 지켜낼 수 있었다. 두 팔에 힘을 주고 생존의 기둥을 세웠다. 주먹은 망치가 되어 기둥을 왼쪽 무릎 옆에 끼워 넣었다. 왼쪽 무릎은 이제 무게를 떠받치는 일을 기둥에게 넘겨주고 새로운 일을 할 수 있게 되었다. 오른쪽 다리를 위해 무언가 해 볼 여력이 생겨났다. 가까스로 빼낸 왼쪽 무릎을 이용하여 몸의 방향을 틀어 보았다. 아주 조심스럽게 그러나 필사적으로 비틀었다. 내려앉으면 끝이었다. 포기해도 끝이었다.

'아아, 움직인다…. 다리를 빼낼 수 있다.'

허리를 완전히 비틀어 온몸에 힘을 주었다. 마침내. 오른쪽 다리가 빠져나왔다. 버스는 내려앉지 않았다. 기둥은 부서지지 않았다. 몸을 움직일 수 있는 공간이 허락되었다. 두 팔꿈치로 몸을 끌었다. 기어갔다. 앞으로. 앞으로. 빛이 있는 곳으로. 사람들의 목소리가 들려오는 곳으로.

살았다.

아프리카 사람들이 나를 끌어 올렸다. 먼지를 털어 주고 그늘에 조심스럽게 앉힌 뒤 마실 물을 건네주었다. 그러고는 가슴에 살포시 손을 얹고는 한마디씩 위로 같은 것을 내게 건넸다.
"폴레…"

"폴레 사나…."

그늘진 나무 아래에는 참혹한 상태의 부상자들을 포함하여 나보다 먼저 구출된 사람들이 주저앉아 통곡하듯 흐느끼고 있었다. 뒤편으로는 몇 사람의 육신이 옷가지나 천 자락에 덮인 채 미동도 없이 풀숲 위에 눕혀져 있었다. 모여든 사람들은 저마다 나무 막대기와 맨손을 이용하여 버스를 들어내려 안간힘을 쓰고 있었지만, 초원 한복판에 불시착한 육중한 고철의 잔해는 꿈쩍도 하지 않았다. 태양이 온 땅에 작렬하고 있는데도 내가 앉은 자리만이 유독 춥고 서늘했다. 내 눈앞에 놓인 광경만이 어둡고 캄캄했다. 그때 길을 지나던 지프차에서 중년의 백인 부부가 황급히 내렸다. 남편은 휴대 전화로 어딘가에 다급히 전화를 걸어 도움을 요청했고 나에게 이름과 국적을 물었다. 부인은 트렁크에서 꺼낸 식수와 비상 구급함을 들고 뛰어다니며 부상자들의 상처를 소독하고 거즈로 덮어 주었다. 이윽고 한 명의 생존자가 더 구조되어 업혀 나오는 모습이 목격되었다. 내 옆에서 고통스럽게 울부짖던 여인이었다. 그리고 몇 구의 시신들이 들려 나오는 모습을 바라보아야 했다. 우리의 여행은 그렇게 끝이 났다. 기대했던 방향과는 정반대의 결말이었고 나와 채트인은 계획대로 돌아오지 못했다.

지구의 조용한 초원 어느 구석에 세계의 끝을 향해 출발한 로켓이 추락했다. 로켓에 묶어 두었던 길고 단단했던 밧줄은 영영 끊어져 버렸고, 우주의 모양은 영원한 침묵 속 비밀로 부쳐져 끝내 누구에게도 알려지지 않을 것이다.

'지독한 악몽을 꾸었었나?'

눈을 떠 보니 나의 방이었다. 정확한 시간은 알 수 없으나 벽시계의 초침 소리가 균일했고 유리창으로 넘어오는 불빛들이 어둠 속에 익숙한 윤곽들을 드러냈다. 가지런히 정렬된 서적들, 눈에 잘 띄게끔 벽에 달아 놓은 달력, 내가 누운 침대까지. 모든 것이 제자리에 놓여 있었으므로 나 역시 제자리로 돌아왔다는 안도를 취할 수 있었다. 단단한 벽과 네모반듯한 천정과 평평한 바닥이 결속되어 틀림없는 아버지의 집을 이루고 있었다. 그 안에 속해 있으면서 나에게 점유된 나만의 공간이었다. 그러나 방 안에는 여전히 이해되지 않는 애매함이 도사리고도 있었다. 가령 책 표지들에서, 달력 위에서, 그리고 내가 누운 침대에서도. 나의 방에서라면 응당 느껴져온 안정감이 떠오르지 않고 있었다. 영문을 몰라 어둠 속 윤곽들을 연신 헤아렸으나 사물들에서 저마다 의문스러운 정적이 감지되었고 예전의 아늑함은 제공되지 않았다. 그러니 진짜 제자리로 돌아온 것인지조차 확신하기 어려웠다. 만약 꿈이라면 깨기 위해 얼굴을 베개에 묻고 더 깊은 잠을 청해 볼 요량이었다. 허공의 초침 소리가 가물가물해지면서 어둠이 야금야금 의식을 정복하는가 싶더니, 익숙하긴 했으나 전혀 달갑지 않은 광경이 눈앞에 펼쳐졌다. 여전히 침상 위였기에 나의 방인 줄로 착각했지만 내가 있던 곳이 낯선 이국땅의 병실이었음을 알아차리고는 크게 낙담했다.

'제길 다시 여기로구나.'

밀폐된 병실의 공기가 무겁고 냉랭했다. 꺼지기 직전인 파란색 수면 램프 불빛 아래 빼곡하게 들어선 수십 개의 철제 침상들이 모습을 드러냈고, 그 위에 침묵에 잠긴 채로 나란히 누운 수십 개의 그림자들 가운데 꼼짝없이 나도 포함되어 있었다. 한낮의 소동과는 너무도 대비되는 정적이었다. 오후 늦게까지 정신없이 뒤엉켜 오고 간 기자와 간호사와 공무원들은 전부 빠져나간 뒤였고, 부상자들이 내지르던 신음과 울음소리도 모두 그쳤다. 다만 병실에 남겨진 사람들이 숨소리조차 들리지 않는 고요함을 자아냈다. 가까스로 통과해 낸 악몽 같던 하루를 돌이키며 저마다 조용히 자기의 물음들을 곱씹고 있을 터였다. 구석에 틀어 놓은 라디오에선 시끄러웠던 한낮의 소동을 아프리카 전역으로 쉴 새 없이 퍼트리는 중이었다. 침울한 정적에 잠긴 우리의 이야기를.

"오후 두 시경 아루샤에서 출발하여 므완자로 향하던 T562-AAM 여객 버스가 싱기다 지역의 초원에서 전복되었습니다. 이 사고로 버스에 탑승하고 있던 60명의 승객 중 18명이 사망했으며, 42명은 다치거나 구조되었습니다. 운전기사는 목숨을 건졌지만, 중태에 빠져 생사의 기로에 놓여 있다는 것이 싱기다 병원 측의 설명입니다. 싱기다 경찰서에서는 이번 사고의 원인을 과속과 부주의로 판단했지만, 앞으로 조사를 통해 추가적인 사실들을 밝혀내게 될 것으로 전망했습니다. 한편 버스에 함께 탑승했던 외국인 일행 두 명 중 한 명은…. 나머지 한 명은…. 시신들과 부상자들은 현재 사고 지점으로부터 가장 가까운 싱기다 병원으로 옮겨져…."

'거짓말!'

엉터리였다. 낮에 병원을 다녀갔던 기자들이 어느 멍청한 작자의 말을 전해 듣고는 대충 기사를 낸 것이 틀림없었다. 대체 그들은 알지도 못하는 나와 채트인에 대해 무슨 자격으로 떠벌이고 있단 말인가. 그토록 확신에 찬 음성으로 우리가 끝나 버렸다고 공식화하고 있는 것에 울분이 치밀어 올랐지만 참담한 사실은 채트인이 내 옆에 없는 점이었다. 모든 것이 가짜처럼 느껴졌다. 장소도, 시간도, 사건들도, 멀뚱히 누워 있는 나 자신조차도. 진실과 거짓이 뒤엉킨 병실의 커튼 사이로 들이친 달빛이 맞은편 침대 위 익숙한 그림자 하나를 내게 비추었다. 버스 앞자리에서 우리의 심심함을 달래주던 그 귀여운 소년이었다. 가느다란 팔에 묵직한 깁스가 채워진 소년은 보호자도 없이 어둠 속에 우두커니 앉아 있었다. 아마도 지금쯤 사경을 헤매고 있다는 운전기사를, 그러니깐 자신의 큰형을 기다리는 중이었다. 우연히 알아본 소년의 모습이 불현듯 거울처럼 나의 처지를 비춘 것일까. 처음에는 소년이 살아있음에 대한 감사함에, 이어서는 나의 친구에 대한 억울함에, 참았던 눈물이 터져 나왔다.

'돌이킬 수 없는 악몽 속에 영영 갇혀 버렸구나!'

잠은 언제나 같은 장면에서 정지되었고 땀과 눈물로 축축해진 자리에서 눈을 뜨면 여전히 긴 밤을 통과하지 못하는 나였다. 꿈속에서 내내 짓누르던 어둠이 내가 은둔해 있는 방안으로까지 늘어져 와서는 매일 밤 채근하며 깨워 일으켰다. 대체 어디서부터 잘못된 것일까.

 누구에게도 폐를 끼치지 않으려던 모호한 태도는—실상은 누구에게도 나쁜 인상으로 남고 싶지 않았던 그릇된 집착은—도리어 상처와 폐해를 남기고 말았다. 그날 초원 위를 내달리던 버스 안에서 내게도 기회는 있었다. 너무나 빠르게 내달리는 속력 탓에 요동치는 버스의 흔들림이 불안하다는 내색을 몇 번이고 운전기사에게 피력하고 싶었다. 그러나 한편으로 다른 손님들에게 괜한 주목을 받게 될까 두려웠고, 혹시나 이방인을 골려 줄 속셈으로 기사가 가속페달을 더욱 세게 밟지는 않을까 우려하였다. 고작 그런 이유들로 위태롭던 우리의 미래는 무시해 버리고 만 것이다. 아마도 버스 운전기사가 교대 시간을 재촉받는 모양이라며 이해심을 발휘하기로 마음먹은 것은, 게다가 지루한 여정을 조금이라도 단축하는 편이 모두에게 유익이겠노라며 순응하기로 했던 것은, 실은 겁을 먹은 나 자신에 대한 합리화에 불과했다. 침묵을 친절로 위안 삼으려던 착각은 결국 돌이키지 못할 잘못을 초래하고 말았다.
 잘못은 또 있었다. 채트인을 싣지 않고 떠나려던 버스에서 선뜻 내리지 않고 망설인 까닭은 일정 때문이었다. 머릿속에는 정해진 날짜마다 빼곡하게 계획들이 정리되어 있었다. 하나의 계획은 다음의 계획으로, 하루의 일정은 다음날의 일정으로 긴밀히 연결되어 있었다. 모든 과정에 착오가 없어야만 원하는 목적지에도 다다르게 될 것이라고 여겼다. 그런 의미에서 우리가 탑승했던 문제의 버스는 지도상의 목적지를 하루에 한 대씩만 오가는 유일한 연결 고리나 다름없었다. 그 고리를 쉽게 놓을 수가 없었던 것이다. 갈등의 순간에는 채트인과 함께인 사실조차 잠시 부담처럼 느껴졌다. 간발의 차이로 채트인을 발견하고 버스에 태웠을 때는 하나의 고비를 넘긴 것으로 여겼으며, 다시 여정이 순조로워질 것이라는 확신에 흡족했다. 그러나 역시 틀린 것이었다. 돌이켜 보니 이른 새벽 아쉬운 걸음으로 돌아온 채트인을 무작정 버스로 올라타게 만든 것은 나의 조급함이다. 그를 기다려 주지 못한 욕심은 결국 씻을 수 없는 오점을 남겨 버렸다.

그러나 무엇보다도 나 자신을 미워하게 만든 잘못은 어둠의 땅에 함부로 발을 들여놓은 결정이었다. 아프리카 대륙에서 길을 찾으려던 시도야말로 잘못된 것이었다. 아프리카에는 길이 없었다. 식량과 전기가 부족했고, 깨끗한 물과 치료약도 부족했지만, 제대로 된 길조차 찾아보기 힘든 곳이었다. 그곳에서 길은 대부분 비포장 상태에다 방치되어 있었다. 길이 없는 곳에서 길을 찾으려는 미련한 씨름을 벌이고 있던 것이다. 또한 아프리카에는 제대로 작동되는 것도 없었다. 부패한 공무원들, 낙후된 공장들, 구멍 난 모기장, 망가진 우물뿐 아니라 사람들이 매일 타고 다니는 이동 수단조차 성한 것이 없을 정도였다. 폐차와 고물차를 분간하기란 불가능에 가까웠고 상태가 양호한 차라도 비포장도로에서 혹사당하고 난 뒤에는 망가져 버리기 일쑤였다. 그만큼 사고 빈도도 높았다. 열 시간쯤 이동하면 사고를 겪게 될 가능성이 열 번쯤이라는 계산법이 통용될 정도였다. 그러므로 우리는 불의의 사고를 당한 것이 아니다. 버스의 수명은 이미 다해 있었다. 제자리로 돌려놓으려 안간힘을 쓴 운전기사의 의도대로 버스는 작동되지 않았다. 길을 벗어나 곤두박질쳤고 우리와 함께 산산조각 나 버렸다. 더 심각한 문제는 이 모든 상황이 그다지 심각한 문제로 여겨지지 않았다는 데 있다. 매일 오고 가는 길이 울퉁불퉁하게 파인 상태로 방치된 것을 아무도 이상하게 여기지 않았다. 오히려 버스가 달리도록 내버려두었다. 심지어 그 안에 정원을 훌쩍 넘긴 사람들을 밀어 넣고 빼곡하게 짐까지 채워 넣었다. 졸음을 떨치지 못하고 나타난 미심쩍은 젊은 운전기사에게 운전대를 맡기고는 아무런 문제도 없는 것처럼 태연하게 터미널을 빠져나왔다. 죽음을 향해 출발하는 것을 모두 바라만 보았던 것이다. 승객들 가운데 아찔했던 질주를 제지하려 노력한 사람은 아무도 없다. 버스가 뒤집힌 이후에야 마치 아무것도 몰랐다는 듯 눈물을 쏟았다. 내부에 갇혀 있던 사람들은 목 놓아 절규를, 밖에서 지켜보던 사람들은 주저앉아 탄식을 내질렀다. 아뿔싸! 그러면서도 그들은 언젠가는 본인들의 차례라는 사실은 조금도 깨닫지 못했다.

  결국 우리가 찾는 길은 아프리카에 없었다. 캄캄한 어둠으로 뒤덮인 대륙에는 모든 것이 부족했고, 제대로 작동되는 것이 없었으며, 그러한 불길한 정황들을 신경 쓰는 사람도 없었다. 그러니 그런 곳에서 길을 찾으려던 시도야말로 잘못된 결정이었다. 버스가 길을 벗어나 채트인을 어둠 속으로 곤두박질치도록 만든 것은 전부 내 과오였다. 채트인의 죽음은 나의 삶에 돌이킬 수 없는 어둠이 내려왔음을 명백하게 알려왔다. 문이 굳게 닫혀버린 밤에 갇힌 채 끝없는 고통과 슬픔 속에 영영 깨어날 수 없을 예정이었다.

'두 번 다시 그곳에 발을 들여놓지 않겠어.
캄캄한 어둠의 땅에 내 마음 따위, 절대로 주지 않을 테야.
이제 빛 가운데 살겠어.
밝은 곳에서, 절망 대신 희망만을 바라볼 거야.'

오랫동안 일어나지 못하고 누워 있었다.

  불을 끄고 누우면 악몽과 현실을 분간하기 어려웠고 눈을 뜨고 있는 동안에는 의식의 물결이, 눈을 감은 동안에는 무의식의 물결이 일렁이며 밀려들었다. 그러면 밤마다 나의 작은 방안에서 조난당하는 것을 피하려고 잠자리를 뗏목 삼아 사투를 벌여야 했다. 매일 밤 악몽으로 몸서리치던 내게 불쑥 파도들이 찾아오기 전까지는 그랬다. 파도 말이다. 그것을 어떻게 내 안에 정리할 수 있을 것인가. 악몽을 끝내 버릴 악몽. 고통을 끝내 버릴 고통. 어떤 방식으로도 충분히 설명될 수 없을 그 경험은 내가 갇힌 어둠 가운데 피할 수 없는 종결을 선포해왔다. 오차 없는 종말의 칼날 앞에서 결국 끝이 날 예정이었다. 온 힘을 다해 저항하려 했지만 억울할 일은 아니었다. 익숙한 결말이었다. 의식과 무의식이 만들어 낸 물결이 어둠 속 적막을 넘실넘실 떠다니며 내 안의 응어리진 모든 것을 실어 날랐다. 기억 속 영상들, 완성되지 않은 대화들, 영영 이해되지 않을 꿈의 파편들, 정리되지 않은 질문들, 그리고 용서받지 못한 나의 잘못들까지. 그러한 것들이 전부 수면 위로 떠올라 퍼져나갔으나 이내 벽면에 부딪혀서는 도로 나를 향해 밀려들었다.

물음들

'그때 왜 운전기사를 말리지 않았을까?'
'어째서 버스에서 내리지도 못했을까?'
'꼭 그렇게 먼 곳까지 가야만 했을까?'
'하필 살아남은 게 나였을까.'

침대 밑까지 차오른 물음들은 해결되지 못한 채 어지러이 떠다녔고, 방 전체가 서서히 잠겨 들게 되면서는 제자리에 놓인 사물들 역시 일제히 무게를 잃고 수면 위로 떠올랐다. 책 속의 문자들은 흐물흐물 젖어 들었고 의자와 책상들도 맥없이 오르내리기를 반복하는 중이었다. 잠결에 어리둥절하던 나도 그제야 사태의 심각성을 깨닫고 바깥으로 도움을 청하려 했으나 굳게 닫힌 방문 뒤에서는 아무런 기척도 느껴지지 않았다. 그렇게 불가해한 밤에 완벽하게 홀로 갇힌 상태였다.

위로들

"멀쩡하게 살아남았다니 참 다행이로구나. 정말 큰 행운이 따라 주었어."

'친구를 잃어버렸는데도요?'

"신이 그를 데려가신 거야. 친구는 여기보다 좋은 곳으로 가 있는 거야."
'저는 어떻게 살아가죠?'

"시간이 지나면 잊을 수 있을 거야. 모든 것이 차츰 나아질 거야."
'잊고 싶지 않아요.'

"세상에 영원한 것은 없단다. 그건 누구도 피할 수 없어."
'헤어지고 싶지 않아요.'

결국 제자리에 놓인 것은 없고, 엉망이 되어가는 나의 방을 복구할 길도 없어 보였다. 소용돌이에 휩쓸린 소유물들도 용도와 의미를 잃어버린 채 더러는 망가졌고 더러는 침수되어 사라졌다. 안락함에 있어 최후의 보루와도 같던 나의 침대도 물살에 밀려 떠올랐고, 이불 속에서 느낄 수 있던 평안마저 온데간데없이 사라져 있었다. 흔들리는 침대를 붙잡고 어떻게든 떨어지지 않으려 사력을 다해 매달릴 뿐이었다. 방바닥으로부터 얼마쯤 떨어진 높이라는 것을 모르는 바 아니었으나 널브러진 현상들 속에 평정심을 유지하기란 너무도 어려웠다. 물살은 계속해서 부정적인 방향으로 전개되고 있었다. 반복적으로 벽을 때리던 물마루의 진동이 수많은 균열을 만들었고, 갈라진 틈 사이로 물이 유입되기 시작하면서는 순식간에 수위가 높아져 정수리가 천정에 닿을락 말락 해졌다. 운명의 심판을 기다리는 수밖에 없었다. 방 안을 채운 냉기가 가슴속 깊은 곳까지 스며들었다. 무자비한 물의 파동이 내면 구석구석을 잠식시키더니 마침내 의식의 저편으로부터 거대한 물살로 솟구쳐 올랐다. 파도였다. 이제껏 본적 없던-게다가 나의 침실에서라니!-거대한 파도가 나를 삼키기 위해 시커먼 입을 벌려오고 있었다. 질끈 눈을 감고 기다렸다.

첫 번째 파도

"나의 차례로구나! 이번에야말로 나를 향해 오고 있구나. 그래, 모든 것의 결말은 언제나 공통적으로 쉽게 다루어졌지. 우연한 시작과 허무한 끝. 인간의 존재란 어차피 작고 가벼운 찰나의 순간이 아니었나! 자유란 늘 보이지 않아 떠벌이기 좋은 기만이었지. 그러니 우리는 모두 죽음으로 향하는 긴 줄 위에 애써 일렬로 늘어서 있던 것 외에는 실은 다른 길을 걸어본 적이 없었던 거야. 오직 한 방향으로 난 길. 그 보잘것없고 협소한 터전 위에 실은 어떠한 역할도 맡고 있지 않았지. 그러니 세계에는 진지하게 대해야 할 것들이 아무것도 없는 거라고! 그동안 존재하지도 않는 것들을 부여잡으려다 시간만 허비해오고 있었구나. 미련한 집착! 이제라도 오해를 바로잡자. 결국에는 패배할 수밖에 없는 운명임을 받아들이도록 하자. 사람들을 태운 버스는 초원 위에 뒤집혀 버렸다. 짧고 위태롭던 평안은 길을 벗어난 순간 너무도 쉽게 깨져 버렸다. 그렇다면 이번에야말로 나의 차례로구나! 오라! 나의 벗을 삼킨 어둠이여! 살아 있는 모든 것들을 잠들게 만들 기나긴 밤의 장막이여! 영원한 '없음'이여! 쓸데없는 것들을 끝내 버리자. 희망과 근심도, 탄성과 탄식도, 영광과 회한도, 모조리 나와 같이 사라져 버리리!"

파도와 충돌한 뒤 방은 여지없이 파괴되었다. 공간을 견고하게 지지하던 벽들은 무자비하게 무너져 내렸고, 푹신한 베개에 파묻혀 올려다보면 아늑함을 선사하던 천장 역시 물살과 소용돌이에 산산이 부서져 버렸다. 거대한 폭풍이 길들여지지 않은 맹수의 울음소리를 내며 사방에서 몰아쳤고 머리 위로는 까마득한 어둠이 성난 표정으로 포효하듯 뇌우를 퍼붓고 있었다. 저마다 이름과 의미가 부여되어 있던 나의 소유물들과 끈질기게도 그리워했던 나의 방은 흔적도 없이 파도에 휩쓸려 사라졌다. 별안간 펼쳐진 바다 위에 영영 돌아갈 곳을 잃어버린 신세였다. 그 순간에는 미련도 후회도 남아 있지 않았다. 어차피 잃어버리게 될 것을 예견하고 있었다. 채트인에게 그랬듯. 언젠가는 나에게도 닥쳐오게 될 일이었다. 그게 공평했다.

하지만 끝이 아니었다. 사력을 다해 본능적으로 침대 머리에 매달린 탓에 내 몸은 뗏목 위에 올라탄 것처럼 수면 위로 떠올랐다. 다행이었지만 그렇다고 행운으로 여길 일은 아니었다. 무신경한 자연이 혼돈 가운데 질서를 유지하는 방법으로 '우연' 말고는 없다는 것을 이미 뼈저리게 경험한 나였다. 생과 사의 경계 역시 그 모호한 선 긋기를 통하여서 나뉘게 될 따름이었다. 그러니 죽음을 앞두고 행운 따위를 떠올리는 일은 어리석은 짓이다. 집착과 의미 부여에서 벗어나야만 했다. 다만 조난을 당한 신세로 떠다니면서 밀려드는 허무에 애통했다. 정말로 아무런 의미가 없었나? 번민에 사로잡혀 되뇌었지만, 바다 위에 흩뿌려진 눈물방울들처럼 허망에 이를 뿐이었다. 멀리서 더 큰 파도가 밀려오고 있었다. 이번에야말로 끝이라는 걸 인정할 수밖에 없었음에도 미련스러운 육신이 필사적으로 매달렸다. 엄청난 양의 물을 빨아들여 벽처럼 솟아오른 파도 앞에서 내가 붙잡은 것은 고작 낡고 작은 나의 침대였다. 애석하고도 참담한 순간이었다.

두 번째 파도

"파도여 오라! 아무리 부수고 삼키고 쓸어버린대도 절대로 네가 취할 수 없는 것들이 이 세계에 존재한다! '보이지 않는 것들'에 대해서는 털끝이라도 상하게 만들 수 없으리라. 삶의 초월적 성분들은 언제나 인간의 내부에 보존되어 있기에 쉽게 정복을 허락하지 않았지. 그러므로 우리는 자연의 세계와 물리적 현재와 현상의 무대에서는 패배하고 마는 연약한 존재이면서도, 또한 우리는 정의와 양심을 선택함으로써 긍정적인 운명을 이끌어 낼 가능성을 내포한 존재들이기도 한 것이다. 내가 살아 있음을 똑똑히 지켜보라! 악몽 같았던 그날 네가 뒤집은 버스 아래서 죽음을 거부하고 살아남았다! 파도여 내게로 오라! 정직과 의로움이 나를 변호하며 너를 이기도록 도우리라! 나를 혹독하게 심문하여 보라! 몇 번이고 이겨내리라. 지나온 자취들이 눈을 부릅뜨고 조목조목 따져가며 너에게 항변하리라. 형벌은 피하고 평안을 얻으리라. 부정은 달아나고 무한한 긍정이 뻗쳐 나오리라. 혼돈과 파괴는 끝내 질서와 의미를 침몰시키지 못하리라! 옳은 일에는 보상이 그릇된 일에는 징계가 따르리라. 선이 악을 이기리라. 진실이 거짓에 승리하리라. 운명은 결코 너에게 점유되지 않으리라."

파도는 간단하게 침대를 뒤집어 버렸다. 간신히 목숨을 부지해주던 뗏목까지 난파되자 아득한 바다에서 내가 의지할 수 있는 것은 아무것도 없었다. 헤엄치려는 몸부림도 더는 소용이 없었다. 폭풍우 속에 어느 방향으로 시선을 돌려도 공포를 자아내는 수평선만이 이어졌다. 압도적으로 절망감을 주는 광경이었다. 아무것도 없는 바다에서 살고자 하는 몸부림은 작고 미약할 뿐이었다. 수면 위로 올라가려 물살 밖으로 코와 입을 내밀고 온 힘을 다해 공기를 빨아들였다. 하지만 허우적거리느라 호흡을 잊은 탓에 바닷물만 마구잡이로 들이 삼켰다. 걷잡을 수 없는 두려움이 숨통을 조여 왔다. 대체 어느 쪽이었을까? 어느 쪽이 운명의 시험을 통과해 낸 것일까? 초원에서 그날의 사고로 끝내 일어나지 못한 열여덟 명의 승객들 가운데 채트인이 포함되어 있었다. 그렇다면 채트인이 틀렸던 것일까? 열여덟 명과 함께? 아니면 내가 옳았던 것일까? 나머지 생존자들과 함께? 도저히 그럴 수 없다는 것을 누구보다 잘 알고 있는 나 자신이다. 게다가 작금의 상황에 비추어 볼 때 대답은 분명하게 드러나는 중이었다. 나는 심판을 통과하지 못할 것이다. 고통스러운 형벌을 피할 수 없을 것이다. 애초에 벌을 받아야 했던 사람은 채트인이 아닌 나였다. 잘못된 것들의 결말은 바로잡힐 것이다. 악은 패배할 것이다. 언젠가는 거짓이 밝혀져 수모를 겪게 될 것이다. 그것이 옳다.

 마지막 파도가 오고 있었다. 기력이 모두 소진되어 더는 엄두조차 나지 않았다. 팔다리는 굳었고 복부를 채운 소금물이 목구멍까지 차올랐다. 시야 또한 극단적으로 제한되어 어디가 바다이고 하늘인지조차 구분이 되지 않았다. 솟구쳐 오른 거대한 파도 외에는 아무것도 보이지 않고 있었다. 죽음의 광경은 그렇게 어둡고 어지러웠다. 이제야 벌을 받는구나! 마침내 끝이라는 생각이 들자 채트인이 기도하던 모습이 떠올랐다. 최후의 순간은 그가 의지하던 존재의 배후에게 의탁하기로 했다. 정신이 아득하게 희미해지는 가운데 내 안에 응어리져 있던 것들을 홀가분하게 털어 낼 작정이었으나 끝내 알 수 없는 설움이 북받쳤다.

세 번째 파도
 "정말로 보고 계신가요? 모든 것이 당신의 뜻대로 이루어지고 있는 건가요? 잠시 살아남은 이유는 이것이군요. 더 아프고, 더 고통받고, 더 괴로워해야 하는 벌이 제게 남아 있었군요. 맞아요. 저는 많은 잘못을 저질렀어요. 당신은 전부 알고 계셨군요.

당신의 심판은 칼같이 예리하고 정확하군요. 그러나 채트인의 죽음은 무슨 의미인가요? 저를 벌하기 위해 친구를 데려가실 필요가 있었나요? 열여덟 사람의 죽음은 또 무슨 의미인가요? 당신의 계획을 위해서는 그렇게 쉽게 생명을 거두어 가시나요? 혹시 당신은 너무나 크고 전능해서 하나의 생명쯤은 아주 작은 것에 불과한가요? 당신은 희생을 아무렇지 않게 지나칠 수 있군요. 채트인은 그런 당신에게 매달렸죠. 언제나 눈을 감고 당신에게 속삭였어요. 저도 알고 있는 것을 당신은 모르고 계셨나요? 때로는 부주의하게 칼을 휘두르시는군요. 아니면 알고 있었으면서도 그가 상처 입도록 내버려두셨나요? 그가 기도하던 꿈들을 짓밟아 버리셨나요? 당신의 칼은 아프고 잔인하군요.

혹시 당신은 불완전한 존재인가요? 당신은 볼 수 없으면서 우리에게는 눈을 만들어 주셨나요. 듣지도 않으시면서 우리에게 귀를 만들어 주셨나요. 정작 당신은 무거운 침묵을 지키시면서 우리에게 입을 만들어 주셨나요. 어떻게 아름다운 세상을 창조해내셨죠? 그러나 당신의 세상이 엉망이 되도록 왜 아무것도 하지 않으시죠? 당신의 능력은 불완전한가요? 그래서 우리의 삶도 이토록 불완전한가요?

혹시 당신은 모호한 존재인가요? 옳고 그름이 불분명하다면, 어째서 우리에게 지혜와 명철을 허락해 주셨나요? 선과 악이 당신에게 불분명하다면, 어째서 우리에게 양심을 따르도록 가르치셨나요? 진실과 거짓이 불분명하다면, 어째서 우리에게 믿음과 순종을 요구하시나요? 어떻게 눈에 보이는 것보다 위대한 것들을 창조해내셨죠? 그러나 그런 가치들의 지위가 내동댕이쳐지고 멸시당하도록 왜 아무런 기준도 제시하지 않으시죠? 복을 받을 사람들은 복을 받고 있나요? 벌을 받을 사람들은 벌을 받고 있나요? 당신의 판단은 모호한가요? 그래서 우리의 인생도 이토록 모호한가요?

 되돌려 주세요! 당신은 데려가는 분이시지만 우리를 태어나게 하셨죠. 살려주세요! 당신은 우리를 죽음에 이르도록 만드셨지만 살게도 만드신 분이시죠. 잠잠하게 해 주세요! 파도를 일으키신 분도 비와 바람과 바다의 주인도 모두 당신이시죠. 성난 파도를 거두고 제발 어둠 속에서 저를 꺼내 주세요. 숨이 막혀 와요. 가슴이 터질 듯이 아파요. 죽음은 여전히 두려워요. 다시는 아름다운 것들을 대할 수 없겠죠. 해가 지는 모습을 볼 수 없겠죠. 사랑하는 사람들과 함께 있고 싶어요. 채트인의 목소리를 한 번 더 들어보고 싶어요. 이 모든 것들을 저와 함께 구원해 주세요! 부디 이대로 끝내 버리지 말아 주세요······."

 마지막 파도가 덮친 이후 정신을 잃은 나의 몸이 수많은 거품을 만들며 밑으로 가라앉았다. 울부짖음은 멈추었고 내 몸은 깊고 고요한 암흑 속으로 빠르게 내려갈 뿐이었다. 파도와 천둥과 폭풍의 요란한 운동은 아직도 수면 위에 전개되었지만 나는 그런 것들로부터도 멀어져 어둠의 중심부를 향해 침잠되었다. 수면 아래로는 까마득한 해류가 알 수 없는 방향으로 계속해서 흘러가는 중이었다.

2부

버스가 터미널 주변을 도는 동안 나의 친구가 불쑥 나타날 것이라는 확신은 들지 않았다. 황망한 표정으로 배낭이며 카메라 가방이며 짐들을 초조하게 매만졌다. 아프리카 구석구석을 돌아다니며 그간 체득해온 경험들을 무참히 깨버리고 아루샤의 버스는 출발 시간이 되자마자 출발했다. 철석같이 맹세한 같이 가자던 약속도 겨우 아차 하는 순간 어긋나 버렸다. 채트인은 결국 버스에 오르지 못했다.

중간 지점

"채트인!"

"……."

모기장을 뒤집어쓴 채 옆에 누운 채트인의 모습이 달빛에 드러나 있었지만 잠에서 깬 나는 굳이 그의 목소리를 거듭 요구했다.

"채트인!"

"음…."

정적을 허물고 잠결에 내뱉어진 그의 음성을 듣고 나서야 뒤숭숭한 밤을 통과해냈다는 위안을 가질 수 있던 까닭이었다. 혼자가 아니라는 위안. 치사스럽지만 그 위안이 선사하는 아늑한 느낌만이 등에 박힌 모래 알갱이들과 어둠 속에 달려드는 모기떼와 낯선 대륙에서 이방인이 된 외로움 같은 것들을 달랠 유일한 방편이었다.

여행이 시작된 지 나에게는 여섯 달, 채트인에게는 한 달째로 접어들던 깊은 밤, 우리는 다짜고짜 한적한 해변으로 찾아 들어와 쓰러지듯 잠을 청했다. 잔지바르 섬의 동쪽 끝 브웨주 마을의 인근 백사장에서였다. 사연은 이러했다. 계획대로 낮 동안 섬에 들어왔더라면 일찍이 묵을 곳을 찾을 수 있었을 테지만, 항구에서 가짜 배표를 팔아넘긴 거간꾼과 한바탕 실랑이를 벌이느라 배 시간을 놓치고 말았다. 마지막 배를 간신히 잡아타고 선착장에 도착했을 때는 짙은 어둠이 깔린 뒤였다. 운이 좋게 거래가 성사된 택시에 무작정 짐과 몸을 싣고 아무것도 보이지 않는 길을 한 시간 남짓 달려왔다. 택시 기사는 이방인 손님에게라면 당연하다는 듯 해안가의 고급 리조트들을 일일이 나열해 주었지만, 채트인과 나는 "동쪽 끝 바다로 가 주세요."라는 요구로 충분했다. 우여곡절 끝에 드디어 중간 목적지에 도착했다. 바다였다. 그곳이 브웨주 지역 어디쯤 위치한 작은 해안 마을이라는 사실은 나중에야 확인할 수 있었다. 에메랄드빛이 시원하게 감도는 탁 트인 전망을 기대했지만, 달빛이 넘실대는 밤바다가 또 다른 황홀감을 선사해 주었다. 그러나 피곤함이 먼저였다. 해안선을 따라 검게 줄지어 선 야자수 나무들 사이에 대충 자리를 잡고 배낭을 내려놓았다. 침낭을 펼치기에는 후텁지근한 날씨였기에 모기 그물 하나만 꺼내 두 사람이 함께 덮기로 했다. 신발을 벗고 퉁퉁 부어 물집이 잡힌 맨발을 배낭 위에 올려놓는 것으로 잠을 이룰 준비를 마쳤다. 머리 위에 떠 있는 별들만큼이나 수많은 모기떼가 우릴 노리는 것 같았다. 어둠 속에 철썩거리는 파도 소리만큼이나 윙윙거리는 소리가 모기장 위에 맴돌았다. 누적된 피로와 쏟아지는 졸음은 잠을 애원했지만 열악한 잠자리와 얄궂은 훼방꾼들은 잠을 방해하는 중이었다. 별수 없이 그렇게 밤을 보냈다. 잠에 빠졌다가 여러 번 뒤척이며 눈이 떠졌다.

'쏴아'

'쏴아아'

'쏴아아……'

아프리카에서 보낸 지금까지 여정이 크게 다르지 않았다. 희망과 낙심, 긍정과 부정, 기쁨과 우울, 뜻밖의 행운과 예상치 못했던 시행착오의 연속이었다. 하지만 대체로는 성공적이었다.

여행의 출발지였던 아프리카의 최남단 남아프리카공화국에서는 설레고 흥분되는 시간을 보냈다. 해안가에 위치한 열광적인 도시에서 다양한 국적을 가진 친구들과 어울리며 공부 관광 파티 등을 즐겼고, 도시 바깥에서는 현지인들의 거주 지역을 쏘다니며 새롭고 흥미로운 일들을 찾아다녔다. 남아프리카공화국에서는 채트인과 떠날 아프리카 종단 여행을 준비하는 일 이외에도 한 가지 계획이 더 있었는데, 대학에서 진로를 구상하며 기획했던 프로젝트 하나를 실행으로 옮겨 보는 일이었다. 한마디로 그것은 공간을 살리는 작업이었다. '버려진 공간'-방치되거나 낙후된 지역을 나는 그렇게 지칭했다-을 개선하는 활동에 '버려진 사람들'-빈곤을 겪는 거주민들을 나는 그렇게 지칭했다-이 함께 참여하도록 유도함으로써 빈민가의 환경을 개선하고 나아가 사회적 거리감을 좁혀 보자는 취지였다. 채트인을 기다리며 좀이 쑤셔오던 마당에 들끓는 의욕을 분출시킬 무대를 운이 좋게 포착해 낸 것이다. 바로 당시 봉사를 다니면서 알게 된 현지인 빈민가의 한 보호 시설이었다.

'자유의 사람들'이라는 이름의 그 장소는 남아프리카공화국의 도시 케이프타운으로부터 한 시간 남짓 떨어진 랑가 타운에 위치한 작고 허름한 시설이었다. 60여 명의 사람들을 수용하는 일종의 은신처로 결핵과 에이즈 환자들, 거주지가 불분명한 이주민 노숙자들, 그리고 그들에게서 태어난 어린 자녀들이 시설의 구성원이었다. 환경은 매우 열악했다. 군사 훈련소 막사를 연상시키는 벽돌 건물 두 채와 그보다 못한 컨테이너 건물 네 채가 우중충한 시멘트 담벼락에 둘러싸인 게 외관의 전부였다. 실내에는 남자와 여자를 구별하는 벽 하나를 사이에 두고 녹슨 철제 침대가 다닥다닥 붙어 있고, 조명은 천장에 매달아 놓은 백열전구뿐이어서 늘 어둡고 침침했다.

운영이 얼마나 허술하게 이루어지는지는 잠시만 둘러보아도 파악할 수 있었다. 환자와 노숙자들은 격리되지 않은 채 섞여 있고, 제공되는 서비스라고 해봤자 도무지 식욕을 일으키지 않는 멀건 포리지 죽과 수많은 사람이 돌려썼을 담요 한 장씩이 전부였다. 시설의 대표이자 디렉터였던 은톰비 여사는 랑가가 아닌 케이프타운에서 출퇴근했는데 늘 잡동사니들을 늘어놓은 집무실 책상에 앉아 늙고 육중한 몸을 일으키기 버거워했다. 따라서 그녀가 커뮤니티의 숙소 내부를 둘러본다든가 사람들의 상태를 일일이 점검하는 일은 좀처럼 드물었다. 그러므로 실질적인 관리자 역할은 시설의 살림꾼인 노분투 여사가 맡고 있었다. 노분투는 푸근하고 따뜻한 사람이지만 일 처리에는 미적지근한 구석이 있었다. 구호품 옷가지 중 쓸 만한 것이 있으면 먼저 자신의 가족들에게 선물하길 좋아했고, 식자재로 쓰일 설탕과 밀가루 등을 주방에서 마음대로 가져다 사용하곤 했다. 커뮤니티를 운영하는 또 한 사람의 관리자인 카렌은 시설에 출입하는 유일한 백인이었다. 영국에서 석사 학위를 마친 전문적인 NGO 활동가로서 시설의 운영을 위한 대외적인 업무를 담당했는데 실로 유능하면서 자신감 넘치는 숙녀였다. 다만 그녀는 '자유의 사람들' 외부에서 많은 일들을 도맡은 관계로 커뮤니티를 드나드는 건 아주 가끔이었다. 그래서 어쩌다 그녀의 고급 승용차가 커뮤니티의 안마당에 주차된 날이면 은톰비의 사무실에서는 쾌활한 웃음소리가 떠나질 않았다. 이처럼 열악한 환경에서 부실하게 운영되는 '자유의 사람들'은 가난한 마을에서도 가장 가난한 시설에 속했지만, 공동체에서는 나름의 역할을 감당해냈다. 그곳에서 나는 은톰비, 노분투, 카렌을 도와 이런저런 일들을 하며 지냈다. 반복되는 허드렛일 가운데 짬짬이 아이들이 생활하는 공간에 페인트를 칠해주곤 했는데 그때 삭막하고 텅 빈 시설의 벽들이 눈에 들어왔다. 도시의 숙소로 돌아와서는 따뜻한 욕조에 몸을 담그고 기발한 아이디어들을 마구 떠올렸다. 그러고는 '재미있는 일을 벌일 수 있겠구나!'라는 결론에 도달했다.

사회가 이질적으로 분리된 모습을 목격할 기회는 내가 태어난 고향에서도 빈번하게 있어 왔지만 케이프타운과 랑가에 살아가는 구성원들의 차이는 특히나 시각적으로 극명하게 드러났다. 하얀색과 검은색. 도시는 그중에서도 유독 하얀색을 위해 봉사하는 것처럼 보였다. 최신 유행하는 상점들이 줄지어 선 도로에는 멀쑥한 옷차림에 선글라스를 걸친 백인들이 고급 외제 차를 타고 금발의 머리를 휘날렸고, 휴일이면 해변으로 아이들과 애완견을 데리고 나와 여유롭게 산책을 즐기는 일상을 향유했다. 한편 랑가의 상황은 대조적이었다. 수천 개의 판잣집들이 촘촘하게 밀착된 거리는 쓰레기로 점령되어 있었고 쇠창살을 두른 상점에는 시든 채소와 싸구려 식료품들이 진열되어 있었다. 일상이라고 해봤자 매일 아침 출근했다 저녁때 돌아오는 일의 반복이었다. 어쩌다 쉴 시간이 생기면 술을 마시거나 TV 수신기가 있는 집으로 몰려드는 것이 유일한 낙일 정도였다. 그와 같이 하나의 사회가 음울한 대조를 이루는 광경을 목격하고는 야심 차게 이벤트를 실행하기로 마음먹은 것이다. 케이프타운의 하얀 사람들을 그들의 이웃들이 사는 곳으로, 그러니깐 랑가의 검은 사람들의 삶 속으로 초대할 작정이었다.

흥미로운 구상이 떠오르자 준비는 계획대로 진척되었다. 은톰비 여사에게는 '자유의 사람들'을 대표하여 인사말을 준비해

줄 것과 시설의 공간 전체를 마음대로 사용해도 좋다는 허락을 받아 냈다. 케이프타운의 대형 쇼핑몰에서는 페인트와 도구들을 구매하여 트럭에 싣고 '자유의 사람들'의 창고 안으로 운반해 놓았다. 랑가에 거주하는 현지인 운전기사 한 명과 그가 소유한 소형버스 한 대를 섭외하여 타운 구석구석을 구경할 수 있게 안내해 달라는 부탁도 해 두었다. 노분투에게는 시설의 사람들과 똑같은 식단으로 점심 식사를 차려줄 것을 당부했고, '자유의 사람들'에서 가장 젊고 똑똑한 청년인 프라이드에게는 시설에서의 삶을 참가자들에게 증언해 달라고 부탁했다. 프로젝트의 조력자들에게는 일정 부분 사례금을 지급하기로 했다. 대신 참가자들에게는 참가비를 모금할 계획이었다. 미리 정해진 비용을 지불하게 하고 각자 체험을 통해 원하는 부분들을 얻어가도록 프로그램의 콘셉트를 구체화했다. 준비 작업이 무르익으면서 나의 일상 또한 자연스럽게 도시에서 빈민촌으로 옮겨 오게 되었다. 덕분에 훨씬 긴 시간을 랑가에서 보내게 되었는데 어린아이들은 언제나 졸졸 따라다녔고 청년들은 페인트칠을 도와주곤 했다. 예정일이 다가오면서는 밀린 작업량을 따라잡기 위해 아예 센터의 침대 하나를 빌려 시설에 거주하기 시작했다. 그때부터 '자유의 사람들'의 식구들과 랑가의 주민들은 더 이상 나를 손님으로 대하지 않았다. 마침내 모든 준비가 완료되었다.

도시는 아직 잠에서 깨지 않은 한적한 일요일 아침. 케이프타운 해변의 씨포인트 수영장 옆 도로가 일찍부터 사람들로 북적거렸다. 드디어 준비해온 프로젝트 당일이었다. 시계가 여덟 시를 가리키자 미리 섭외해 놓은 운전기사 음키제 씨가 미니버스에 스무 명의 사람들을 태우고는 케이프타운을 빠져나왔다. 익숙했던 풍경들을 창밖으로 떠나보내며 들뜬 참가자들을 향해 하루 동안 진행될 프로젝트에 대해 소개했다.

"1994년은 남아프리카공화국 국민들의 가슴속에 공통적으로 매우 중요한 해였습니다. 넬슨 만델라가 흑인 최초의 대통령으로 당선되어⋯. 이전까지는 백인들과 흑인들의 거주 구역이 철저하게 분리되어 있었습니다⋯. 우리가 방금 빠져나온 케이프타운에서도 같은 일이 일어났습니다⋯. 오늘날 케이프타운 주위를 둘러싼 수백여 개의 타운십들이⋯. 오늘 여러분께 그 가운데 가장 작고 오래된 마을을 소개해 드리고자 합니다⋯. 도착 예정 시간은 십 분 후이며 미리 안내해 드린 대로 카메라의 사용은 자제해 주시길 당부드립니다⋯. 활동하시는 모습들은 한 대의 지정된 카메라로만 촬영될 예정이니⋯. 여러분은 오직 프로젝트에 집중하여⋯."

소개가 끝나자 참가자들은 환호와 박수를 보내 왔다. 직선으로 뻗어난 M7 국도를 달리다가 마침내 랑가 타운 입구에 도착했다. 음키제 씨가 예정된 경로를 따라 좁고 구불구불한 타운십의 속살들을 구경시켜 주었다. "천천히 가 주세요"라고 음키제 씨에게 내가 속삭였다. 버스 안에는 긴장과 적막이 감돌았다. 랑가를 구경하는 우리들을 랑가의 주민들도 유리창 너머로 구경 중이었다. 평소 범죄에 대한 소문과 부정적 정보들이 장벽처럼 진입을 거부하고 있었기에 사람들은 금단의 벽을 넘은 것처럼 긴장했고, 또 조심스러웠다. 그러나 눈에 들어오는 새로운 광경이 호기심을 자극하고도 있었다. 금방이라도 쓰러질 듯 기울어진 판잣집들과 수백 명이 함께 사용하는 공동 화장실과 진흙과 오물로 범벅이 된 땅바닥에서 태연하게 살아가는 사람들의 모습까지. 익숙지 않은 시각적 요소들을 마주하게 된 참가자들은 자연스럽게 몰입하여 프로그램에 빠져들었다.

이윽고 '자유의 사람들'에 도착한 버스에서 내린 손님들을 프라이드가 맞이했다. 구겨진 분홍색 반소매 셔츠에 우스꽝스러울 정도로 기장이 짧은 양복바지의 조합이지만 그가 말쑥하게 차려입은 모습을 전에는 본 적이 없기에 놀라움의 눈인사를 슬쩍 건넸다. 프라이드는 쑥스러운 듯 미소를 짓고는 준비한 순서를 진행하기 위해 손님들을 인솔하여 타운십 안쪽으로 걸어 들어갔다. 그가 앞장서서 마을 중앙부를 향해 판자촌을 가로지르려 하자 사람들은 잠시 주춤거렸고, 나 역시 미심쩍은 생각에 프라이드에게 당부했다.

"너무 위험하지 않도록 적당히 데려가 줘."

"걱정 마. 다 잘 될 거야."

긴장된 걸음으로 랑가의 중심을 향해 들어가는 동안 어느새 따라붙은 아이들이 염소 떼처럼 에워싸기 시작했다. 그중 대담한 녀석들은 방문객의 머리칼을 쓰다듬은 뒤 잽싸게 달아나는 장난을 시도하기도 했다. 우리는 소스라치게 놀랐지만, 다행히 아이들의 웃음소리가 긍정적으로 작용한 모양이었다. 다음에는 자연스럽게 마을 어른들이 합세하여 인사를 건네기 시작했다. 인사는 짧은 대화로 늘어났고 짧은 대화는 점차 서로의 이름과 안부를 확인하기에 이르렀다. 간단한 자기 나라말들을 소개하기도 하고 원주민들의 인사법을 배우기도 하며 경계는 의외로 간단하게 허물어졌다. 이윽고 마을의 넓은 공터 정중앙에 멈춰 섰다. 랑가의 전경을 한눈에 둘러볼 수 있는 장소였다. 방금 전 지나온 판잣집들이 탁 트인 하늘 아래 옥수수 알들처럼 붙어 있었다. 더는 따라오지 않았지만, 아이들의 카랑카랑한 목소리도 지붕들 위로 들려왔다. 프라이드가 입을 열었다.

"고향을 떠나 부모님의 손을 잡고 처음 이곳에 도착했을 때 아홉 살 소년이던 저는 두 가지 낯선 광경에 무척 당혹스러웠습니다. 한 가지는 저 이상하게 생긴 집들이었고, 또 한 가지는 제가 살던 고향과 달리 지나치게 폭력적인 또래 친구들이었죠. 이십 년이 지난 지금 달라진 것은 그때 저를 데려오신 부모님이 돌아가신 것뿐입니다. 이곳에서 변화는 그만큼 더디고 사람들은 오랜 시간을 기다려야 하죠. 정부가 공급하기로 약속한 공공주택이 마을 사람들의 희망이지만 약속이 지켜지는 데까지 걸리는 시간은 아주 오래여서 사람들은 여전히 저 판잣집에 살고 있습니다. 더러는 판잣집에서 죽었고, 그 판잣집에서 다시 아이들이 태어나 자라고 있습니다. 참으로 이곳의 삶은 기다림에 익숙해지는 것 외에는 방법이 없습니다. 우리는 화장실을 백 명의 이웃들과 함께 사용합니다. 물을 받기 위해서도 백 명쯤 줄을 서서 기다립니다. 정부에서 제공하는 공공주택 대기자 명단에 이름을 올린 지 삼십 년째 기다리는 사람들도 있습니다. 그러나 기다림을 결코 지루하게 보내지는 않습니다. 사람들은 자기만의 판잣집을 꾸밉니다. 마음에 드는 색을 칠하고 그림을 그립니다. 고기가 생기는 날에는 다 같이 모여 춤을 춥니다. 음악도 빼놓을 수 없습니다. 우리는 그렇게 기다립니다. 소중한 '자유'가 여전히 우리에게 있기 때문입니다."

프라이드가 소개를 마쳤을 때 솔직히 감동받지 않을 수 없었다. 애초에 그에게 기대한 것은 그저 방문객들을 불미스러운 위험에서 벗어나게 해 줄 안내자의 역할 정도였지만, 그가 준비해

온 연설은 예상을 훌쩍 뛰어넘는 것이었다. 생면부지의 사람들 앞에 서서 그토록 담담하면서도 진솔하게 자신의 이야기를 전하는 모습을 시종일관 흡족하게 바라보았다. 참가자들도 감명을 받았는지 그에게 감사의 인사를 건넸고, 곧이어 프로젝트의 하이라이트만을 남겨두고 있었다.

 노분투 여사가 점심으로 제공해 준 현지식 체험까지 마치고는 참가자들에게 페인트 도구를 나눠 주며 '자유의 사람들' 담벼락에 그림을 그리는 본격적인 작업을 시작했다. 전달하고 싶은 메시지들, 개성이 담긴 그림들, 재치 넘치는 문구들이 시끌벅적한 웃음소리와 함께 벽 위에 채워지는 동안 참가자들과 자유의 사람들은 빠르게 가까워졌다. 랑가의 주민들도 그 광경을 구경하기 위해 몰려들었다. 비록 작은 변화에 불과했지만, 참가자들은 저마다 직접 만들어 낸 변화에 흥미로워하는 눈치였다. 일정을 마친 참가자들에게 은톰비 여사가 감사의 인사를 전하면서 나에 대한 칭찬도 빼놓지 않았다.
 "여러분의 친구이자 저희의 친구이기도 한 이 청년은 대단한 열정을 가지고 있더군요. 그는 여기서 사람들과 함께 잤습니다. 믿어지세요? 여기서 우리와 함께 잤다고요!"
 만족에 찬 그녀의 걸걸한 웃음소리가 일장의 연설과 함께 울려 퍼졌다. 어쩌다 카렌의 자동차가 '자유의 사람들'에 머물던 날 은톰비의 사무실에서 들려오던 것과 같은 웃음소리였다. 어쨌든 이벤트는 성공적으로 끝이 났고 꽤나 좋았던 호응에 힘입어서 프로그램은 이후 두 차례 더 진행하게 되었다. 일정의 막바지에 이르러서는 마침내 아프리카에 도착한 채트인도 합류하게 되었는데, 예상대로 그도 매우 재미있어 했다. 그제야 진짜로 성공적인 시간을 보냈노라고 만족하며 안도할 수 있었다. 여행의 처음은 그렇게 순조로웠다.

채트인과 함께 시작한 이번 여행은 아프리카 최남단에서 내륙을 통과한 뒤 '아프리카의 뿔'로 불리는 대륙의 북동쪽 끝 소말리아에서 끝이 난다는 구상이었다. 하지만 당시 소말리아가 겪고 있던 심각한 혼돈의 상황을 고려할 때 도저히 입국이 불가능하다고 판단되었다. 법적으로 불허될 뿐 아니라 내전이라는 실제적 위험까지 도사리고 있었다. 따라서 소말리아의 국경 부근까지로 계획을 수정했다. 그렇게 해서라도 아프리카 종단이라는 커다란 밑그림을 완성시키기 위함이었다. 목적지는 정해졌지만, 과정은 여전히 불분명했다. 남아공에서 소말리아까지 직선으로 장장 칠천 킬로미터에 이르는 거리에는 내륙과 해안에 걸쳐 스무 개의 국가들이 자리하고 있다. 그 가운데 어떤 경로를 선택해야 할지, 어떤 국가는 피해야 할지, 결정을 내리기란 쉽지 않았다.

우선 남아프리카공화국에서 내륙으로 진입하기 위해서는 국경과 나란히 맞닿은 네 개의 국가들 중 한 곳을 선택해야만 했는데, 여행객들이 가장 선호하는 목적지는 나미비아였다. 세계 3대 폭포 중 하나인 빅토리아 폭포와 캠핑 트럭을 타고 낭만적인 야영이 가능한 나미브사막을 구경할 수 있기 때문이다. 그다음으로는 개인들의 취향에 따라 오카방고 습지가 있는 보츠와나, 인도양의 정취를 느낄 수 있는 모잠비크를 각각 선호하기 마련이었다. 그러나 특별한 사정이 있지 않은 한 짐바브웨로 향하는 사람은 드물었다. 여행자들의 발걸음을 유혹할 관광지로서의 매력이 적다는 이유도 있었지만, 그보다는 악명이 높았다. 독재자인 로버트 무가베가 무려 삼십 년 넘게 통치 중인 나라였고, 살인적인 인플레이션으로 경제가 완전히 붕괴되어 화폐가 무용지물이 되어 버린 상황이었다. 도리어 하루에도 수천 명이 넘는 이주민들이 짐바브웨를 탈출하여 남아프리카공화국으로 내려오고 있었다. 그러니 여행자들이 그곳을 행선지로 결정하는 일은 드물었으며 그만큼 알려진 정보도 희박했다.

랑가에서 프라이드에게 따로 도움을 요청한 것은 그의 고향 짐바브웨에 관한 정보를 얻기 위해서이기도 했다. 이번 여행에서 채트인과 내가 쫓는 것은 경이로운 자연 경관도, 흥미진진한 투어 체험도, 이국적인 아름다움을 카메라에 담는 일도 아니었다. 그보다는 우리 앞에 펼쳐진 날것 그대로의 아프리카를 알아보고 싶었다. 갈등과 문제의 핵심에 직면하여 이곳에 살아가는 사람들의 진짜 삶 가운데로 깊숙하게 들어가 보기를 갈망했다. 그런 의미에서 짐바브웨는 우리에게 흥미로운 목적지이자 여행의 향방을 결정지을 첫 관문이나 마찬가지였다. 하지만 어둠처럼 캄캄한 짐바브웨의 내부 사정이 우리를 주저하도록 만든 것이다. 그러므로 나는 프라이드와 친분을 통해 짐바브웨로 들어갈 계획을 세웠고, 프라이드는 우리 앞을 가로막은 어둠을 차근차근 벗겨 낼 등불과도 같았다.

"짐바브웨의 국경을 육로로 넘어가고 싶어. 방법이 있을까?"

"케이프타운에서 이틀 동안 기차를 타고 가면 요하네스버그에 도착해. 요하네스버그에서 다시 반나절 동안 기차를 타고 이동하면 베이트 브리지라는 마을이 나와. 그 마을에 있는 긴 다리를 건너면 바로 짐바브웨야."

"좋아. 국경을 넘은 다음 짐바브웨의 지방 곳곳을 자유롭게 돌아다니려면 곧장 수도인 하라레로 들어가서 시작하는 게 좋을까?"

"국경에서부터는 대중교통이 없어."

"프라이드, 설마 농담이겠지? 그럼 걸어서 들어가기라도 해야 한다는 말이야?"

실제로 우리가 짐바브웨로 들어갔을 때 그의 입에서 증언된 내용들이 얼마나 유용할 수 있을지 의문이지만 밑져야 본전이라는 심정으로 그의 대답을 세세히 적어 내려가던 중이었다.

"이 년 전 고향집에 다녀왔었어."

"이 년이면 너무 오래전이잖아……."

말문이 막힌 우리는 잠시 정적에 휩싸였다. 세워 놓은 계획들이 모조리 다시 짜여야 할 것처럼 뒤죽박죽이 되어가던 마당에 프라이드는 알아들을 수 없게끔 우리말로 채트인에게 물어보았다.

"차라리 이 친구를 데리고 가 볼까? 만약 그게 가능하다면 우리에게 훌륭한 안내자가 되어줄 거야. 그는 믿을 만하고 똑똑해. 아마도 짐바브웨 구석구석을 돌아다닐 기회가 마련되겠지. 운이 좋으면 그의 가족과 친구들을 인터뷰할 수도 있을 테고."

즉흥적이면서도 비밀스러운 제안에 채트인은 당황스러워하는 반응이었지만 곰곰이 생각하더니 되물었다.

"글쎄. 그의 생각이 중요하겠지. 이곳의 생활을 전부 내려놓고 우리와 떠나는 게 그리 간단한 일일까?"

하지만 나의 마음은 이미 프라이드를 앞세워 짐바브웨의 깊숙한 곳까지 들어가고 있었다.

"우리의 예산을 그에게 나눠 주자! 우리뿐이라면 관광객 취급을 당하며 여기저기에서 바가지를 쓰게 될 테지만 그와 함께라면 현지인들에게 통용되는 비용으로 지불할 수 있을 테니 큰 손해는 아닐 거야. 무슨 이야긴 줄 알겠지, 채트인?"

"그렇다면 우리도 현지인들의 방식대로 여정을 진행해야 할 거야. 그래야만 셋의 여행도 가능해져."

처음에는 미심쩍던 채트인도 마침내 동의하자 재빨리 프라이드에게 의견을 타진했다. 아는 것을 답하는 것과 여행의 시작부터 끝까지 함께하는 것. 그것은 완전히 다른 문제였다. 어떻게 낯선 사람과 선뜻 국경을 넘어 함께 돌아다닐 수 있단 말인가. 더욱이 그는 남아프리카공화국에서 변변한 직업도 없이 '자유의 사람들'에 임시로 기거하는 신세였다. 국경을 넘어서는 순간 그가 돌변하지 않으리라는 보장도 없었다. 막상 제안을 던져 놓고는 걱정과 의심이 잇달아 밀려왔지만, 이번에는 프라이드가 우리의 눈동자를 번갈아 쳐다보며 대답했다.

"걱정 마, 다 잘 될 거야."

랑가에서 긴장감에 머뭇거리던 우리를 안내할 때와 같은 대답이었다.

이틀 동안 기차를 타고 세 사람이 함께 요하네스버그에 도착했다. 요하네스버그에서는 다시 반나절 동안 기차를 타고 베이트 브리지에 도착했다. 베이트 브리지에서는 마을 북쪽에 있는 긴 다리를 건너 짐바브웨의 국경을 통과했다. 국경을 넘어서는 정말로 대중교통 수단이 없었다. 대신 그곳에서부터는 민간인들이 자체적으로 돈을 걷어 가까운 도시까지 태워다 줄 픽업트럭이 운행되고 있었다. 창문도 없이 사방이 막혀 있는 낡은 트럭 짐칸에 사람들과 함께 실렸다. 가급적 많은 인원을 한꺼번에 태우고 출발하려는 운전사의 자비심 덕분에 낯선 사람들 틈에 밀착되어 갑갑했지만, 한편으로는 트럭 안이 아늑하게 느껴졌다. 세 사람이 정말 짐바브웨로 들어가고 있었다.

프라이드의 도움 덕분에 우리는 아프리카에서 가장 낯선 장소들을 편안하면서 안전하게 활보하고 다닐 수 있었다. 수도 하라레의 남쪽에 위치한 치퉁귀자에서는 프라이드의 친척 집을 방문했다. 극심한 인플레이션의 영향으로 화폐가 사라져 버린 탓에 도시에서는 미국 달러와 남아공 란드가 혼용되었지만, 치퉁귀자와 같은 시골 마을에는 그와 같은 대체 화폐조차 흘러들어 오기 어려웠다. 그러나 화폐가 없는 마을이라고 사람들의 일상까지 멈춘 것은 아니었다. 주민들은 다만 불편해졌고 대신 조금 더 가까워져 있었다. 집에서 직접 키운 채소들과 소유한 공산품들을 서로 교환하는 방식으로 그들만의 소비와 공급이 이루어지고 있었다. 마당에서는 저마다 텃밭을 가꾸었고 마을 어귀에 펼쳐 놓은 가판에서는 교환할 수 있을 만한 물건들을 내다 팔았다. 신던 신발, 헌 옷, 씨암탉, 집에서 직접 짜낸 기름까지. 조악하지만 일상을 돌아가게 해 줄 모든 것들이 거리에 진열되어 있었다.

밤에는 손님들을 위한 잔치가 벌어졌다. 주인공은 우리 세 사람이었다. 프라이드의 삼촌 무코마와 그의 아내 로이스가 나무 장작더미 속으로 지폐 한 다발을—무려 십조라는 숫자가 인쇄된 짐바브웨 달러도 눈에 띄었다!—불쏘시개로 던져 넣고는 능숙한 솜씨로 불을 피우자 뒷마당에 피운 숯불로부터 으깬 옥수숫가루, 잘게 썬 시금치, 털이 몽땅 뽑힌 닭 한 마리가 차례로 근사한 요리가 되어 우리 앞에 놓였다. 저녁을 준비하는 동안에는 전기가 나가 버린 바람에 마을 전체가 어둠에 휩싸였으나 사람들은 태연하게 요리를 멈추지 않았다. 눈에 보이는 것은 타오르는 장작과 기름에 엉켜 오르는 불씨뿐이었지만, 코를 부풀게 하는 음식 냄새와 크리스마스 전구처럼 머리 위에 켜진 수만 개의 별빛 때문에 황홀하면서도 행복했다. 그날 저녁은 아프리카에서 경험한 최고의 식사를 마치고는 신나게 춤까지 췄다. 흥겨운 노랫소리와 혀를 굴리며 뽑아내는 추임새에 잠깐씩 들어왔다 도로 나가 버리는 전기 따윈 안중에 없었다. 모든 것이 넉넉한 밤이었다.

수도를 떠나 짐바브웨의 최종목적지인 프라이드의 고향집에 도착했을 때는 안타깝게도 빈집만 덩그러니 남겨져 있었다. 마당에는 따 먹지 않은 오렌지 열매들이 햇살에 지쳐 있었고 실내의 방문들은 굳게 닫힌 채 쓸쓸함을 견뎌 온 것처럼 보였다. 거실 탁자 위에서 뚜껑이 열린 펜과 덩그러니 놓인 메모 한 장이 발견되었다.
"누나는 한 달 전에 남아공으로 떠나갔대."
프라이드는 괴로운 듯 두 손으로 머리통을 감싸 쥐었으나 이내 복잡했던 심경을 가다듬고 손님으로 온 우리를 위해 어질러진 집을 정리했다. 휑한 시멘트 벽 위로 두 개의 액자가 걸려 있었는데 자세히 보니 하나는 프라이드의 어린 시절 사진이고, 다른 하나는 신문에서 오려 낸 넬슨 만델라의 사진이었다. 해가 지자 조그만 모닥불을 피우고 둘러앉아 짐바브웨에서의 마지막 밤을 보냈다. 빈집에는 저녁거리가 될 만한 것이 없기에 배 안에선 연신 꼬르륵 소리가 울렸지만, 불빛에 드러난 서로의 얼굴을 바라보며 이런저런 농담을 주고받는 것만으로도 밤을 지새우기엔 부족함이 없었다. 날이 밝자 프라이드는 나무에 열린 오렌지들을 따서 아침 식사로 제공해 주었고, 여행 내내 지저분해지고 닳아진 우리의 겉옷을 자신의 손으로 직접 빨아 주는 것으로 안내자의 역할을 모두 마쳤다. 다 쓴 비누 조각을 뭉쳐 만든 빨랫비누로부터 햇빛에 반짝이는 물이 뚝뚝 떨어졌다. 그렇게 짐바브웨에서의 일정을 끝으로 프라이드와 헤어졌지만, 채트인과 나는 이후의 여정들도 같은 방식으로 이어올 수 있었다. 짐바브웨를 떠나 잠비아에서. 잠비아를 떠나 이곳 탄자니아에 도착하기까지. 프라이드가 안내했던 대로 우리는 어떤 상황에서든 묵묵히 기다릴 줄 알게 되었고, 우연히 만난 친구일지라도 신뢰하는 법을 배웠으며, 덕분에 아프리카에서의 임무들을 성공적으로 완수해왔다.

하지만 이번 여행에서 가장 성공적인 부분을 꼽으라면 주저 없이 채트인과의 동행이라고 답할 것이다. 그가 약속을 지키기 위해 지구 반 바퀴를 날아서 미지의 대륙에까지 도착한 일이야말로 내겐 행운이 아닐 수 없었다. 생애 최고의 순간들을 함께 하고 싶은 상대로 유일한 친구인 채트인이었다. 그런 그가 그토록 바라던 공부를 시작하게 되었음에도 배낭 하나를 꾸려 메고 아프리카로 와 준 것이다. 공항으로 마중 나갔을 땐 마치 신체의 일부인듯 그의 어깨에 밀착된 카메라 가방을 감탄스럽게 알아보

앉다. 그 낯선 사물이 채트인의 눈을 혹독하게 단련시킨 탓이었을까. 한층 더 그윽하게 깊어진 눈매에 시선을 맞추려고 올려다보니 채트인이 전보다 확연하게 높이 있는 것처럼 느껴졌다. 그러나 활짝 웃는 웃음은 여전히 상냥하면서 따뜻했다. 간절히 기다려 온 친구가 드디어 내 앞에 서 있는 것을 실감하고는 지체 없이 그를 향해 팔을 뻗었다. 활짝 편 손바닥을 뻗어 마주 대는 것으로 오래된 우리의 인사를 확인했다.

채트인이 합류하고 난 뒤부터는 즐겁고 흥분되는 순간의 연속이었다. 비록 여행안내 사이트나 책자에서 '꼭 방문해야 할 곳'으로 추천하는 곳들은 전부 비켜왔지만 채트인과 나는 언제나 경이로운 아프리카 대자연의 일부일 수 있었다. 한적한 시골집 마당에서, 구불구불한 길 위에서, 때로는 덜컹거리는 고물 트럭 위에서도. 탁 트인 대지 너머로 대륙의 붉은 심장이 강렬하게 타오르는 광경을 나란히 바라보았다. 그때마다 우리들이 놓인 상황이나 처지와는 상관없이 형용 못 할 감동이 가슴속으로 밀려들었다. 비록 아프리카를 종횡무진 기동할 수 있는 사륜구동 지프나, 아늑하게 여독을 달래줄 호텔 방은 없었지만, 어디로든 자유롭게 움직일 수 있었으며, 언제나 대화를 나눌 준비가 되어 있었다. 잠비아에서 탄자니아로 이동할 때 탔던 기차에서는 꼬박 나흘 동안이나 초원 위를 달린 적도 있다. 코끼리 울음 같은 기적 소리를 내며 낮에는 웅장한 동아프리카 지구대의 골짜기들을, 밤에는 달빛이 일렁이는 바오밥나무 숲을 달리는 동안 우리는 덜컹거리는 객차의 이등칸 하나를 차지하고는 청춘의 앞날을 그리느라 여념이 없었다. 졸업과 취업, 나아가서는 결혼과 밥벌이 계획 등. 녹록지 않은 현실의 갑갑함을 토로하며 근심에 잠겼다가도 같은 방향으로 헤치고 나아가자는 약속이 결국에는 아프리카로 귀결되었다. 채트인은 카메라를 들고 다양한 촬영 경험을 쌓은 후에, 나는 도움이 필요한 여러 현장들을 누비다가, 언젠가 이 대륙에서 반드시 함께하자는 약속이 "그때는 기차 대신 우리가 직접 사륜 구동차를 운전하고 다니는 게 어떨까?"라는 우스갯소리로 마무리 지어졌다. 대화는 번번이 웃음이었고, 한바탕 웃음 가운데서도 그와 함께라면 반드시 이루어질 약속이라는 믿음이 아침의 태양처럼 당연하고 익숙하게 떠올랐다.

'쏴아'

'쏴아아'

'쏴아아……'

그렇지만. 대체로 성공적이라고 해서 지금까지 여정이 희망과 긍정과 뜻밖의 행운들로만 점철된 것은 아니다. 더욱이 아프리카에 그것은 불가능한 일일 것이다. 한편으로 우리는 부정과 낙심과 예상치 못했던 시행착오의 길들까지 나란히 걸어왔다. 남아프리카공화국에서 짐을 꾸릴 때만 하더라도 갈수록 가벼워질 것으로 예상했던 배낭의 무게가 도리어 무거워진 사정. 잠비아에서 한밤중 길을 잃고 카푸에 강을 따라가다 실족하여 낭떠러지에 고꾸라진 사건. 루사카의 사진관에서 사진을 현상하려다 메모리가 통째로 삭제되어 망연자실했던 경험 등. 그런 종류의 일들이라면 여행 중 얼마든지 일어날 수 있는 상황이라고 위안 삼으면 그만이었다. 그보다도 여행을 힘들게 만든 위기의 상황은 언제나 함께였던 동지로부터 낯선 이질감을 느끼게 될 때, 혹은 나란히 걷던 단짝에게서 아득한 거리감을 느끼게 될 때였다. 바로 채트인과 내가 겪은 갈등의 순간들이다.

채트인은 랑가에서의 프로젝트를 즐거워했지만, 그것을 마무리하는 방식을 두곤 나와 상반된 입장이었다. 이벤트를 모두 마친 '자유의 사람들에는 많은 변화가 생겨났다. 우중충했던 담벼락에는 사람들이 손수 칠한 그림이 입혀졌고, 아이들이 생활하는 공간에는 아기자기한 장식이 더해졌다. 허름했던 시설 외벽에 입혀진 아프리카 전통 문양들과 내가 직접 그린 얼룩말 그림도 새롭게 단장한 '자유의 사람들'을 대표하는 상징물로 자리매김했다. 하지만 주목받아야 할 변화는 눈에 보이는 것들이 아니었다. 익숙한 도시를 벗어나 낯선 이웃들을 방문하여 시간을 보낸 하얀 사람들과 낯선 손님들을 기꺼이 친구로 맞이해 준 검은 사람들이 한자리에 모이게 된 과정이야말로 프로젝트가 이뤄낸 결실이었다. 나는 그런 성공을 자축하는 동시에 우리가 느낀 뿌듯함을 더 많은 사람에게 나누어 주고 싶었다. 그래서 방문객들이 제자리로 돌아가고 난 뒤에도 채트인과 '자유의 사람들'에 남아 추가적인 마무리 작업을 진행했다. 건물의 가장 큰 벽면에 참가자들의 이름을 촘촘히 새겨 넣었고 맞은편 벽에는 다음과 같은 문구를 새겨 넣었다.

'벽 위에 그린 한 겹의 페인트가 저들에게는 돈도 음식도 추위를 막아 줄 두꺼운 벽이 되어 줄 수 없음에도 불구하고 우리가 여기 모인 이유는 서로에게 들려주고 싶은 이야기가 있기 때문입니다.'

이벤트 내내 나를 지지하고 지원해 준 채트인이 그 마무리 작업에 대해서는 다른 견해임을 알아차린 건 랑가의 식구들과 작별 인사를 나누고 케이프타운으로 돌아오는 택시 안에서였다. 옆자리에 앉은 채트인이 평소와 다른 침묵을 지키고 있었기에 그의 내면에 자리 잡은 고민을 감지할 수 있었다. 무슨 이유에서인지 괴로워하는 듯한 모습이었다. 연유를 캐물었지만 채트인은 끝내 나의 잘못을 일일이 발설하지 않았다. 대신 굳게 닫힌 입을 열어 자신이 간직한 소신을 진지하게 나누어 주었다.

"버든, 누군가를 정말로 돕고자 한다면 그것은 '함께'가 되는 길밖에는 없어."

이 한마디의 당부를 조심스럽게 건네는 것으로 우리 사이에 응어리진 불편한 감정을 해방시켜 주려 하고 있었다. 물론 나도 그에게 동의했다. 처음으로 나를 타이른 것 같은 단호한 어조에 약간의 서운함이 들기는 했어도 틀린 말은 아니었다. 그러나 선뜻 나의 뜻을 접어야 할 이유도 없었다. 채트인은 내 계획의 숨겨진 부분들을 눈치채고 있었음이 분명했다. '자유의 사람들'에서의 추억을 어떻게든 랑가 밖으로 퍼트리려는 의도를 예리하게 간파하고 있던 것이다. 벽화의 속성은 쉽게 사람들의 시선을 끌 수 있다는 점이고, 사진의 장점은 쉽게 이야기를 퍼트릴 수 있는 점이었다. 그러므로 나는 벽화를 통해 랑가와 도시의 사람들의 만남을 주선하는 동시에, 사진을 통해 알려지지 않은 현실과 알려진 현실밖에 모르는 사람들의 만남을 주선할 의도 역시 가지고 있었다. 그렇다. 나는 그 일이 겨우 몇 사람만의 추억으로 끝나서는 안 된다는 생각이었다. 좋은 성격의 일일수록 널리 퍼져나가야 한다는 판단에서였다. 세상에 넘쳐나는 나쁜 소식들 가운데 가끔은 좋은 소식도 균형적으로 전해져야 할 필요 말이다. 절망과 어려움에 처한 사람들에게, 그리고 냉소적인 시선으로 세상을 바라보는 사람들에게, 그러니깐 나는 단지 두 세계의 사람들 모두에게 '희망'이 퍼져나가는 것을 확인시켜 주고 싶었다. '그것이 나쁜 일인가?'라는 물음으로 따져 묻고 싶었지만, 미소를 되찾은 채트인의 표정에 나의 동요도 다시금 누그러졌다. 무엇보다 여행의 단추가 잘못 채워지는 일만은 막아야 했다. 소모적인 논쟁은 자칫 불필요한 갈등으로 확대될 위험이 있었다. 우리를 기다리는 훨씬 크고 복잡한 아프리카를 앞둔 상황에서 갈등은 도움이 되지 않았다. 채트인도 나도 그것을 의식했기에 서로에게 더 각별한 주의를 기울였다.

그러나 순탄하게 걸어오던 두 사람의 길이 또다시 엇갈리게 된 사건이 벌어졌다. 미지와도 같던 짐바브웨로 들어선 이후부터 안내자, 기획자, 촬영자로 설정된 세 사람의 역할 구분상 프라이드와 채트인 단둘이서 대화를 나눌 기회는 적은 편이었다. 기획자인 내가 다음 목적지를 결정할 수 있게끔 프라이드는 필요한 정보들을 제공해주었고, 카메라를 다루는 채트인은 묵묵히 거리를 유지한 채 촬영에만 전념했기 때문이다. 그러나 여행이 무르익게 되면서 복잡다단한 아프리카의 상황이 그러한 효율적 역할 구분 따위 소용없도록 만들었다. 혼란에 빠진 기획자는 갈피를 잡지 못했고, 마땅히 찍을 거리가 없어진 촬영자는 머쓱해진 안내자와 새로운 대화들을 즐기게 된 것이다. 그러면서 세 사람의 관계에도 변화가 시작되었다.

 변화의 결정적 촉매로 작용한 것은 아이러니하게도 채트인이 가져온 카메라였다. 이번 여행에서 카메라의 주된 용도는 채트인의 다큐멘터리 촬영이지만, 또한 여정 전체를 빠짐없이 기록해 줄 효과적인 저장 수단이기도 했다. 카메라를 사용하면 갑자기 떠오르는 메모나 인물의 인터뷰를 수첩 대신 촬영으로 기록하는 것이 가능했고, 중요한 순간들을 손실 없이 저장하는 것도 가능했다. 그러므로 갈수록 여행에서 채트인의 카메라를 선호하게 되었는데 어쩌다 채트인이 촬영에 임하지 않을 때는 직접 카메라를 들고 눈앞의 장면들을 담아내기도 했다. 그렇게 내가 카메라의 편리함에 빠져든 사이 채트인은 프라이드와 함께 보내는 시간에 빠져들었던 것 같다. 이를테면 그는 프라이드의 고향에서 이웃들이 베풀어 준 환대와 무코마 부부가 차려 준 황홀했던 저녁 식사를 오래도록 잊지 못했다. 밥을 먹을 때면 기도를 마친 뒤에 "마치 그때만큼 훌륭한 저녁이군!"하고 감탄하며 여전히 그날의 만찬을 입버릇처럼 떠올리는 그였다. 그날 저녁 채트인은 별빛 아래 긴 팔다리를 흐느적거리며 신명 나게 춤을 추었고, 천정에 자전거를 매달아 놓은 작은 방안에서 세 사람이 나란히 누워 잠든 그 밤을 아프리카 여행 중 가장 완벽한 순간이었다고 고백했다.

그런 채트인이 짐바브웨를 떠나오기 전날 밤 시무룩해진 모습은 지금도 기억속에 생생하다. 프라이드의 고향집에서 누나와 재회하는 장면을 찍으려던 계획은 수포로 돌아갔지만 정작 채트인을 낙심시킨 대목은 프라이드와 앞둔 이별이었던 모양이다. 모닥불을 피우고 마주 앉은 세 사람 중 누구도 언급하지 않았지만 아쉬운 기색을 숨기지 못해 곤혹스러운 밤이었다. 농담 뒤에는 어김없이 침묵이 찾아왔고 탁탁 소리를 내며 튀어 오르는 불씨와 매캐한 연기에 눈동자들은 젖어들었다. 그러나 거기까지였다. 임무를 마친 프라이드는 남아프리카공화국으로 되돌아가야 했고, 우리는 새로운 이야기들을 찾아 다음 목적지로 떠나야했다. 아쉬움을 등 뒤에 남겨 놓는 것도 때로는 도약을 위해 필요한 과정이었다. 그러한 측면에서 나지막이 나에게 속삭인 채트인의 물음이 다소 실망스러웠던 것이 사실이다.

"이대로 꼭 헤어져야 하는 걸까?"

"짐바브웨에서 일정은 모두 끝났잖아."

나의 단호한 선 긋기에 채트인이 침묵했다. 그 침묵을 내버려 두지 않고 이번에는 내가 몰아붙이듯 되물었다.

"그럼 다 함께 떠나기라도 하자는 말이야?"

그랬다. 같이 가 보지 않겠냐는 물음이었다. 남은 여행을 계속해서 프라이드와 하고 싶다는 제안을 조심스레 타진한 것이었다. 물론 나도 남아프리카공화국에서 프라이드를 합류시키기 위해 비슷한 제안을 했던 적이 있다. 하지만 우려에도 불구하고 그때 프라이드와의 동행을 고집스럽게 추진했던 이유는 그것이 짐바브웨로 진입이라는 목적에 부합되었기 때문이다. 덕분에 우리는 미지의 나라에서 성공적인 시간을 보낼 수 있었다. 그러나 이번에는 엄연히 달랐다. 우리는 잠비아로 들어가려 하고 있었다. 짐바브웨는 프라이드의 고향이지만 잠비아는 아무런 연관이 없었다. 국경을 넘는 순간부터 그도 우리와 같은 이방인에 불과할 뿐이었다. 예산도 문제였다. 지금껏 고수해 온 방식대로 현지인들과 같이 먹고 자고 이동하게 된다면 불가능한 일은 아닐 테지만 그것은 오로지 힘든 길로만 가야함을 의미했다. 갈수록 선택의 폭은 좁아지고 무거운 제약들이 뒤따르게 될 것이 뻔했다. 그 모든 것을 프라이드와 맞바꾸기에는 커다란 부담인 것이었다. 그보다는 새로운 만남을 준비하는 편이 합당했다. 아프리카의 진정한 모습을 알아보기 위해. 알려지지 않은 현실 속으로 계속해서 들어가기 위해. 결국에는 답을 찾아내기 위해. 숱한 근거들이 타당성을 제시하였기에 채트인의 제안에는 단호히 거절했다. "어쩔 수 없잖아. 형…."이라며 뒤늦게 다독였지만 채트인은 어깨를 늘어뜨린 채 오래도록 밤하늘을 응시했다.

그런 우리의 사정을 아는지 모르는지 프라이드는 헤어지기 전까지 도움이 될 만한 정보를 하나라도 더 챙겨주기 위해 밤새 이야기를 들려주었고, 나는 그것들을 놓칠세라 쉬어 버린 그의 목소리를 빼곡히 수첩 안에 써 내려갔다. 별빛에 마음을 추스른 채트인도 다시 대화에 동참했다. 이야기가 먼저 끝났는지 모닥불의 불씨가 먼저 꺼졌는지 기억은 나지 않지만 그게 짐바브웨에서의 마지막 밤이었다.

우여곡절 끝에 다가온 작별의 순간이 다음 날 오후 하라레 시내에서 예정대로 이루어졌다. 전날 밤의 갈등은 다행스럽게도 프라이드의 가족에게 우리가 찍은 사진을 인화해서 선물하는 것으로 타협점을 찾아냈다. 채트인은 정성껏-소싯적 그가 비디오테이프를 고를 때와 마찬가지로-선별한 사진들을 현상하여 프라이드의 손에 무심한 듯 쥐여 줬고, 나는 프라이드가 남아프리카공화국까지 돌아갈 여비를 꼼꼼히 계산해서 건네주었다. 프라이드는 멋쩍은 표정을 지으며 미리 써둔 편지를 꺼내 우리에게 내밀었다.

"친구들, 버스에서 심심할 때 읽어 보라고. 잠비아로 가는 길이 꽤나 멀고 지루할 테니."

"하하, 프라이드, 그보다는 혼자서 남아공으로 가는 길이 훨씬 더 멀지 않겠어?"

어느새 프라이드의 눈가가 촉촉했지만, 대답은 한결같았다.

"걱정 마, 다 잘 될 거야."

버스에 오르기 전 포옹으로 인사를 마친 뒤에 서로가 보이지 않게 될 때까지 손을 흔들었다. 그렇게 짐바브웨를 떠나 잠비아를 거쳐 탄자니아로 오는 내내 우리는 새로운 사람들을 만났고, 그만큼의 이별을 더 경험했다. 매번 아프리카에서 작별 인사를 나눌 순간이면 채트인이 자신의 수동 카메라로 찍은 사진 몇 장씩을 인화하여 새로 사귄 친구에게 선물하는 수고를 잊지 않게 된 것은 그때 그렇게 프라이드와 헤어지고 난 이후부터였다.

'쏴아'

'쏴아아'

'쏴아아…….'

"일어나, 버든!"

채트인의 굵고 따뜻한 목소리가 기나긴 밤으로부터 나를 건져냈다. 눈을 떠보니 그가 몸을 일으켜서 바다를 향해 앉아 있었다. 새벽 공기의 쌀쌀함을 달래려고 두 손을 모은 모양새가 마치 기도 중인 모습처럼 보이고도 있었다.

"해가 뜨고 있어."

활짝 웃는 웃음과 함께 그의 입안으로부터 뿜어져 나온 엷은 입김에 별안간 세상이 새롭게 시작되는 것 같은 광경이 눈앞에 펼쳐졌다. 일어나 보니 밤사이 우리가 뒤척이던 잠자리는 새하얗게 광채를 내는 인도양 모래밭의 한가운데였다. 길게 이어진 해변을 따라 열대의 정취를 풍기는 종려나무 숲이 푸른 벽처럼 서 있었고. 사이사이에 자라난 붉은화염나무, 계피나무, 정향나무, 레몬 나무들이 이국적 색상을 뽐내고 있었다. 채트인과 나는 그렇게 살아 있는 모든 것들의 향연이 펼쳐진 것 같은 아침의 광경 속으로 넋을 잃은 채 앉아 있었다. 광막한 하늘의 끝자락에서 올라오는 발그스레한 빛 때문에 검푸르던 바다가 차츰 보랏빛에서 코발트 빛으로 물들더니 눈 깜짝할 사이 에메랄드빛으로 팽창했다. 마침내 찬란하게 드러난 수평선을 향해 우리들의 시야 또한 무한대로 뻗어 나갔다.

두 사람이 드디어 바다에 도착해 있었다. 여정의 중간 기점으로 오래전부터 이 바다를 그려왔다. 거기엔 여러 의미들이 덕지덕지 부여되어 있었지만 돌이켜보니 이유는 하나로 집약되기에 충분했다. 모든 것들의 전환점. 처음을 돌아보고 결말을 준비할 반환점. 바로 이 바다 말이다! 게다가 시기적절하게도 아침이 시작되려 하고 있었다. 어둠을 말끔히 지우고 떠오른 태양이 아프리카 본연의 색상들을 제자리로 되돌려 놓자 대자연의 시계에 맞추어서 아굴라스 해류가 잔지바르의 바닷물을 유유히 빨아들이기 시작했다. 그 거대한 시계의 일부인 듯 어느새 해변에 모습을 드러낸 아프리카인들이 간조의 바닷속으로 걸음을 내디뎠다. 아버지들은 통나무를 깎아 만든 하얀 돛단배를 파도에 밀어 넣고는 썰물과 함께 바다로 빠져나갔다. 어머니들은 허리춤에 동그란 바구니를 동여매고는 수면 위로 허리를 조아려 바다의 양식들을 건져 올렸다.

 채트인도 나도 가만히 있을 수만은 없었다. 새로운 아침을 맞이하기 위해, 드디어 절반을 지나온 우리의 여정을 자축하기 위해, 모래 먼지를 훌훌 털어내고 우묵하게 팬 자리에서 일어섰다. 눈앞의 광경에 굳이 말을 보탤 필요가 없다는 듯 채트인은 "허허" 웃으며 옷과 신발 끈을 풀어헤치고 바닷속으로 걸어 들어갔다. 나는 카메라를 이용하여 황홀한 풍경을 담고자 했다. 뷰파인더 너머로 들여다본 세계가 마치 수평선 방향으로 빨려 들어가는 것처럼 느껴졌다. 백사장 위에 삼각대를 꽂고 나서야 어지러웠던 초점도 고정되었다. 만족스러운 앵글을 찾아낸 뒤엔 흘려보낼 것들은 흘려보내고 일으켜 세워야 할 것들은 다시 세우기로 했다. 후회와 낙심, 갈등과 부정, 예상치 못했던 시행착오는 흘려보낼 것들이었다. 새로운 계획, 궁극의 목적지, 앞으로 찾아나설 열쇠들은 다시 세워져야 할 것들이었다. 이윽고 먼바다를 향해 과감하게 확대한 화면의 정중앙으로 조그맣게 채트인이 들어왔다. 어느새 그가 수평선 근처까지 도달해 있었다. 간조로 빠져나간 해안의 수심이 제법 허리춤에 찰랑거릴 정도로 얕아졌지만, 그와 떨어진 거리감에 아찔함을 느껴 소리쳤다.

 "그만 돌아와, 채트인!"

 그러나 나의 목소리가 채트인이 서 있는 곳까지 전해지기에는 역부족인 듯했다. 멀리 광선이 부서지는 바다의 복판에서 자유롭게 헤엄치는 그의 실루엣이 흡사 검푸른 아프리카 사람들의 형상처럼 아른거렸다.

선착장이 위치한 잔지바르 섬의 서쪽 번화가로 돌아왔을 땐 정오를 훌쩍 넘긴 시간이었다. 우리를 대륙으로 데려다 줄 여객선이 밤 열 시에 출항할 예정이었으므로 남은 오후 시간은 몽땅 항구 부근에서 보내기로 했다. 역사적으로 향신료의 천국으로 유명했던 잔지바르 항구는 아프리카의 여느 마을들과 다른 이국적 정취를 자아내고 있었다. 산호와 돌들로 지어진 건축물들. 상인들이 머리에 쓴 코피아 모자와 하늘을 찌를 듯 솟아난 사원의 첨탑들. 상점에 진열된 온갖 열매와 향신료들. 눈앞에 펼쳐진 그런 이색적인 광경들이 나의 의욕을 고취시켰다. 처음에는 책자에 표시된 도로 이름들을 따라 헤매다가 나중에는 카메라에 담고 싶은 장면들을 쫓아 돌아다녔다. 고색창연한 건물들 사이로 만질만질하게 닳아진 돌바닥들. 그 돌길 위에서 마주치게 되는 다양한 목적의 사람들. 나처럼 카메라를 들고 흥미로운 피사체를 찾아 돌아다니는 관광객들. 관광객들을 호기심에 찬 눈으로 응시하는 아프리카 사람들. 그리고 호객꾼들. 파리떼처럼 달라붙어 온갖 말재간을 부리며 기념품 가게로 유인하려는 성가신 여행의 훼방꾼들. 그렇게 이끌려 간 가게마다 내걸린 팅가팅가 그림들. 생명력 넘치는 원색으로 그려진 아프리카의 동화들. 참으로 다채로운 색감들! 그 모든 것들을 놓치지 않기 위해 잔지바르 타운의 구불구불한 골목길을 걷고 또 걸었다. 걷다 보니 여러 번 같은 장소가 나왔으므로 돌고 도는 중이기도 했다. 그러다 우연히 크리크 로드의 낡고 오래된 호스텔 옆에 위치한 앵글리칸 성당 입구에 도착하게 되었다.

'옛 노예 시장'

지도에는 이렇게 쓰여 있었고, '과거에 노예매매가 이루어졌던 장소이자 희생자들을 기념하기 위해 세워진 성당'이라는 안내 문구가 입구에 적혀 있었다.

"옳지. 아프리카에서 이 이야기를 빼놓을 수 없겠지."

백인들의 탐욕이 초래한 잔혹한 노예무역과 흑인들이 억울하게 겪은 끔찍했던 참상을 다뤄 볼 수 있으리라는 구상과 함께 '잘하면 쓸 만한 장면을 찍을 수 있겠구나'하는 의욕이 떠올랐다.

구경해 보니 기대와는 다르게 시시했다. 야외의 뜰에 덩그러니 전시된 투박한 노예 조각상과 성당 지하에 보존된 어둡고 야트막한 수용소 몇 칸만이 과거로부터 남겨진 흔적의 전부였다. 아쉬움을 만회하기 위해 가이드의 안내를 따라 좁다란 수용소 방안을 샅샅이 카메라로 훑기로 했다.

"먼 옛날 잔지바르에는 향신료라고 부를 만한 것이 없었습니다. 나중에야 향신료의 천국으로 알려졌지만, 과거 우리의 선조들에겐 지옥이나 다름없었죠. 육두구, 계피, 정향, 따위는 본디 아프리카에서 나는 열매들이 아니었습니다. 선조들은 그것들을 사용하지 않았으니까요. 오히려 그런 취향을 가진 사람들은 아주 멀리에 있었습니다. 저 바다 건너 우리와 다른 세상에요."

가이드의 설명을 빠짐없이 기록하기 위해 마이크는 바짝 붙이고 불필요한 움직임은 최소화했다. 좁고 밀폐된 지하의 구조 때문에 서늘한 공기 중에서 가이드의 음성이 동굴 속처럼 울렸다.

"잔지바르는 그냥 중간 정박지였죠. 향신료를 가져오기 위해 인도로 항해하던 탐험가와 상인들이 잠시 들러 여독을 풀던 섬이었을 뿐입니다. 문제는 유럽에서 향신료에 대한 수요가 높아지며 가격이 솟구쳐 올랐던 겁니다. 그러자 유럽인들에게 잔지바르가 새롭게 보이기 시작했죠. 이 섬의 기후와 토양은 인도와 유사하면서도 지리적으로는 훨씬 가까웠으니까요. 유럽인들은 서인도 제도에서 자라는 향신료 열매와 나무들을 잔지바르로 들여와 심기로 했습니다. 덕분에 저렴한 가격의 향신료를 안정적으로 시장에 공급할 수 있게 되었죠. 15세기 대항해 시대를 배경으로 이곳은 그렇게 누구에겐 '행운'이 누구에겐 '불행'이 되어 버렸습니다."

다음으로 오싹한 공포감을 풍기는 수용소 내부의 거친 질감을 담기 위해 벽과 돌기둥에 초점을 맞추고 앵글을 확대해 들어갔다. 이어서는 답답하게 밀폐된 방 안의 숨 막히는 공간감을 묘사하기 위해 렌즈를 천천히 줌아웃시켰다.

"그러나 16세기 신대륙이 개척되기 시작하면서 유럽인들에게는 향신료보다도 노동력이 중요해졌습니다. 그것도 아주 경쟁적으로요. 머지않아 백인들은 당시 쓸모없는 땅으로 여겨지던 아프리카 대륙에 수많은 인구가 거주한다는 사실에 주목하기 시작했습니다. 문제 될 것은 없었죠. 그들이 생각하기에 아프리카에는 자신들과 같은 '사람'이 아닌 '미개한 족속'이 살고 있었으니까요. 그리하여 잔지바르는 향신료 거래의 중심지에서 노예 거래의 요충지로 변모하게 됩니다. 산업으로서 노예무역의 본격적인 시작이었죠."

수용소의 구조는 단조롭기 짝이 없었다. 과거에 노예들을 쌓아 두었을 평평한 바닥과 배설물을 흘려보냈을 우묵한 바닥으로 이루어진 게 공간의 전부였다. 무겁게 내리깔린 침묵 속에 간간이 관광객들의 탄식과 앓는 소리가 메아리쳤다.

　"이곳으로 붙잡혀 들어온 우리 선조들은 짐들처럼 차곡차곡 포개어 쌓여 졌죠. 아래쪽에 깔린 사람들은 뭉개져 죽었고, 바닥에 흘린 피와 배설물은 온갖 질병을 옮겼을 것입니다. 그러나 백인들에게는 편리한 공정에 불과했죠. 상품의 생존력이 저절로 가려지게 되면 거래할 값을 매기는 데는 더없이 유용한 정보였을 테니까요. 그렇게 세네갈의 고레 섬, 가나의 조지 섬, 감비아의 제임스 섬, 탄자니아의 잔지바르 섬 등 아프리카 전역의 섬들과 해안 지방에서 짐짝처럼 배에 실린 사람들이 세계 곳곳으로 옮겨졌습니다. 한 척의 배에는 수백 명의 노예들이 빼곡하게 채워져 수개월을 항해해야 했습니다. 수십여 명은 항해 도중 사망했고, 살아서 도착해도 낯선 땅에서 굶주림과 질병과 노동에 시달리다 사망에 이르는 수밖에 없었습니다. 그리하여 전 세계가 번영을 누리며 폭발적으로 인구가 증가했던 17세기에 오직 아프리카 대륙에서만 한꺼번에 줄어들었죠. 가장 젊고 건강한 세대가 통째로 사라졌던 겁니다."

좁다란 창을 통과하여 외부에서 도달한 빛줄기 덕분에 캄캄한 수용소 내부를 간신히 촬영할 수 있었기에 조리개를 최대로 열고 가능한 많은 양의 빛을 끌어모을 참이었다.

"창이 조금만 더 컸더라면 좋았을 텐데……"

무심결에 내뱉은 혼잣말을 안내자가 알아듣고는 쓴웃음을 지으며 창문을 가리켰다.

"창문이 아니라 구멍입니다. 공기를 마실 수 있도록 뚫어 놓은 숨구멍이죠. 이곳에서 공포에 질린 상태로 갇혀 있었을 우리 선조들은 아마도 저 구멍을 통해 고향의 마지막 냄새를 간직했을 겁니다."

그제야 나는 '우리 선조들'이라는 표현이 거슬렸으므로 슬그머니 카메라를 집어넣었다.

수용소 밖으로 나와서는 한층 환하게 밝아진 빛 때문에 앞을 내다보기 힘들었다. 여느 때였다면 석양을 감상하기에 더없이 좋은 시간이었으나 내 몸으로부터 평소와 다른 이상한 기분이 감지되었다. 피로와 허기 탓인가 싶어 야시장에서 갓 구운 기름진 해산물 구이로 육신을 채워 보았지만 도리어 현기증이 온몸에 감돌았다. 다행히 의지가 되어준 건 옆 사람의 동요를 기민하게 알아차린 든든한 동반자의 존재였다.

"지쳐 보이는데 괜찮은 거야?"

"모르겠어. 자꾸 속이 어지럽고 울렁거려. 그게 뱃속인 것도 같고 머릿속인 것도 같은데…."

"마지막으로 말라리아약을 복용했던 게 언제였지?"

"사흘 전 다르에스살람에 도착하자마자 챙겨 먹었으니깐 문제 없을 거야. 아무래도 조금 쉬어야 할까 봐."

"무리하지 말고 선착장으로 이동해서 배가 출항하기 전까지 쉬도록 하자."

남은 일정을 포기하고 선착장에 도착했을 무렵에는 처음 섬에 들어온 그날처럼 짙은 어둠이 깔려 있었다. 새까만 바닷바람을 피할 유일한 공간이던 대합실 벤치가 잠시 우리가 쉬어 갈 자리였다. 거기에 배낭이며 카메라며 지친 나의 육신까지 모든 것을 내려놓은 채 대륙행 플라잉호스호의 엔진이 가동되기만을 기다리며 누워 있었다. 밤 열 시에 섬을 떠날 예정이던 배는 자정을 훌쩍 넘겨서야 뱃고동을 울리며 선객들을 불러 모았고, 조용했던 밤 부두도 그제야 사람들로 북적거리기 시작했다. 채트인의 부축을 받으며 거뭇거뭇한 인파의 틈을 비집고 배 안으로 들어섰다. 어둑한 선실 조명 아래 누울 자리를 마련하여 기운을 회복하고자 했으나 육중한 엔진이 작동되기 시작하면서 갑판 위에 편안함이란 부질없는 바람과도 같았다. 출항한 뒤에는 모든 정황이 악화만 되었다. 몸의 감각들은 제각기 탈진한 듯 늘어졌고 정신은 혼미해졌다. 선실의 구석진 후미에 쓰러져서는 대체 무엇에서 기인한 통증인지를 원망스럽게 따져보았다. 단순히 육체에 쌓인 피로와 배의 진동 때문만은 아니었다. 뒤틀리는 쇳소리와 오르락내리락하는 맨바닥은 그저 부추기고 있었을 뿐, 정말로 나를 좌절시키는 것은 주위를 둘러싼 짙은 어둠이었다.

검은 밤. 검은 바다. 그리고 검은 대륙으로 향하는 낡은 배의 검은 선실이 모두 차갑고 우울한 어둠의 일부였다. 무엇보다 함께 배에 올라탄 수많은 사람들의 피부색, 그 완전하게 까만 검은색이, 나에게 공포감을 자아냈다. 물론 여기에 인종이나 피부색을 들먹이며 저급한 편견 따위를 드러내려는 의도는 결코 아니다. 아프리카인들과는 여행 내내 허물없이 어울려온 나였다. 도리어 피부색을 의식했던 순간이라면 그들의 우월한 매력에 감탄하거나 타고난 순수함을 애정 어린 시선으로 예찬할 때였다. 그러나 새벽의 갑판 아래 나의 눈앞에서 오싹하게 아른거리는 그들의 존재감을 도무지 다른 표현으로는 설명할 길이 없던 것이다. 덮개 천을 여민 커다랗고 시커먼 손들과 밑단 아래 드러난 거칠고 두꺼운 맨발들이, 담요 밑에서 온기를 지키려는 몸부림과 신음처럼 오르내리는 거친 숨소리들이, 이따금 무리를 지어 나누는 담소들이, 아니 담소라기보다 열띤 투쟁의 광경들이, 그 가운데 시종일관 드러나는 하얀 이빨들이, 부릅뜬 눈동자와 굴곡진 골격 위로 번들거리는 검은색 살가죽이, 온통 나에게 까닭 모를 오싹함을 자아내는 중이었다.

깊고 까마득한 어둠 속에 통증은 갈수록 격렬해졌고 파리해진 육신은 사정없이 두들겨 맞은 듯 쑤시고 아팠다. 거기에 뱃멀미까지 겹쳐 구토할 것 같은 불쾌한 신호마저 보내오고 있었다.

'삐그덕삐그덕.'

기관실에서 나는 소리가 옛 노예들의 몸을 휘감았던 쇠사슬 부딪치는 소리처럼 소름 끼치게 들려왔다.

'끼익끼익.'

선실 밑바닥의 감촉이 잔지바르에서 촬영했던 수용소의 돌바닥처럼 섬뜩하게 전해졌다. 결국, 내 의지와 상관없이 그러한 환청과 환각들이 조성하는 공포를 못 이겨서 기절하듯 쓰러졌고, 다시 악몽에 쫓겨 일어나기를 여러 차례 반복해야 했다.

그러고는 어둠 속 정적.

불덩이처럼 뜨거워진 이마를 채트인이 안쓰러운 손길로 어루만져 주었다. 떨리는 나의 몸을 자신의 긴 팔로 감싸 안아 체온을 나눠주려고도 시도했다. 하지만 나를 둘러싼 어둠이 더 깊고 차가웠다. 여전히 선실 밑바닥의 깊은 궁지로 점점 내몰릴 뿐이었다. 그때 채트인의 목소리가 가라앉는 내 의식을 구조하기 위하여 던져졌다. 마치 따뜻한 구원의 손길인 듯 그의 음성이 부드럽게 내 귀에 흘러들었다.

"대륙에 도착하면 무얼 할지 생각해 봤어, 버든?"

채트인이 구명 밧줄처럼 던져 준 대화의 끈을 놓치지 않으려고 안간힘을 다해 떠오르는 대답을 입 밖으로 내보냈다.

"아루샤로 가야지."

"그래, 거기에서라면 '우자마'에 관한 이야기를 취재할 수 있을 거야. 그리고 다음에는?"

"케냐로 가야지. 아니, 어쩌면 르완다로 가야 할 수도 있어."

"케냐로 간다면 아프리카에서 가장 큰 규모의 빈민가를 방문해 볼 계획이라고 했지? 르완다에서는 과거 대학살의 상처가 어떻게 회복되고 있는지 알아볼 수 있을 거랬고. 뭐 어디로든 좋아. 두 길 모두 우간다로 가는 길일 테니깐."

"우간다에 도착해야만 해."

"그래, 우간다 말이야. 그곳이야말로 환상적인 장소가 될 게 틀림없어. 거기에서 나의 친구, 알란을 만나 보자."

채트인이 월드비전을 통해 후원하는 아프리카 소년의 이름이었다.

"정말로 기대가 돼. 너무나 재미있는 시간이 될 것 같지 않아? 내 배낭 속에 그 아이에게 전해 주기 위해 가져온 선물들이 잔뜩인 거 기억하지? 꼬마가 어떤 표정을 지을지 벌써 궁금한 걸. 다음에는 어디로 가야 한다 그랬지?"

"수단을 건너 에티오피아로 가야지."

수첩에 적어 둔 목적지들을 차례차례 떠올리며 대화를 이어갔다. 당시의 위기 속에선 그게 주문처럼 나의 의지를 다시금 일으켜 세워 줄 것으로 믿어졌기 때문이다. 그래서 짧은 단어들로 이루어진 지도 위 지명들을 머릿속으로부터 쥐어짜듯 되살리며 채트인에게 읊조렸다.

"극심한 가뭄을 겪었던 곳이로구나. UN에서 시행 중인 빈곤 퇴치 프로젝트 마을을 방문해 볼 예정이랬지. 그러고는 마침내 소말리아의 국경이겠지? 대륙의 끝. 거기서 우리의 여행도 끝이 나는 거야."

하지만 당장 오늘 밤 나의 앞으로 닥친 공포와 불안을 떨쳐 내지 못하는 중이기도 했다. 필사적으로 대화의 물길을 바꾸어 채트인에게 호소하듯 울먹였다.

"계획이 틀어져 버리게 되면 어쩌지? 혹시라도 몸 상태 때문에 여행을 망쳐버리게 되면? 인생에 다시 오지 않을 기회가 될

지도 모르는데. 그런 기회를 시시하게 끝내 버리게 되면 나는 정말 어쩌지?"

"괜찮아, 버든."

채트인도 필사적이었다. 너그러움을 유지하면서도 한층 더 결연함을 띤 음색으로 다시금 자신의 대답을 확인시켜 주었다.

"정말로 괜찮아. 지금까지도 우리는 아프리카에서 굉장한 시간을 보냈는걸."

또다시 어둠 속 정적.

하마터면 그가 던져 준 구명줄을 무의식적으로 내려놓을 뻔했다. '그게 아니야!'라고 외치고 싶었고, '여행은 아직 절반에도 미치지 못했어'라고 말해 주고 싶었다. 촬영 분량 역시 절반이나 비어 있는 셈이었다. 기껏 고향으로 돌아가 반쪽짜리 자료들을 가지고서 '하이라이트'도 '결말'도 없는 시시한 다큐멘터리로 편집하여 내놓는다면, 게다가 아프리카까지 가서 만나려던 소년을 만나지 못했노라 털어놓는다면, 도대체 무슨 감동을 사람들에게 전해 줄 수 있단 말인가. 어찌 됐든 다녀왔노라며 위안 삼는다면 그것만으로 추억이 되는 것일까? 그럴 리 없었다. 목적지에 도착하기 전까지는 이룬 게 없는 거나 마찬가지임을 채트인에게 설명하고 싶었지만, 힘이 없었다. 오히려 나의 속마음을 간파한 채트인이 하마터면 어둠 속에 놓칠 뻔했던 나의 손을 재빠르게 다시 붙잡았다.

"걱정하지 마. 네 옆에 나도 있을 거야. 반드시 함께 목적지에 도착해서 기쁨을 나누게 될 거야. 그러니 오늘 밤만큼은 안심하고 아무 걱정 마, 버든. 배가 육지에 닿을 때까지 지금은 오로지 편안하게 쉬어주는 거야."

그의 말대로 눈을 감기로 했다. 이번에도 역시 그의 말이 옳았다. 사실 채트인의 입에서 나오는 말들은 대부분 진실로 이루어져 있었고, 그게 아니라면 그는 기도하며 기다리는 편을 택했다. 그런 채트인을 나는 의지하고 신뢰했다. 그의 목소리가 식어 가는 나의 뺨을 스치며 눈을 감은 불안한 영혼의 내부로 전달되었다.

"대륙에 도착하면 말이야…. 거기에선 아침이 기다리고 있을 거야. 모든 것이 새롭게 시작되는 찬란한 아침 말이야. 우리는 아침 식사를 위해 맛있는 우갈리를 마음껏 손으로 집어 먹을 수 있게 되겠지. 아니면 달콤하고 시원한 과일 주스 한 잔으로 갈증을 삼켜 버릴 수 있을 거야. 떠나기 전에는 파랗게 수놓아진 바다를 마지막으로 원 없이 감상해 볼 수 있을 테고, 아무한테나 손을 흔들며 작별 인사를 나누는 것도 신나는 일일 테지…. 그러니 조금만 참으면 돼. 버든. 아주 조금만…"

그의 안내를 따라 이번에는 따스한 아프리카의 햇볕을 떠올리며 떨리는 몸을 녹이고는 다시 잠이 들었다. 겨우 든 잠 속에서도 무시무시한 악몽들은 끈질기게 되살아나 나의 꽁무니를 추격해 왔다. 어떤 악몽 속에서 나는 겁에 질린 채 선실 바닥에 웅크린 흑인 노예였다. 몸은 피범벅이 된 채 상처투성이였고 어둑한 주위로는 수많은 시신들이 널려 있었다. 그런가 하면 또 다른 악몽 속에서 나는 술에 잔뜩 취한 채로 화가 나 있는 노예 사냥꾼이었다. 한 손에는 술잔을 들고 다른 한 손에는 가죽으로 된 채찍을 휘두르며 노예들의 등짝을 사정없이 찢어 놓았다. 우리를 실은 배가 기나긴 어둠을 가로질러 앞으로, 앞으로, 느릿느릿 나아가는 중이었다.

"카메라를 쳐다보지 마세요!"

자꾸만 카메라를 향해 얼어붙어 버리는 저스틴 할아버지에게 나도 모르게 핀잔하듯 요구했다. 카메라 뒤에서 촬영 중이던 채트인의 난감해진 표정을 힐끗 쳐다본 후에야 호흡을 가다듬고 다시 대화를 이어 나갔다.

"방금처럼 카메라에 눈길을 주시면 여태 우리가 나눈 대화들이 모조리 쓸모없어져 버리는 수가 있어요. 그냥 제 눈만 바라보고 말씀해 주세요. 카메라는 없다고 생각하고…"

저스틴 씨의 눈동자가 동그랗게 커졌다. 카메라를 의식하지 말라는 주문보다 우리의 대화가 모두 날아가 버릴 수 있다는 엄포에 놀란 눈치였다. 하지만 할아버지는 다시 아이처럼 쑥스러운 미소를 띠며 고분고분 내 쪽으로 고개를 돌렸다.

"그것참, 재미난 물건이네. 그리고 자네들은 아루샤에 와서 사파리에 대해 묻지 않고 삼십 년 전 이야기인 '우자마'에 대해 묻고 있군. 별일이네 그래. 무슨 질문이었는지 다시 말해줄 수 있겠나? 나의 친구."

 처음부터 계획에 있던 인터뷰는 아니었다. 저스틴 할아버지에게 인터뷰를 제안하게 된 배경이라면 이곳 아루샤의 버스터미널에 도착했던 첫째 날에 새벽임에도 환하게 불이 켜진 할아버지의 가게를 호기심으로 눈여겨 봐둔 것이 전부였다. 언제나 정해진 시간을 훌쩍 지나쳐 버리는 버스와 속이 터져 버릴 만큼 느긋한 일상과 쉽게 유예되어 버리는 약속들까지. 그렇게 아프리카의 느린 시간에 익숙해진 우리에게 동이 트기 전부터 불이 켜진 할아버지의 식당은 호기심을 자극하기에 충분했다. 이후 몇 가지 정보들을 더 접하고는 곧장 그와 친분을 쌓기로 결정을 내린 것이다. 백발이 성성한 식당 주인에게서 어쩌면 한 시절의 이야기를 들어볼 수 있을지 모른다는 막연한 기대였고, 외진 곳에 자리한 허름한 식당이기에 아무런 방해 없이 인터뷰를 진행할 수 있으리라는 계산이 깔려 있었다. 더구나 행운인 점은 그가 영어를 할 줄 안다는 것이었다. 이곳에 와서는 유독 대륙 어디서든 국경을 넘기만 하면 나타나 친근한 아프리카식 영어로 여행자들을 안내해 주던 원주민들이 자취를 감추었고, 대신 스와힐리어라는 현지인들의 언어로만 소통이 가능했다. 그런 언어의 장벽 앞에서 우리가 다루려던 '우자마'에 대한 이야기 역시 실체가 묘연해져 버릴 위기였지만 다행스럽게도 저스틴 할아버지를 찾아냄으로써 최악의 위기는 모면하게 된 것이다. 그렇게 손님의 자격으로 위장하고 불쑥 나타난 이방인 일행을 저스틴 할아버지는 반가운 영어로 맞아 주었고 나는 아프리카에서 갈고 닦은 친화력으로 자연스럽게 유대감을 형성하는 데 성공했다. 마침내 탄자니아의 노인 한 사람을 우리의 카메라 앞으로 끌어들이게 된 것이다. 그가 들려줄 생생한 이야기에 막 귀 기울여 볼 참이었다.

"그러니깐 할아버지가 젊었던 시절의 우자마 정책에 대한 기억을 말씀해 주시겠어요?"

냉전의 종식과 함께 폐기된 사회주의의 추억을 되살려 볼 요량이었다. 부패와 부조리, 폭력과 압제, 기나긴 독재까지. 한 시절을 살아 낸 개인의 기억으로부터 대충 그런 이야기들을 건져 낸다면 충분히 '아프리카'다우면서 구미가 당길 결과물로 재구성시킬 수 있을 것 같았다.

"가장 아름다운 시절이었네."

처음에는 나의 귀를 의심했지만, 할아버지가 답변을 정정할 생각은 없어 보였다.

"어째서죠?"

제대로 된 인터뷰 상대를 찾는 데 실패한 것 같다는 직감이 떠올랐지만, 더 들어보기로 했다. 어차피 가게 밖에는 마땅히 오갈 데도 없는 데다 마을에는 할아버지만큼 영어를 할 줄 아는 사람도 드물었다.

"식민지의 경영자들로부터 버려지듯 나라를 되돌려 받았을 때 돌이킬 수 없을 정도로 많은 것들이 달라져 있었네. 수백 개의 다른 부족에서 살아온 사람들에게 '탄자니아'라는 이름조차 생소한 상황이었지. 하지만 우리에게 유산으로 남겨진 드넓은 대지와 모든 아프리카인이 형제라는 연대감은 무너진 자존심을 재건할 소중한 재료였던 게야. 우리의 어머니와도 같은 땅에서 정직하게 땀을 흘리고 동등한 형제로 대우받기로 한 것이 '우자마'였다네."

"독재자와 그의 정당의 결정이기도 했죠. 당시 대통령이었던 니에레레는 그 뒤로 무려 이십 년 동안이나 집권했잖아요. 야당을 인정하지 않는 유일 정당 체제에서 다섯 차례나 선거에서 승리하며 자신의 자리를 지켜냈고요."

"우린 그를 독재자라고 부르진 않네, 친구. '음왈리무'라고 부르지."

저스틴 할아버지는 '음왈리무'라는 이름을 소개하며 잠시 회상에 잠기는 듯하더니 기쁨이 되살아난 표정으로 말을 이어나갔다.

"음왈리무는 고결한 인품을 가진 지도자였지. 대통령이지만 호화로운 궁에 살기를 거부하고 우리처럼 은행 대출을 갚으면서 생활했거든. 또 그가 탄 자동차가 시내를 다닐 때는 사람들과 똑같이 신호를 기다렸지. 그는 참으로 권위보다 인간성을 소중히 여기고 특권보다 사람들 속에 어울리는 것을 기뻐하는 우리들의 존경받는 스승이었다네."

어느새 카메라를 의식하지 않을 만큼 당당해진 저스틴 할아버지의 태도와는 대조적으로 나는 건져 낼 장면을 궁리하느라 도리어 초조해졌다.

"자립이라는 명분으로 인구의 85%가 고향을 떠나 우자마 마을에 정착해야 했죠. 백인들이 아프리카의 128개 부족을 제멋대로 하나의 국가로 통합시킨 것과 지도자가 전 국민을 강제로 뒤섞어 놓은 것이 어떻게 다르죠? 유럽의 식민 통치와 독재자의 통치가 대체 무슨 기준으로 나뉠 수 있는 건가요?"

나는 노인의 흐릿한 기억을 정리해 주고 싶은 욕심에 다소 흥분된 어투로 되물었다. 그러나 그런 훼방에도 할아버지는 평정심을 잃지 않았다. 오히려 점점 대화에 흥미를 느끼는 기색이 역력했다.

"오호, 재미난 비교구먼. 그렇게 묻다니. 하지만 내 대답은 분명 달랐다는 것이네. 유럽인들은 자신들을 위한 자신들의 선택을 우리에게 강요했지만, 음왈리무는 우리들을 위한 우리의 선택을 모두에게 돌려준 것이었네. 유럽인들은 닥치는 대로 가져가려고만 했지. 커피와 금과 다이아몬드와 이웃과 가족들을 허락 없이 빼앗아갔을 뿐 아니라 자신들의 신을 위해 우리 조상들이 섬기던 신들은 내동댕이쳐 버렸네. 그러나 음왈리무는 우리들의 땅을 우리에게 돌려주려고 노력했지. 우자마 마을마다 학교와 보건소, 농기구와 깨끗한 물을 공급해 주었을 뿐 아니라 모든 신들의 이름을 동등하게 인정해 주었네. 백인들의 신까지도 말이네. 이 정도면 자네의 궁금증이 풀리겠나?"

저스틴 할아버지는 껄껄 웃으며 앞에 놓인 차이 티를 한 모금 삼킨 뒤 마른 입술 주변으로 침을 적셨다. 차와 침이 뒤엉켜 하얗고 듬성듬성한 수염 사이로 시원하게 흘러내렸다.

"그래도 강제로 고향을 떠나게 만든 것에 대해 정말로 아무런 불만이 없었나요? 사람들에게 자유가 없었잖아요."

"아니야, 우린 자유로웠네. 아무것도 없는데 자유가 있었던들 달라질 것이 무엇이겠나. 그때 우리는 어디에 무엇을 불평할 게 없을 정도로 황량했지. 여자들은 머리에 물을 이고 몇 킬로미터나 되는 거리를 걸어야 했고, 어린아이들은 영양 부족과 질병에 시달리다 죽어 나가는 마당에. 차라리 무엇이라도 한번 시도해 보자는 도전이 우리를 자유롭게 느껴지도록 해 주었다네. 어찌 됐든 우리의 운명을 우리가 직접 결정하기로 한 것이었으니 말이야. 그 시절은 참으로 역동적이었지…"

그제야 인터뷰가 실패했음을 인정해야 했다. 노인의 기억은 손쓸 수 없을 정도로 잘못되어 있었다. 진실을 거스르는 증언들은 그가 인터뷰 상대로 부적합한 인물이라는 사실만을 증명할 뿐이었다. 우자마는 실패한 정책이었으며 탄자니아식 사회주의 이념의 거짓들은 그 후에 명명백백히 드러났다. 농업 생산량은 급감했고 식량의 자급 능력은 상실되었다. 다수의 사람들이 굶주림에 허덕이게 되었고 늘어난 것은 외채뿐이다. 결국, 자립이라는 구호와는 정반대로 외국의 원조에 의존하게 되었으며 안타깝게도 세계 평균의 절반의 절반에도 미치지 못하는 농업 생산성과 지속적인 원조 증여가 오늘날까지 불명예스럽게 이어져 오고 있다. 사실상 우자마가 탄자니아에 남긴 유산은 그뿐이다.

엉뚱한 인물과 시간을 허비했다는 생각에 나의 속이 타들어 갔다. 수첩에 미리 적어 놓은 질문들도 전부 쓸모가 사라졌다. 기대를 벗어나 완전히 다른 방향으로 흘러가 버린 인터뷰였다. 카메라 앞에서 멀뚱멀뚱 다음 질문을 기다리는 노인에게 남겨진 질문들을 별 기대 없이 물어보았다. 왜 그렇게 가게 문을 일찍 열게 되었는지, 젊은 시절에는 무슨 일을 했는지, 헤어지기 전에 그런 시시콜콜한 궁금증들이라도 확인하기 위해서였다. 그러나 돌아오는 답변은 그를 더욱더 무료하고 흥미 없는 캐릭터로 끌어내릴 뿐이었고, 결국 서둘러 마지막 질문을 형식적으로 꺼내 던졌다.

"할아버지에게도 꿈이 있었나요?"

잔지바르 섬을 떠나온 이후 채트인과 곧장 아루샤까지 달려왔다. 다만 곧장이라는 표현에는 비약이 섞여 있다. 무지막지한 아프리카 대륙에서 실제의 거리는 훨씬 멀고 아득했기 때문이다. 다르에스살람으로부터 하루에 한 대뿐인 버스를 타고 킬리만자로산을 지나는 험준한 내륙도로를 통과하여 꼬박 이틀을 달려왔다. 바닥난 체력과 아픈 몸과 계획대로 풀리지 않는 일정 때문에 탄자니아에서는 좀처럼 의욕을 가지고 시도해 볼 일을 찾기 힘들었다. 별수 없이 우리는 말라리아약과 기관총에 의지한 채 해안에서 내륙으로 야금야금 침투해 들어온 과거의 탐험가들처럼. 혹은 선교사들, 군인들, 상인들처럼. 오로지 목적지만을 떠올리며 많은 것들을 지나쳐 왔다.

아루샤 역시 그런 목적지들 가운데 하나였다. 일주일 정도 머무르기로 계획한 시간 안에는 해결해야 할 과업들이 기다리고 있었다. 수첩에는 '아루샤 선언'이라는 메모가 적혀 있었는데, 과거 니에레레 대통령이 천명했던 아프리카식 이상주의의 발원지가 이곳이었다. 탄자니아의 초대 대통령인 그가 연설을 통해 우자마 정책을 직접 선포했던 상징적인 장소가 바로 이 도시였던 것이다. 아루샤에서 우자마가 처음 공표되던 날 이곳에는 전국에서 걸어서 몰려든 사람들이 구름 떼와 같았다고 전해진다. 그리고 오늘날까지도 아루샤에는 그에 못지않은 수많은 인파가, 훨씬 더 먼 거리에서, 그것도 매일매일 모여들고 있었다.

탄자니아의 북쪽 국경에 인접하여 케냐, 우간다, 르완다, 부룬디로 출발하는 도로들이 모두 연결된 아루샤는 예로부터 '관문의 도시'로 불려 왔다. 또한, 킬리만자로, 세렝게티, 응고롱고로 등 이름만으로도 설레는 대자연을 구경하기 위해 세계 각지에서 모여든 외국인들에게 이 도시는 '관광의 도시'로 유명세를 떨쳐 왔다. 하지만 현지 주민들이 아루샤를 부르는 이름은 따로 있었다. 바로 '기회의 도시'였다. '관문의 도시'를 통과하려는 사람들과 '관광의 도시'를 찾아온 사람들이 매일 밀물처럼 몰려드는 덕분에 아루샤에는 언제나 수많은 비즈니스 기회들이 발생되는 까닭이었다. 그렇게 명분에 따라 여러 개의 이름들로 불리는 도시가 나에게는 유독 부정적인 인상만을 전해주었다.

시시때때로 쏟아지는 폭우는 도시 전체를 진흙탕으로 만들기 일쑤였고, 개선의 여지없는 외관으로 우후죽순 올라서는 시내 호텔들은 눈살을 찌푸리게 만들었다. 거리 곳곳에 늘어선 행상들에선 국적 불명의 스마트폰들, 먼지 덮인 기름과자들, 입다 버린 옷가지들처럼 죄다 쓸모없는 것들만 거래되고 있어 거리에 널려진 게 상품들인지 쓰레기인지 분간이 힘들 정도였다. 그러던 와중 아루샤에 대한 나의 인식을 확고하게 부정적으로 만든 것은 사람들이었다. 일단 대화가 시작되면 아루샤의 비즈니스맨들은 어느 호텔에 묵고 있는지 어느 여행사를 이용할 것인지부터 파악하려 들었고, 수십 장의 꼬깃꼬깃한 명함들을 들이미는 것으로 만남은 귀결되었다. 여행사가 아니라면 기념품점으로, 기념품점이 아니라면 식당으로라도 우리를 꾀어내려고 집요하게 물고 늘어졌다. 마치 그런 것들이 아니라면 서로에게 아무런 의미를 갖지 않는다는 인상이었다. 그래서 아루샤에서 이루어진 만남들은 어김없이 부정적인 방식으로 결말이 났다. 무표정하게 그냥 스쳐 버리거나, 아니면 신경질적으로 상처를 남기거나.

저스틴 할아버지의 식당에서 나와 거리로 나섰을 땐 느닷없이 나타난 네댓 명의 젊은 호객꾼들이 우리를 에워싸며 막아섰다. 아루샤에서 마주치게 되는 이런 부류의 사람들과 만남은 앞서 언급한 첫 번째 방식으로 끝내버리면 그만이었다. 무표정하게 지나쳐 버리기.

"카리부 나의 친구들!"

가장 나이가 들어 보이는 사내가 벙거지 모자 밑으로 장난기 가득한 눈웃음을 지어 보이며 수작을 걸어왔다. 나머지 사내들은 시시덕거리는 웃음과 함께 하얀 이를 드러낼 뿐 영어는 할 줄 모르는 것 같았다. 평소였다면 현지인들에게 친절을 잃지 않으려 짧은 인사로라도 응대했겠지만, 그가 나에게 '친구'라고 부르며 접근하는 순간 짜증이 밀려든 것이다.

"저리 비켜. 당신들과는 볼 일이 없으니깐."

무시하고 지나치려는 내 어깨 너머로 사내의 비아냥대는 소리가 들려왔다.

"그렇담 백인들이 무슨 볼일이 있어 여기까지 왔지?"

순간 아프리카에서 처음으로 회의감에 빠져들었던 것 같다. 그전까지는 여행 중에 마주친 상황들 가운데 어떻게든 긍정적인 부분을 찾으려 애써왔지만, 이번에는 문득 이런 생각이 떠올랐다.

'과연 아프리카에서 친구를 만날 수 있게 될까?'

저스틴 할아버지도 우리를 '친구'라고 불렀다. 그리고 할아버지와의 만남은 두 번째 방식으로 결말이 나고 말았다. 서로에게 상처 남기기.

    마지막으로 할아버지에게 꿈에 대해 물은 것은 아프리카에서 인터뷰를 마칠 때마다 의례적으로 던진 질문이었다. 실은 아프리카 사람들이 처한 현실에 도달할 수 없는 꿈을 대비시킴으로써 인물의 안타까운 상황을 부각시킬 의도가 내포된 장치이기도 했다. 그러나 결과적으로 그 질문이 우리들의 관계를 최악으로까지 치닫게 하고 말았다.
"더 늦기 전에 꼭 해 보고 싶은 일이 한 가지 있지."
"어떤 일이죠?"
이미 할아버지의 입에서 나오는 말들을 불신하고 있는 나였지만, 혹시나 건져낼 이야기가 나오려나 싶어 되물었다.
"고향 땅 변두리에 작은 학교를 세우고 싶어. 작지만 깨끗해야 하고 화장실이 있으면 더 좋겠지. 거기서 아이들에게 영어를 가르치는 게 내 마지막 꿈이라네."
"……"
"지금이라도 당장 그 일을 시작하고 싶지만 언제나 돈이 문제라지. 수년째 모으고 있는데도 아직 천 달러 정도가 모자라거든. 내가 식당을 닫을 수 없는 이유도 그것 때문이라네."

"그래요? 행운을 빌죠. 이만하면 됐습니다. 오늘은."

당장 촬영을 그만두라는 사인을 보내며 잘라 말했다. 채트인은 카메라에서 눈을 떼고 벌겋게 달아오른 내 안색을 살폈고, 영문을 모르는 저스틴 할아버지는 흐릿한 눈알로 두 사람을 번갈아 쳐다보았다. 나는 화가 나 있었다. 그가 우리에게 노골적으로 도움을 바란다는 생각이 들어서였다. 물론 오해일 가능성도 있었다. 어쩌면 그에 앞서 엉망이 되어 버린 인터뷰에 대한 불만일 수 있었고, 더 솔직하게는 그가 말한 계획들이 전부 터무니없이 들렸기 때문일 수도 있었다. 하지만 분명한 것은 우리의 대화나 인터뷰에 절대로 나와서는 안 되는 이야기가 있던 것이다. 이를테면 직접적으로 도움을 언급하거나, 도와주려고 하기도 전에 도움을 요청하는 태도 등이 그런 전개에 속했다. 아프리카에서는 그런 요소들이 만남에 개입되는 순간부터 더는 동등한 관계로 서로를 대하는 것이 어려웠다. 그 민감한 주제 앞에 친구는 순식간에 검은 사람과 하얀 사람으로 나뉘게 되며, 가난한 자와 가진 자로, 불가능한 운명을 짊어진 자와 가능성으로 충만한 운명을 향유하는 자로, 영영 쪼개져 버리게 된다는 사실을 나는 짐짓 모르는 체하면서도 한편으로는 예민하게 의식해오고 있었다. 그 점이라면 여행의 출발 전부터 나를 이 먼 곳으로까지 이끌어 낸 주제이기도 했다. '서로 다른 두 세계가 결국 만날 수 있게 될까?'라는 물음이 아프리카에 오면 저절로 해결될 줄 알았지만 도리어 더 커지고 복잡해졌다.

    결국 저스틴 할아버지의 식당에서 계획이 무산된 채 우리는 다시 어수선한 아루샤의 거리로 빠져나왔다. 오래된 불만을 캐물을 작정이었으나 실패였다. 인내심을 동원하여 얻어낸 것이라곤 불신과 상처뿐이고 우정은 쉽게 깨져버렸다. 어디서부터 잘못된 것인지 혼란스러웠다. 저스틴 할아버지의 기억도, 온데간데없이 사라진 우자마의 흔적들도, 그리고 '친구'라고 부르며 다가오지만 속마음을 드러내면 멀어져 버리게 되는 아프리카 사람들과 나의 관계도, 모든 것이 엉망이 된 기분이었다. 우리가 이곳에서 보내려 했던 일정에도 커다랗게 구멍이 뚫린 셈이었으므로 어떻게든 공백을 메우고 다음 목적지로 나아갈 계획 세우기에 골몰하는 수밖에 없었다. 상인들, 공무원들, 구호 단체 요원들을 만나 우리가 넘으려던 국경에 대해 자문했으나 정작 국경을 실제로 건너 본 사람은 없었다. 진척되지 않는 상황에 초조했을 뿐 아니라 더는 아루샤에 미련이 남아 있지 않았다. 말도 통하지 않았지만 친구를 만날 수도 없는 곳이었다. 우리는 결국 현지인 가정이 아닌 뒷골목의 허름한 게스트하우스에 체크인하여 묵기로 했다. 마땅한 인터뷰도 취재 거리도 없어져 버리게 되자 궁여지책으로 시내에서 출발하는 사파리 여행 상품을 예약하기에 이르렀다. 의도했던 전개는 아니지만 다음 행선지를 정하지 못한 상태였기에 계획이 세워질 때까지 시간을 때우면서 아프리카의 자연이라도 영상에 담고자 했다.

오후가 되자 머리 위로 검은 먹구름이 깔리더니 폭우가 쏟아져 내리면서 아루샤 전체가 폭격을 맞은 것처럼 아수라장으로 변했다. 도로는 물이 넘쳐 진창이 되었고, 와이퍼가 없는 고물 자동차들은 제자리에 그대로 멈춰서고 말았다. 행상들이 길바닥에 늘어놓았던 물건들도 몽땅 젖었고, 땅땅 소리를 내며 쉴 새 없이 올라가던 신축호텔의 공사 현장들도 세찬 빗줄기 속에 소음을 멈추었다. 급기야 도시 전체에 공급되던 전기까지 나가버리자 여행객들은 손으로 간신히 머리만 가린 채 뿔뿔이 숙소로 돌아가고 없었다. 이런 상황이라면 아마도 손님들의 발길이 끊긴 저스틴 할아버지의 식당 역시 오늘은 일찍감치 문을 닫게 될 것이었다. 불이 꺼진 아루샤의 거리가 스산했다. 이른 저녁인데도 숙소 안으로 어둠과 적막이 스며들었고 방 안에는 멍하게 앉은 두 사람이 말없이 각자의 할 일들에만 몰두했다. 나는 침대 위에 지도를 펼쳐 놓고 케냐와 우간다와 르완다로 가는 국경들을 계속해서 살펴보았고, 채트인은 바닥에 앉아 카메라에 찍힌 얼굴들을 찬찬히 돌려보았다.

'과연 아프리카에서 친구를 만날 수 있게 될까?'

저스틴 할아버지의 식당이 이례적으로 문을 일찍 열었던 이유는 그만큼 아프리카의 다른 도시들보다 아루샤의 아침이 빠르게 시작되기 때문이었다. 이른 새벽부터 출발 준비를 마친 사파리용 지프들이 예약된 손님들의 숙소 앞에서 내는 엔진 소리가 하루의 시작을 알려왔다. 구석진 뒷골목에 자리한 우리 숙소 앞에도 여행사 차량들이 엔진을 예열시키며 대기 중이었다. 새벽어둠 속에 운전기사들끼리 주고받는 저음의 대화가 엔진 소리에 묻혔다 끊어지기를 반복하며 이어진 가운데 속속 모습을 드러낸 투숙객들이 정해진 차를 타고 저마다 목적지를 향해 유유히 아루샤를 빠져나갔다. 마지막에 남은 진녹색의 지프가 우리가 타고 갈 차량이었다. 문짝 옆면에 큼지막하게 부착된 여행사 로고가 어둠 속에서도 식별될 만큼 선명했다.

"카리부! 반갑습니다. 지난밤은 어땠나요?"

챙이 넓은 사파리 모자에 탐험가 복장을 갖춰 입은 가이드가 특유의 아프리카식 영어 발음으로 인사를 전했다.

"컨디션이 별롭니다. 저는 버든이고, 이쪽은 채트인입니다."

"저런! 안됐군요. 하지만 여행은 끝내줄 겁니다. 공기의 냄새를 맡아 보니 날씨가 아주 좋을 예정이거든요! 여러분과 함께하게 되어 기쁩니다. 저는 존이라고 합니다. 그리고 저 친구는 음카보. 여러분들의 짐을 옮겨 줄 조수이자 사나운 맹수로부터 우리의 안전을 책임질 포수이죠."

존이 총을 쏘는 시늉을 하며 소개해 주었기에 망정이지 하마터면 차 뒤쪽 트렁크에 앉은 음카보의 존재를 알아채지 못할 뻔했다. 그의 까만 피부가 아직 새벽 어스름 속에 묻힌 까닭이었다. 분간하긴 힘들었으나 그도 우릴 향해 손을 흔드는 것 같았다.

"영어를 잘하시는군요. 저분도 영어를 할 줄 아시나요?"

"감사합니다! 아루샤에선 영어가 중요하죠. 하지만 음카보는 스와힐리어만 이해합니다. 혹시 당신들은 스와힐리어를 좀 아시나요?"

존의 답변에 음카보가 고개를 끄떡이며 알아듣는 시늉을 했지만 실제로 그가 알아들은 단어는 자신의 이름뿐이었다.

"아뇨, 영어만 사용합니다."

"스와힐리어를 배워두는 게 좋을 겁니다. 이곳 사람들은 영어보다 스와힐리어를 많이 쓰죠. 참으로 아름답게 들리는 언어가 아닌가요?"

간밤에 열에 시달린 나는 여전히 머리가 무거웠으므로 대화에 집중하기 힘이 들었다.

"어떤 게 말이죠? 스와힐리어 말인가요?"

"네, 스와힐리어요! '하쿠나마타타!', '잠보!', '카리부!', '아산테!' 스와힐리어를 한번 배워 보세요!"

계속해서 말을 걸어오는 존에게서조차 나는 현기증을 느꼈다.

"미안합니다. 제가 정신이 없군요. 나중에 배워 보도록 하겠습니다. 아쉽지만 오늘은 몸 상태가 영 좋지 못합니다…."

"폴레 폴레. 신의 가호를 빕니다."

"어서 출발하도록 할까요? 안내는 가는 길에 해주시죠."

"그러죠! 시간은 우리에게 충분합니다! 환영합니다. 친구들!"

존이 채트인과 나를 반기는 동안 음카보가 짐을 들어 차량에 실었다. 트렁크 안에는 여행사에서 준비한 식량과 생수병들이 차곡차곡 정돈되어 있었다. 운전석 옆 조수석에는 채트인이, 뒷자리에는 내가, 그리고 맨 뒤 트렁크에 실린 짐들 사이에는 음카보가 자리를 잡고 앉았다. 시동이 걸리고 사륜 구동차의 커다란 바퀴들이 움직이기 시작하자 우리는 거무튀튀한 안개를 밀어내며 앞으로 나아갔다. 구불구불한 아루샤의 시내를 벗어나는 동안 새벽 이른 시간부터 문을 연 상점 불빛들이 차창 밖으로 휙휙 지나쳤다. 나는 스르르 눈이 감겼다. 눈을 감은 동안 어디에든 도착했으면 하는 바람과 함께 잠에 빠져들었다.

 목적지까지 일곱 시간이나 소요되는 길은 길고 지루했다. 다만 그렇게 오랜 시간을 달리는 동안에도 포장된 도로가 끊김 없이 이어진 사실은 그간 아프리카에서의 경험에 비추어볼 때 드물고도 신기한 현상이었다. 곧고 평평하게 뻗은 길을 따라 하염없이 달려오는 동안 태양이 지프의 천정을 달구기 시작했을 때쯤 존이 긴 침묵을 깨고 입을 열었다.

 "잠시 멈추었다 가도록 하겠습니다. 여기가 탄자니아와 케냐가 나뉘는 국경입니다."

 초원 위에 무의미해 보일 정도로 작은 초소 하나가 눈에 들어왔다. 그곳에서 두 나라를 가리키는 표지판과 총을 든 군인들이 우리가 국경에 도달했음을 간신히 확인시켜주었다. 시동을 끄고 내린 존이 두툼한 서류 뭉치를 그들에게 건넸고, 잠에서 깬 초소 경비대원들은 자신들의 낮잠을 방해받은 것에 앙갚음이라도 하려는 듯 필요 이상으로 서류를 만지작거리다가 되돌려 주었다. 존이 운전석으로 돌아와 앉으며 귀찮은 절차가 모두 끝났음을 알려왔다.

"자 이제 다시 사파리를 향해 출발합시다!"

잠시 긴장했던 우리들도 그제야 안심하며 종전의 편안한 자세들을 도로 취했다. 채트인은 아픈 동료의 몸 상태를 수시로 확인했고, 존은 땅에 반사된 햇빛을 가리기 위해 검은색 선글라스를 꺼내 썼다. 뒷자리의 음카보가 흔들리는 식자재 상자들이 쓰러지지 않도록 정돈하는 동안 나는 아이스박스에서 물 한 병을 꺼내 마신 뒤 다시 잠을 청했다. 그렇게 네 사람을 실은 차가 지평선을 향해 돌진하는 내내 솟아오른 먼지구름이 발자국처럼 뒤쫓아 왔다.

다시 눈을 떴을 때는 평원 위에 빛이 수직으로 쏟아져 내리고 있었다. 짐칸에서는 음카보가 코 고는 소리와 캠핑 도구들이 달그락거리는 소리가 합주처럼 울려왔고, 앞좌석에서는 어느새 친해진 존과 채트인이 대화에 몰입 중이었다.

"조금 전 우리는 여기쯤을 지나온 겁니다."

존이 운전대를 잡지 않은 손가락을 이용해 채트인이 펼친 지도 위 한 지점을 가리켰다.

"방금 지나온 국경이 지도에서 무려 700km씩이나 일직선으로 뻗어 있다는 걸 눈치채셨나요?"

"자세히 보니 그렇군요. 게다가 아프리카의 다른 나라들에서도 비슷한 모양의 경계선들이 보이고 있어요. 무슨 이유라도 있습니까?"

운전 중인 존이 득의양양한 웃음을 지어 보이더니 이번에는 지도를 가리키던 손을 허공에 휘저으며 물음에 답했다.

"'베를린 회의' 때문이죠."

"베를린이라면 유럽의 도시가 아닌가요? 그곳이 아프리카의 국경들과 무슨 연관이 있는 것인지 궁금하군요. 괜찮으시다면 제게 설명해 주시겠어요?"

어리둥절한 채트인에게 존은 웃음을 머금으며 친밀한 눈길로 쳐다보았다.

"그러죠. 꽤나 긴 이야기이지만 우리가 가야 할 길도 아주 멀거든요."

나란히 앉은 두 사람이 새로운 주제로 돌입하여 긴 여로의 지루함을 달래 볼 참이었다. 굳이 나까지 대화에 관여하고 싶은 생각은 없었다. 대신 좌석 등받이에 기댄 채로 채트인의 카메라 가방을 점검하기로 했다. 촬영용 카메라와 테이프들, 숫자가 적힌 배터리들을 차례로 만지작거렸다. 좋지 못한 몸 상태임에도 장비를 꼼꼼하게 확인하는 것만큼은 포기할 수 없었다. 지금에 와선 이 장비들이야말로 아프리카에서 가장 확실하게 임무를 수행해 오고 있는 믿음직스러운 동반자나 마찬가지였다.

"오래전부터 아프리카에는 무수한 경계들이 존재했죠. 그러나 지금의 형태는 아니었습니다. 그래서 외지인들에게는 구별이 어려울 수 있었겠죠. 그것은 오직 아프리카 사람들에게만 자신들의 어머니의 얼굴처럼 명백한 것이었으니까요. 사는 지역과 환경에 따라 경계는 강이 되기도 나무가 되기도 골짜기가 되기도 했죠. 그렇게 다양한 어머니들의 품속에서 일만 개가 넘는 공동체들이 사회를 이루며 살았습니다. 그야말로 평화로운 '인간'의 대륙이었다고나 할까요. 아프리카에 속한 사람들은 스스로를 '나'로 생각하지 않고 '우리'로 이해하고 있었습니다."

처음부터 카메라가 특별한 의미였던 것은 아니다. 대학 시절 채트인이 소개해 준 수동 카메라도, 남아프리카공화국에서 재회할 때 그의 어깨에 매달려 온 이 비디오카메라도, 나에겐 그저 보이는 것에 치중하는 거추장스러운 기계들에 불과했다. 그럼에도 인정하는 부분이 있다면 그것을 도구 삼아 미래를 향해 힘차게 도약하고 있는 것에 대한 감탄이었다. 다만 거기에서조차 부러워했던 것은 전진하는 채트인이었을 뿐 카메라가 가진 특별한 힘은 간과하고 있었다. 아니, 오해하고도 있었다. 이를테면 의도대로 피사체를 담기 위해 앵글 바깥의 지루한 부분들은 슬쩍 감춰 버리는 편협한 눈속임쯤으로 말이다. 그보다는 사람들을 만나 이야기를 나누고 직접 문제를 해결하는 편이 마음에 들었다. 그렇지만 채트인과의 이번 여행이, 그리고 문제로 둘러싸인 이 대륙이, 카메라에 대한 그런 오해를 완벽하게 바로잡아 놓았다.

"그때만 해도 외지인들에게 아프리카는 불모지나 다름없었죠. 해안가에는 맹그로브 숲이 우거져 닻을 내리기 불리했고, 강을 거슬러 올라가려면 가로막은 폭포들 때문에 길은 뚝뚝 끊어진 것이나 마찬가지였거든요. 땅에 농사를 지으려던 시도들도 번번이 실패할 수밖에 없었고요. 아프리카의 비는 제멋대로 쏟아지다 가뭄으로 이어지고 강줄기는 시시각각 위치를 바꾸다 땅속으로 사라져 버리니까요. 사실 이곳에서 농사를 짓는 방법은 오직 이 땅에서 태어나고 자란 사람들만 알고 있었답니다. 어쨌든 유럽 사람들이 이 대륙에 관심을 가질 이유는 없었어요. 그렇기에 해안가에서 노예들을 잡아들여 마구잡이로 거래하는 동안에도 내륙지역으로는 눈길을 두지 않았죠."

카메라의 장점은 눈으로 본 것을 저장할 수 있는 점, 그리고 다른 사람들에게 그것을 똑같이 공유할 수 있는 점이다. 이 저장과 확장이야말로 아프리카에서 마주한 불가해한 상황들을 타개할 효과적인 열쇠일지 모른다는 기대감을 내게 주었다. 삭제하지 않는다면 지워지지 않을 기억은 꺼지지 않는 불씨처럼 타오르며 내 안에 동력을 제공할 수 있을 것이다. 또한, 무제한으로 재생이 가능한 현실은 개인의 체험을 다른 사람들에게로 확장함으로써 그저 관망하는 것을 뛰어넘어 실질적인 변화를 이끄는 것까지 가능해 보였다. 어쩌면 그런 방식으로 세상을 변화시킬 수 있으리라는 자신감을 가지게 된 것이다. 아프리카에서 찾고자 했던 내 안의 확신이 채트인이 분신으로 선택하여 가져온 카메라를 통해 구현될 가능성이라니! 참으로 오묘한 조화가 아닐 수 없었다. 그런 연유들로 인해 나는 여행의 후반부로 접어들수록 점점 카메라를 중요한 동반자로 인정해오게 되었다.

"그런데 상황이 바뀌었습니다. 유럽에서는 더 이상 노예매매로 재미를 볼 수 없게 된 것입니다. 노예들은 이미 포화 상태나 다름없었고 산업화의 발달로 농사일을 기계에 의존하게 되면서는 사람을 매매하고 관리하는 것 자체가 부담이 되어버린 상황이었으니까요. 그리하여 유럽인들은 '사람'에서 '대륙 전체'로 착취의 대상을 바꾸기로 했습니다. 증기선은 군대와 선교사들을 아프리카 대륙으로 실어 날랐습니다. 전선과 케이블은 개종당한 원주민들의 이야기를 승전보처럼 유럽 사회에 전달했습니다. 대륙 구석구석에는 철도가 놓였고 기차는 줄줄이 화물칸마다 자원들을 싣고 나왔습니다. 이후로는 아프리카가 통째로 정복당한 것이나 마찬가지였죠."

역설적이게도 복잡다단한 아프리카의 현실은 나에게 카메라와 친해지기 좋은 기회들을 마련해 주었다. 아무 일도 일어나지 않는다면 카메라는 무용지물이나 마찬가지였겠지만 다행히 이 대륙은 흥미로운 사건과 수많은 문제들과 베일에 싸인 비밀들로 넘쳐났다. 그것들을 놓치지 않기 위해 나 역시 카메라에 의지하여 더욱더 의욕적으로 움직였다. 극적인 이야기를 담기 위해 낯선 사람에게 말을 걸고, 새로운 인물을 따라나서고, 때로는 민감한 내용을 캐물으며 만족할 장면들로 카메라를 채워 나갔다. 그러나 채트인은 힘들어했다. 어째서인지 그는 점점 의욕을 잃어가는 것처럼 보였다.

"그렇게 되기까지 아프리카 사람들은 무얼 하고 있었느냐고요? 일부는 모르고 있었습니다. 보호라는 용어가 유럽인들과 아프리카인들 사이에 전혀 다른 의미로 여겨진 사실을 말입니다. 한쪽에서는 그것을 소유권에 대한 법적 효력으로 내세웠지만 다른 쪽에서는 우정의 증표로 받아들였죠. 또 일부는 이용당했습니다. 유럽인들은 원주민을 이용하여 현지를 통치하는 방식을 선호했는데, 본국에서 자국민을 파견할 필요가 없는 데다 위화감도 줄일 수 있기 때문이었죠. 만일 어느 지역에서 반발이 일어나면 다른 지역에서 징발한 아프리카인들을 파견해 제압하게 하면 그만이었습니다. 마지막으로 일부는 저항하기도 했습니다. 조상들의 땅을 지키기 위해 창과 칼을 들고 빗발치는 총알을 향해 뛰어들었지만, 유럽인들의 진영에는 접근도 못 한 채 전멸당하고 말았죠. 그러한 이야기들이 아프리카 전역에서 반복되었습니다. 원주민들은 속고, 지도자들은 현혹당하고, 저항은 기관총으로 소탕되고……"

　대륙으로 깊숙하게 들어올수록 나의 진짜 동반자는 의욕을 잃어오고 있다. 본인은 실토하지 않았어도 그것은 동반자의 어깨너머로 얼마든지 알아차리게 되는 부분이었다. 채트인은 아프리카에서 좀처럼 특별한 순간들을 포착해내지 못했다. 결정적인 순간이 오면 머뭇거리다 물러섰고, 인터뷰는 쉽게 포기했으며, 핵심을 비켜 가는 물음만 던지다가 그나마도 잡담으로 새

나가기 일쑤였다. 지금에 와선 아예 카메라를 팽개쳐두고 있다는 느낌마저 주었는데, 그토록 애지중지하던 자신의 분신이 이제는 나의 손에서 더 자주 기능을 발휘하는 사이 그는 점점 화면 바깥으로 피신하는 쪽을 택했다. 어쩌면 자포자기의 심정일 수 있겠다는 짐작이 들기도 했다. 아프리카에 오면서 채트인이 작성해 온 다큐멘터리 기획안에는 '숨을 헐떡이며 걷는 장면'으로 도입부를 시작하여 '사막 한가운데'서 이야기의 결말을 마무리하고 싶다는 식의 아이디어만 대강 적혔을 뿐 구체적인 내용은 기술되어 있지 않았다. 더구나 빼곡하게 짜인 우리 일정 가운데 사막은 우선순위에서도 밀려났다. 철저한 계획과 준비 없이는 아무것도 탄생시킬 수 없음을 그는 이곳에 와서야 혹독하게 깨닫는 중인지 몰랐다. 뼈아픈 실책이지만 후회하기엔 벌써 여행의 절반을 지나왔다. 한편으로는 이해가 가는 감정이기도 했다. 아프리카가 그런 곳이기 때문이다. 예상은 빗나가고, 시간은 정체되고, 이성은 무뎌지고, 정보는 무의미해지는 곳. 정말이지 좌절감을 안겨주는 장소이다.

"자! 드디어 '베를린 조약'이 등장할 차례입니다. 정복에 대한 욕망이 과열되자 분쟁은 오히려 유럽의 국가들 사이에서 일어나게 되었습니다. 식민지 지배권을 놓고 갈등이 고조되자 당시 독일의 재상이던 비스마르크가 해결책을 내놓았죠. 싸우지 않고도 자기들끼리 대륙을 나눠 갖는 방법을 제안했던 겁니다. 쉽게 말해 위험해진 게임판을 달콤한 케이크로 바꾸자는 발상이었습니다. 이후 유럽의 대표들이 베를린에 모여 대륙을 나눌 협의를 사이좋게 성사시켰고 아프리카 대륙은 정말로 케이크 자르듯 나누어졌죠. 지도 위에는 수천 킬로미터 이상 직선으로 뻗은 국경들이 바둑판 모양으로 생겨나게 되었습니다. 지구상의 다른 어떤 대륙에서도 그와 같이 여러 국경이 대규모로 가지런히 그어진 일은 없죠. 결과적으로 그것은 사람들을 갈기갈기 찢어 놓은 동시에 아프리카를 혼돈스럽게 섞어 놓았습니다. 생각해 보세요. 저마다의 역사를 간직한 수만 개의 공동체들이 합쳐져서 겨우 수십여 개의 국가들로 재탄생되었다는 것을요."

"……."

"이런, 한참을 달려왔군요. 무척이나 긴 이야기였죠?"

이야기에 몰입하여 격앙되었던 존의 표정이 다시금 온화해졌고 채트인은 차곡차곡 담아 두었던 것들을 내어놓듯 긴 한숨을 내쉬었다.

"길지만 꼭 들었어야 했던 이야기였습니다."

"그렇게 말씀해 주시니 감사하군요. 두 분은 역시 아프리카를 여행 중인가요?"

존 아저씨가 후방 거울을 통해 방금 전 내가 깬 것을 확인하고는 두 분이라 지칭한 것이지만 나는 못 들은 척 눈을 감았다. 채트인이 대신 대답했다.

"그렇습니다."

"아프리카에 속한 대부분의 사회들이 과거에 벌어진 비극적 사건들 속에서 공동운명체나 다름이 없었죠. 식민주의와…"

"노예 무역이요."

"맞아요. 식민주의와 노예 무역이요. 알고 계시는군요."

"아루샤에 오기 전 잔지바르 섬에도 머물렀습니다."

"그랬군요. 고난의 역사였죠. 해안가에선 노예들이 물건처럼 팔려 나갔고 내륙에선 마사이족 같은 전통 부족들이 강제로 고향에서 쫓겨났으니까요."

"저희 일정표에 마사이족 방문프로그램도 소개되어 있던데 그 마사이족 말인가요?"

"맞아요! 국립공원으로 가는 길에 잠시 방문하게 될 겁니다. 마사이족 마을을 말입니다. 자신들의 고향이 케냐와 탄자니아로 나누어지고 그마저도 국립공원으로 지정된 바람에 지금은 뿔뿔이 흩어져 살고 있습니다."

"그런 사연이 있었군요."

"참! 음카보 씨도 마사이족 출신이랍니다. 지금은 붉은 옷과

창 대신 유니폼을 입고 사냥총을 들고 있지만, 그의 얼굴을 보세요. 아직도 용맹스러운 전사의 눈빛을 가지고 있죠!"

존이 선글라스를 벗고 음카보 씨를 가리켰다. 잠에서 깨어난 음카보 씨가 자신의 이름을 알아들었는지 미소를 띠며 엄지손가락을 치켜세웠다. 이후로는 존 아저씨의 통역으로 음카보 씨까지 대화에 가담하게 되었다. 세 사람이 본격적으로 이야기를 시작하여 마사이족의 전통에 대해, 사바나 초원의 신비에 대해, 끝없이 긴 대화들을 이어 나갔다. 차량은 계속해서 일직선 도로 위를 달리고 있었다. 흥이 오른 음카보 씨가 목청을 높여 마사이족 노래를 부르기 시작했다. 지그시 눈을 감은 나는 아마도 노래의 중간 어디쯤에서 다시 깊은 잠에 빠져들었던 것 같다.

'마사이 전사들은 고함을 지르며 창에 날을 세우지.
사자의 피가 흘러넘칠 때까지.
사자의 피가 길을 적시면,
우린 그 길을 따라 집으로 가겠지.
길 위로는 초원의 비가
눈물처럼 주룩주룩 내린다네.'

예정된 시간을 훌쩍 지나 국립공원에 도착했다. 오는 도중에는 여행사에서 제공해 준 도시락으로 끼니를 해결했고 일정대로 마사이족 마을에도 잠시 들러 구경을 했다. 샌드위치는 수분이 말라 있었고, 마사이족 마을은 시시하기 짝이 없었다. 장시간 이동 끝에 도착한 사파리에서도 딱히 감흥을 일으키긴 어려웠다. 거대한 철문을 통과하여 들어선 입구에선 여행객들의 모험심을 부추기기 위해 설치된 동물 조형들이 눈길을 유인했지만 죄다 어색할 뿐이었다. 그러나 세계 각지에서 몰려온 관광객들은 그런 분위기를 만끽하는 중이었다. 여러 그룹으로 나뉜 사륜구동차들이 정해진 경로를 따라 야생 동물이 서식하는 지점들을 찾아다녔고, 초원에 흩어진 동물들이 발견될 때마다 구경을 위해 차를 세웠으며, 앞차가 멈춰 선 곳에는 어김없이 다음 차들도 정지하여 자리를 잡았다. 마치 차량들도 동물 떼처럼 군집을 이루는 모습이었다. 신이 난 방문자들이 창문이나 자동차 지붕으로 상체를 내민 채 카메라 셔터를 누르며 감탄을 연발했다. 한심하면서도 우울한 광경이었다.

한편 얼룩말과 물소 떼의 무리가 내려다보이는 높은 언덕에 올라섰을 때는 차량들이 쉽게 자리를 뜨지 못했다. 멀리 서쪽으로 저무는 빛을 받으며 평원 위에 무수한 흰 점과 검은 점들이 모여드는 모습을 감상하기 위해서였다. 아프리카의 너른 들판에 수천 마리의 얼룩말들과 물소 떼가 일렁이는 광경이 펼쳐져 있었다. 그 장면에서는 나도 어쩔 수 없이 카메라를 꺼내 들었다. 애초에 설정한 방향에서 벗어나 관광객들과 뒤섞인 현실에 자존심은 훼손된 상태지만 그렇다고 그런 장관을 지나칠 수 없는 노릇이었다.

"어때요. 무척 아름답죠?"

존이 자랑스럽게 물었다.

"아름다움 이상이네요. 말로 표현할 수 없을 만큼 놀랍군요. 이건…"

차 위로 올라선 채트인이 혼이 빠져나간 사람처럼 대답했다. 그의 시선이 초원의 멀리 떨어진 곳까지 도달했는데 자세히 보니 흔들리고 있었다. 금방이라도 눈물이 솟구쳐 오를 것처럼 상기된 표정이었다.

"저들은 이동을 준비하고 있는 겁니다. 지금이 마지카와 음불리―대우기와 소우기―의 중간이거든요. 초원 곳곳에 온통 건기가 시작되고 있는 게 느껴지시나요? 들판의 색깔을 보면 알 수 있죠. 조만간 동물들은 물을 찾아 북쪽으로 떠나게 될 겁니다. 길고 위험한 과정이지만 초원 위에 살아가는 동물들에겐 목숨을 걸어야 할 만큼 중요한 여정이기도 하지요."

어느덧 다른 차들은 바퀴 자국을 남긴 채 언덕에서 모두 떠나간 뒤에도 우리는 한참이나 같은 자리에 머물렀다. 그림책을 읽어주듯 나직이 속삭이는 존의 설명을 들으며 들판 위로 발그레한 빛이 퍼져 나가는 모습을 바라보았다. 얼룩말들의 흰색과 물소 떼의 검은색이 초원의 빛 안에선 한 가지 색이나 다름없어 보였다. 넘실거리는 생명의 물결이 고요하면서도 역동적으로 반짝이는 모습이었다. 서쪽 하늘에서는 붉은 노을이, 동쪽 하늘에서는 보랏빛 땅거미가, 어마어마한 양의 물감이 풀어지듯 우리의 머리 위에 뒤섞였다.

밤이 되자 국립공원의 방문객들은 야영을 위해 캠핑장으로 모여들었다. 실상은 야영이라기보다 호화로운 연회에 더 가까웠다. 안전한 전기 울타리와 조명이 켜진 수영장과 세련된 현대식 화장실, 그리고 최상의 서비스를 제공하는 숙련된 직원들까지. 역설적이게도 야생을 즐기려고 이 먼 초원까지 찾아온 손님들에게 만족을 제공하는 요소는 그런 인공적인 것들이었다. 게다가 다닥다닥 붙어 나란히 배치된 방갈로 텐트들 때문에 조용히 대자연의 밤하늘을 감상하려던 계획마저 물 건너간 것 같았다. 하는 수 없이 우리는 야영장 마당의 화로 옆에 쪼그리고 앉아 땀이 송골송골 맺힌 아프리카인들이 생고기를 손질하는 모습을 구경하며 지친 몸을 달랬다.

이윽고 손님들을 위한 저녁 식사가 준비되었다. 하얀 식탁보가 덮인 기다란 직사각테이블 위로 화사한 꽃장식과 번쩍거리는 은제의 식기들이 가지런히 정렬되어 있었다. 허기를 달래려고 어슬렁어슬렁 나온 관광객들이 하나둘 착석하기 시작하자 현지인 직원들은 눈 깜짝할 사이에 식탁 위를 갖가지 요리들로 채워 나갔다. 우갈리, 땅콩 수프, 바나나 구이처럼 여행 중 우리가 즐겨 먹던 아프리카 음식들은 가장자리에 놓였고, 샐러드, 스테이크, 치즈와 같은 서양식 요리들은 가운데를 차지했다. 음식을 먹기 위해 한껏 치장하고 앉은 손님들의 모습은 장소와 썩 어울리진 않았으나 우아하고 멋스러웠다. 포크와 나이프를 다루는 손놀림은 절제된 동작을 구사했고, 대화는 예의 발랐으며, 음식은 기품 있게 씹어 삼키는 모습들이었다. 하지만 채트인은 말없이 먹는 둥 마는 둥 하더니 양해를 구하고 먼저 텐트로 돌아갔다. 아마도 식탁 위에 차려진 술 때문일 것이라고 짐작했다. 혼자라도 기력을 보충하고자 맥 빠진 음식들을 양손에 움켜쥔 채 게걸스럽게 물어뜯었다. 배를 채운 뒤에는 옆자리에 앉은 사람들과 짧게 통성명을 나눈 뒤에 술을 들이켰고, 서로의 카메라로 찍은 사진들을 보여주며 어색함을 무마시키려 해보았다. 그러나 대화는 하나같이 유치했고 뚝뚝 끊어졌다. 밤이 깊어지자 미련 없이 사람들과 헤어져 텐트로 돌아왔다.

"망할 백인 녀석들, 아프리카 어딜 가나 자기들이 주인공 노릇이로군."

채트인에게 취기를 감추기 위해 공연히 투덜거리며 천막 안으로 들어섰다. 입구에 쳐진 모기 그물망을 걷어 올리고 불이 꺼진 텐트 안으로 들어서려는데 별안간 어둠 속에서 이상한 기운이 감지되었다. 미세하면서도 야생으로부터 들려오는 기적처럼 깊은 속삭임을 내포한 무언가였다. 순간 공포에 사로잡힌 감각기관들이 일제히 굳어졌지만 어쩔 수 없이 열린 두 귀가 어둠 속에서 정체를 헤아려야 했다. 소리가 들려오는 곳을 향해 조심스럽게 비집고 들어가니 채트인이 있었다. 그가 훌쩍이며 울고 있었다.

아프리카에 보낸 시간이 여섯 달쯤 지났고, 채트인과 함께 출발한 여정도 어느덧 절반으로 접어들었다. 그동안 여러 난관들이 있었지만, 다행히도 대부분은 성공적이었다. 물론 이곳 탄자니아에 와서는 유난히 힘들었다. 잔지바르 섬에서부터 몸이 아프기 시작했고 아루샤에서 맞닥뜨린 좌절감은 여전히 내 안에 쓰라렸다. 하지만 고난 가운데 여행을 지속할 실마리를 제공해 준 것은 생각지도 못한 채트인의 카메라였다. 반면 내가 의지해

온 나의 동반자는 무슨 영문인지 의욕을 잃어오고 있는 것처럼 느껴졌다. 우리가 속한 대륙이 그런 곳이긴 했다. 생각지도 못한 일들이 일어나고, 예상은 빗나가 버리고, 계획은 엉망이 되어버리는 곳. 그런 아프리카에서 여기까지 오게 되었다. 방황하고 표류하다 떠밀려 온 곳이 결국 이 지점이다. 일정에도 없던 초원의 밤 한가운데 두 사람이 머물고 있는 것이다. 게다가 한 사람은 취해 버렸고, 또 한 사람은 울고 있다.

이곳에 오게 되면 모처럼 진지한 대화를 나눌 수 있을 것으로 기대했다. 언제나 함께였던 두 사람의 관계가 아프리카에 와서는 건기의 초원처럼 메말라 오고 있었다. 특히 최근 들어서는 채트인과 예전의 일체감을 가져보기 힘들었다. 사건들 앞에서 생각의 차이는 벌어졌고, 반복되는 만남과 이별 앞에 번번이 다른 입장들을 취해 왔다. 아프리카를 보는 관점도, 서로를 바라보는 시선도, 둘 사이의 이견을 확인할 수 있었을 뿐 '함께 가자'던 약속은 점점 퇴색되었다. 어느 땐 마치 서로 다른 두 세계를 순례 중인 느낌마저 들 정도였다. 다른 목적을 위해 다른 길을 헤매는 사람들처럼 말이다. 그러나 이대로는 안 된다는 생각이었다. 여행은 절반이나 남았고 목적지까지는 여전히 갈 길이 멀었다. 앞으로의 계획이 담긴 지도와 수첩은 나의 손에, 여정을 기록할 카메라는 그의 손에 있었다. 끝까지 성공적으로 여행을 마치기 위해 서로가 필요했고, 함께이기 위해서는 대화가 필요했다. 그런 의미에서 오늘 밤을 좋은 시간으로 만들어 볼 예정이었다. 장소도 완벽했다. 대자연의 품 안에서라면 상대에게 무한하게 열린 채로 다시 마주 볼 계기가 마련될 수 있을 것 같았다. 인류가 최초로 탄생한 아프리카의 밤하늘 아래 서로가 지닌 불씨는 꺼내 놓고 사사로운 오해들은 종식시킨다면. 꺼져가는 연대의 횃불쯤은 다시 활활 타오르게 할 수 있을 것이다. 그렇게 기적처럼 일어서서 걷게 된다면. 다시 나란히 이야기의 불꽃을 피워낼 수 있게 된다면. 잠시 길을 잃은 여백의 밤일지라도 충분히 유익하면서 유의미하게 보내게 되리라고 짐작했다. 그러나 지금의 우리가 앉은 자리는 비좁고 어두웠다. 나는 취해버렸고 채트인은 울고 있다.

천막으로 돌아와서 울고 있는 채트인을 발견하고는 어찌해야 좋을지 아무 생각도 떠오르지 않았다. 무슨 말을 건네야 할지, 말을 건네는 게 도움이 되긴 될지, 확신은 들지 않고 취기에 먹먹함만 더해졌다. 램프가 꺼진 천막 내부가 채트인과 나 사이에 흐르는 적막 때문에 무한한 빈 공간처럼 느껴질 뿐이었다. 그 공허한 어둠을 마주하고 있으려니 머릿속마저 텅 비워지는 기분이었다. 시간이 얼마나 흘렀는지 알 수 없었고, 결국 눈물을 흘리는 나의 친구에게 건넬 적절한 말을 찾지 못한 채로 먼저 잠이 들었다. 그다음은 모르겠다. 밤사이 간간이 천막 바깥쪽 먼 곳으로부터 동물들의 울음소리와 지축이 흔들리는 진동이 전해져 잠에서 깼는데 아마도 '드디어 누 떼가 이동을 시작하려나 보다'라고 잠결에 짐작했다. 그 외에는 그냥 길고 캄캄한 아프리카의 밤이었다. 나는 '정말로 도저히 알 수 없는 일들이 벌어지는 땅이야……'라고 읊조리며 다시 깊은 잠에 빠져들었다.

"어떤가요, 존. 괜찮을까요?"

"글쎄요. 테스트를 받아봐야 알 수 있겠지만 말라리아라면 위험합니다. 당장 치료를 받아야 할 겁니다."

"어디서 치료를 받을 수 있죠?"

"아루샤요. 하지만 밤이 깊었으니 경과를 지켜봅시다."

존과 채트인이 긴박하게 주고받는 대화에 눈을 떠보니 희미한 램프 불빛으로 텐트 안이 밝혀져 있었다. 대화의 주인공은 나였다. 온몸이 불덩이처럼 뜨거웠지만 정작 오들오들 떨려오는 한기에 몸서리치고 있었다. 몸에 문제가 생긴 것이다. 잔지바르에서부터 같은 증상이 반복되었지만, 오늘처럼은 아니었다. 눈앞이 온통 노랗게 보였고 낮과 밤이 빠르게 오가는 것처럼 시야가 불분명했다. 먹은 것들은 전부 토해 냈고 몸의 근육들은 말라가는 나무줄기처럼 뻣뻣하게 죄어왔다. 그러나 견디기 어려운 것은 내 몸보다 내 몸이 속한 대륙이었다. 차라리 아프리카가 아니라면 어땠을까 하는 아쉬움이 떠올랐다. 밖으로 나서면 원하는 곳으로 이동할 수 있게끔 도로 위의 상황은 정돈되어 있을 것이다. 구급차가 애끓는 사이렌을 울리며 쏜살같이 누비면 차량들은 시민의식을 발휘하여 질서정연하게 지나갈 길을 내어 줄 것이다. 병원에 도착하면 현대적 의료 시설과 전문 지식을 갖춘 의료진이 기다리고 있을 테고, 치료가 끝난 뒤에는 의심의 여지 없이 집으로 돌아가게 될 것이다. 부모님이 기다리는 곳으로. 아늑한 침대에 누워 다시 일상의 재미난 부분들을 떠올릴 수 있는 곳으로. 그러나 내가 누운 곳은 아프리카 초원의 복판이었다. 천막을 나서면 끝없는 부시 덤불과 야생 동물들의 서식지가 펼쳐져 있다. 병원이나 의료진은 닿을 수도 없는 아득한 거리에 떨어져 있다. 달릴 수 있는 차라고는 관광용 사륜 구동차뿐이고 집이라고 부를 장소는 대륙 어디에도 없다. 그런 사실들이 한꺼번에 떠오르자 불현듯 겁이 났다. 죽을지 모른다는 두려움과 쉽게 죽어질 리 없다는 오기가 반복되는 통증처럼 교차했다. 시간이 지나며 호전되기를 바랐지만 도리어 악화되었고, 밤새 옆자리에서 지켜보던 채트인이 더는 참을 수 없다는 듯 제안했다.

"안 되겠어. 당장 아루샤로 돌아가자."
"아직 일정이 나흘이나 남았잖아. 만약 말라리아가 아니라면 우린 허탕만 치게 되는 거라고."
"지금 중요한 건 여행이 아니고 너야, 버든. 가서 존에게 부탁해 볼게. 그러면 당장 우리를 아루샤로 데려다 줄 수 있을 거야."

그렇게 채트인이 존을 데려온 것이다. 어둠을 간신히 밝힌 램프처럼 내 의식도 깜박깜박 드나드는 사이 상황은 빠르게 전개되었다. 존이 우릴 돕겠다며 나서 주었고, 아루샤에서는 죽어도 더 머물기 싫다는 나의 고집에 그다음 목적지인 므완자에 도착해서 치료를 받기로 했다. 치료를 받은 뒤에는 곧장 국경을 넘어 탄자니아를 빠져나갈 작정이었다. 아루샤에서 므완자까지 하루에 한 대씩만 다니는 버스가 이른 새벽 출발한다는 사실은 존 아저씨가 일러주었다. 부랴부랴 짐을 챙겨 한밤중에 도망치듯 사파리를 떠나왔다. 평상시 아프리카에서 차로 일곱 시간 거리면 야간에는 두 배 이상 시간이 소요된다는 계산이 일반적이지만 다행히 국립공원으로 난 길은 말끔하게 포장되어 있었다. 거기에 존 아저씨의 능숙한 운전 솜씨까지 더해져 칠흑 같은 어둠을 뚫고 불과 네 시간 만에 아루샤까지 달려왔다. 오는 동안 살짝 통증이 가라앉은 틈에 기절한 듯 잠이 들었고, 채트인은 흔들림 속에서도 묵묵히 나의 상태를 점검했다. 존을 따라온 음카보도 조수석에서 야생의 눈을 밝혀가며 운행을 거들어 주었다. 그렇게 해서 버스 출발 시간 직전에 아루샤 터미널에 도착하게 되는 기적이 일어났다.

새벽어둠 속 터미널이 모여든 사람들과 짐들로 벌써 북새통을 이루고 있었다. 존이 인파를 헤치고 나서서 표를 끊는 것을 도와주었다. 덕분에 마구잡이로 들러붙는 암표상들을 물리치고 므완자행 버스 티켓을 극적으로 얻어낼 수 있었다. 음카보가 우리를 대신하여 무거운 배낭을 버스 출입문까지 옮겨 주는 것으로 자신의 마지막 임무를 완수했다. 엉겁결에 다시 찾아온 작별의 순간이었다. 서로 짧은 포옹을 주고받은 뒤에 두 사람은 인파 속으로 유유히 사라졌고, 나와 채트인은 버스로 올라탔다. 아루샤에서 그래도 좋은 기억을 하나쯤은 가지고 가게 되었다는 생각에 안도감마저 들었다. 채트인이 황급히 외치기 전까지는 잠시 그랬었다.

"잠깐만!"

"무슨 일이야 채트인?"

"빨리 다녀올 데가 있어. 저스틴 할아버지에게 전해줄 게 있잖아!"

사진을 말하는 것이었다. 앞서 소개했듯 우리는 여행 중에 만난 사람들에게 사진을 인화하여 선물해 오고 있었다. 채트인은 저스틴 할아버지와 인터뷰 때 찍은 사진들 역시 미리 현상해 놓고는 국립공원에서 돌아오는 날 할아버지의 가게에 들러 직접 전해 줄 생각이었다. 하지만 갑작스레 앞당겨지게 된 일정으로 오늘 아침, 그것도 잠시 뒤면, 아루샤를 떠나야 하는 사정이었다.

"괜찮겠어? 출발하려면 이십 분밖에 남지 않았는걸."

손목시계를 쳐다보며 근심스럽게 물었지만, 채트인은 배낭도 내려놓지 않은 채 버스 입구 쪽으로 내려갔다.

"지금까지 아프리카에서 제시간에 출발한 버스가 한 대라도 있었는지 떠올려봐. 할아버지의 가게가 분명 이 근처였으니깐 금방 전해 주고 돌아올 수 있을 거야. 네 수첩과 지도를 잠깐 내게 줘 볼래?"

긴박했던 상황들 끝에 겨우 찾은 안도감인지라 또다시 초조함에 자리를 내어주는 것이 영 찝찝했지만, 이번에도 채트인의 말이 맞았다. 아프리카의 버스는 정해진 시간에 맞추어 출발하는 법이 없었다. 이곳에서는 모든 일이 시계에 맞추어 움직이는 것이 아니라 사람들에게 맞추어 움직이는 까닭이었다. 그것도 아주 태평하고 느릿느릿한 사람들에게. 그래서 버스를 탈 때마다 우리는 매번 서두른 것을 후회하면서 다른 승객들이 끝까지 채워질 때까지 기다림의 시간을 보내야 했다. 그렇게 생각하면 고민하는 사이에도 채트인이 할아버지에게 사진을 전해 주고 올 시간은 충분했다. 더구나 땀으로 범벅이 된 그가 활짝 웃고 있었기에 나도 모르게 손을 뻗어 할아버지의 주소가 적힌 지도와 수첩을 건네주었다.

"빨리 돌아와야 해."

"걱정하지 마. 얼른 다녀올게. 대신 이 카메라를 잠시 맡아 주겠어?"

채트인은 어깨에 매달린 카메라 가방을 내게 벗어 놓은 뒤 훌쩍 버스에서 뛰어내렸다.

"정말로 빨리 돌아와야 해!"

인파 속으로 헤집고 들어가는 채트인을 향해 조바심에 큰소리로 강조했지만 이미 그의 모습이 사라진 뒤였다.

그렇게 또 한 차례 조마조마한 기다림이 아루샤를 떠나기 직전에 시작되었다. 주위를 둘러보니 이른 아침의 버스 안이 금세 소란스럽고 번잡스러워졌다. 정말로 버스라고 불러도 문제가 없는 것인지 곰곰이 따져보아야 할 만큼 온전한 구석이 없이 낡은 버스였다. 그토록 오래된 버스의 괴기스러운 차체를 맨 뒷줄에서부터 좁다란 통로며 출입문 계단에 이르기까지 사람들이 자연스럽게 점유하고 있는 모습이 더 큰 놀라움을 자아냈다.

잠시 후 아직 추위를 떨치지 못한 듯 보이는 사내 한 명이 부스스한 머리로 몸에 담요를 두른 채 올라탔다. 한 손에는 막냇동생쯤 되어 보이는 어린 소년의 손을 잡고 다른 손에는 도시락으로 보이는 헝겊 주머니를 쥐고 있었다. 아뿔싸. 운전기사였다. 그가 곧장 운전석 옆에 담요를 펼치고 동생을 앉히더니 자신도 운전석에 자리를 잡았다. 이어서 행한 몇 차례의 시도와 실패 끝에 버스의 엔진이 시끄러운 소리를 내기 시작했다. 결국 걸려버린 시동과 함께 간절하게 그것을 거부했던 부질없는 바람은 연료처럼 타 버렸고, 철컹 소리를 내며 닫힌 고물 출입문에 나의 가슴까지 둔탁하게 막혀 버리고 말았다. 운전기사는 챙겨온 헝겊 주머니에서 망고 열매 하나를 끄집어내어 동생의 손에 쥐여주고 버스 안내원으로부터 건네받은 승객명단을 훑어본 뒤 지체 없이 굉음과 함께 버스를 출발시켰다. 순식간에 진행되어버린 절망 앞에 나는 어찌할 바를 모르다가 뒤늦게 운전기사와 안내원에게 매달리며 애원하기 시작했다.

"죄송합니다. 아직 한 사람이 타지 못했어요! 제 옆자리가 비어 있잖아요. 그가 곧 돌아온다고 했다고요!"

두 사람은 잠시 머뭇거리더니 다행스럽게도 영어를 할 줄 알았던 안내원이 대답해 주었다.

"이봐요, 백인 친구. 우리는 회사의 요구에 따라 지금 당장 버스를 출발시켜야 하오. 보시다시피 이 바쁘고 복잡한 터미널에서 우리에게만 자리를 내줄 순 없기 때문이오."

그러나 마찬가지로 물러설 여지가 없던 나는 시간이라도 끌 요량으로 더욱더 간절하게 매달렸다.

"아주 잠시만 기다려 줄 순 없을까요? 우리는 반드시 함께 떠나야만 해요. 제발 부탁이에요."

애걸복걸하는 나에게 승객들의 주의가 집중되자 난감해진 안내원이 운전기사를 향해 무언가 지시를 내리더니 제안을 건네왔다.

"미안하게 됐소. 아무래도 더는 출발을 지체할 수 없겠소. 그러나 버스터미널 주위를 천천히 한 바퀴만 돌아보도록 하지. 그동안 당신의 친구가 돌아온다면 불러 태우도록 해보시오."

"좋아요! 그렇게 해 주세요. 정말로 고마워요."

겨우 얻어 낸 양보에 거의 체념했던 상황을 돌이켜서 다시 숨통이 트이게 된 것처럼 느껴졌다. 솔직히 버스가 터미널 주변을 도는 동안 나의 친구가 불쑥 나타날 것이라는 확신은 들지 않았다. 그보다는 위기를 헤쳐나가기 위해 궁리할 시간이나마 벌었다는 임시적인 안도였다. 버스의 맨 앞쪽에서 피부색이 다른 외국인이 벌이는 우스꽝스러운 촌극을 구경하며 나를 대화의 주제로 두고 하나가 되었을 승객들이 웃음을 터트리는 사이. 황망한 표정으로 배낭이며 카메라 가방이며 짐들을 초조하게 매만졌다.

때로는 스스로 내린 결정에 대해 나 자신조차 시원스럽게 해명하지 못하는 순간들을 마주하게 된다. 그 경우에 대게는 '어쩔 수 없이'라는 핑계로, 혹은 '이미 지나버린'이라는 체념으로, 마음속 무게감을 덜어내면 그만이지만. 게다가 시간이 지나면 실제로도 아무 일이 아니었음을 깨닫게 되는 경우가 대부분이지만. 한편으로는 두고두고 미쳐오는 후회 때문에 과거의 한순간을 맴돌게 되는 장면이 있다.

그때 무슨 판단으로 버스에서 내리지 못한 것일까. 그렇게나 빠르게 버스가 정류장을 빠져나왔던가. 아니면 혼자라도 므완자에 도착하여 치료를 받아야겠다는 위기의식에서였나. 그것도 아니라면, 혹시 남은 여행을 채트인과 함께하고 싶지 않았나. 아니었다. 그것만은 확실히 아니었다. 하지만 여전히 그 찰나의 순간 내려진 나의 결정이 어떤 판단에서 비롯된 것인지를 명쾌하게 밝혀내지 못하고 있다. 그저 시간은 촉박했고, 상황은 빠르게 전개되었고, 나는 멍하게 서 있었던 기억의 단편들만 무한하게 머릿속을 맴돌 뿐이다.

아프리카 구석구석을 돌아다니며 그간 체득해온 경험들을 무참히 깨버리고 아루샤의 버스는 출발 시간이 되자마자 출발했다. 여기는 그런 곳이다. 이상한 사실들이 나라 전체를 뒤덮고 있는 곳. 이상한 일들이 매일 같이 벌어지는 곳. 이상한 사건들이 당장 내 눈앞에 일어나는 곳. 그게 아프리카였다. 철석같이 맹세한 '같이 가자'던 약속도 겨우 아차 하는 순간 어긋나 버렸다. 채트인은 결국 버스에 오르지 못했다. 현지인 승객들은 우리의 그런 눈물겨운 사정을 아는지 모르는지 새하얗게 질려 버린 이방인 한 사람을 앞에 두고는 떠들썩하게 웃고 노래하며 농담을 주고받았다. 정체를 알 수 없는 언어들이 주술적인 힘을 발산하여 낡고 오래된 고물 버스를 움직이게 했고, 유난히도 붉은 태양이 자욱한 아침 안개를 뚫고 유유히 솟구쳐 올랐다. 피부에 닿는 공기가 급속도로 더워졌지만 내 몸속 혈관에는 이방 땅의 악령들이 남겨 놓은 서늘한 한기가 감돌았다. 밤이 그렇게 가고 밤보다 더 캄캄한 아침이 눈앞을 어지럽게 가려왔다. 아루샤와는 그렇게 영영 작별이었다. 절망의 소용돌이 속에서 이런 생각이 끊임없이 맴돌았다.

과연 아프리카에서 친구를 만날 수 있게 될까?
채트인과 나는 다시 만날 수 있게 될까?

채트인과 헤어지고 아루샤에서 떠나온 뒤 혼자서 므완자에 도착했다. 곧바로 메디컬 센터를 찾아 테스트를 받았지만, 말라리아는 아닌 것으로 판명되었다. 의사 선생님은 설사병이나 영양 부족으로 인한 몸살 정도로 진단을 내렸고 몇 종류의 약을 처방해 주었지만 먹지 않았다. 이튿날에는 터미널로 나가 아루샤에서 들어오는 버스를 기다렸다. 그러나 채트인과 재회에는 실패했다. 아루샤와 비교하면 규모는 작으나 비슷하게 번잡했던 므완자 터미널과 설명이 제멋대로인 아프리카 사람들의 안내 속에 내가 채트인을 놓친 것인지 채트인에게 무슨 일이 생긴 것인지 알 길은 없었다. 막막한 심정이었으나 실낱같은 희망으로 며칠을 더 기다렸다. 셋째 날도, 넷째 날도, 그다음 날도. 채트인은 모습을 드러내지 않았고 내 안에 희망도 소진되었다. 그렇게 므완자에서 일주일을 머물렀다. 다행히 아루샤에서부터 나를 괴롭힌 통증은 말끔하게 해소되었고, 불행히 거기서부터 나는 혼자가 되었다.

    더욱 망연자실했던 점은 우리 짐의 일부가 뒤바뀐 사실이다. 채트인은 아루샤에서 저스틴 할아버지를 만나러 가기 위해 자신의 카메라 가방은 내게 맡기고 내게서는 수첩과 지도를 챙겨 갔다. 여행의 핵심적 역할을 담당해오던 도구들이 제 주인들의 운명처럼 엇갈려 버린 것이다. 그때로부터 일정과 목적지를 빼곡히 적은 수첩과 지도는 채트인의 손에, 다큐멘터리를 촬영해 온 카메라는 내 손에 들려있게 되었다. 그것은 우리의 길이 엇갈렸음을 나타내는 잔인한 증거였고, 앞으로는 달라진 여행이 두 사람에게 전개되리라는 침울한 암시이기도 했다. 결국 세워 놓은 계획들은 전부 소용이 없어졌고 여행은 새로운 국면으로 접어들었다. 수중에서 수첩과 지도가 사라져 버렸으니 불확실한 정보들에 의지한 채 떠돌아다녀야 했다. 대륙의 내부로 들어올수록 사실에 입각한 정보 대신 엉터리 정보들만 난무했고, 여행 중 만난 현지인들은 이웃 나라로 가는 길은커녕 자신들이 사는 행정구역의 명칭조차 모르는 경우가 허다했다. 그 때문에 잘못된 길 안내와 아는 체 거짓 연기들을 믿었다가 여러 번 길을 잃기 일쑤였다. 마땅한 대안이 없던 나로서는 지명과 거리 단위에 의지해온 종전의 방식을 포기한 채 불확실한 짐작과 증언들을 따라다녀야 했다. 그렇게 '아마도'와 '어디쯤'으로 얼룩진 내용들에 의지하여 아프리카 대륙에서 길을 찾는 과정은 난감한 모험과도 같았다.

그러나 의외의 소득도 있었다. 전에는 생각지 못했던 장면들을 카메라에 담게 된 것이다. 어쩌면 내가 찾아 헤맨 '진짜 아프리카'가 이 길 위에 기다리고 있던 게 아닐까 하는 생각마저 들었다. 비록 혼자가 된 처지에 모든 것이 낯설고 위험하게 다가왔지만, 카메라가 우연히 나의 손에 남겨진 일이 행운이나 기회로 작용할 가능성도 있어 보였다. 물론 채트인에게는 안된 일이다. 하지만 다른 사람이 아닌 채트인이기에, 그도 그답게, 대륙 어딘가에서 자신만의 여행을 새롭게 시작했으리라는 짐작이 들기도 했다. 지도와 수첩이 안내하는 길을 따라, 그가 만나려던 소년을 만나고, 경험하고자 했던 것들을 자유롭게 경험하며, 무사히 목적지에 도착하게 되기를 마음속으로 기원했다. 이렇게 된 이상 나도 카메라를 이용하여 남은 여행을 의미 있게 완성해 볼 계획을 세웠다. 발 앞에 주어진 새로운 길을 따라 주인 잃은 빈 테이프들을 아프리카의 정수들로 채워 넣는다면, 내가 찾는 열쇠이든 그가 완성할 작품이든 피차 도움이 될 수 있을 것 같았다. 비록 스스로 한 선택은 아닐지라도 지나온 길에 집착하지 않는다면 새롭게 시작하는 것쯤은―여행 중이기에―얼마든지 가능했다. 도구를 잃어버린 나의 친구에게도, 길을 잃어버린 나에게도, 종국엔 그것이 위로가 되길 바랐다. 가능하면 멋진 장면들로 채트인을 깜짝 놀라게 해주고 싶다는 의욕도 잠시 떠올랐지만, 그 뒤로는 또다시 나의 길에서 그를 까마득히 잃어버렸다.

새롭게 시작된 여행에서 다음 행선지를 정하는 것은 어렵지 않은 편이었다. 어쩌다 보니 며칠 사이 만난 대부분의 사람들이 내게 증언한 이야기들이 유독 한 곳으로 모여졌다. 시골 벽지에서, 농장과 광산에서, 고립되어 쇠락해 가는 이름 모를 마을에서도. 사람들의 관심사는 온통 한 도시를 향해 쏠려 있었다. 수많은 남편과 형제 그리고 자식들이 이미 그곳으로 떠나 있었고, 아직 남아 있는 젊은이들도 언젠가는 그곳에 도착할 날을 학수고대하였다. 사람들은 다양한 목소리로 그 도시를 찬양했지만 정작 도시의 진짜 이름을 아는 사람은 없었다. 다만 도시에 관한 허다한 설명들을 종합해 볼 때 언뜻 그곳은 '축복받은 땅' 내지는 '풍요로운 천국'을 연상시켰다. 인생에 산적한 문제들이 가족들 가운데 누구라도 그곳에 도착하기만 한다면 해결되리라는 믿음 가운데 있었고, 누구나 생전 한 번쯤은 그곳에 살아보고 싶다는 소망을 간직하고 있었다. 사람들은 편의상 그 도시를 '황금의 도시'라고 불렀는데 과거 그곳에서 어마어마한 양의 황금과 다이아몬드가 발견되었다는 소문과도 연관이 있는 듯했다. '황금의 도시'가 구체적으로 어떤 곳인지는 알 수 없었다. 다만 매우 거대한 도시라는 것은 짐작할 수 있었다. 아프리카에서 제법 이곳저곳을 다녔다고 주장하는 현지 상인들은 내게 그곳이 아루샤와는 비교도 되지 않을 만큼 거대한 도시라며 귀띔해주었다. 또한 도시의 위치가 정확하게 어디쯤인지도 파악되진 않았다. 하지만 매우 멀리 떨어져 있다는 것을 짐작할 수는 있었다. 태어나서 고향을 떠나 본 적 없는 토착민들은 자신들이 그곳에 도달할 일은 평생토록 없을 것이라며 푸념을 늘어놓았다. 그렇게 도시는 뚜렷한 정체도 정확한 위치도 불분명했지만, 그곳에서 진동하는 매혹적인 냄새가 사람들을 유인하고 있음이 분명했다. 그 냄새를 쫓아 나도 먼 길을 돌고 돌아왔다. 의심스러운 증언들과 비효율적인 이동 수단에 의지한 채 며칠에 걸쳐 전진했고 마침내 카메라를 꺼낼 시간이 되었다. 멀리 '황금의 도시'가 눈앞에 드러났다.

도시로 진입하기까진 아직 상당한 거리가 남았음에도 멀리서 목적지를 알아볼 수 있던 건 아이러니하게도 사방이 캄캄한 밤중이기 때문이었다. 짙게 내려앉은 어둠 속에서도 그렇게 밝고 화려하게 빛나고 있을 도시는 대륙 전체에 '황금의 도시'밖에 없었다. 휘황찬란한 야경이 내가 있는 곳으로부터 꽤나 떨어져 있었으나 시각적으로는 흡사 검은 바다에 떠오른 환상의 섬처럼 뚜렷하고 선명하게 내비쳤다. 그 희망적으로 응집된 야경과 불빛들을 향해 밤새 걸었다. 파도처럼 한 방향으로만 진행되던 고요한 밤공기의 흐름은 필시 눈앞에 아른거리는 찬란한 뭍을 향해서였다. 덕분에 어렵지 않게 도시 언저리에 닿게 되었고 때마침 떠오른 아침 해가 '황금의 도시'의 벅차오르는 위용을 강렬하게 드러냈다.

강철, 유리, 콘크리트, 그리고 쉴 새 없이 떠도는 유행과 풍문들이 '황금의 도시'를 구성하는 재료들이었다. 도시의 경계 안에는 자그마치 수백만의 인구가 밀집되어 살아갔고 바둑판 모양으로 정리된 구획마다 여느 아프리카 도시들에서는 볼 수 없던 고층 빌딩과 자동차들로 넘쳐났다. 화려하게 장식된 거리의 상점들은 규모로 보나 내용으로 보나 압도적이었다. 온통 시선을 사로잡는 외관들이 흡사 서구의 대도시를 연상시켰으나 놀라운 점은 이 도시의 웅장함이 불과 몇 년 만에 급속하게 잉태되어진 사실이다. 도시가 이토록 팽창될 수 있었던 내력의 증거물들이 마침 시내 곳곳에 눈에 띄었다. 금광에서 퍼 올려진 어마어마한 양의 폐광석 더미와 땅 밑으로 움푹 파 내려간 거대한 광산들이 말하자면 도시의 '심장'이나 다름없었다. 과거에는 돌과 잡초로 무성했을 허허벌판이 오늘날처럼 거대하면서 환상적인 도시로 일으켜 세워지게 된 원천이 바로 그 흔적들에서 시작되었기 때문이다. 백 년 전 우연히 금과 다이아몬드 광산이 발견된 이후부터 수백만의 사람들이 저마다의 신화를 쫓아 대륙 각지에서 몰려들었고, 수십만 채의 집들과 빌딩들도 함께 들어서게 되었다고 한다. 한마디로 그 흔적들은 '황금의 도시'의 혈관을 따라 가열차게 혈액을 공급해 온 성장의 원동력인 셈이다. '돈'이야말로 도시에 생기를 불어넣는 혈액이자 영혼이었으며, 어쩐지 그런 영혼들이 들끓는 도시는 진짜로 천국처럼 보이고 있었다.

쾌적한 주거 환경과 편리한 금융 서비스, 최신식 의료 시설과 최고 수준의 교육 서비스, 그리고 자극적인 유행이 온통 사람들의 이목을 이끌었다. 도시 외곽에 새롭게 건설 중인 대형 경기장에서는 머지않아 국제적인 규모의 대회를 치를 예정이라는 소문도 들려왔다. 그만큼 세계 어디에 견주어도 빠지지 않을 만큼 현대적인 요소들로 가득한 데다 사람들을 풍요롭게 만드는 데에도 복합적으로 기여하고 있는 도시였다. 이곳에서는 돈만 있으면 삶을 윤택하게 해줄 온갖 혜택들을 누구라도 제약 없이 누릴 수 있었다. 자유! 도시의 풍성한 열매들을 따 먹을 기회를 이곳에서는 그렇게 부르고 있었다. 특히 사람들은 새로운 것이라면 무엇이든 열광했다. 이를테면 멋진 차들과 먹음직스러운 음식들과 고가의 액세서리들이 인생을 행복하고 만족스럽고 안정적으로 만들어 줄 것이라는 환상이 끊임없이 공급되었다. 그 풍요 가운데 일부라도 얻어 낼 수 있다면 사람들은 어떤 대가라도 치를 준비가 되어 있었다. 그리하여 그토록 많은 이들이 고향을 떠나 이곳으로 모여들게 된 것이다. 실로 '황금의 도시'는 부자가 되기를 꿈꾸는 모든 사람의 종착지였다.

그러나 며칠간 시내 중심가를 돌아다니면서는 하늘을 찌르는 고층 빌딩들만큼이나 도시에 드리워진 그림자들의 존재 역시 감지할 수 있었다. 번화가를 벗어나면 눈에 띄는 유리창 깨진 건물들, 쇠창살에 둘러싸인 가게들, 고장 난 신호등과 길 위에 버려진 자동차들, 그리고 거리를 배회하는 행인들의 험상궂은 표정에서 도시가 죽어가고 있다는 인상을 떨쳐내기 어려웠다. 내막을 조사하니 나의 부정적인 짐작이 어느 정도 들어맞았음을 확인할 수 있었다. 최근 들어 금광들이 문을 닫기 시작했고 다이아몬드 광산은 거의 바닥을 드러냈다는 것이다. 지난 몇 년간 도시에 막대한 부를 안겨 준 광물의 매장량이 한계에 도달했음에도 사람들이 여전히 그칠 줄 모르는 강물처럼 밀려오고 있다는 게 문제였다. 수명을 다한 '심장'의 맥박이 꺼져가고 있다는 걸 모르는 채 말이다. 그러고 보니 도시 구석구석엔 임계점을 넘어선 조짐들이 꿈틀거리고 있었다. 전력을 공급하던 발전소의 거대한 냉각탑은 가동을 멈추었고 금광에서 퍼 올린 폐석 더미들은 부랑자들의 안식처로 전락하는 중이었다. 번화가에 줄지어 있던 은행들도 속속 문을 닫은 까닭에 사람들은 은행 대신 불법 장물을 취급하는 전당포나 재활용 센터에서 돈을 거래해야 할 판이었다. 한때 돈의 흐름의 중심지였던 '황금의 도시'가 지금에 와서는 푼돈 벌이와 난잡한 뒷거래의 온상으로 변해버린 것이다. 인파가 북적이는 곳에서는 어김없이 소매치기들이 기승을 부렸고 거리에서는 대낮에도 심심치 않게 총소리가 들려왔다. 도심 여기저기에서 잇달아 경찰차 사이렌 소리가 울렸고, 차 안에 숨은 사람들은 닫힌 창문 너머로 긴장된 눈빛만을 껌뻑거릴 뿐이었다. TV 화면에서는 늘씬한 모델들이 여전히 즐거운 표정으로 '새것' 같은 인생을 만끽하는 동안에도 실제 세계에서는 찝찝한 소식들로 넘쳐났다.

'도시가 쇠퇴하고 있다! GDP가 내려앉았다. 제조업은 22% 줄어들었고, 광업은 33%나 떨어졌고, 실업률은 40%에 육박한다!'

'도시에서는 매 순간이 위험하다! 살인사건은 30분마다 1건, 강간은 3분마다 1건, 강도와 절도는 2분마다 1건씩 꾸준하게 발생하고 있다!'

이런 어수선한 정황들 가운데 도시의 부자와 엘리트들은 일찌감치 '황금의 도시'를 버려두고 아예 도심에서 떨어진 외곽 지역에 자신들만의 성채를 짓고 살아가는 편을 택했다. 그러자 회사나 상점들도 잇달아 부자들을 따라 안전한 외곽 지역으로 옮겨 갔고, 결과적으로 도심에는 슬럼화된 빈곤 주택들만 방치되다시피 남겨졌다. 그러니 이제껏 '황금의 도시'에 흘러넘치던 성스러운 피가 상대적으로 누구에게 풍요롭게 공급되고 있었는지는 자명해 보였다. 모두에게는 아니었다. '심장'이 멈춘 도시에는 어둠만이 남아 있었다.

도시에 밤이 찾아오고 어둠이 깔리면 풍요와 빈곤을 가르는 경계는 더욱더 선명하게 드러났다. 호화로운 주거 지구에선 화려한 조명이 밤새도록 밝혀져 있던 반면 슬럼화가 진행된 도심에는 전기조차 공급되지 않고 있었다. 그런 암흑 속에서도 사람들이 어떻게든 일상을 살아 내는 모습은 놀라울 따름이었다. 부유한 사람들이 버리고 간 고층 빌딩마다 타지에서 몰려든 실업자와 이주자들의 임시 숙소로 점유되고 있었는데, 숙소들은 주거 공간이라기보다 개미굴을 연상시켰다. 예를 들면 예전엔 한 가구씩 살던 공간에 지금은 스무 가구씩 지내는 것이 예사였고, 그 안에서조차 사람들은 세포가 분열하듯 숫자를 늘려 가는 중이었다. 빨랫줄에 널은 천으로 구분해놓은 공간마다 간신히 한 평 남짓한 잠자리를 확보하였지만, 채 풀지 못한 짐가방과 온갖 세간까지 쌓여 있어 발을 뻗고 눕는 것조차 버거울 정도였다. 어쩌다 화장실이라도 이용하려면 좁아터진 커튼 사이를

미로처럼 비집으며 헤매야 했다. 사생활이 여과 없이 노출된 채 낯선 사람들과 여러 차례 눈을 마주쳐야 하는 곤혹스러운 미로였다. 한편 그처럼 밀집되어 살아가면서도 서로에게 안부나 대화 없이 침묵을 유지하는 사람들의 모습이 오싹한 분위기를 자아냈다. 천으로 만든 벽 뒤에서 잠깐잠깐 밝혀지는 핸드폰 화면 불빛들이 서늘하고 축축한 공기 중에 떠돌아다니는 유령들의 모습처럼 펄럭이고 있었다. 어쩌면 정말로 유령이 맞았는지도 모를 일이다. 부자가 되기를 꿈꾸며 흘러들어 왔지만 정작 풍요로부터 철저하게 빗겨 나간 채 겉돌고 있는 유령들 말이다. 불현듯 도시에 도착한 첫날 밤에 멀리서 바라봤던 황홀했던 야경이 떠올랐다. 어둠 속에 화려하게 빛나던 천국의 섬이 실은 이토록 수많은 망령들이 탄식하며 갈구하던 불빛들이었다고 생각하니 허무하면서도 야속한 기분이었다.

  어둠이 물러가고 날이 밝자 본격적으로 카메라에 담을 흥미로운 사건들을 찾아 도심지를 탐방했다. 서로에게 무관심으로 일관하는 도시 특유의 풍조 덕분에 나는 '황금의 도시'의 음지와 양지들을 별다른 간섭 없이 자유롭게 넘나들 수 있었다. 하지만 아쉽게도 같은 이유에서 새로운 인물을 만나기란 불가능에 가까웠다. 거리를 몇 분만 걸어 다녀도 수많은 행인들과 마주치지만 서로에게 주의를 기울이는 법이 없었다. 도시에서는 빠른 걸음이 일종의 생존 전략이었고 그런 의미에서 사람들은 저마다 쫓거나 쫓기고 있는 것처럼 느껴질 정도였다. 본래 아프리카인들의 언어에서 '걸음'이라는 동작에는 '하늘에는 태양이 발밑에는 흙이 있고 걷다 보면 누군가와 만나게 되는 행위'라는 멋들어진 의미가 구전되어오고 있었거늘. 그러니 한없이 건조하고 심심한 오후를 보내는 중이었다. 사실 그때만 해도 이곳이 얼마나 위험한 곳인지는 전혀 깨닫지 못했다.

거리를 헤매다 '그들에게 직접 도움을 제공하는 것은 진짜로 돕는 길이 아닙니다.'라는 문구가 적힌 담벼락 옆을 지나칠 때였다. 카메라에 담을 만한 것이 없을까 서성이던 내게 마침 누군가가 먼저 말을 걸어왔으나 썩 달갑지 않은 상대였다.

"마약을 취급하는데 사지 않을래요?"

거리의 아이들이었다. 아이들은 아마도 부모를 잃었거나 돌아갈 곳을 잃은 처지들이겠지만, 무턱대고 동정심을 가질 필요는 없었다. 아프리카에서는 아이들이 그런 상황에 놓이게 되면 자연스럽게 친척이나 이웃들에서 흡수하여 품어 주는 전통이 존재하기 때문이다. 그러니 이렇게 도심의 거리로 나와 떠돌고 있는 아이들은 그저 재미 삼아 놀이를 하는 중이거나 나름의 비즈니스를 벌이는 중인 경우도 흔했다. 물론 비즈니스라는 것이 대부분 불법적이고 비공식적인 나쁜 어른들의 강요에 의한 돈벌이를 가리키는 것이지만 말이다.

"제게 마약이 있는데 사지 않으시겠느냐고요."

어느새 내게 바싹 달라붙어 슬그머니 눈치를 살피는 이런 부류의 녀석들은 필시 다른 아이들보다는 큰돈을 만질 수 있겠지만, 더 큰 위험에 노출되어 있다고도 할 수 있었다. 도시에서는 비밀스러운 일일수록 갱단이나 범죄 조직 같은 세력과 연루되어 있을 가능성 컸다. 그러므로 아무 대꾸 없이 아이들을 지나쳐 인파 속으로 사라지기로 마음먹었다. '거리의 사람들은 친구처럼 다가오지만 언제 범죄자로 돌변할지 알 수 없다'는 속담은 '황금의 도시'에서 공공연하게 통용되는 계명이기도 했다.

"배가 고파요. 음식을 사게 돈 좀 주세요."

빨라진 걸음 뒤로 아이들 가운데 한 명이 외쳤지만 나는 못 들은 척 도시의 혼잡 속으로 피신하고자 했다. 아이들을 따돌리기 위해 도로를 횡단해서 건너편 인도로 도달하려던 찰나에 '쾅!' 소리와 함께 눈앞이 캄캄해졌다. 마구잡이로 질주하던 미니버스에 내 몸이 그대로 충돌한 것이다. 머릿속엔 '아차! 여긴 아프리카였지…'하는 후회가 몰려왔지만 이미 늦었다. 차에 받힌 몸이 공중에 떴다가 바닥으로 널브러졌다. 도로 위에는 건널목이 있었지만 신호등은 고장 나 있었다. 차들은 보행자의 안전

따윈 개의치 않고 돌진했다. 그러고는 쏜살같이 달아나 사라졌다. 여긴 아프리카였다.

 흥미로운 구경거리를 보려고 몰려든 차량과 사람들로 도로 위는 순식간에 아수라장으로 변했다. 저만치 뒤편에선 성난 운전자들이 머리를 내민 채 사정없이 경적을 울려 댔고, 지나가던 행인들의 걸음 역시 사고 현장에서 잠시 뒤엉켰으나 이내 눈길을 거두고 다시 분주하게 갈 길들을 재촉했다. 거리의 아이들만이 냉담한 인파 속에서 자신들의 비즈니스를 내려놓은 채 키득거리는 중이었다. 다행히 혼자서 일어설 수 있었기에 한쪽 다리를 절뚝거리며 차도에서 빠져나왔다. 도로 옆 연석에 주저앉아 멍하니 하늘을 쳐다보다 황급히 몸을 더듬어 짐들을 점검했다. 느닷없이 손이 떨려오고 눈가에는 눈물이 핑 돌았다.

 '안 돼! 안 돼! 안 돼-!'

 그제야 흙먼지를 뒤집어쓴 채 길바닥에 내동댕이쳐진 카메라 가방이 눈에 들어왔다. 차에 부딪힌 통증보다 훨씬 쓰라린 광경이었다. 짧은 순간 동안 생각들이 빠르게 스쳐 지나갔다.

 '멀쩡할 수도 있지 않을까? 아니야, 손쓸 수 없이 망가지고 말았을 거야. 다 끝나 버렸어. 이제 여행은 어떻게 되는 거지? 채트인에겐 뭐라고 설명해야 할까?'

도로 위에 놓인 카메라를 향해 무수한 부정적인 생각들이 휘몰아치던 찰나에 다시 정신을 가다듬고는 냉정하게 눈앞의 현실로 돌아와야 했다. 거리의 아이들의 반짝거리는 눈망울에도 카메라 가방이 중요하게 비친 낌새였기 때문이다. '거리의 사람들은 친구처럼 다가오지만 언제 범죄자로 돌변할지 알 수 없다'는 도시의 계명이 떠오르자 그때로부터 새로운 절박함에 시달리게 되었다. 방금까지만 해도 자유롭게 활보하고 다니던 도시가 순식간에 위험하고 무서운 장소로 돌변했고, '제발 저를 좀 도와주세요!'라며 호소하는 눈빛으로 주변을 둘러보았지만 주의를 기울이는 사람은 아무도 없었다. 오직 호기심에 찬 아이들의 눈빛만이 굶주린 하이에나들처럼 표적에 집중되어 있었다. 당장이라도 달려들어 무슨 일이라도 저지를 기세였다. 그 순간 속수무책이던 나는 곧 먹잇감으로 바쳐질 정글의 제물에 불과했다. 고층 빌딩들로 이루어진 음침하고 삭막한 숲에 던져진 채 이름도 존재감도 없이 다만 '몇 번째' 순번에 해당될 뿐인 연약한 희생물이었다. 그때 갑자기 나타난 커다란 승용차 한 대가 내 앞에 멈추고는 문을 활짝 열어젖혔다.

"어디 다친 데는 없으신가요? 어서 여기에 타세요! 참, 저 물건도 당신 것이 맞으시죠?"

구스타보 부부와의 첫 만남이었다.

"황금의 도시에 오신 걸 환영합니다!"

 구스타보 부부는 좋은 사람들이었다. 위기에 처한 나를 구조하듯 차에 태워 자신들이 사는 곳까지 친절하게 안내해 주었다. 남편인 구스타보 씨는 넉넉한 풍채에 과묵한 성격을 가진 사업가로, 나를 태운 고급 차와 두꺼운 손목에 채워진 황금 팔찌가 번쩍거리는 것만 보아도 그가 성공한 재력가임을 알아챌 수 있었다. 도시 외곽에 공장을 네 곳씩이나 경영하는 상당한 부자라는 사실은 그의 아내의 자랑을 통해 알게 되었다. 구스타보 부인은 어떤 이야기든 나누길 좋아하는 친근한 성격의 소유자였다. "당신은 다른 나라에서 온 여행자군요! 그런데 그런 위험한 곳에서 무얼 하고 있었죠?"라고 물어봐 놓고는 그녀가 지난 여름휴가 때 다녀온 여행 이야기며 거기서 먹어 본 요리에 관한 이야기를 연달아 늘어놓았다. 그렇게 한껏 입담을 풀어놓은 다음에는 기분이 좋아졌는지 내게 즉흥적으로 제안을 건네 온 것이다.

 "오늘 밤 우리 집에서 함께 지내는 게 어때요? 저녁 식사에 당신을 정식으로 초대하겠어요. 진짜 황금의 도시를 경험해 봐야죠."라고 내뱉은 뒤에야 남편에게도 허락을 구하는 눈치였다.

 "당신도 물론 괜찮겠죠?"

 구스타보 씨는 그저 무덤덤한 표정을 지어 보였을 뿐인데도 구스타보 부인은 그것을 긍정으로 해석하여 받아들인 것 같았다.

"좋아요! 아주 재미있는 시간이 될 거예요!"

그렇지만 나도 '진짜 황금의 도시'란 말에 구미가 당기는 것은 어찌할 수 없었다. 낮에 있었던 일로 놀란 가슴 때문에 당장은 도심으로 돌아갈 엄두가 나지 않았기에 오늘 밤은 다 잊고 편안하게 쉬어주자는 결론을 내렸다. '딱 하룻밤만'이라는 나의 대답에 그제야 구스타보 씨의 얼굴에도 안도의 미소가 피어올랐다.

차를 타고 이동하는 동안 부부는 도시에 대해 많은 이야기를 들려주었다. 특히 구스타보 부인은 내게 이 도시의 위험성을 이해시켜주는 것에 사명을 가진 것처럼 느껴질 정도였다. 어째서 시내를 달리는 차들이 절대로 창문을 열어서는 안 되며 문을 잠그는 것이 안전띠를 매는 것보다 중요한 일인지. 차도의 교차로들은 왜 주행을 멈추지 않고 통과할 수 있는 원형 교차로로 설계되었는지. 또 집으로 가는 길은 무슨 이유에서 도심의 바깥으로 빙 돌아 먼 길로 우회하도록 만들어졌는지. 그리고 새로 건설된 도로가 얼마나 쾌적하고 안전하며 훌륭한지. 부인은 그런 세세한 것들을 내게 하나하나 가르쳐 주었다. 덕분에 나는 '황금의 도시'에 대해서는 확실하게 경계심을 가지게 된 반면 나를 태운 승용차 안에서는 안도감을 가지게 되었다.

이윽고 구스타보 부부의 고급 저택 단지에 도착했다. 흥미롭게도 입구에서 집 안으로 들어가기까지는 한참이나 시간이 더 소요되었다. 커다란 차고 문이 열리자 자동 소총으로 무장한 경비원들의 심문을 거친 후에 황금빛 엘리베이터를 타고 고층의 저택 내부로 들어서서도 카드로 작동되는 출입문과 열쇠로 여는 철창문과 사자 머리 조각이 장식된 두꺼운 현관문을 통과해야 마침내 집안이었다.

"어서 오세요, 떠돌이 여행자 씨! 여기가 바로 아프리카에서 가장 안전한 곳이랍니다!"

드디어 '진짜 황금의 도시'에 도착해 있었다.

구스타보 씨와 구스타보 부인은 좋은 사람들이지만 도시의 좋은 부분을 차지한 사람들이기도 했다. 도시에서는 머지않아 바닥을 드러낼 것이라던 황금과 보석들이 구스타보 씨의 집 내부에는 눈이 부시게 장식되어 있었고, TV 광고에서 쉴 새 없이 찬양하던 만족스러운 삶 역시 부부의 넓은 집 안에는 충만하게 채워져 있었다. 똑같은 옷을 입어 분간이 가지 않는 여러 명의 하인들, 구석구석 진열된 값비싼 장식품들, 주인의 취향이 한껏 반영된 가구며 액자며 커튼들이 그 사실을 입증하기에 충분했다. 부인은 휘둥그레진 나의 눈을 즐겁게 의식하면서 손님용 방으로 안내했다. 방 안에 짐을 풀고 따뜻한 욕조에서 몸을 씻고는 구스타보 씨 부부가 초대한 근사한 저녁 식탁 앞에 앉게 되었다.

"여보, 손님 앞에서 식사 전에 기도하는 것을 잊지 않았겠죠?"

구스타보 씨가 마지못해 눈을 감자 부인이 목소리를 가다듬고 읊은 감사의 기도 소리가 군침 도는 냄새와 함께 식탁 위에 은은하게 퍼졌다.

"자비로우신 하나님, 이 위험천만한 도시에서 저희를 보호해 주시고, 먹음직스러운 음식들과 크나큰 축복을 허락해 주셔서 감사합니다."

만찬을 즐긴 이후에는 세 사람이 차지하기엔 지나치게 넓은 응접실에 둘러앉아 담소를 나누었다. 내겐 모처럼 누리게 된 아늑한 시간이기도 했다. 주택을 둘러싼 삼엄한 경비 시스템 덕택이었겠으나, 누군가와 마주 앉아 편안하게 이야기를 주고받는 것 자체가 채트인과 헤어진 이후 오래간만이었다. 구스타보 씨는 사업가답게 주로 숫자 이야기에 열변을 토했던 반면 부인이 좋아하는 주제는 몇 가지로 묶어 낼 수 없을 정도로 무궁무진했다. 나중에는 부인이 진짜로 좋아하는 것이 상대방과 이야기를 나누는 것보다는 상대방에게 자신의 이야기를 풀어놓는 것이었음을 뒤늦게 깨달았으나 별 거리낌은 없었다. 그보다 상대를 빠져들게 만드는 그녀의 언변 덕분에 시간 가는 줄 모르고 이야기를 즐겼다. 비록 구스타보 씨에게는 부인의 그런 말들이 하도 들어서 술안주와 함께 억지로 삼켜야 하는 신물 나는 잡담에 불과한 인상이었지만 말이다. 하지만 부부의 관심사가 모처럼 극적으로 합쳐지게 되는 지점도 있었다. 자신들이 살고 있는 도시의 몰락에 관한 성토를 늘어놓을 때였다.

"황금의 도시는 너무 많이 변했어요. 안 좋아졌죠. 버든 씨도 보셨겠지만, 이 도시는 이제 부의 원천도, 황금빛 낙원도, 사람들의 꿈을 이뤄 줄 무대도 아니에요. 지금은 그저 버려진 빌딩들의 숲이자 욕망의 정글이자 범죄자들의 대결 장소일 뿐이죠. 저는 그것이 얼마나 속상한 줄 몰라요!"

이번에는 구스타보 씨가 숫자들을 동원하여 아내의 의견에 맞장구쳤다.

"한 해에만 일만 팔천여 건의 살인 사건, 삼만 건의 강간 사건, 칠만 이천 건의 강도 사건이 일상적으로 발생하는 곳이라오. 이 도시는 정말이지 단단히 망가져 가고 있소."

"그게 모두 들쥐들의 소굴에서 옮겨온 몹쓸 병균들 때문이에요. 범죄와 질병과 가난이 모두 그 시궁창 속에서 배양되고 있다고요. 그곳에 득실거리는 들쥐들이 온갖 병균을 매일같이 도시로 실어 나르죠. 버든 씨는 모르실 거예요. 그들이 얼마나 소름 끼치도록 게으르고 지저분하고 무례한지를요. 그들은 어떻게 하면 도시에 떨어진 황금 부스러기들을 자기들이 갉아 먹을 수 있을까 하는 궁리밖에 할 줄 몰라요. 오죽하면 가끔 저는 그 새까만 쥐들이 우리 집 담장을 넘어 들어오는 악몽에 시달릴 정도라니까요!"

"그렇지만 여보, 그런 생각에 지나치게 매달릴 건 없소. 아무도 우리 집 담장을 함부로 넘어올 수는 없을 테니까. 그랬다간 일만 볼트의 전류가 흐르는 고압 전기 펜스에 통구이가 되어 내 저녁 식탁에 차려지게 될 거요. 이래 봬도 그 울타리는 아프리카 초원에서 사자들의 공격을 막기 위해 고안된 것이란 말이오."

구스타보 씨의 농담에 아무도 웃지 않았지만 새로 설치된 전기 울타리를 그가 매우 흡족하게 여기고 있음은 알아챌 수 있었다. 그러나 부인은 정색하며 주위를 살피더니 음성을 낮추어 소곤거렸다.

"모르는 소리 말아요, 당신. 이 집안에서 일하는 사람들의 절반 이상이 들쥐들의 소굴에 살고 있다는 사실을 잊으셨어요? 그들은 무슨 일을 시켜도 똑똑하게 굴거나 건설적으로 일하는 법을 몰라요. 가정부들은 매일 약속 시간에 늦는데도 온종일 꾸벅 꾸벅 졸기나 하죠. 사내들은 약아빠진 꾀를 부리다가 들통이 나도 파렴치한 거짓말로 둘러댈 뿐이고요. 덕분에 우리는 그들에게서 한시도 마음을 놓을 수 없어요. 어느 땐 무슨 생각이 드는 줄 아세요? 꼭 그들이 우리를 감시하고 있는 것 같은 불쾌한 생각이 들죠. 이제는 도시 어딜 가도 우글대는 그들을 피할 수 없게 되었다고요! 공기가 나빠요! 공기가!"

부인이 절규하듯 내뱉은 하소연에 구스타보 씨도 미간을 찌푸리며 연거푸 위스키를 집어삼켰다. 하지만 부부에게 희망적인 소식도 있었다. 도무지 상관없는 이야기일지라도 어떻게든 연결 짓는 것이 가능했던 부인이 때마침 그런 적절한 화젯거리를 찾아 분위기를 바꾸는 데 성공했다.

"참! 버든 씨는 내년에 이곳에서 열릴 큰 대회에 대해 들어 보셨나요? 어쩌면 그게 황금의 도시에 새로운 활력을 불어넣게 될지 모르죠. 다시 한번 도시가 전 세계의 주목을 받는 기회가 될 테니까요. 그러자면 지금의 도시는 대대적인 청소가 필요해요. 적어도 손님들을 쾌적하게 접대할 수 있으려면 말이죠. 손님을 초대해 놓고 창피한 모습을 보여 줄 수는 없는 노릇이잖아요?"

늦은 새벽까지 대화가 이어졌음에도 구스타보 씨 저택의 화려한 조명들이 꺼질 줄 모르는 빛을 밝히고 있었다. 그 불빛들을 바라보자니 방금까지는 공감이 되던 구스타보 부인의 한탄도 살짝은 엄살처럼 생각되었다. 누가 뭐래도 유리 창밖으로 내다보이는 도시는 컴컴했고 그녀의 집만이 밤인데도 환하게 밝았기 때문이다. 아무튼 대화가 마무리된 시점이 언제인지 모르겠다. 구스타보 씨의 위스키병이 바닥을 드러냈을 때였는지. 구스타보 부인이 "이야기할 수 있는 상대를 만나 기뻤어요."라며 그녀의 소재가 바닥났음을 선언했을 때였는지. 한바탕 풍요로운 접대가 끝난 뒤 우리는 헤어져서 각자의 방으로 돌아왔다.

다시 혼자가 된 나는 우두커니 생각에 잠기다 낮에 들이받힌 채트인의 카메라를 꺼내 보았다. 예상대로 망가져 있었지만 완전히 못쓰게 된 것은 아니었다. 손상된 렌즈의 줌 기능과 조리개 기능을 제외하면 최소한의 촬영은 할 수 있는 상태였다. 물론 그게 위안이 되지는 못했다. 여전히 억울하고 후회스럽고 가슴 한구석이 쓰라리게 아팠다. 이 대륙에서 시도해 볼 수 있는 것들이 그만큼 줄어든 것이나 마찬가지였다. 하지만 순전히 고장 난 카메라 때문만은 아니었다. 구스타보 부부가 '좋은 사람들'이라는 생각에도 달라진 것은 없었다. 그러나 부부가 차지하고 있는 도시의 '좋은 부분들'과 '나머지 부분들'이 생각을 복잡하게 만든 것은 사실이다. 특히나 '들쥐들의 소굴' 이야기를 접한 뒤로는 내 안에 고민이 증폭되었다. 내면에서 충돌하는 두 가지 견해들. 이를테면 위험하고 두려운 부분을 지나쳐 버리고 싶다는 생각과 더 깊숙이 들어가서 파헤쳐 보고 싶다는 갈증 사이의 아슬아슬한 저울질이었다. 잠자리에 들기 전 방 안에 환히 켜진 조명을 꺼 버리고 나서야 결정을 내리기 한결 수월했다. 카메라의 줌 기능이 망가졌다면 그만큼 두 발로 가까이 다가가 찍으면 그만이었다. 아침이 밝는 대로 '들쥐들의 소굴'을 찾아가기로 결심했다. 창밖의 먼 방향으로 어렴풋이 내다보이는 그곳은 새벽 내내 검은 어둠 속에 잠겨 있었다.

"안녕, 나의 친구. 신의 은총이 당신과 함께하길 빌겠어요."

이른 아침 구스타보 씨 부부에게 따뜻한 배웅을 받으며 저택 밖으로 나섰다. 그들의 집안에는 모든 게 풍족했지만, 입구에 서서 손을 흔드는 부부의 모습이 어쩐지 처연하게 보여서 뭉클했다. 아프리카에서 나에게 친구라고 불러오는 사람들은 무언가 바라는 게 있을 것이라는 피해 의식에서 완전히 벗어났다고는 할 수 없지만, 나의 마음이 조금은 넉넉한 곳으로 옮겨진 것도 같았다. 어떤 의미에서 부부는 진짜로 친구를 찾고 있었기 때문이다. 비록 자신들이 쌓은 높은 담벼락 뒤 좁고 답답한 요새 안에서였지만 말이다. 아침 공기가 그리 나쁘지만은 않았다. 구스타보 부인에게 벌써 그 사실을 전하고 싶었다. 친구의 말이라면 그녀는 화색이 도는 표정으로 정말로 그렇다며 맞장구를 치리라. 해가 떠올랐으니 이제 도시의 반대편으로 가 볼 생각이었다. '황금의 도시'의 나머지 부분, 바로 '들쥐들의 소굴'을 향해서였다.

 부유층이 모여 사는 저택 단지를 빠져나와 다시 도심을 통과하여 '황금의 도시' 외곽의 변두리 지역으로 이동했다. 출근 시간이라 그런지 도로는 일제히 '황금의 도시'를 향해 점령된 모습이었다. 사람들을 가득 실은 미니버스와 걸어서 통근하는 근로자들의 행렬로 정체가 이루어졌고, 그들이 내뿜는 열기에 도로에선 마치 걸쭉한 용광로의 쇳물이 흘러나오는 듯한 인상이 전해졌다. 대열에서 일부 이탈된 무리도 있었다. 직장을 구하지 못한 채 일자리를 기다리는 사람들이었다. 누군가 자신들을 고용해주길 기다리며 저마다 쓰임새를 홍보하기 위해 각종 도구들을 동원하고 있었는데, 예를 들면 페인트공은 페인트 붓을, 목수는 톱과 망치를, 전기공은 전선이 삐죽 나온 스피커 따위를 들고 서 있었다. 하지만 기나긴 행렬 가운데 어느 한 사람 손을 내밀기는커녕 눈길조차 주는 이가 없었다. 무기력한 갈구함과 무성의한 응답들 사이에는 그들 없이도 도시가 잘 작동되리라는 차가운 메시지가 함축된 듯 보였다. 그 행렬의 반대 방향으로 한참을 거슬러 걸어 나왔다. 오전에 갈아입은 티셔츠가 땀과 먼지로 얼룩져 가는 것이 조금씩 신경 쓰이기 시작했을 때쯤 불현듯 그들이 '들쥐들'이었다는 사실을 눈치챘다.

'들쥐들의 소굴'은 '황금의 도시'의 경계 주변에 애매하게 자리 잡고 있었다. 도시에 속해 있다고 하기에는 너무나 이질적인 풍경이었고, 바깥이라고 하기에는 도시와 너무도 밀접하게 연결된 장소였다. 그러나 마을로 진입하면서 내가 마주한 시각적 요소들로만 판단한다면 '들쥐들의 소굴'은 '황금의 도시'로부터 완벽하게 분리된 전혀 다른 세계로 인식되기에 충분했다. 겉모습이 풍기는 위엄과 넘쳐나는 신화들로 '황금의 도시'가 한때 내 머릿속에 낙원을 연상시켰다면, 적나라하게 노출된 가난과 코를 찌르는 악취에 의해 내 앞의 이곳은 폐허로 각인되었다.

고철, 비닐, 나뭇조각, 그리고 잡다한 쓰레기들이 '들쥐들의 소굴'을 구성하는 재료들이었다. 광활한 벌판을 빼곡하게 뒤덮은 무허가 판잣집들이 금방이라도 바람에 날아갈 것처럼 위태로워 보이는 가운데 이 고장의 인구가 얼마인지 누가 어떻게 오게 되었는지는 아무도 관심을 가지지 않았다. 다만 이곳에 만연

된 그러한 불확실성이 시사하는 바는 있었다. 마을이 쓸모없고 무가치한 곳이라는 사실이었다. '들쥐들의 소굴'이 이토록 초법적으로 형성될 수 있었던 것도, 또한 '들쥐들'에게 아무도 땅을 내놓으라고 요구하지 않는 것도, 단지 그 때문이었다. 쓸모없음. 그 사실을 입증이라도 하듯 마을에 쌓인 거대한 쓰레기 산이 '황금의 도시'에 있던 폐광석 더미들과 묘한 대조를 이루었다. 게다가 어떤 수순을 거쳐서든 마을은 점점 쓸모없는 방향으로 방치되어가는 모양새였다. 카메라를 들고 마을 내부를 관찰하게 되면서 그런 생각이 확고해졌다.

있는 것들보다는 없는 것들이 많은 고장이었다. 전기나 아스팔트는 없고 수도 시설도 드문드문 떨어져 있어 이용하려면 한참이나 줄을 서서 기다려야 했다. 이처럼 최소한의 인프라조차 마을에 제공되지 않는 이유가 그저 지역을 관리하는 정치인과 공무원들의 무능함 때문만은 아니었다. 실은 마을을 돌보지 않고 방관함으로써 '들쥐들'이 이 장소에서 아무런 권리를 인정받지 못한다는 점을 공공연히 하려는 의도가 내포된 것이기도 했다. 그러므로 '들쥐들의 소굴'은 '황금의 도시'에 인접해 있으면서도 철저하게 분리되어 소외된 지역이었다. 그러나 관점을 달리하여 바라본다면 이곳은 누구도 함부로 넘볼 수 없게끔 '황금의 도시' 끝자락에 자리 잡은 '들쥐들'만의 은신처이기도 했다.

'들쥐들의 소굴'에서 '들쥐들'로 불리는 수천 명의 인구는 오로지 생존만을 위해 살아가는 것처럼 보이고 있었다. 그중에서도 가장 악착같이 매달린 주인공은 어머니들이었다. 사내들의 관심사가 온통 '황금의 도시'를 향해 있는 동안 버려진 땅을 터전으로 삼은 이들도, 쓰레기 산에서 주워 온 잡동사니를 이용해 판잣집을 세운 이들도, 모두 어머니들이었다. 그녀들은 아무리 절박한 삶일지라도 끝까지 버티는 자세로 감당해냈다. 가령 공용 펌프의 긴 줄을 기다릴 수 없을 때는 한 시간을 걸어서 물을 사 왔고, 그것도 불가능할 때는 서너 시간을 걸어서 오염된 강물이라도 퍼 왔다. 그렇게 얻은 한 동이의 물을 가지고 아이들에게 분유를 끓여 주고, 남편에게 먹일 밥을 짓고, 온 가족의 빨래까지 끝마치면 남은 구정물로 비로소 땀에 젖은 자신의 얼굴을 훔쳐내는 존재들이 마을의 어머니들이었다. 한마디로 생존을 위한 인내와 투쟁이 매일의 현실인 이곳에서 어머니들은 현실을 초월하는 탁월한 순응자들이었다.

'들쥐들의 소굴'에서 보낸 시간을 통해 장소의 외관처럼 주민들의 삶 역시 황폐할 것이라는 나의 짐작도 오해였음을 깨닫게 되었다. 가까이서 들여다본 '들쥐들'의 삶은 풍족과는 거리가 멀었으나 나름의 아기자기한 구석들이 공존하고 있었다. 이번에도 어머니들이었다. **빽빽**이 들어선 판잣집들 사이를 걷다 보면 문간에 쪼그려 앉아 아이들과 시간을 보내주는 여성들의 모습을 심심치 않게 목격할 수 있는데, 아이가 누구의 자식인지는 상관없었다. 마을에는 질병과 범죄로 인한 고아들이 셀 수 없이 많았지만 동시에 부모를 잃은 아이들을 가족으로 품어 주는 전통이 굳건하게 작동되었기 때문이다. 그러므로 아무리 열악한 환경일지라도 마을에서 태어난 아이들이 버림받거나 굶겨지는 일은 없었다. 어머니들이 절대로 내버려두지 않았기 때문이다. 한마디로 '들쥐들의 소굴'에 살아가는 여성들은 모두 어머니들이었으며 그렇기에 부모를 잃은 아이일지라도 모두가 누군가의 자식이었다. 덕분에 총기와 마약을 중국산 휴대 전화보다 구하기 쉬운 이곳에서 아이들은 겸손과 온화함 같은 덕목을 어머니들의 가르침을 통해 배우며 자랄 수 있었다.

특히 폐허 같은 터전에서도 어머니들이 가족을 위해 음식을 공급해 내는 과정은 경이로울 지경이었다. 일정한 벌이를 가진 남편은 고사하고 깨끗한 물과 연료조차 없는 마을에서 어머니들은 쓰레기장을 뒤져 땔감들을 구해 왔고, 부족한 물 대신 불과 기름을 사용하는 조리법을 직접 개발하기도 했다. 물론 좋은 재료를 기대하긴 어려웠다. 쓰레기 매립지에서 구할 수 있는 식자재들이란 '황금의 도시'에서 먹다 버린 음식들이나 대형 할인매장으로부터 폐기 직전 헐값으로 들여온 가공식품들이 전부였다. 그러나 그런 재료일지라도 어머니들은 신의 은총으로 여기며 장시간에 걸쳐 정성스럽게 요리로 만들어 냈고, 기적적인 과정을 거쳐 마련된 뜨거운 냄비 하나가 둘러앉은 가족들 가운데 어김없이 놓였다. 바로 거기에 고아는 넘쳐나도 어머니 없는 아이는 없는 '들쥐들의 소굴'의 비결이 숨어 있었다. 비록 불균형한 영양 섭취와 고갈되어가는 체력 때문에 어머니들의 몸에는 살과 삶의 무게가 주체할 수 없이 불어났지만, 한편으로는 그마저도 고스란히 '들쥐들'을 먹여 살리려는 어머니들의 희생이었다.

그래서인지 나에게는 '들쥐들의 소굴'이 '황금의 도시'에 비한다면 훨씬 생기가 도는 곳처럼 느껴졌다. 어느 것 하나 자랑스러워할 것이 없음에도 마을 사람들은 서로를 가리켜 '우리'라고 불렀고, 동네에서 잔치가 열리는 날이면 인근 마을의 이웃들까지 열 일 제쳐 두고 모여들었다. 사실 잔치와 축제는 매일 저녁 벌어지고 있기도 했다. 해가 지는 저녁 무렵이면 '황금의 도시'에서 노동을 마치고 귀가한 사람들이 너나 할 것 없이 거리로 쏟아져 나왔는데, 전기가 공급되지 않는 좁고 캄캄한 판잣집에 틀어박혀 있어야 할 이유가 없었기에 밤마다 거리에서는 축제의 열기가 피어올랐다. 고철로 엮은 실로폰, 염소 가죽으로 만든 전통 북, 줄이 끊어진 기타와 출처를 알 수 없는 트럼펫이 동원되어 재즈로 울려 퍼지는 가운데, 사람들이 어우러져 만들어 낸 끈적이는 열기가 마을을 거대한 끓는 냄비처럼 느껴지도록 만들었다. '들쥐들'의 어머니가 가족을 위해 매일같이 끓여내는 화로 위의 그 냄비 말이다. 그리고 사람들을 그토록 화합하여 살아가게끔 만드는 기저에도 역시나 어머니들의 헌신이 뿌리내리고 있었다. 결국, 마을 사람들은 어머니들로 인해 모두가 한 가족이고 모든 '들쥐들'은 어머니의 자식들이었다.

션에게도 언젠가 그런 어머니가 있었다는 것을 떠올리면 나의 가슴은 주체할 수 없이 아파 온다.

그 아이를 처음 만난 건 마을에 도착한 뒤 며칠이 지나지 않아서였다. 초반에는 '들쥐들의 소굴'에서 풍기는 악취와 강렬했던 첫인상에 사로잡힌 나머지 좀처럼 주민들에게 다가갈 엄두를 내지 못했는데, 그건 '들쥐들'도 마찬가지였다. 허락도 없이 자신들의 영역에 발을 들인 낯선 이방인에게 불신의 눈빛으로 경고의 신호를 보내는 것 말고는 다른 방도가 없던 것이다. 마치 초원의 동물들이 침입자를 향해 일정한 거리를 유지하며 긴장을 놓지 않듯 마을 사람들과 나의 관계도 그러했다. 게다가 만일 침범한 상대가 육식동물이었다면 문제는 더 심각해졌을 테지만, 다행히 나는 떠돌이 여행자일 뿐 '황금의 도시'에 사는 '배부른 포식자들'-마을 사람들은 도시의 사람들을 그렇게 불렀다-에 해당이 되진 않았다. 일단 그 점에서는 '들쥐들'도 나에 대한 경계심을 한 단계 낮추었던 것 같다. 다음으로 필요한 것은 시간이었다. 비록 서먹서먹한 사이일지라도 아프리카에서 가장 먼저 손님을 반겨 주는 이들은 언제, 어딜 가나, 아이들이었다. 션도 그런 아이들 가운데 하나였다.

찢어지고 해진 옷 사이로 보이는 검은 피부. 시궁창을 맨발로 뛰어다니는 작고 앙증맞은 발. 빛이 터져 나올 것 같은 검은 눈망울. 운이 좋게도 '들쥐들의 소굴'에서 만난 아이들의 모습은 평소에 내가 카메라로 담고 싶던 전형적인 아프리카인들의 이미지에 가까웠다. 예를 들면 빈민가를 정말로 들쥐들처럼 누비는 아이들의 해맑은 미소가 그들이 살아가는 배경과 얼마나 배치되는지, 또 꿈을 묻는 질문에 반응하는 아이들의 천진한 답변이 그들이 처한 현실과 얼마나 동떨어져 있는지, 그런 모순을 소개함으로써 아프리카가 처한 빈곤의 현실을 강조할 생각이었다. 그러나 션과 함께 지내기로 마음먹게 된 배경에는 그런 이미지들이 전부였던 것은 아니다. 또 다른 이유가 있다면 순전히 그를 더 알고 싶어서였다. 그가 첫 만남에서 내뱉은 이상한 자기소개 때문이었다.

"나는 이다음에 꼭 누군가를 죽일 거야."

겨우 코흘리개 소년인 그가 작디작은 입술을 오물거리며 꺼낸 끔찍한 속마음에 순간적으로 나의 귀를 의심했다. 그러고는 아쉬움이 스쳐 갔다. 카메라가 꺼져 있었기 때문이다. 무언가 중요한 장면을 놓쳤다는 후회가 떠올랐다. 그런 다음에야 션의 공허한 두 눈동자와 마주치게 되었다.

'어린 꼬마 녀석의 입에서 방금 무슨 말이 튀어나온 거지?'

이방인인 나에게 겁박을 주려는 의도로 받아들이기에 션은 그 정도로 영악한 소년이 못 되었다. 또래보다 말투가 어눌할 뿐 아니라 말을 꾸며 낼 줄 모르는 교육을 받지 않은 어린애에 불과했다. 그보다는 누군가에게 복수심을 품었거나, 아니면 미성숙한 자아에서 발현된 무분별한 충동일 수 있다는 게 나의 추측이었다. 다만 안타까운 것은 그가 아직 어린아이라는 점이었다. 그 만남을 계기로 나는 '들쥐들의 소굴'에 머무는 동안 션과 가까이 지내면서 계속 지켜보고자 했던 것이다. 채트인의 카메라 덕분에 다양한 일에 연루되는 것을 즐기게 된 일종의 오지랖이었고, 한편으로는 어린아이의 삐뚤어진 마음쯤이야 간단하게 되돌릴 수 있으리라는 자신감이었다. "그럴 필요까진 없어, 얘야. 그런 방식으론 도리어 너의 앞길을 망칠 뿐이야."라는 따끔한 충고 내지는 따뜻한 위로의 말을 기회가 생긴다면 션에게 꼭 전해주고 싶었다.

선이 거주하는 판잣집은 '들쥐들의 소굴'에서도 가장 허름하고 형편없는 편에 속했다. 들쑥날쑥 길이가 다른 판자들을 이어 만든 벽은 쓰러질 듯 기울었고 오래전에 칠한 페인트는 벗겨져서 색상을 식별하는 것조차 불가능했다. 쓰레기장에서 주워 달아 놓았을 엉성한 문짝을 밀고 들어가면 내부의 사정은 더 딱했다. 두 평 남짓한 공간이 땅콩의 빈 껍데기처럼 반으로 나뉘어 있었는데, 한 칸은 상자들 위에 담요를 펼쳐 놓은 것으로 보아 침실인 듯했고, 다른 한 칸은 그냥 잡동사니들을 쌓아 둔 창고로 '심바'라는 떠돌이 개 한 마리가 차지하고 있었다. 지붕과 벽 때문에 간신히 집이라 부를 수는 있었지만, 지붕은 낮고 벽에는 창이 없어 집 안이 바깥보다 으스스할 정도였다. 그래서인지 선이 하루 중 집 안에 머무는 시간은 길지 않은 편이었다. 온종일 골목에서 놀다가 가끔씩 쓰레기장에서 찾아낸 먹이를 심바에게 던져 주러 들어가는 것이 고작이었고, 늦은 밤이 되면 흙투성이가 된 발을 씻지도 않은 채 담요 속으로 파고들었다. 어린 소년에겐 지나치게 긴 시간의 외출이지만 그렇다고 선이 어른들의 꾸지람에 대비하여 핑계를 준비할 필요는 없었다. 선의 집에는 어른들이 계시지 않았기 때문이다. 그래서인지 그의 집으로 들어가 함께 지내는 것에도 어려움이 없었다. 평소에 자신이 데리고 자던 심바를 손님을 위해 창고로 내쫓기로 한 결정만으로 나는 그의 집의 새로운 입주자가 되었다.

    션이 심바와 단둘이 살게 된 것은 불과 작년부터였다고 한다. 여러 해 동안 결핵을 앓으시던 할머니가 판잣집 침상에서 끝내 숨을 거두신 것은 션의 설명을 통해 알게 되었다. 함께 살던 할머니의 마지막 모습을 어린 소년이 혼자서 지켜보아야 했던 사실이 놀랍고도 먹먹했다. 그밖에 다른 가족들에 대한 션의 기억은 가물가물했다. 날짜 개념이 없는 빈민촌의 환경 탓도 있겠으나 기억을 되살리기엔 션의 나이가 너무 어린 탓도 있었다. 할머니가 생전에 들려주신 이야기들을 통해 션이 기억하는 추억들도 간신히 명맥을 이어오는 정도였다. 그중 할아버지에 대한 추억은 한 번도 언급된 적이 없고, 아버지에 대한 기억도 션이 아주 어렸을 적에 '황금의 도시'의 광산에서 일하는 광부였던 것만 유일하게 알고 있을 뿐 역시 얼굴조차 모른다고 했다. 반면 할머니가 션의 엄마에 대해 들려준 이야기들은 많았다. 그녀와 할머니가 오랜 친구처럼 다정한 사이였다는 이야기, 해산을 앞둔 그녀가 판잣집 침상에서 할머니의 도움을 받아 션을 분만했던 이야기, 그리고 어린 션을 안고 기뻐하던 그녀를 얼마 안 가 몹쓸 병이 데려가 버렸다는 이야기였다. 그처럼 단편적인 기억과 이야기들이 션에게 남겨진 어머니라는 존재의 전부였다. 그러니 할머니가 세상을 떠난 뒤로 션은 어쩌면 남은 기억마저 영영 떠나

보내게 된 것이다. 아무튼 션은 어린아이인데다 혼자였다. 가진 기억은 대부분 부정확과 결핍에 시달리고 있었으며 그것들을 보완하고 바로잡아 줄 어른은 그의 세상에 없다. 불완전한 기억들만이 고스란히 션의 현실을 구축하는 재료들인 셈이었다. 마치 허름하고 형편없어서 곧 무너져 내릴 것 같은 그의 움막집처럼 말이다. 오로지 소실되어가는 빈약한 현실. 그것이 어린 션이 처한 절대적 가난의 상황이었다.

문제는 내가 그 가난의 깊이를 헤아리지 못한 채 무작정 돕겠다며 뛰어든 점이다. 어린 소년쯤이야 간단하게 구제할 수 있을 줄로 여기고는 쓰러져가는 오두막에서 션과의 생활을 시작한 것이다. 좋았던 점은 '들쥐들의 소굴'을 훨씬 가까이서 파악하게 된 것이었다. 의혹의 눈초리로 경계하던 '들쥐들'에게 내가 위협적인 존재가 아니라는 점을 몸소 입증한 셈이었고, 덕분에 나와 주민들 사이의 긴장감은 자연스럽게 해소되었다. 쓰레기 더미에서 '들쥐들'과 지내면서는 주민들의 전통을 배우고, 술을 나눠 마시고, 마을의 은밀한 비밀들까지 들을 수 있게 되었다. 범죄 조직 간의 세력 다툼, 마약 거래상들의 은밀한 회담, '배부른 포식자들'이 '들쥐들'을 호시탐탐 노린다는 흉흉한 소문 등. 하나같이 핵심의 언저리에서도 거리가 먼 시시콜콜한 내용뿐이지만 그것들을 공유하게 된 것만으로도 내겐 만족스러운 진전이었다.

반면 어린 소년의 마음을 열고 그 안에 숨겨진 사연을 파헤치기까지는 인내가 더 필요한 듯했다. 션과 단둘이 지내면서 오두막집에 누워 대화를 나눌 시간은 많았지만, 그는 언제나 답변을 요구해올 뿐 정작 자신에 관한 질문은 허락하는 법이 없었다.

"학교에 다녀 본 적은 있니?"

"음식을 살 돈은 어떻게 마련하니?"

"그런데 심바는 왜 집 안에만 데리고 있는 거니? 심바도 답답할 것 같은데."

무언가 곤란한 부분을 캐물으면 션은 시무룩해졌다가도 기분이 풀어지면 또다시 나에게 이런저런 질문을 퍼붓는 것을 재미로 여기는 것 같았다. 그러나 어린아이의 그런 일방적인 궁금증을 하나하나 풀어 주는 것만으로도, 나란히 누워 나를 응시하는 그 작은 머릿속에 상상의 날개가 펼쳐지는 것을 지긋이 바라보는 것만으로도, 내겐 벅차오르는 기쁨이었다. 초원 위를 밤새도록 달리는 기차 이야기, 인도양의 반짝이는 해변 이야기, 세렝게티 평원의 야생 동물 이야기, 마사이 전사들의 여행 이야기를 들려줄 때마다 션은 흥분을 주체하지 못하고 날아오를 것처럼 반응했다.

"기차라는 것을 타면 정말로 먼 곳까지 가 볼 수 있겠네요?"

"바닷물은 마실 수 없다고요? 그렇다면 있으나 마나 한 물이잖아요."

"그러니깐 전사들은 온 들판을 다 집이라고 여기는군요!"

"초원에서 심바 같은 녀석들은 쉽게 사냥감이 되는 거겠죠?"

그럴수록 나는 그가 정말로 날아오르기를 바라는 심정으로, 비록 지금은 허름하고 갑갑한 오두막에 살고 있지만 언젠가 지붕을 뚫고 나가 넓은 세상을 훨훨 날아다니는 상상으로, 그를 자극할 만한 온갖 소재들을 머리맡에 흩뿌려 주었다. 그러면 그게 션의 눈동자에서 마치 어둠을 수놓은 별들처럼 반짝거리고 있던 것이다. 그러다 스르르 잠든 션의 모습을 바라보는 것이 마을에 머물면서 내가 사랑하게 된 순간이었다. 방금까지 이야기에 빠져 '들쥐들의 소굴'의 밤하늘을 유영하던 어린 소년의 영혼이 어느 틈엔가 다시 판잣집의 침상으로 돌아와 여린 숨소리로 쌔근거리는 모습. 금방 꺼져버리는 촛불만 아니라면 그 장면을 오래도록 감상하고 싶었다. 그러나 어떤 날에는 션의 질문 공세에 적절하게 대처하지 못하고 완전히 엉뚱한 길로 들어서서 난감해지기도 했다.

"황금의 도시에 대해서도 말해줘요. 그곳은 어떤 곳이죠?"

"엄청나게 많은 사람이 모여 사는 곳이지."

"사람들은 여기에도 많이 살고 있는걸요."

"아주 복잡하고 어지러운 곳이지."

"여기만큼 복잡하고 어지러운가요?"

"……."

"어서 말해줘요, 버든. 그곳은 여기와 얼마나 다르죠?"

구태여 '황금의 도시'를 찬양하고 싶지 않았지만 '들쥐들의 소굴'에서 태어난 션을 주눅 들게 하고 싶지도 않았다. 그러나 어설프게 둘러대려던 것이 오히려 션의 마음을 상하게 했다는 것을 뒤늦게 깨달았다.

"건물들은 높고, 사람들은 부유하고, 도시에는 없는 게 없단다."

"역시나 좋은 곳이겠군요."

"그건 잘 모르겠구나."

"친구들이 그랬어요. 이 마을을 탈출해야 한다고. 살아남을 수 있는 길은 황금의 도시에 있을 뿐이라고 말이에요."

"꼭 그렇지만은 않단다, 얘야. 솔직히 나는 여기가 더 마음에 드는걸?"

"그건 거짓말이에요! 모든 사람이 그곳으로 가고 싶어 한다는 것쯤은 나도 알고 있어요. 나를 무시하지 말아요!"

"션, 맹세코 네게 거짓말 따위를 하진 않겠어. 대체 무슨 이유로 나에게 화를 내는 거지?"

첫 번째 마을

"당신은 제게 좋은 걸 숨기려 하고 있잖아요. 당신도 똑같아요."

"……."

영문을 몰라 어안이 벙벙했지만, 한편으로는 뜨끔했다. '혹시 내가 무엇을 숨기려 했었던가?'라는 물음에 대해서는 한동안 곰곰이 곱씹으며 되돌아보아야 했다.

"마을의 어른들은 모두 숨기고 있어요. 이곳을 떠나 황금의 도시로 가는 것에 온 힘을 쏟고 있다는 걸요. 한번 그곳으로 떠난 사람들은 다시 돌아오지 않아요. 옆집에 사는 욤보 아저씨도 그랬고, 그 옆집에 사는 마이구루 아주머니도 그랬죠. 그리고 나의……."

하마터면 가슴 속에 꽁꽁 봉인해둔 이름을 내뱉을 뻔했던 션이 멈칫하며 그 이름을 도로 집어넣었다. 할머니에게 배운 대로 션은 그 이름이 생각나도 참아낼 줄 알았다. '아빠가 없는 것은 서운할 일이 아니라 처음부터 그랬던 것처럼 그냥 묻어두고 살아야 한다'는 가르침을 할머니가 어린 션에게 늘 일러 주셨기 때문이다. 션은 꾹 한번 참더니 다시 자기가 알고 있는 진실들을 동원하여 내게 되물었다.

"여기에 남은 사람들을 보세요. 이른 아침부터 황금의 도시로 떠났다가 집에 돌아올 땐 하나같이 좋지 않은 표정으로 돌아와요. 여기보다 거기에 훨씬 더 좋은 것들이 있으니깐 당연하겠죠. 그리고 다음 날에도 똑같은 곳으로 나가죠. 더 일찍, 더 자주 말이에요. 서로 눈치를 보고 있지만 사실은 모두가 원하고 있는 거예요. 자기가 남들보다 먼저 이곳을 떠나 황금의 도시로 들어가기를 말이에요. 여기서는 살아남을 길이 없잖아요. 이곳에 남겨진 사람들이 어떻게 죽게 되는지는 나도 볼 만큼 봤다고요!"

선이 잔뜩 화가 나 있었다.

"나를 어디로든 데려가 주실래요? 당신은 어디로든 다닐 수 있잖아요."

그래서 단지 그가 홧김에 내던지는 말이라고만 여겼다.

"여기가 네가 태어난 집이고 세상에 집보다 좋은 곳은 없단다."

선이 듣고 싶은 답은 아니었을 테지만 어린아이에게라면 마땅히 들려주어야 할 정답을 찾아 들려준 것이었다.

"거짓말쟁이……. 내 힘으로 가겠어요. 나도 다 컸어요. 심바는 많이 늙었고요. 심바가 죽으면 나도 이곳을 떠나겠어요. 황금의 도시로든, 더 먼 곳으로든, 이 무덤 같은 마을에서 꼭 벗어나고 말겠어요."

안타깝지만 나에겐 그를 데리고 갈 방도가 없었으니 차라리 단념시키자는 생각으로 모질게 만류했다. 마음이 상할 대로 상한 선이 반대편 벽으로 돌아누워 씩씩거리던 숨소리가 정적으로 바뀌고 나서야 옆에서 꼬리를 내린 채 끙끙대던 심바도 곯아떨어졌다.

며칠이 지나 선은 다시 어린아이로 돌아왔다. 아무 일도 없던 것처럼 내게 스스럼없이 장난과 대화를 걸어왔지만 도리어 앙금이 남은 쪽은 나였다. 물론 선을 향해서는 아니었다. 대신 그의 일침 탓인지 그날 이후부터 '들쥐들의 소굴'에 퍼져 있던 병균들이 나의 눈에도 아른거리기 시작했다. 공교롭게도 '황금의 도시'에 드리워진 도심의 그림자들과 마을의 현상들이 겹쳐 보이고 있었다. 사회가 죽어가는 채 방치되고 있다는 불길한 예감 말이다. 비단 마을의 썩어 가는 냄새와 폐허 같은 겉모습 때문만은 아니었다. 여러 날을 지내면서 '들쥐들의 소굴'의 허름한 모습은 그저 빈곤을 나타낼 뿐 마을이 해로운 균 따위와는 아무런 관련이 없음을 몸소 확인할 수 있었다. 오히려 사람들을 병들게 만드는 질병의 발원지는 모두의―나의 친구인 구스타보 씨 부부를 포함하여―예상을 깨고 '황금의 도시'일 가능성이 농후했다. 선과 그의 이웃들이 최근에 겪는 여러 정황들이 일제히 그런 의심을 뒷받침했다.

동력을 상실해 가는 '황금의 도시'에서 일자리가 줄어들수록

'들쥐들의 소굴'에 사는 아버지들의 위신도 덩달아 위태로워졌다. 아버지들은 수시로 직종을 바꾸며 기회를 엿봐야 하는 처지들로 전락했고, 가족에게 별다른 도움을 줄 수 없는 형편들이 되어 버렸다. 그러니 맥을 못 추는 가장들을 대신해서 가족 전체가 일거리를 찾아 뛰어들어야 하는 판국이었다. 어머니들은 채소나 담배를 팔기 위해 집을 비우고 거리로 나섰고, 가정에서 자녀들에게 가르쳤던 부드러움과 온화함은 은연중에 무자비한 경쟁으로 대체되었다. 집에서는 더 이상 가족들을 위한 냄비가 끓어오르지 않았다. 대신 '황금의 도시'에서 흘러들어온 간편한 음식들을 돈을 주고 사 먹게 되었는데, 이상했던 점은 전보다 부엌에 있는 시간은 줄었지만 가공식품을 구입할 돈을 벌기 위해 일을 하는 시간은 훨씬 길어진 것이다. 하지만 그런 것들을 일일이 따져 볼 여유조차 없었다. 오직 아이들만이 어머니들의 빈자리를 냉혹하게 체감하는 중이었다. 다니던 학교가 사라졌거나 학교가 있어도 돈이 부족하거나 돈이 있어도 보내 줄 보호자를 잃어버린 아이들은 점차 거리로 밀려 나갔다. 이렇듯 마을의 모든 사정과 이유들이 아이들을 점점 쓰레기 더미 위로 떠밀고 있는 것이 느껴졌다. 특히 션과 같이 보호자가 없는 아이들은 더욱 처량해질 것이 분명했다. '들쥐들'의 부모들은 살길을 찾아 뿔뿔이 흩어졌고, 서로를 부양하던 이웃들은 서로에게 경쟁

상대가 되어버린 마당에, 고아들은 잠자코 고아들이 되는 수밖에 없었기 때문이다. 병균이 퍼진 마을에서 더 이상 사람들끼리 친절을 베풀지 않았고 오히려 자신들에게 무관심한 '배부른 포식자들'에게 친절을 베풀 기회만을 앞다투어 엿보았다. 그러므로 선과 함께 지내는 동안 내가 할 일은 분명해진 것 같았다. 떠나기 전까지만이라도 그를 가족처럼 보살펴 주기로 다짐했다.

뒤숭숭하게 구름이 낀 데다 도시의 매연까지 밀려와 매캐한 아침이었다. 모처럼 선이 집 밖으로 심바를 끌고 나와 탁한 공기라도 들이마시게끔 허락해 주었다. 신이 난 심바는 털이 빠지고 비쩍 마른 몸뚱이를 길에 비비고 판잣집 주변에 난 이끼들을 파헤쳐 먹기도 하며 바깥의 기운을 만끽했다. 그러나 거리의 분위기는 뒤숭숭했다. '들쥐들'의 근심 어린 표정들과 마을에 술렁이는 소문들이 희뿌연 공중의 대기처럼 어수선하기만 했다.

"사전에 아무런 예고도 없었대요."
"집들을 사정없이 부수고 물건을 훔쳐 갔대."
"임신한 여자의 배를 걷어차서 기절하게 했다지."
"다음 대청소 구역은 우리 마을이 될지도 모른대요!"

사람들의 증언이 더할 때마다 터져 나오는 탄식으로 거리를 메운 웅성거림이 무거워졌다. 내용을 헤아리니 이웃 마을에서 일어난 '대청소'에 관한 이야기였다. 평상시에는 외부로부터 아무 관심 없이 방치된 '들쥐들의 소굴'이지만 가끔 대대적으로 불청객들이 들이닥쳐 집들을 강제로 뭉개 버리곤 했는데, 사람들은 그것을 '대청소'라고 불렀다. 그 '대청소'가 지난밤 옆 마을에서 벌어진 소식에 한동안 잠잠했던 마을이 불안한 기운으로 뒤덮이게 된 것이다. 무장한 경찰들이 '들쥐들'을 에워싸며 집을 비울 것을 명령했고, 이후에는 무자비한 폭력이 벌어졌으며, 불과 몇 시간 만에 수백 채의 집들이 쓸려나가 버렸다는 이야기들이 속속 전해지며 주민들에게 두려움과 망연자실함을 심어주었다.

사실 '대청소'는 정부와 땅 주인과 개발업자들로 일컬어지는 이른바 '배부른 포식자들'이 자신들의 배를 채우는 전형적인 수법이었다. 최초에 '들쥐들'에게 허용되는 땅은 무가치한 곳이지만 부지런한 '들쥐들'이 '황금의 도시'에서 벌어오는 돈이 늘어나게 되면 포식자들은 판잣집들을 사 버리거나 통째로 땅을 사들여 임대료를 요구하는 방식으로 '들쥐들'의 지주 노릇을 하곤 했다. 그러다 정부나 건설업자들로부터 구미가 당기는 제안을 받게 되면 지주들은 '들쥐들의 소굴'을 마음대로 사용하도록 처분했고, 그렇게 되면 정부는 인프라 건설이라는 명분으로, 개발업자들은 도시 개발이라는 명목으로, 들쥐들을 쉽게 몰아낼 수 있던 것이다. '대청소'는 그렇게 들쥐들이 모은 돈을 깔끔하게 쓸어 담는 '배부른 포식자들'의 사냥 전술인 셈이었다. 반면 강자들의 무자비한 발톱 앞에서, 그것도 떼를 지어 포위망을 죄어오는 전술 앞에서, '들쥐들'에게 대책이 있을 리 만무했다. 혼비백산하여 흩어져 버리거나, 발악하다 운이 없으면 잡아먹히거나, 둘 중 하나였다. 결국 도심에서 훨씬 떨어진 들판으로 쫓겨나 또다시 먼지 위에서 모든 것을 시작해야 할 운명이었다. 먹고살기 위해 무슨 일이든 찾아 나서고, 길 위에 버려지는 시간은 늘어나고, 그 돈을 다시 '배부른 포식자들'에게 고스란히 빼앗기는 지긋지긋한 악순환이 '들쥐들의 소굴'의 섭리이자 법칙이었다.

"좋은 것은 전부 자기네들이 먹어 치우고, 우리에겐 먹지 못할 것들만 던져 주겠다는 뜻인가!"

누군가 성난 목소리로 외치자 잿빛 하늘처럼 주눅이 들어 있던 '들쥐들'의 무리가 갑자기 요동하기 시작했다.

"옳소! 우리가 청소되어야 하는 쓰레기들인가?"

"맞아요. 맞아! 대체 누가 물러나는 것이 옳을까요? 열심히 일한 우리일까요? 편한 것만 누리려는 자들일까요?"

"저항합시다! 가만히 있지 말고 우리도 힘을 합쳐 싸워 봅시다!"

"그래요. 힘을 모읍시다! 힘을!"

집 밖으로 뛰쳐나온 사람들까지 합세하여 거리는 인파로 가득 메워졌고 여기저기에서 구호와 환호성이 울려 퍼지자 사람들은 다시 예전처럼 서로를 '우리'로 부르고 있었다. 뜬금없긴 해도 마치 '들쥐들의 소굴'이 예전의 축제를 되찾은 것 같은 분위기였다. 아버지들은 맨 앞에 나서서 힘껏 북을 울렸고 어머니들은 남편들의 뒤에서 춤과 노래로 흥을 돋우었다. 손뼉 치는 소리와 발 구르는 소리와 터져 나오는 외침 소리가 하늘 위로 뻗쳐오르자 무슨 영문인지도 모를 아이들까지 신명이 나서 군중들 사이를 뛰어다녔다. 마을에 다시 돌아온 유머 넘치고 낙관적인 춤사위를 보고 있자니 나 역시 간만에 열기 속으로 빠져들고 싶었으나, 머리 위에 잔뜩 낀 먹구름이 곧 비를 쏟을까 염려되어 션을 데리고 오두막집으로 돌아왔다. 그날은 더 놀고 싶어 하는 션과 심바를 겨우 달랜 후에야 저녁을 지어 먹이고 다른 날보다 일찍 잠자리에 누웠다.

날이 저물었는데도 집 밖의 열기가 끊임없이 이어지고 있었다. 너무 조용하거나 쓸쓸하지 않은 분위기여서 션에게 중대한 고백을 전하기에 적당한 순간인 듯했다. 작별의 시간이 가까워지고 있음을 어떻게 그에게 이해시킬 것인지 망설였지만 오늘 저녁이야말로 기회라는 확신이 들었다. 집 안에 은근하게 감도는 훈훈한 기운도, 밖에서 들려오는 어수선한 소리들도, 너무 가라 앉지 않은 분위기여서 좋았다. 무언가 쉽게 꺼낼 수 없던 이야기들이 과감하게 발설될 수 있을 것 같은 분위기였다. 그럼에도 한참 뜸을 들이다 나란히 누운 션이 하품을 하는 틈을 신호로 며칠 뒤면 떠나야 한다는 사실을 불쑥 털어놓았다.

다행이었다. 션이 어린아이처럼 울거나 매달렸더라면 나는 몹시 흔들렸을 것이다. 그러나 걱정과 달리 션은 담담하게 반응했다. 어쩌면 누군가를 떠나보내는 일에 나보다 그가 익숙할지 모른다는 깨달음이 불현듯 떠올랐다. 멀뚱히 쳐다보는 션의 얼굴에서 혹시나 실망이나 서운함 같은 기색이 떠오르진 않는지 살폈지만 역시 씩씩한 표정으로 생긋 웃어 줄 뿐이었다.

"저도 다 큰 남자라고요, 버든."

아무렇지 않은 션의 목소리를 듣고서야 나의 마음도 비로소 가벼워졌다. 무슨 연유에서인지 웅어리져 있던 미안하다는 말을 꺼내지 못해 망설이다 면죄부라도 받아 낸 것처럼 해방된 기분이었다. 그게 기쁘기도 하고 기특하기도 해서 내 앞의 션을 두 팔로 힘껏 안아 주고 싶었지만, 꾹 참았다. 이별을 준비하면서 그를 어린아이가 아닌 어엿한 사내로 대하기로 한 것은 나의 또 다른 결심이기도 했다. "어디로든 나를 데려가 주세요!"라며 션이 울부짖던 그날의 장면이 한동안 나의 뇌리에서 떠나지 않고 머물렀다. 여러 번 고민해도, 역시나 그 요구를 수용하기에는 무리가 있었다. 그러나 '내가 션을 도울 방법이 무엇일까?'라는 물음을 두고는 정리된 생각들이 있었다. 우연찮게도 '황금의 도시'의 거리에서 보았던 짧은 문구가 떠오른 것이다.

'그들에게 직접 도움을 제공하는 것은 진짜로 돕는 길이 아닙니다.'

그 문구의 도움으로 갈팡질팡하던 내 마음도 한층 단단하게 다잡을 수 있었다. 어차피 션의 곁에 내가 끝까지 보호자로 남는 것이 불가능하다면, 게다가 션도 언젠가 자신의 앞길을 스스로 헤쳐가야 할 처지라면, 내가 그에게 가족이나 보호자인 것처럼 구는 것은 사실상 날아올라야 할 날개를 꺾는 일이라고 생각되었다. 또한 '아빠가 없는 것은 서운할 일이 아니라 처음부터 그랬던 것처럼 묻어 두고 살아야 한다'는 할머니의 가르침은 언뜻 냉정하게 들렸어도, 역시나 션이 스스로 강해져야 함을 염두에 두신 것이 아니었을까. 어린 션의 어깨에 놓인 삶의 무게만큼 진정으로 션을 돕는 길은 그가 강해지도록 놔두어야 한다는 결론이 내려졌다. 그러므로 머지않아 션의 판잣집에서도 미련 없이 떠날 계획을 세웠다. 집안으로 새어 들어오는 축제의 불빛이 침상에 곤히 잠든 션을 감싸는 모습을 그런 생각들로 지켜보다 잠이 들었다. 얇은 판자벽 너머에서는 밤이 깊도록 '들쥐들'의 노랫소리가 이어졌다.

"신이시여 아프리카를 보호하소서. 아프리카의 영혼을 깨워 일으키소서. 우리를 단결시키시고 축복하소서……."

자다 눈을 떴을 땐 문틈으로 들이치는 빛의 돌풍이 하도 강렬해서 여전히 축제가 끝나지 않은 줄로 여겼다. 늦은 시간인데도 밖에서 들려오는 함성들은 도리어 커져 있었다. 그러나 자세히 들어보니 함성이 아니라 비명이었다.

"오, 하나님 맙소사!"

"얼른 나와요! 사람 살려!"

"불이야! 불이야!"

정신이 번쩍 든 나는 반사적으로 배낭과 카메라 가방과 잠자던 션을 둘러업고 판잣집 밖으로 도망쳐 나왔다. 그다음 눈앞에 펼쳐진 광경은 생지옥과 다름이 아니었다. '들쥐들의 소굴'이 불길에 타오르고 있었다. 판잣집의 주된 재료인 나무와 쓰레기들이 불길을 빠르게 옮기는 바람에 빽빽하게 밀집된 수백 채의 집들이 순식간에 빛과 연기에 휩싸이는 모습이었다. 속옷 차림으로 집 밖을 뛰쳐나온 사람들은 공포심에 떨고 있었고, 두 손으로 머리를 감싸 쥔 채 가족의 이름을 부르짖는가 하면, 가까스로 탈출에 성공했지만 몸에 붙은 불 때문에 데굴데굴 땅바닥을 구르는 사람들도 있었다. 한밤중에 치솟은 커다란 불기둥이 그런 장면들을 일렁이며 비추는 중이었다. 그때 옆에 있던 션이 갑작스럽게 길길이 날뛰며 포효하는 모습이 목격되었다.

"심바! 심바! 심바!"

맹렬하게 집들을 소각시키는 불구덩이를 향해 션이 온몸을 떨며 심바의 이름을 부르고 있었다. 불길 속으로 뛰어들려는 그의 팔목을 잡아챘기에 망정이지 하마터면 그를 놓칠 뻔했다. 션의 절규를 포함해서 "제발 누가 좀 도와주세요!"라며 울부짖는 외침들이 밤새도록 이어졌지만 도움을 받은 사람은 아무도 없었다. 화염이 활활 타오르며 삶의 흔적들을 모조리 집어삼켜 버리는 동안에도 마을에는 소방차 한 대 달려와 주지 않았다. 동이 틀 무렵이 되어서야 사그라진 불씨들 위로 새벽 비가 부스스 뿌려지며 상황도 끝이 났다. 잿더미로 변해버린 벌판에 멍하게 서 있거나 주저앉아 울음을 터뜨리는 '들쥐들' 외에 남겨진 것은 없었다. 사람들의 머리에는 물이 뚝뚝 떨어져 내렸고 눈들은 하도 울어서 붉게 충혈되어 있었다. 해는 떴지만 자욱한 연기 구름에 가려진 채 하늘은 계속 으르렁거렸다.

그 뒤로는 마을에서 다시 션을 볼 수 없었다. 무덤처럼 변한 '들쥐들의 소굴'을 며칠간 샅샅이 찾아 헤맸으나 안타깝게도 션은 자취를 감추었고, 이웃들도 뿔뿔이 흩어져 버린 뒤였다. 다만 '들쥐들'이 떠난 빈자리에 이런저런 소문들만 바람처럼 떠돌았다. 더러는 '들쥐들'이 훨씬 더 먼 곳으로 떠났을 것이라고 했고, 더러는 도심의 빈민가로 옮겨갔을 것이라고 했다. 또 누군가가 일부러 불을 질렀을 것이라는 의심이 제기되기도, 터무니없는 낭설일 뿐이라며 일축되기도 했다. 진실이 어디에 있건 이제 내가 알고 있는 '들쥐들'은 마을에 남아 있지 않았다. 한편, 폐허가 된 '들쥐들의 소굴'이 빠르게 활기를 되찾아가는 모습에는 당혹스러움을 금할 길이 없었다. 마치 아무 일도 일어나지 않았던 것처럼 출근과 노동의 일상이 다시 시작되려 하고 있었다. 너무나 멀쩡해서 멀쩡한 것이 오히려 병적인 것처럼 느껴질 정도였다. 예전에 '들쥐들'이 살았던 터전에는 벌써 새로운 '들쥐들'이 득실거리고 있었는데 전부 똑같은 회사의 유니폼을 입은 공사장 인부들이었다. 그들은 머지않아 경기장으로 연결될 새로운 도로를 건설하기 위해 투입된 것이라고 했다. 지저분했던 동네가 조만간 말끔하게 탈바꿈할 것이라는 설명도 자랑스럽게 늘어놓았다. 나는 최소한 션과 작별 인사를 나누지 못한 것을 제외한다면 정신 나간 이 도시에서 아무 미련 없이 떠날 수 있을 것 같았다. 그러나 '황금의 도시'를 떠나기 직전에는, 사무치는 아픔으로, 그 생각마저 고쳐먹게 된다.

하루라도 빨리 떠나기 위해 터미널이 자리한 도심으로 돌아왔을 때의 일이었다. 복잡한 거리는 여느 때처럼 정신 없었고, 사람들의 관심을 주도하는 것 역시 전과 다름없이 대화나 안부보다 미디어의 뉴스나 거리의 광고판 같은 것들이었다. 거기에선 온통 내년에 열릴 큰 대회에 대해 떠벌리는 중이었다. 대회가 가져다줄 막대한 이익을 운운하며 또다시 황금기가 도래할 것이라는 밝은 전망을 쏟아냈지만 정작 거리를 오가는 행인들의 표정에는 여유가 없이 갈 길들만 시급해 보였다. 수도 없이 지나치게 되는 눈빛들에는 피로감과 적대감이 감돌았고, 어디론가 향하는 발걸음들은 죄다 무관심 아니면 경쟁심을 드러낼 뿐이었다. 그러한 도시의 모습이 내게는 오로지 생존을 두고 서로가 서로에게 긴장감 넘치는 경계 중인 양상처럼 느껴졌다.

아니나 다를까 거리의 한편에서 먹잇감이 발생한 모양이었다. "도둑이야!" 하는 외침 소리에 행인들이 보인 반응은 단순하면서 명료했다.

'어딘가에서 사냥이 벌어졌군! 도망가야 할까?'

'다행히도 나는 아니군. 누군가 또 희생양이 되었겠군. 알게

뭐람!'

 이같이 신속한 판단과 관심의 전환은 도시의 경험에서 터득된 생존을 위한 방법이었다. 한편 소동을 벌인 무리는 예상대로 비열하고 무자비한 하이에나 같은 녀석들, 그러니깐 거리의 아이들이었다. 무관심한 행인들 사이를 요리조리 잽싸게 피해 달아나는 녀석들의 모습이 보였다. 한참을 굶주리면 자기네들끼리도 약탈한 먹이를 두고 피 터지도록 싸우는 족속답게 이번에는 거리의 아이들끼리 길바닥에 엉켜 구르며 한바탕 쟁탈전을 벌이는 중이었다. 아마도 가장 약한 녀석이 맨 밑에 깔려 짓밟히고 있을 것이었다. 주먹질과 발길질을 사정없이 퍼부어 댄 아이들은 몇 푼의 동전을 손에 거머쥔 채 군중들 속으로 흩어져 달아났고, 그 자리에는 몰골을 알아볼 수 없을 정도로 뼈와 가죽만 남은 희생양이 누워 있었다. '황금의 도시'의 섭리에 의해 자연스럽게 도태된 한 마리의 가엾은 희생양이었다. 그런데 놀랍게도 그 희생양을 무덤덤하게 지나쳐 버리려던 나의 냉랭함이 한순간에 증발되고 말았다. 나의 친구가 그 자리에 쓰러져 있었다. 하필 션을 거기서 발견하게 된 것이다.

 고르지 못한 숨을 토해 내며 일어나지 못하고 누워 있는 그의 곁으로 다가갔다. 얼굴에는 온통 피가 흐르고 부어올라 있었지만 나는 션을 알아볼 수 있었다. 별을 닮았던 눈동자는 캄캄해졌고, 당차고 씩씩했던 표정에는 쓰라린 상처들이 여기저기 패어 있었다. 충격 때문인지 그는 나를 알아보지 못하는 것 같았다. 그저 아이처럼 엉엉 울며 나오지도 않는 목소리로 연신 괴성 같은 고함을 지르고 있었다.

"엄마!"
"엄마!"
"엄마아!"

그가 왜 평소에는 언급하지 않던 엄마를 찾는 것인지 알 수 없었다. 단지 나는 그날 션이 아이같이 우는 모습도, 그의 입으로 엄마를 부르는 모습도, 모두 처음으로 보고 있었다. 그리고 어째서 도로 맞은편에 쓰여 있던 '그들에게 직접 도움을 제공하는 것은 진짜로 돕는 길이 아닙니다.'라는 문구가 다시 보였는지 모르겠다. 그것을 보고 션이 목 놓아 부르짖는 엄마가 그의 진짜 엄마를 가리키는 것인지, 아니면 '들쥐들의 소굴'의 어머니들을 부르고 있는 것인지 궁금했다. 바들바들 떨리는 나의 품 안에는 가장 연약하여 도태된 '들쥐 한 마리'가 아닌 애타게 엄마를 부르짖는 한 사람의 소중한 아이가 안겨 있었다. 하늘이 잠시 어두워졌다가 차차 벗겨졌다. 그게 '황금의 도시'를 떠나오기 전 마지막 기억이었다.

희한한 경험이었다. 그 숲에서처럼 녹색이 섬뜩하게 느껴졌던 적은 없다. 처음에는 단순히 온 숲을 뒤덮은 비 때문인 줄로 넘겨짚었다.

 "그분은 전능하시며, 전지하시고, 어디에나 존재하시는 분이십니다. 세상을 창조하셨고, 살아있는 모든 것들에게 생명을 주신 분이시며, 그분의 권능은 어떤 도전과 의심도 허락지 않으십니다. 그는 지켜주시며, 먹을 것을 주십니다. 또한 선하시며, 용서하시며, 심판하시는 분이십니다."

 버스 안에서 열변을 토하는 현지인 목사의 설교가 지붕을 때리는 빗소리를 배경으로 서늘하게 울려왔다. 승객들 대부분은 졸거나 침묵 중이었지만 나는 늙은 목사에게서 줄곧 시선을 떼지 못했다. 지루한 시간 속에서 무엇이라도 얻어낼 것을 찾고자 함이었다. 그러나 실은 그가 암송 중인 성경 구절보다 주름진 얼굴에 난 커다란 상처 자국 따위에 더욱더 연연하는 중이었다. 볼수록 목사의 얼굴에 난 상처가 말쑥하게 풀을 먹인 전통 의상과 대비되어 도드라져 보였다. 흉터 위에서 발산되는 왠지 모를 꺼림칙함이 버스 안을 채운 눅눅한 공기마저 오싹하게 변질시키는 듯했다. 버스 밖의 사정도 뒤숭숭하긴 마찬가지였다. 세찬 빗줄기에 가려진 숲은 곧 쓸려 내려갈 것 같았고, 진창이 된 언덕 위를 마치 험난한 파도를 헤치고 가듯 오르락내리락 통과하는 중이었다. 덕분에 서로 알지도 못하는 나와 승객들은 두세 시간이면 충분했을 거리를 무려 여덟 시간 가까이 빗속에 허우적대고 있었다.

한참 동안 비에 젖은 숲의 굴곡진 지면을 엉덩이로 고스란히 체감 중이었는데 별안간 '덜컹!'하는 둔탁한 소리와 함께 몸 전체가 앞쪽으로 쏠렸다. 예기치 못한 급정거에 설교 중이던 목사가 균형을 잃은 채 바닥으로 고꾸라졌고, 잠에서 깬 승객들도 일제히 고개를 일으켰다. 버스 바퀴가 진흙탕에 처박힌 모양이었다. 사람들이 내지른 비명 뒤에 버스는 완전히 움직임을 멈추었고, 덮개 강판을 두드리는 빗방울 소리가 커져 오자 자연스럽게 체념이 찾아왔다. 하필 대륙 중심부에 깊숙하게 위치한 산골 어디쯤에서였다. 미지의 정글 숲에 아무런 대책 없이 고립되어 버린 것이다. 일직선으로 내리긋는 빗줄기와 촘촘히 우거진 나무들이 버스를 가둔 쇠창살처럼 느껴졌다. 하늘마저 어두워지고 있었으므로 우리는 꼼짝없이 감옥에 갇힌 신세들로 전락해가는 과정이었다. 그것도 아주 거대하고 음산한 녹색의 감옥이었다.

  어찌할 도리가 없어진 승객들의 시선이 일제히 운전기사에게로 향했다. 희망과 절망의 경계에 아슬아슬하게 내몰린 운전기사가 상기된 표정으로 연거푸 가속페달을 밟았지만, 애끓는 굉음만 골짜기에 울릴 뿐 버스는 더 깊은 수렁 속으로 처박혔다. 그러자 진짜 감방처럼 암담해져 버린 버스 안으로 무거운 체념이 찾아왔다. 좌석 여기저기에서 탄식의 한숨들이 스산하게 들려왔다. 어두운 그림자가 드리워진 승객들의 면면을 훑어보니 힘을 쓸 남자라곤 나를 포함하여 버스 기사와 늙은 목사 셋뿐이었다. 버스를 들어 올리기에는 더없이 절망적인 조합이었다. 이렇게 외진 숲까지 들어와 버스를 견인해 줄 구조 서비스를 기대할 수도 없는 노릇이었다. 여긴 아프리카였다. 행여나 그런 장비가 존재한다고 하더라도 한 치 앞도 안 보이는 궂은 날씨 속에 언제라야 도착이 가능할지 가늠하기조차 버거웠다. 그러니 안타깝지만, 아프리카에서 이런 상황을 맞닥뜨리게 되면 선택할 수 있는 행동은 없었다. 두 손 놓고 멈추어 있는 수밖에.

  그런데 그때였다. 이미 체념한 상태로 버스 안에서 하룻밤을 어찌 보낼지 염려하던 도중 예상치 못한 일이 일어났다. 버스에 타고 있던 승객들이 너나 할 것 없이 창문을 열고 숲속을 향해 소리를 지르기 시작한 것이다. 비명 같기도 하고, 환호 같기도 하고–내가 미친 게 아니라면–마법의 주문처럼도 들리는 고성이었다. 사람들의 절박한 외침이 빗줄기를 뚫고 퍼져나가자 잠시 뒤 숲에서는 진짜로 마법 같은 일들이 일어났다. 울창한 원시림 여기저기에서 검은 형체의 무리가 잇달아 도깨비들처럼 모습을 드러낸 것이다. 사방에서 울쑥불쑥 나타난 미지의 형상들은 일사불란하게 버스 꽁무니로 모여들었고, 이어서는 안간힘을 다한 기합 소리가 온 골짜기에 울리더니 마침내 버스가 들썩거리기 시작했다.

"사, 사람들이잖아!"

넋을 잃고 지켜보던 내가 뒤늦게 인지할 수 있던 현실이라곤 그뿐이었다. 붉은 진흙탕에 단단하게 내리꽂힌 발가락들, 탄력적으로 구부러졌다 펴지는 가늘고 긴 허리들, 씩씩 소리와 함께 코에서 뿜어져 나오는 수증기들, 그것들이 아니고서는 그들이 사람이라는 깨달음에조차 이르지 못할 뻔했다. 압도적인 비와 숲, 숲에 빠져버린 버스와 승객들의 외침, 외침을 듣고 숲에서 나타난 사람들. 그 가운데 꿈이 아닌 것처럼 느껴지는 장면은 없었다. 그때 어리둥절하던 내 곁으로 누군가 바싹 다가와 앉으며 미소를 지었는데 전혀 밝지 않은 느낌이었다. 얼굴에 난 상처 때문인 듯했다. 버스에서 나의 시선을 끌던 그 목사였다.

"저것은 숲에서 살아가려면 누구든 따라야 할 규칙입니다."

순간 놀란 나의 표정을 그의 앞에 어떻게 숨겨야 할지 당황했지만, 목사는 괘념치 않고 더욱 가까이 밀착하며 설명을 이어나갔다.

"숲에서 도움을 요청하면 누구라도 열 일 제치고 큰 소리로 응답하며 달려와야 합니다. 만약 외면한다면 나중에 자신에게 무슨 일이 생겼을 때 아무 도움도 바랄 수 없겠죠. 그것은 숲에서 공동체로 살아가기 위해 모두가 지켜야 할 법이자 '정의'입니다."

설명이 끝남과 동시에 진흙 구덩이에 갇혔던 버스가 굉음을 내며 앞으로 움직였다. 도움을 주러 달려와 준 사람들에게 승객들은 손을 흔들며 기쁨과 고마움을 표시했고, 늙은 목사도 나에게 악수를 청한 뒤 다시 제자리로 돌아갔다. 얼떨떨한 정황들을 추스르고 난 다음에야 나도 버스 뒤쪽으로 몸을 돌려 숲에서 나타난 사람들의 모습을 식별할 수 있었다. 멀어져 가는 우리를 향해 머리 위로 커다란 반원을 그리며 양팔을 휘젓고 있었는데, 숲을 배경으로 비와 땀과 흙탕물로 범벅이 된 그들을 바라보다 별안간 소스라치게 놀라고 말았다. 기이하게도 사람들의 검은 육체에서 시뻘건 피가 흘러내리는 것처럼 보였기 때문이다. 졸지에 머릿속을 맴도는 섬뜩한 잔상이 사라지기를 기다리며 달리는 버스에서 내내 가슴을 졸여야 했다. 어쩌면 비 내리던 숲이 섬뜩하게 느껴진 이유가 비 때문이 아니라 흙 때문일지 모른다는 생각이 들었다. 그 뒤로도 비를 흠씬 뒤집어쓴 언덕들은 내 눈에 마치 혈흔이 낭자 된 것처럼 보였기 때문이다. 더욱이 무자비하게 퍼붓는 우기의 빗속에서라면, 그 땅 특유의 붉은 토양은 어김없이 새빨간 피처럼 나무와 풀들 사이로 흘러내리며 초록의 배경을 오싹하게 물들여 놓기 마련이었다.

채트인과 떨어진 뒤 홀로 두 번째 목적지로 향하는 길에서는 대략 그런 장면들을 지나쳐 왔다. 처음에는 단순히 희한한 기분쯤으로 치부했지만 알고 보니 그것은 '천 개의 언덕'으로 불리는 이 나라가 내게 전해온 무언의 암시이자 거부할 수 없는 초대장이었다. 성직자의 얼굴에 난 커다란 상처 속에, 확신에 찬 어조로 그가 밝힌 '정의'라는 단어 속에, 빗속에서 도움을 부르짖던 사람들의 외침 속에, 그리고 숲 여기저기 바위틈과 계곡물과 우거진 수풀 사이사이에 도사리던 고통과 죽음의 메시지들을 나는 그때까지 전혀 헤아리지 못했다.

목적지에 도착한 다음 날은 영락없는 찜통이었다. 젖은 땅으로부터 열기가 모락모락 피어올랐으나 머리 위 허공에서는 미동조차 느껴지지 않았다. 오전 내내 서성이던 그 장소의 분위기 탓인 듯도 했다. 넓고 평평한 언덕배기를 통째로 차지한 그곳은 '천 개의 언덕'의 과거를 대표하는 기념비적인 장소로서 무려 이십 년 동안이나 시간이 정지된 공간이었으니 말이다. 사실 무엇을 기념하는지가 지금에 와선 그리 중요하지 않아 보였다. 과거에 나라 전체를 휩쓸었던 끔찍했던 사건을 상기시킬 목적의 전시물들이 시설 이곳저곳에 너저분하게 진열되어 있었지만 그런 것들을 찾아 이 산간벽지까지 올 사람은 아무도 없었다. 그런데도 아직까지 기념관이 사람들의 발길을 간간이 이끌 수 있는 것은 필시 희귀한 볼거리들 때문이었다. 바로 죽임을 당한 상태에서 영구적으로 보존된 수십만 구의 시신들이다.

벌써 스무 해나 지난 과거의 그 사건은 '천 개의 언덕' 국민들에게 공통적으로 어두운 그림자를 드리웠으며 개개인의 영혼들을 갈가리 찢어 놓았다고 전해진다. 한 나라의 모든 사람이 입을 모아 '악몽'이라고 부르는 과거의 대목은 대강 이러했다. 어김없이 우기가 찾아온 어느 4월, 예로부터 '천 개의 언덕'의 인구를 양분하던 두 부족 '코큰 족'과 '키큰 족' 사이에서 촉발된 싸움은 날마다 죽고 죽이는 광적인 살육전으로 치달았다. 불과 백여 일이 지났을 무렵 우기와 광풍은 사그라졌지만 백만이라는 어마어마한 수의 사람들 역시 거짓말처럼 세상에서 사라졌던 것이다. 물론 현대사를 통틀어 내전이나 유혈 사태를 겪지 않은 아프리카 국가는 드물 정도였다. 그러나 아프리카뿐 아니라 세계 어느 나라에서도 인구 전체의 십 분의 일에 해당하는 사람들이 그토록 짧은 기간에 집단으로 희생된 전례는 없다. 어마어마한 숫자도 숫자지만 지독한 악몽인 이유는 서로가 무엇 때문에 살인을 저질렀는지, 또 무엇 때문에 살해를 당했는지 자신들조차 모르고 있던 점에서 그러했다.

이념, 종교, 자원과 같이 여느 국가들 사이에서 분쟁의 원인으로 대두되었을 문제들이 '천 개의 언덕'에는 아예 존재하지 않았다. 수천 개의 언덕이 빼곡하게 늘어선 작은 영토 안에는 아프리카를 통틀어 가장 높은 밀도로 숲속에 모여 사는 주민들이 있었을 뿐. 이들은 문화도, 종교도, 언어도, 피부색까지도 전부 일치했다. 그러니 사람들은 마을에서 서로 이웃이었으며 일터에서는 동료들인 셈이었다. 남녀가 만나 결혼을 하는 것에도 아무런 제약이 없었기에 코큰 족과 키큰 족 부모 사이에서 태어난 자식들은 코큰 족인 동시에 키큰 족이었다. 결과적으로 무슨 부족이냐 하는 구분 따윈 무의미했다는 이야기이다. 그것은 다만 옷장 속에 간직해둔 신분증에서나 각각 '코큰 족' 또는 '키큰 족'이라는 이름으로 기재되어 있었을 뿐. 누가 무슨 부족인지는 아무도 정확하게 몰랐으며 관심조차 가지지 않았다. '천 개의 언덕'에서 벌어진 사건의 끔찍함은 그런 평범한 사람들이 하루아침에 둘로 나뉘어 대적하게 된 데 있었다. 이유조차 분명치 않은 대량의 살인. 이웃이 이웃을, 동료가 동료를, 가족이 가족을 죽이게 된 비극. 그러한 대목에서 악몽의 지독함이 정점에 달했던 것이다. 그러나 제아무리 고약한 악몽일지라도 시간은 꾸준히 소실을 부추기기 마련이었고, 세월은 속절없이 흐르기 마련이었다. 나의 눈앞에 뉘어진 죽은 자들은 그 거부할 수 없는 퇴행의 얄궂은 증거물이기도 했다.

하얗게 약품 처리되어 전시된 육신들이 세월의 풍화를 못 이긴 채 거친 질감으로 말라붙은 형상을 하고 있었다. 시신들은 그늘에 펼쳐 말린 옷가지들처럼 방안에 빼곡하게 널려 있었는데, 그런 방이 양쪽 열로 길게 늘어서서 수십 개가 넘었고, 같은 구조의 건물이 다시 여러 채였다. 고인들은 저마다 죽음을 맞이했던 마지막 순간의 괴로움을 간직한 채 형벌에 가깝게 뒤틀린 모습이었다. 비현실적인 광경 앞에서 나는 한참을 머뭇거리며 서 있었다. 잘못된 과거를 돌아봄으로써 상기하고자 했던 역사적 교훈 따윈 솔직히 그 자리에 없었다. 대신 현실로부터 철저하게 유리된 수천 개의 부재의 흔적들이 일제히 당혹감을 전해 왔다. 맨눈으로는 볼 자신이 없었지만, 카메라 렌즈를 거치니 뻔뻔하긴 해도 기록으로 남길 수 있을 것 같았다. 그러나 고백건대 그것은 취재이기보다 수집 행위에 가까웠다. 둔기에 상한 두개골들이나, 총알에 뚫어진 육체들이나, 불에 타거나 산채로 매장되어 죽어간 몸부림들을 내 눈으로든 카메라를 통해서든 그토록 샅샅이 훑어볼 이유는 없었으니깐. 그러니 아무리 선한 동기나 그럴듯한 목적을 부여한대도 실은 욕심으로 나아간 행위에 불과했다. 결국, 도둑 같은 심정으로 서둘러 촬영을 마친 뒤에 도망치듯 자리를 떠나왔다.

한편, 기념관에 보존된 끔찍했던 흔적들이 무색하리만큼 내가 도착한 '천 개의 언덕'은 완벽하게 평온을 되찾은 모습이었다. 과거 나라 전체에 퍼졌던 악몽의 흔적은 지금에 와선 눈을 씻고 찾아봐도 남아 있지 않았다. 모르긴 해도 지난 이십 년의 세월이 꽤나 긴 시간이긴 했던 모양이다. 세월이 부추긴 퇴화 작용이었을까. 아니면 지난 세월의 끔찍함에 대한 반작용이었을까. '천 개의 언덕'은 도리어 지금까지 겪은 아프리카의 나라들 가운데 가장 평화로운 곳이라는 인상마저 내비치고 있었다. 평화! 그것이야말로 최근 수년간 이 나라에 강조되어 온 최고의 가치였다. 그런 분위기를 반영이라도 하듯 첩첩 언덕들에 오밀조밀 모여 사는 사람들은 북적이는 속에서도 놀라우리만큼 차분하고 예의 발랐다. 방송에서, 학교에서, 교회에서, 그리고 가정에서. 어디서든 평화와 화합은 가장 중요한 주제로 설파되었으며, 용서와 화해는 전쟁을 겪은 국민이 내세울 수 있는 최고의 미덕으로 통했다. 그래서인지 주민들이 보여 주는 친절과 상냥함에 감격이 밀려올 지경이었다. 두 손을 붙잡고 살포시 무릎을 구부려 땅에 꿇어앉는 인사를 받게 되면 누구라도 뜻밖의 환대에 감동하지 않을 수 없을 것이다. 심지어 사람들은 이방인인 나를 대함에도 시종일관 미소를 띠며 불편을 끼치지 않으려는 노력을 선보일 정도였다. 이처럼 이타적인 사람들과 그들이 사는 아름다운 땅이라면 한때 끔찍한 폭력이 존재했던 사실조차 이제는 아무런 의미가 없을 것 같았다. 적어도 '고요의 언덕'을 방문하기 전까지는 그랬다.

'고요의 언덕'에도 평화의 시절이 완연하게 찾아온 모습이었다. 기념관이 세워진 언덕 인근에 자리하고 있던 탓에 나는 작고 조용한 그 시골 마을을 방문하는 행운을 놓치지 않을 수 있었다. 언덕 위에 반듯하게 지어진 집들과 아기자기하게 가꿔진 밭 마지기들 도처에서 좋은 시절의 상징들이 눈에 띄었다. 특히 비탈면에 수놓아진 커피나무 열매들은 이 땅에 회복된 평화를 나타내는 대표적인 상징물로 여겨졌다. 내전이 벌어졌던 해에는 농장들이 파괴되어 대부분의 커피나무가 사라졌었기 때문이다. 그러니 오늘날 맺어진 동그랗고 빨간 커피 열매들은 역경을 딛고 일어선 '천 개의 언덕' 사람들에게는 돌아온 희망과도 같은 의미였다. 그러나 뭐니 뭐니 해도 '고요의 언덕'에서 굳건하게 좋은 시절을 상징하고 있는 것은 '가차차'라는 이름의 전통 법정이었다.

살육의 광풍이 휩쓸고 간 나라에서 '정의'를 회복하는 일은 가장 절실하게 요구되면서도 난감한 부분이기도 했을 것이다. 대학살에 연루된 수십만 명의 범죄자들을 심판하는 일은 실로 부담스러운 과제였기 때문이다. 전 국민이 가해자가 아니면 피해자였고, 생존자들은 모두 아내나 자식이나 부모나 친척을 잃은 상태였다. 그렇게 얽히고설킨 죄지은 자들과 무고한 자들을 가려내는 것. 다음에는 죄 있는 자들을 감옥에 집어넣고 지은 죄를 응징하는 것. 마지막으로 남겨진 사람들을 데리고 일상과 생계를 회복하는 것. 그 가운데 쉽게 해결될 일이 하나도 없던 것이 '천 개의 언덕'이 당면한 무거운 현실이었다. 시간과 장소가 한정된 법정에서 모든 사건을 일일이 재판하려면 세대가 몇 번이나 바뀐대도 모자랄 지경이었다. 정치인, 군인, 경찰, 선생님,

마을 이장들까지 전부 광적인 살인에 가담했던 마당에, 누구에게 공정한 판결을 맡겨야 할지조차 석연찮은 상황이었다. 게다가 '천 개의 언덕'에는 엄연히 사형제도가 존재하고 있었다. 살인죄에 부여되는 법규대로 사형을 선고할 경우에는 남은 인구마저 다시 반 토막이 나 버릴 형편이었다. 법을 법대로 집행하지 않는 것도 위기지만, 남겨진 사람들만으로는 도저히 나라가 돌아갈 수 없다는 것 역시 위기였다. 그런 의미에서 복잡하게 꼬인 갈등의 문제들을 해결하고 분열된 '천 개의 언덕'을 화해시킬 수단으로 '가차차'에 주목한 것은 당연한 결정이었다.

'푸른 들판'이라는 어원을 가진 '가차차'는 문제가 생기면 마을 사람 전체가 들판에 모여 함께 이야기를 나누던 전통에서 유래된 것이다. 마을 사람들은 이웃들 간의 다툼, 가축과 재물의 손상, 가족 간의 유산과 상속에 대한 문제 등 그야말로 공동체에 얽힌 온갖 문제들을 가차차 법정을 통해 판결해오고 있었는데, 특이한 것은 법적인 심문보다 서로의 이야기를 들어 보는 것이 중요한 법정이었다. 당사자들이 한자리에 모여 이야기를 나누고, 청중들에게 진실을 들을 기회를 제공하고, 장시간 토론 끝에 장로들로부터 판결이 내려지는 과정에서 '가차차'의 목적은 한 사람을 벌하는 것보다 두 사람을 화해시키는 것이라고 했다. 그렇기에 유죄 판결이 나더라도 갈등의 당사자끼리 음식이나 바나나 술을 나누는 정도의 처벌은 내려졌지만, 누구도 감옥으로 보내지지는 않았다. 아무리 피고와 원고일지라도 다시 얼굴을 맞대고 살아갈 수 있도록 도와주는 것이 이 땅에 전해져 온 오랜 전통이었고, 바로 그 전통이 '천 개의 언덕'에 넘쳐 나는 수감자들과 산적한 문제들을 해결할 실마리로 대두된 것이었다. 그리하여 전국적으로 천여 개의 지역 공동체에서 동시다발적으로 '가차차'가 진행되었다. 판결문이 기록으로 남겨지게 된 점이나 밝혀진 죄에 따라 피고인을 감옥에 보내게 된 점은 달라졌으나 전통에 담긴 본연의 정신과 기능은 여전히 유효했다. 한 사람을 벌하는 것보다 두 사람을 화해시키는 것. '가차차' 법정은 그렇게 지난 이십 년간 정부가 주도해 온 정의와 화해 프로그램의 중심축으로 역할을 감당해 왔다.

내가 방문했던 '고요의 언덕' 마을의 잔디밭에서도 한창 '가차차' 재판이 진행 중이었다. 주민들이 커피 열매 수확을 끝내고 한동안 중단되었던 재판이 모처럼 재개된 것이라고 했다. 어떻게든 정리해야 할 과거와 앞으로 살아가야 할 현재를 오가는 길고 힘겨운 여정이었다. 그러므로 지칠 법도 했지만 '가차차'에 임하는 주민들의 얼굴에서 그런 기색은 찾아볼 수 없었다. 하루에 재판을 마치지 못하면 다음 날에 이어서 열리는 방식으로 멈

춤과 재개를 반복하며 몇 주에서 몇 달까지 계속되는 것이 다반사라고 했다. 농촌 사회에서 노동 시간의 손실은 그만큼 경제적 손해와 직결되는 문제기에 주민들이 '가차차'에 참여하는 것을 부담스럽게 여길 수도 있는 노릇이지만, 그럼에도 '가차차'가 명맥을 이어 올 수 있던 이유는 상처가 치유되기 위해서는 서로가 인내심을 가지고 기다려주어야 한다는 것에 모두 동의했기 때문이었다. 그렇게 스무 해가 지나왔고, 여전히 끝이 어디인지 아는 사람은 없었다. 모든 게 너무나 느리게 보였지만 그만큼 남겨진 상처가 크고 깊다는 방증이기도 했다.

하지만 그토록 바라던 평화가 가까워지고 있음은 분명하게 목도되는 현실이었다. 지금은 신분증에서 자취를 감춘 '코큰 족'이나 '키큰 족'이라는 구분 따위 더는 '고요의 언덕'에서 아무런 의미를 나타내지 않았고, 사람들도 예전처럼 이웃으로 어울리며 살아갔다. 바쁜 커피 수확 철이 되면 가해자였던 농부일지라도 피해자였던 이웃 농부와 도움의 손길을 나누었고, 학교에서는 피해자의 자식들과 가해자의 자식들이 한 학급에서 용서와 화해에 대해 배우고 있었다. 마을에서는 노인이 죽으면 생전에 그가 피해자였든 가해자였든 모든 이웃들이 장례식에 모여 애도의 노래를 불렀다. 그렇게 사람들은 역경을 딛고 일어나 다시는 서로에게 작은 상처라도 입히지 않으려는 듯 넘치는 친절로 화답하며 지내고 있었다. 양손을 내밀고 살포시 무릎을 꿇는 극진한 인사와 미소로 말이다. 이제 골짜기 어딘가에서 웃음소리가 울려 퍼지면 그저 웃음소리일 뿐 긴장감으로 숨을 죽인채 코 큰인지 키큰인지 피아 식별을 할 필요는 없어졌다. 망각으로 이끌 뿐 아니라 치유와 회복을 향해서도 유유히 흐르는 시간에 희망을 걸게 되는 대목이었다.

나 역시 그런 변화를 받아들이고 내전의 참상을 담으려던 종전의 계획을 수정하여 '고요의 언덕'에 나타난 평화의 상징들을 기록하기로 마음먹었다. 기대했던 방향과는 다른 전개지만 새로운 장면이 가져다줄 긍정적인 분위기도 나쁘지 않아 보였다. 채트인도 분명 마음에 들어 할 것이라는 확신마저 들었다. 하지만 그런 밝은 장면들에 도취된 나머지 나는 마을에 감춰져 있던 어두운 부분들은 미처 감지하지 못하였다. 하마터면 '천 개의 언덕'에 이미 평화가 찾아온 줄로 착각하고 넘어갈 뻔했던 것이다. 평화의 징후로 알았던 마을의 '고요'가 실은 '침묵하기'에 가까웠으며 사람들의 기억 속에 의도적으로 감춰진 부분이 천 개의 골짜기들만큼이나 깊고 깊다는 사실이 예기치 못한 지점에서 카메라에 포착되었다.

계획을 바꾸어 과거를 극복하고 악몽을 털어 버린 아프리카인들의 낙천적인 면모를 드러낼 이야기 찾기에 몰두하던 중이었다. 그러던 중 마을의 대문마다 표시된 붉은 표식들을 그냥 지나쳐 버리기엔 몹시 거슬렸던 것이다. 여태껏 여행 중에 여러 동네를 다녔어도 그것은 처음 보는 종류의 표식이었다. 집주인의 예술적 취향이라기엔 한꺼번에 칠해 놓은 듯 똑같은 문양들이 개성 없이 그려져 있었고, 전통 신앙이나 부적의 한 종류이려니 생각해도 그것은 그저 성의 없이 대충 휘갈긴 동그란 원들일 뿐이었다. 게다가 띄엄띄엄 어느 집에는 존재하고 어느 집에는 존재하지 않는 그림의 정체가 결정적으로 의문스러웠던 이유는 표식에 대해 물을 때마다 약속이나 한 것처럼 굳어지는 사람들의 표정이었다.

인터뷰에 응한 마을 사람들은 화해와 용서에 대해서는 자랑스럽게 이야기를 늘어놓다가도 문 위에 그려진 페인트 자국에 대해 물어보면 별안간 얼굴에서 평화가 사라졌다. 유독 그 질문 앞에서 하나같이 대답을 얼버무리거나 시선을 회피해 버리고 마는 것이었다. 결국 '고요의 언덕'의 누구에게서도 표식에 얽힌 사연은 들을 수 없었다. 다만 눈치를 챈 부분은 있었다. 사람들이 미처 기억하지 못하는 게 아니라 애써 기억하기를 외면한다는 점이었다. 무언가가 사람들의 마음속에 분명하게 '표시되어'

있었는데도 말이다. 때문에 붉은 페인트의 불가사의한 표식들은 주민들을 향해 열고 들어갈 수 없도록 새겨진 문 위의 결계처럼 느껴졌다. 그쯤 되니 나의 호기심도 문 위에 새겨진 암호에서 문 뒤에 숨겨진 침묵으로 성큼 옮겨갔다. 평화로워 보이는 '고요의 언덕'이지만 주민들에게는 석연찮은 어둠이 드리워져 있었다. 어둠의 정체가 무엇인지는 알 수 없었다. 다만 저녁노을이 번질 무렵 인터뷰를 위해 만났던 한 노파의 저주 섞인 일침이 뇌리에 계속 맴돌았다.

"과거에 대해 물어보려거든 저기 언덕 위 기념관에 누워있는 시체들에게나 물어보시게!"

'천 개의 언덕'을 떠나 국경을 지나왔다. 오는 도중에는 버스를 몇 차례나 갈아탔으나 도착하기 직전에는 현지인이 운전하는 100CC 오토바이만이 간신히 허락되는 지형이었다. 녹색의 언덕과 붉은 흙길이 끝없이 오르내리는 풍광도, 무거워진 구름이 하루에 한 차례씩 무자비한 비를 퍼붓는 기후도, 국경을 넘기 전과 비교한다면 달라진 것 없이 그대로였지만, 굳이 먼 길을 찾아온 이유는 '고요의 언덕'의 비밀에 대해 들려줄 사람들이 이 길을 지나왔었다는 귀띔 때문이다. 가까스로 지옥을 탈출하여 이웃 나라의 국경 너머로 떠밀려 온 수백만 명의 난민들이 내가 만나보고 싶은 사람들이었다. 평화가 찾아온 마을에선 금기시되는 철 지난 이야기일지라도 그들에게라면 여전히 생생하게 계속되고 있을 것이 틀림없었다. 그렇지 않았더라면, 그들에게도 순순히 평화가 찾아왔더라면, 난민들은 진즉에 오랜 타지 생활을 접고 고향으로 돌아왔어야 했을 테니깐. 물론 많은 사람들이 다시 '천 개의 언덕'으로 돌아가서 일상을 되찾았다. 그 경우 대부분의 사람들은 지나간 날에 연연하기보다 미래로 나아가야 한다는 결론을 내린 상태였다. '고요의 언덕'에서 나의 질문을 꺼렸던 주민들도 그런 부류였다. 그러나 이십 년이 지난 아직까지 난민으로 남아 있기를 고수하는 사람들은 어쩌면 그런 평화에 동의하지 않을지도 몰랐다. 여전히 악몽 같은 기억에 시달리며 침묵을 고수하는 중이라면 말이다. 이를테면 기념관에 뉘어져 썩지 못한 채로 멈추어 있던 익명의 희생자들처럼, 그들 역시 끈질긴 고통을 지워 버리지 못한 채 지금도 살아가고 있을 피해자들이었다. 그러므로 나는 죽은 자들에게선 들을 수 없던 이야기들을 그들에게 가서 물어볼 작정이다. 국경을 넘어 이곳 난민촌으로까지 어렵게 찾아온 이유는 말하자면 그런 까닭이었다.

 오토바이를 탔기에 망정이지 유엔난민기구 푯말이 세워진 초입을 지나서도 난민촌까지는 한참을 더 들어와야 하는 거리였다. 현지인 안내자의 등에 기를 쓰고 달라붙어 여차하면 고꾸라질 뻔했던 고비들을 넘고 넘어서야 드디어 언덕에 나부끼는 푸른색 깃발을 발견하게 되었다. 예상했던 경관과는 사뭇 달랐기에 처음에는 의아함이 앞섰다. 빼곡히 들어선 임시 천막들이나, 긴 줄에 서서 배급을 기다리는 난민들이나, 파란 헬멧을 쓴 평화유지군인들의 모습은 그림자도 보이지 않았다. 대신 하얀 페인트가 칠해진 막사 건물 몇 동만이 드문드문 들어서 있는 게 전부였다. 게다가 당혹스러운 점은 한가로워 보일 정도로 휑한 그곳의 분위기였다. 혹시나 잘못 찾아온 것인지 조바심이 났지만, 출입 허가부터 받기 위해 사무실 문을 열고 들어갔다. 산더미처럼 쌓인 서류 앞에 홀로 앉은 유엔 사무국 요원과 눈이 마주쳤다. 예정에 없던 방문자의 노크로 인해 무료하기 짝이 없던 오후의 적막이 깨진 것이 도리어 반가웠던지 머뭇거리는 나를 흔쾌히 자신의 낡은 책상으로 안내해 주었다. 먼저 신원 확인에 필요한 내용을 서류에 기입하고는 방문 목적과 체류 일정에 관한 부연 설명을 구구절절 그에게 늘어놓았다. 그러자 요원은 아무래도 좋다는 듯 고개를 끄덕이며 자신을 난민촌의 구호물자 공급 책임자 중 한 사람으로 소개했다.

"그냥 편하게 폴이라고 부르도록 해요, 버든."

"고맙습니다. 그런데 정말로 이런 곳에 난민들이 살고 있나요? 난민촌이라기엔 너무나 평화롭고 한적하군요."

머쓱해서 묻는 내게 폴은 서두를 게 없다는 여유로운 표정을 지어 보이며 차근차근 설명을 들려주었다.

"오늘날 아프리카에는 피란살이 중인 사람들이 천만 명쯤 될 겁니다. 그중 삼백만 명 정도는 여기서처럼 아예 국경을 넘어 난민으로 살아가고 있죠. 그들을 찾아온 거라면 맞게 찾아오신 겁니다."

폴의 친절한 설명 덕분에 이곳이 내전으로 고향을 등지고 국경을 넘어온 난민들의 정착지가 틀림없다는 사실을 확인할 수 있었다. 울타리가 없을 뿐 산기슭에 형성된 난민촌의 면적이 꽤 넓다는 사실과 그러므로 난민들의 거주지를 방문하려면 사무본부가 위치한 중앙광장으로부터 깊숙한 산중으로 훨씬 더 들어가야 한다는 것도 알게 되었다. 또한 난민촌에 여러 형태가 존재한다는 그의 설명을 통해 처음 이곳에 도착했을 때 맞닥뜨린 외관에 대한 오해까지 말끔하게 해결되었다. 내전이나 자연재해 등 긴급구호가 요구되는 대규모의 난민들을 대피시키고 일시적으로 수용하는 '캠프'의 형태가 있는가 하면, 위험이 완전히 제거되지 않은 상태에서 본국으로 돌려보낼 수 없는 난민들을 장기적으로 보호할 수 있는 '정착촌'의 형태가 각각 국제 사회의 판단에 따라 설치되는 것이라고 했다.

"말하자면 여긴 막 난민이 된 사람들보다 여태 난민으로 남겨진 사람들이 머무는 마을인 셈이죠."
"그러니깐 난민들은 저기 산중에 모여 살아가고 있는 거로군요."
"정확하게 말씀드리면 흩어져 살고 있죠. 이곳에서 최초로 신분과 건강 상태를 확인하는 등록 절차를 마친 뒤에는 개별적으로 자투리땅을 배정받아 인도되기 때문에 자연스럽게 띄엄띄엄 자리를 잡게 됩니다. 아무래도 농사지을 땅을 일구려면 그게 유리하죠."
"난민들이 직접 농사를 짓나요?"
"긴급구호가 진행되는 '캠프'와는 달리 장기적으로 운영되는 '정착촌'에선 어쩔 수 없습니다. 물론 유엔에서 제공되는 식량이 있긴 있습니다. 우리가 위치한 광장에서 정해진 순서대로 배급이 이루어지죠. 하지만 그것만으로는 충분치 않기 때문에 여기에선 어쩔 수 없이 자급자족을 권장합니다. 통상 배급으로는 일인당 13킬로그램의 곡물과 1.5리터씩의 기름이 할당됩니다만 일상적으로 턱없이 모자란 양이죠. 따라서 난민들 스스로가 농사를 지어야지만 부족분을 충당할 수 있게 되는 겁니다."

"조금 먹고 많이 일해야 한다는 말이군요."

"그렇지만 어떤 의미에선 바쁜 게 도움이 되기도 할 겁니다. 고향과 가족을 잃고 괴로운 시간을 보내고 있는 사람들에겐 말이죠……."

폴의 음성이 한층 숙연해지는 대목이었다. 한편 아이러니하게도 괴로운 시간이라는 말에 나의 가슴이 고동치는 것이 느껴졌다. 기대해 온 것들에 정말로 가까워진 것인지 확인하기 위해 폴에게 황급히 다음 질문을 던졌다.

"그렇다면 '천 개의 언덕'에서 넘어온 사람들도 만나 볼 수 있을까요?"

폴은 머리를 긁적이며 잠시 뜸을 들였다.

"'천 개의 언덕'이라면 남쪽 나라를 말씀하시는 거로군요. 글쎄요. 제가 이곳에 파견된 것이 5년 전이니까 그동안 마주친 난민의 주된 행렬은 몇 해 전 서쪽 나라에서 광산을 두고 정부군과 반군 사이에 전쟁이 벌어졌을 때와 최근 북쪽 나라에서 기독교인들과 이슬람교도들 간에 벌어진 전쟁을 피해 탈출한 사람들이죠."

대답을 듣고 짐짓 절망에 빠져들 뻔했지만 아직 그의 말이 끝난 게 아니었다.

"그렇지만 염려할 것 없어요. 남쪽 나라에서 온 난민들은 엄연히 이 난민촌이 처음 생겨나도록 만든 장본인이니까요. 세월이 많이 흘렀지만, 그곳에 가면 여태 남아 있는 '천 개의 언덕' 사람들을 만나 볼 수 있을 거예요."

"그곳이라뇨?"

"구름의 골짜기. 이곳에선 그곳을 그렇게 부르지요. 우리 난민촌은 부주불리, 비야바코라, 브위리자, 카코니, 스웨스웨, 이렇게 다섯 개의 마을로 이루어져 있어요. 처음에는 모두 '천 개의 언덕'에서 도망쳐 온 난민들을 수용하기 위한 임시 정착촌이었지만 시간이 흐르면서 대부분의 사람들은 남쪽 고향으로 되돌아갔고 지금은 그 자리를 서쪽 나라와 북쪽 나라에서 떠나온 새로운 난민들이 채우고 있습니다. 예를 들면 부주불리와 비야바코라에는 서쪽 나라 난민들이, 브위리자와 카코니에는 북쪽 나라 난민들이 각각 머물고 있죠. 하지만 가장 작고 멀리 떨어진 스웨스웨에는 아직까지 '천 개의 언덕' 사람들이 남아 있을 겁니다. 워낙 오래전에 등록된 사람들인지라 서류상으론 누락이 많고 파악도 어려운 구역이지만 통상 여기선 다들 그렇게 알고 있죠."

"구름의 골짜기…."

"그래요. 참 이상한 일이죠. 고향에 평화가 찾아왔는데도 좀처럼 돌아갈 생각들을 않으니까요. 여기에 들어온 사람들이 그토록 마음속으로 고대하는 곳, 자신들의 고향에를 말이에요."

'구름의 골짜기'라는 이름을 되뇌면서 마침내 제대로 온 것이 맞았다는 확신을 가지게 되었다. 의문으로 남겨졌던 질문들을 속 시원히 해결하고, 감추어진 비밀들을 낱낱이 밝혀낼 일만 남은 듯했다. 앞으로 몇 걸음만 더 나서면 카메라 안에 놀라운 이야기들이 담기게 될 터였다. 내게 당혹감과 수치심을 안긴 '천 개의 언덕'의 시신들 역시 비로소 입을 열고 그들이 겪은 과거에 대해 생생히 증언하게 될 것이었다. 설레는 만남을 앞두고 지체할 겨를이 없었다.

"지금 출발하면 오늘 안에 도착할 수 있을까요? 구름의 골짜기로 가는 길을 제게 설명해 주시겠어요?"

"그럼요. 길을 알려주는 것은 전혀 문제가 아니에요. 문제는 당신이 그 길을 찾기가 쉽지 않을 거란 거예요. 최근에는 그곳으로 인도된 사람이 없을 정도로 발길이 뜸한 곳이니까요……."

"저는 그자들을 찾아 이 먼 곳까지 왔는걸요."

나의 대답은 짧았지만 단단한 의지로 응집된 것이기도 했다. 그제야 폴도 내게 구름의 골짜기로 가는 길을 조목조목 일러주었다. 난민촌이 공식적으로 표기된 지도는 따로 없기에 폴의 설명을 모조리 카메라에 녹화하기로 했다. 말하자면 영상 속에 그려준 지도인 셈인데, 넘어야 할 냇물의 개수와 갈림길에서 선택할 방향 등에 대한 세세한 기록이었다. 녹화를 끝낸 뒤에는 핵심이 될 질문도 빼놓지 않았다.

"난민촌에 도착하면 촬영이 가능할까요?"

"하하, 그곳에 찍을 만한 게 있다면요."

폴이 너그러운 목소리로 화답한 뒤 호쾌한 웃음을 터트렸다.

"좋아요, 이제 준비가 다 됐어요. 해가 지기 전에 도착하려면 당장 떠나야겠어요."

"볼일을 마치시고 나면 떠나기 전에 저에게 들르시죠. 그땐 시원한 맥주라도 함께 하도록 해요. 아마도 그곳에선 냉장고가 몹시 그리울 거예요. 난민촌에는 전기가 들어가는 곳이 드물거든요."

"그건 어째서죠?"

"언젠가는 떠나야 할 사람들이니까요. 난민들을 때가 되면 자신이 온 곳으로 돌아갈 존재들로 보는 게 유엔의 공식 기조입니다. 일시적인 고통이 지나고 나면 다시 제자리로 돌아가야 하는 것은 우리들도 똑같지 않나요? 게다가 아프리카에서는 난민들이 아니라 원주민들이 거주하는 지역에조차 전기를 공급하기 벅찬걸요."

"……."

언젠가는 돌아가야 할 사람들이라는 폴의 설명이 머릿속에 맴돌았다. 그것은 아마도 앞으로 내가 만나볼 사람들에 대한 인상적인 소개처럼 들려왔다.

"참! 구름의 골짜기에 도착하거든 이제 고향으로 돌아가도 된다는 소식을 사람들에게 꼭 전해 주세요! '천 개의 언덕'에 이미 평화가 찾아왔다고요! 당신이 그들의 고향에서 온 증인이란 사실을 밝히도록 해요! 그토록 기다리던 소식을 듣게 된다면 어떤 표정을 짓게 될지 저 역시 궁금해지는군요! 행운을 빌어요!"

작별 인사를 외치는 폴의 상기된 목소리가 등 뒤에서 들려왔다. 뒤돌아보니 그의 모습이 서서히 고개 너머로 사라지고 있었다. 졸지에 다시 혼자가 된 것이 못내 아쉽기는 했으나 그럴수록 걸음을 재촉하며 스스로를 다독였다. 길 끝에 놓인 여러 목적들을 상기시켜 봄으로써 내면에 찾아온 적막을 떨치기로 했다. 먼 산봉우리 뒤편에서 번쩍거리는 비구름이 내게 서두르라는 신호를 보내왔다. 유일한 길동무이자 안내자인 카메라를 만지작거리며 은둔자들이 흩어져 살고 있을 숲속으로 뚜벅뚜벅 걸어

들어갔다.

구름의 골짜기로 가는 숲길은 마치 미지의 세계로 들어가는 통로 같았다. 침침한 녹음이 머릿속에 온갖 감각들을 증폭시키며 내게 역동적으로 말을 걸어왔다. 유칼립투스 군락에서 뿜어지는 알싸한 호흡과 땅 위에 꿀렁거리는 흰개미 떼의 흐름과 골짜기를 휘감은 수많은 샘과 지류들이 무릇 숲에서는 한 생명의 조직처럼 연결된 것 같았다. 무엇보다 숲 전체가 나를 주시하고 있음이 느껴졌다. 다행인 점은 그 모든 긴장된 정황들에도 불구하고 숲이 처음에는 순순히 길을 내준 것이다. 덕분에 초행길이었음에도 이끌리듯 구름의 골짜기로 가는 길을 찾아낼 수 있었다. 폴이 일러준 순서대로 네 번의 시냇물과 여섯 번의 갈림길과 아홉 번의 고갯길을 순조로이 지나쳐 왔다. 특히 그가 카메라에 녹화해 준 화면이 나에게 커다란 의지가 되어 주었다. 필요할 때마다 꺼내어 재생시킨 그의 설명이, 솔직하게는 사람의 음성이, 오지에 혼자 남겨진 내겐 친근한 위안과도 같았다. 그때만 하더라도 숲에서 나를 위축시킨 감각은 두려움이 아닌 고독감이었기 때문이다. 그러므로 하늘에 번쩍이는 섬광이 내 머리 위로 따라잡기 전까지는 그게 줄곧 효능을 발휘했었다.

이윽고 먼발치에 나타난 냇물 하나만 건너면 드디어 정착촌에 닿겠노라며 안도하던 순간이었다. 갑자기 터진 우르릉 쾅 소리에 숲 전체가 광분하듯 요동하기 시작했다. 아뿔싸, 비의 전조였다. 곧이어 후드득 빗방울 소리가 순식간에 커지더니 굉음을 동반한 폭우로 쏟아져 내렸다. 침착하게 눈앞의 길만 따라가면 된다고 스스로를 안심시켰지만 이내 공포에 휩싸이고 말았다. 비 때문이 아니라 숲 때문이었다. 놀랍게도 비바람에 덮인 숲이 살아있는 울음소리를 내고 있었다. 그때 '우·우·웅' 소리를 내며 숲 전체가 흐느끼는 것을 분명하게 목도하는 중이었다. 울부짖음은 마치 비탄에 끓는 괴성처럼 들려왔다. 이어서는 부드럽던 흙길이 비를 머금으며 붉은 피처럼 변했고, 급기야 언덕 전체가 출혈하듯 흘러내리기 시작했다. 숲이 고통스러운 듯 토해 내는 비명에 내 심장도 덩달아 쿵쾅거렸다. 어떻게든 빠져나가야 한다는 생각으로 몸을 휘감는 비바람을 헤집으며 가까스로 구름의 골짜기로 진입하는 마지막 관문에 도달했다. 하지만 이내 망연자실할 수밖에 없었다. 폴의 안내대로면 그 자리엔 분명 시냇물을 건너도록 이어진 외나무다리가 놓여 있어야 했지만, 콸콸 넘치는 핏빛 탁류가 유일했던 희망마저 집어삼킨 상태였다.

  이후로 모든 것이 엉망이 되어 갔다. 우회할 길을 찾아 거슬러 올라간 계곡 상류에서는 도리어 길을 잃은 신세로 전락했다. 지푸라기라도 잡는 심정으로 폴의 영상을 확인하기 위해 숲의 궁륭 아래로 몸을 숙여 카메라를 꺼냈지만 성급했던 몸부림이 낭패를 자초하고 말았다. 카메라를 켜자마자 빗물을 흠씬 뒤집어쓴 것이다. 화들짝 놀라 전원 버튼을 눌렀으나 화면을 픽 하고 꺼트린 게 부들부들 떨리던 나의 손가락인지 쏟아져 내린 비였는지 알 수 없었다. 결국, 힘이 풀린 채로 주저앉고 말았다. 주위를 에워싼 숲의 환영들 때문에 실수를 자책할 틈조차 없었다. 씻겨 내리는 흙탕물은 핏물처럼, 허옇게 드러난 바위들은 해골들처럼, 쉴 새 없이 몰아치는 비바람은 비명처럼, 연달아 나를 덮쳐왔다. 더는 눈앞에 번갯불이 번쩍여도 환영들 외에는 보이지 않았다. 그리고 그 모든 현상들의 배후에는 여전히 울음소리가 깔려 있었다. 그때 어떻게 혼자뿐인 숲속에서 소리를 지를 생각을 떠올리게 되었는지 모르겠다. 지난번 '천 개의 언덕'의 버스에서 고립된 기억을 미처 상기시킬 경황이 있던 것도 아니었는데 말이다. 아무튼 실성한 사람처럼 고래고래 소리를 내질렀다. 도움을 요청한다는 생각보다는 공포에 질린 절규에 가까웠다.

"아아—아—아아악!"

그때였다. 여러 번 고함을 외치다 언덕 위로 고꾸라진 나의 등 위로 거짓말처럼 어디선가 나타난 손이 덥석 올려졌다. 손의 느낌은 묵직하고 거칠었다. 의식이 희미해져 가던 도중 잠깐 마주친 눈동자가 시뻘겋게 충혈된 채 이글거리고 있었다. 그러고는 정신을 잃었다. 그게 그와의 첫 만남이었다.

빗속에서 나를 건져낸 손길의 주인공은 챠카, 숲에서 들려오던 울음소리의 주인공은 그의 아들 바타쵸카였다.

챠카와 바타쵸카가 단둘이 사는 조그만 움막집에서 눈을 뜨게 된 이후부터 나는 이들 부자에게 당분간 신세를 지기로 했다. 자의적 선택이기보단 상황에 떠밀려 얼떨결에 이루어진 만남이지만 의식을 찾은 그날 밤 챠카로부터는 단번에, 바타쵸카로부터는 조금 지나서, 우리의 만남이 필연이었음을 알아차리게 되었다. 숲에서 겪은 공포가 컸던 나머지 도움을 준 은인들 앞에 깨어나서도 여전히 추위와 불안에 떨고 있던 나였다. 어두운 램프 아래 거칠고 우악스러운 손길과 짐승 울음 같은 숨소리가 기척을 내는 밀폐된 공간이었기에 과연 위험에서 벗어난 것인지 단정하기 어려웠다. 그러나 비록 희미하긴 해도 낡고 해진 비닐 천장에 새겨진 반가운 문양을 똑똑히 알아볼 수 있었다. 파란색 두 손안에 사람을 감싼 모양을 한 유엔난민기구의 표식이었다.

"제가 '구름의 골짜기'에 와 있나요?"

한 사람이 고개를 끄덕였다. 그제야 제대로 찾아왔다는 안도의 숨이 쉬어졌다. 그러고는 곧장 내가 떠나온 '천 개의 언덕'에 대해 털어놓았다. 아무래도 두 사람에게 그것보다 반가운 소개가 없을 것 같아서였다. 폴의 제안대로 그들 앞에 선물을 풀어놓는 심정으로였다. 하지만 생각보다 기쁨이 절제된, 아니, 전혀 기뻐하지 않는 그들의 반응에 기대했던 만큼 당황도 컸다. 도리어 뜻밖의 선물을 받게 된 쪽은 나였다. 설명을 마쳤을 때 바타쵸카가 어둠 너머에서 씩씩거리는 동안 챠카가 무심결에 입을 열어 '고향…'이라는 단어를 발설한 것이다.

나는 속으로 환호를 지를 뻔했다. 어찌 됐든 내가 도착한 곳이 '천 개의 언덕'에서 온 사람들이 살고 있는 마을이라면, 게다가 내가 만난 첫 사람이 '고요의 언덕'을 고향이라 부르는 상황이라면, 그것은 더할 나위 없이 성공적인 신호였다. 드디어 눈앞에 마주하게 된 '난민들'과 그들의 입에서 내뱉어진 '고향'이라는 단어 사이의 떼어 낼 수 없는 개연성만으로도 나는 용기를 얻어 함께 머물러도 괜찮냐는 제안을 건넸다. 흔들리는 불빛 아래 정적에 잠겨 있던 아프리카인의 그림자가 말없이 고개를 끄덕이는 것으로 승낙을 대신했고 그것이 본격적인 난민촌 생활의 시작이었다.

첫 만남부터 그랬듯 챠카 아저씨의 성격은 과묵한 편이었다.

동그란 얼굴 가운데 납작한 코와 입가에 움푹 들어간 보조개 때문에 익살스러워 보이는 면이 있지만, 표정에는 웃음기가 전혀 없었다. 오히려 시종일관 굳게 다문 입술 탓에 인상이 전체적으로 어두운 데다 눈자위는 항상 충혈된 상태여서 아저씨와 정면으로 대화를 나눌 때면 나도 모르게 긴장이 되곤 했다. 그러나 실제로 챠카 아저씨가 나를 불편하게 만든 적은 없다. 처음에는 단순히 조용히 지내고 싶어 하는 난민의 특성이라 여겼지만, 나중에는 자연스럽게 아저씨의 성품 자체가 그렇다는 것을 알게 되었다. 절제된 말과 행동뿐 아니라 구부정하고 앙상한 아저씨의 육신에서는 뭐랄까 오래된 초연함 같은 것이 묻어 나왔다. 특히 아저씨의 두 손엔 그런 초연함이 응집되어 있었다. 까만 손을 덮은 셀 수 없는 상처들이 버거운 운명을 헤쳐 온 동안 아물고 덧났을 아저씨의 응어리진 삶을 짐작하게 해 주었다. 챠카 아저씨는 그 손으로 울부짖는 어린 자식을 등에 업고 타국의 이 외진 산골 마을까지 흘러든 것이다. 숲에 우거진 덤불을 베고 터를 닦아 지금의 거처를 마련한 것도, 척박한 땅에 풀을 태우고 밭을 일구어 농사일을 시작한 것도, 모두 아저씨의 상처투성이 손으로였다. 난민으로 살아 낸 지난 세월이 순탄치 않았을 테지만 아저씨는 아무런 불평 없이 오롯이 살길만을 찾아왔다. 그에게 하나뿐인 아들, 바타쵸카 때문이었다.

바타쵸카는 비만 오면 울었다. 내가 길을 잃고 숲속을 헤맨 날도 그랬고, 그 뒤로도 난민촌에 비구름만 몰려오면 바타쵸카는 개구리 울듯 울음을 그칠 줄 몰랐다. 그러면 울음소리는 다시 비를 타고 숲속으로 퍼져 나갔다. 나는 그의 울음이 이십 년 전 악몽과 관련되었으리라 짐작했지만 챠카 아저씨는 아들에 대해 어떤 설명도 들려주지 않았다. 그러나 과거 '천 개의 언덕'에서의 시간이 바타쵸카에게 돌이킬 수 없는 상처를 남겨놓은 것만큼은 분명했다. 그의 몸에서 사라져 버린 양 손과 잃어버린 말들이 어떤 사건에서 비롯되었는지는 굳이 물을 필요가 없었다. 이십 년 전 그가 거기에 있었던 사실만으로 충분했기 때문이다. 나와 비슷한 또래이거나 조금 어린 동생이었을 바타쵸카의 시간은 그가 가진 장애와 정신질환 탓에 마치 제자리에 멈춰 있는 것 같았다. 그는 아버지의 도움 없이는 아무것도 할 수 없었고, 울지 않는 날에는 좁고 어두운 움막집 안에 숨어 깊은 침묵에 잠겨 있었다. 그렇다고 바타쵸카가 그대로 방치된 상태인 것은 아니었다. 혼자서 지은 농사로 돈이 생기면 챠카 아저씨는 바타쵸카의 치료를 위해 아낌없이 지불하곤 했다. 비록 난민촌에서 기대할 치료라는 게 고작 약초 채집꾼이나 주술사를 움막으로 불러들이는 것이 전부였지만, 아저씨에게는 그보다 중요한 일이 없어 보였다. 때문에 온갖 고통을 초월했을 아저씨의 인내와 과묵에는, 그리고 아저씨가 맨손으로 악착같이 일궈왔을 난민촌의 삶에는, 마치 아들에 대한 속죄와 슬픔이 서려 있는 것 같았다. 챠카 아저씨와 바타쵸카와 함께 지내는 동안 많은 대화는 없었어도 나는 그런 것들에 대해 천천히 알게 되었다.

한편. 불운하게도 비에 젖은 카메라는 여전히 먹통인 채 꺼져 있었다. 카메라가 고장이 난 그날의 상황을 돌이키면 성급했던 나 자신을 책망하는 마음이 컸지만, 촬영에 대한 미련은 이미 '천 개의 언덕'에 안치된 시신들을 마주했던 민망함으로 인해 한풀 꺾인 상태였다. 물론 어렵게 도착한 난민촌인지라 새로운 장면에 대한 기대가 없었다면 거짓일 테지만, 그런 기대마저 이곳에 와서는 시들해지게 되었다. 챠카 아저씨의 상처투성이 손과 뭉툭해진 바타쵸카의 팔목을 도저히 화면에 담아낼 용기가 나지 않아서였다. 어쩐지 그것은 죽은 시신들을 촬영했던 경험에 버금갈 만큼 못 할 짓처럼 느껴졌다. 그보다는 이야기가 듣고 싶어진 면도 있었다. '천 개의 언덕'에 남겨진 기억들에 대해 들어보고 싶었고, '구름의 골짜기'에서 살아가는 지금의 이야기에 대해서도 듣고 싶어졌다. '고요의 언덕'의 대문들마다 표시되어 있던 붉은 원들에 대한 사연이라면 더더욱 좋을 것이다. 물론 함께 지내는 두 사람 중 한 사람은 말수가 적었고, 또 한 사람은 아예 말을 잃어버렸으니 그마저 녹록지 않았지만 말이다. 돌이켜보면 내가 이 마을까지 찾아오게 된 계기 역시 그런 진실을 알게 해 줄 증언들을 찾아서였다. 그러므로 카메라에 관한 생각은 서서히 머릿속에서 잃어버렸다. 막상 카메라가 제대로 작동되었다 하더라도 과연 이곳에서 마음에 드는 장면을 찾아 돌아다닐 여유조차 있었을지 모르겠다. 느긋하게 카메라 앵글을 맞추기엔 난민촌의 일상은 너무도 숨 가쁘고 절박하게 돌아갔다.

챠카 아저씨의 거칠고 투박한 손이 말해주듯 스스로 악착같이 일궈 낸 것이 아니고서는 아무것도 허락되지 않는 것이 난민촌의 삶이었다. '구름의 골짜기'로 도착한 난민들은 화덕, 냄비, 담요, 플라스틱 시트 등 생존에 필요한 최소한의 물품들을 지급받은 뒤 저마다 배정된 땅으로 인도되게 된다. 가구마다 서류상 30제곱미터쯤의 땅이 주어지지만 숲에 우거진 잡목들 때문에 실제로는 그보다 좁은 땅이 허용된다. 거기에 살아갈 집을 난민들이 손수 짓게 되는데, 완성될 때까지는 임시 천막을 세우고 야외에서 비와 추위를 고스란히 견디는 경우도 있다고 한다. 나무를 엮어 기둥을 세우는 일과 진흙을 이겨 벽을 덧바르는 일은 저마다 역량에 달렸지만 지어진 집들의 크기는 결국 똑같아진다. 지붕을 덮게끔 제공되는 플라스틱 시트의 넓이가 균일하기 때문이다. 따라서 난민들이 거주할 수 있는 공간의 크기는 전부 유엔 마크가 새겨진 하얀 덮개 천을 직사각형으로 펼쳐 놓은 넓이로 제한될 수밖에 없고, 그러니 구호품 이외에 개인 물품이나 잉여 작물을 저장할 공간 따위는 있을 수 없게 되는 것이다. 당장 먹을 약간의 식량과 발을 뻗기도 불편한 잠자리만이 간신히 허락될 뿐이었다.

반면 허락되는 것은 없는 가운데 금지된 것은 수두룩했다. 난민들에게는 옥수수나 카사바 같은 식용 작물 대신 담배나 커피 같은 환금 작물을 재배하는 것이 허용되지 않았고, 주변에 널린 유칼립투스 나무를 벌목하는 것도 불법이기 때문에 밭을 마음대로 일구는 것도 불가능했다. 숱한 악조건을 이겨 내고 어쩌다 풍작에 성공해도 기뻐할 일은 아니었다. 난민 대부분이 동시에 같은 종류의 작물을 기르는 까닭에 가격이 형편없이 내려갈 뿐 아니라 그마저도 현지인 상인들이 헐값에 사들이기 때문이었다. 결국, 시세의 5분의 1에도 못 미치는 가격을 불러도 선택권이 없는 난민들은 울며 겨자 먹기로 팔아야 하는 일이 부지기수였다. 이처럼 아무런 권한도 없이 오로지 버티는 삶에 순응해야 하는 것이 난민들이 처한 상황이자 현실이었다. 그래서인지 '구름의 골짜기'의 풍경은 얼핏 난민들의 고향과 닮아 보였지만 '고요의 언덕'에서 느껴진 평화롭고 목가적인 분위기는 아니었다. 맨손으로 일군 밭들과 생존을 위해 지은 집들 사이사이에는 조용하긴 했어도 언제나 팍팍함과 치열함이 묻어 나왔다.

사정이 이렇다 보니 수확 철이 다가오면서는 챠카와 바타쵸카의 집에서 신세를 지는 나라도 일손을 거들어야 할 판이었다. 이른 새벽부터 해가 질 때까지 온 가족이 매달려도 일손이 모자란 게 추수이기에 혼자서 일을 하는 챠카 아저씨에게 어떻게든 도움이 되고 싶었다. 손님에게는 절대로 있을 수 없는 일이라며 한사코 만류하던 아저씨도 모처럼 구름이 걷혀 햇살이 좋은 날이면 나를 밭으로 데려가 주곤 했다. 수확에 쓰이는 도구라고는 달랑 팡가 한 자루가 전부지만 챠카 아저씨는 팡가는 내게 양보하고 자신은 상처투성이 맨손으로 묵묵히 밭을 어루만졌다. 그러면 아저씨의 손놀림이 훑고 지나간 자리마다 손바닥 모양의 초록 잎사귀들 밑에서는 카사바 덩이들이, 키를 훌쩍 넘는 수숫대들 사이에서는 붉은 수염의 옥수수자루들이 속속 모습을 드러냈다. 이른 아침부터 땀이 이마에 비 오듯 흘러내렸지만, 시간이 흐를수록 뜨거워지는 태양 때문에 쉴 틈조차 없었다. 땀과 먼지로 범벅이 된 살갗에 적도의 뙤약볕까지 닿으니 숨이 가빴다. 습관적으로 허리를 펴고 산봉우리 너머를 의식하게 된 버릇은 그런 연유에서 생겨났다. 더위를 식혀줄 비구름을 간절히 기다리는 곁눈질이었다. 실제로도 비는 예고 없이 등장하여 뜨겁게 달궈진 골짜기를 흠뻑 적셔 주었다. 땅에서 먹을 것을 얻으며 살아가는 난민들에게는 그 비가 최고로 반가운 소식이지만 챠카 아저씨의 미간에 스며드는 빗물은 다른 의미였다. 빗방울이 떨어지면 아저씨는 모든 일을 팽개치고 황급히 집으로 향해야 했다. 동시에 어김없이 집에서는 울음소리가 가까워졌다. 한결 익숙해졌으면서도 여전히 심장을 무겁게 때리는 소리였다. 울며 몸서리치는 바타쵸카를 제지하는 아저씨의 표정에선 시뻘건 분노의 눈빛이 발산되었다. 그런 순간이면 나는 다시 챠카 아저씨에게 말을 걸기 어려워졌다. 아저씨도 필요한 대화 외에 자신과 아들에 대해 말하는 것을 지극히 꺼렸는데, 특히나 고향에 대해서는 절대로 언급하는 일이 없었다. 시간이 지나 알게 되었지만 애초에 아저씨가 나를 받아주기로 결심했던 배경에도 예상과 달리 '천 개의 언덕'은 아무런 작용을 하지 않았다고 한다. 오히려 아저씨가 나를 허락했던 까닭은 고향에서 온 손님이어서가 아닌 다른 곳으로 떠날 여행자이기 때문이었다. 바람처럼 스쳐 갈 이방인이라는 걸 알았기에, 오랫동안 닫혀 있던 마음의 창을 가볍게 환기하듯 열어 놓을 수 있던 것이다. 그러나 굳게 닫힌 아저씨의 입은 지난날의 악몽에 대해서만큼은 꼭꼭 밀봉된 채 일절 언급하는 일이 없었다.

대신 '구름의 골짜기'에서 만난 다른 이웃들의 입을 통해서는 여러 증언을 들어볼 수 있었다. 아저씨의 집 주변에는 아저씨 말고도 '고요의 언덕'에서 탈주해온 이웃들이 띄엄띄엄 군락을 이루어 살았는데, 난민의 특성상 신뢰할 수 없는 인간관계는 기피하고 고된 농사일에 매달리며 서로에게 무관심한 것이 이곳에 만연된 분위기였으나, 그나마 같은 고향 출신들끼리는 알음알음 왕래가 있었다. 우쿠시오니, 마샤, 에지아, 이보아는 '천 개의 언덕'에서 챠캬 아저씨와 같은 마을에 살다가 이십 년 전 함께 국경을 넘어온 이웃사촌들이다. 힘이 세고 목소리가 큰 우쿠시오니는 언제나 옳고 그름을 명쾌하게 분별하며 난민촌에서 일어나는 일들을 관장했으며 중요한 결정들을 주도했다. 그의 아내 마샤 부인은 남자인 우쿠시오니보다 농사짓는 솜씨가 뛰어날 정도로 생활력이 강한 여자였다. 남남 사이였던 두 사람이 난민촌에서 부부가 된 경우지만 가족 단위로 배급되는 구호 물품을 더 타내기 위해 몇 년 동안이나 결혼 사실을 숨겨온 것은 전부 그녀의 아이디어였다. 여섯 살배기 쌍둥이 형제인 마탕과 두바구를 출산하는 바람에 들통이 나기 전까지는 이웃들에게조차 감쪽같이 속이고 있었다고 한다. 그때 크게 망신을 당했던 이야기가 지금까지도 에지아와 이보아 사이에서 우스갯소리로 회자되곤 했다. 두 과부인 에지아 아주머니와 이보아 아주머니는 같은 마을 출신에 마음마저 통해 난민촌에서 친자매처럼 한집에 지내고 있었다. 우유부단함과 의심이 두 아주머니의 두드러진 공통점이었으나 고아 신세였던 아와를 가엾게 여겨 딸로 받아들인 모성애 역시 두 여인의 공통적 특성이었다. 그녀들은 가끔 챠카 아저씨를 대신하여 바타쵸카가 먹을 밥까지 손수 챙겨다 주었으며, 어려운 문제가 생기거나 곤란한 일에 처할 때면 우쿠시오니 아저씨에게 결정을 일임하곤 했다.

선선한 해 질 녘, 고된 노동을 마치고 돌아오면 우쿠시오니와 마사 부부의 집 안 마당에 둘러앉아 잡담을 나누는 것이 난민촌 이웃들이 일상을 마무리하는 의식이었다. 별일이 없다면 마사 아주머니는 저녁 준비를 위해 절구에 옥수숫가루를 빻았고, 에지아 아주머니는 마사 아주머니를 도와 맷돌질에 열심이었다. 마탕과 두바구 형제는 마당에 있는 잭 플루트 나무에 매달린 열매를 향해 돌멩이를 던지며 놀았고, 아와는 자신의 머리를 따주는 이보아 아주머니 앞에 앉아 진흙 인형을 만드는 중이었다. 우쿠시오니는 벌써 바나나 술에 거나하게 취한 채 나무로 깎아 만든 의자에 앉아 있었다. 염소 우는 소리와 아이들 노는 소리와 여자들이 분주하게 요리하는 소리가 뒤섞여 있었지만 역시 그의 목소리가 제일 컸다.

"저녁이 아직도 멀었소? 얼마나 대단한 진수성찬이라도 준비한단 말이오?"

"여봐요, 할 일이 없으면 물이라도 길어다 주겠어요?"

마사 아주머니가 땀을 훔치며 남편에게 짜증 섞인 핀잔으로 되돌려 주었다.

"나는 남자라고. 어떻게 남자가 물을 길어 올 수 있지? 그건 어디까지나 여자와 아이들의 몫이지. 만약 내가 물통을 드는 일이 생긴다면 그것은 그 물을 내다 팔기 위해서일 거야. 나의 여자라면 남편이 씻을 물이라도 군말 없이 길어 와야 하거늘. 쯧쯧. 마탕! 두바구! 너희들이 가서 냉큼 물을 떠 오너라!"

불똥이 자신들에게 튀자 마탕과 두바구 형제는 서로 눈치를 살피다 킥킥대며 울타리 밖으로 뛰어나갔다. 자리를 피한 것인지 물을 길으러 간 것인지는 아무도 신경 쓰지 않았다.

"남자와 여자는 불공평해요. 남자들의 역할은 겨우 몇 가지이지만 여자들은 모든 걸 해야 하니까요. 신께서 남자들에게 쓸데없이 큰 덩치와 힘을 준 건 아무래도 실수일 거예요."

마사 아주머니가 불평을 늘어놓자 옆에서 맷돌을 갈던 에지아 아주머니가 장난스럽게 거들었다.

"호호, 대신에 우쿠시오니는 그 힘을 커피나무에 쏟아붓지 않나요?"

우쿠시오니 아저씨가 화들짝 놀라며 내 눈치를 살폈다. 아마도 그가 몰래 키우고 있는 커피나무 때문인 듯했다. 하지만 나는 난민촌 남자들이 돈을 벌기 위해 몰래 커피를 심고 키운다는 것쯤은 이미 챠카 아저씨에게 들어서 알고 있었다. 우쿠시오니는 민망함을 감추고 싶었는지 더 큰 소리로 너스레를 떨었다.

"커피야말로 남자의 작물이지!"

"남자의 작물들은 반짝 한철일 뿐이고 대부분의 시간에는 앉아서 빈둥빈둥할 뿐이죠."

"여편네가 나 몰래 바나나 술을 마셨나 보군. 절구 방망이를 들고 손님 앞에서 웬 헛소리를!"

남편의 으름장에 마사 아주머니는 눈 하나 깜짝 않고 도리어 절구질을 뚝 멈춘 채로 쏘아봤다. 분위기가 싸늘해지자 우쿠시오니 아저씨가 냉큼 수습에 나섰다.

"키햐! 그래도 내 여자의 바나나 술 빚는 솜씨 하나는 최고라니까!"

우쿠시오니가 꼬리를 내리는 모습에 아주머니들은 누가 먼저랄 것 없이 까르르 웃음을 터트렸고, 마사 주머니는 둔탁한 소리를 내며 더 세게 절구질을 계속했다. 어느 틈엔가 슬그머니 마당으로 돌아온 쌍둥이 형제들이 이번에는 아와가 만든 진흙 인형에 관심을 보이기 시작했다.

"오지 마, 때려줄 테야!"

아와의 경고에 심통이 난 마탕과 두바구 형제는 인형을 향해 돌멩이를 던지기 시작했고 끝내 인형은 두 동강 나고 말았다. 아와가 이보아 아주머니의 품에 안겨 울음을 터트렸다.

"이놈들! 물을 떠 오라니깐! 사내 녀석들이 고작 여자나 울리다니!"

이번에야말로 우쿠시오니가 남자다운 모습을 보여줄 차례였다. 아버지의 불같은 역정이 떨어지자 두 개구쟁이는 물동이를 들고 쪼르르 줄행랑쳤다. 그 뒤로 한참을 울던 아와가 이보아의 품 안에 그대로 곯아떨어졌다. 아이들이 모두 잠잠해지자 본격적인 어른들의 대화가 시작되었다. 넉넉지 못한 수확량에 관한 이야기, 이웃 마을에 창궐한 전염병 이야기, 갈수록 팍팍해지는 구호 물품 배급에 관한 이야기 등. 그중에서도 최근 들어 가장 화젯거리는 이방인인 나를 통해 듣게 되는 자신들의 고향 소식이었다.

"커피나무 열매들이 그렇게나 많이 열려 있던가요?"

에지아 아주머니의 눈가에 눈물이 반짝였다.

"그깟 커피나무가 뭐라고. 커피 열매가 아니라 황금이 열린대도 거긴 지옥이야, 에지아."

이보아 아주머니가 에지아 아주머니를 위로할 땐 늘 그런 식이었다.

대화의 주제가 자연스럽게 '고요의 언덕' 이야기로 무르익게 되면서는 눈치를 살피던 나도 그들에게 궁금했던 것들을 물어볼 절호의 기회였다.

"이곳에 오기 전에 무슨 일이 일어났던 건가요. 당신들의 고향에서."

작심하고 '악몽'에 대해 물어보자 마당에는 돌연 정적이 흘렀고, 한껏 취기가 오른 우쿠시오니가 조금 전과는 사뭇 달라진 어조로 입을 열었다.

"낮에는 연기와 비명이 가득했고 밤에는 총성과 울음소리가 들려왔지. 사람들이 집집마다 들어가서 다른 사람들을 끌어냈고, 노인과 환자와 여자와 아이들을 가리지 않고 살해했어. 바로 전날까지, 그리고 수년 동안 멀쩡히 자신의 친구이자 이웃이던 사람들을 가장 끔찍한 방법으로 골라 살해한 거야. 죽이기 전에는 달아나지 못하도록 다리의 심줄을 끊어 놓는가 하면 포박시킨 가족의 죽음을 강제로 목격하게 하는 식의 악마적인 고문들이 벌어졌지. 희생자들은 묶인 채로 강간이나 사정없는 몽둥이질이나 팡가에 베이는 것을 기다리는 수밖에 없었고, 집들은 방화되고 물건들은 약탈당했어. 거리에 즐비했던 시체들은 처음에는 다리 밑에 버려졌지만 나중엔 그냥 방치되었지. 마을 곳곳에 쓰러진 시신들이 수북하게 쌓였고 독수리와 개들은 부패한 살점들을 뜯어 먹기 위해 몰려들었어. 지옥이 얼마나 끔찍했는지에 대해 듣고 싶다는 건가?"

"여보 취했어요. 우리를 찾아와 준 손님에게 예의를 지키세요."

이번에는 마사 아주머니가 부드럽게 남편을 타일렀다. 우쿠시오니 아저씨의 흥분에 적잖이 당황도 되었지만 '우리를 찾아와 준 손님'이라는 아주머니의 중재에 저릿하게 송구스러움이 밀려왔다.

"아니요. 무슨 이유로 그런 끔찍한 일이 일어나게 된 것인지 알고 싶었어요. 심란하게 해 드렸다면 사과드립니다."

"그건 전부 코큰 족 원숭이들이 꾸민 짓이었소."

불쾌감을 드러내며 대화를 그만둔 줄 알았던 우쿠시오니 아저씨가 뜻밖에 이야기를 계속 이어나갔다.

"코큰 족 원숭이 놈들이 자신들이 독점한 권력을 유지하려

잔꾀를 부린 결과였지. 전 국민을 둘로 나누려는 속셈으로 말이야. 신분증에는 코큰 족과 키큰 족이 구분되어 있었는데 코큰 족의 수가 키큰 족의 수보다 월등히 많다는 걸 이용한 거지. 다수의 지지를 받으면 자기들이 권력을 유지할 수 있게 되니깐 소수인 우리 키큰 족 주민들을 적으로 만들기로 했던 거야. 처음에는 코큰 족 청년 실업자들을 끌어모아 군사훈련을 시킨 뒤에 그들로 하여금 이간질을 지시했지. 우리가 자신들이 가진 것을 차지하려 한다거나, 우리가 근절되면 세상이 더 나은 곳으로 변화될 수 있다는 헛소리를 퍼트렸던 거야."

"하지만 사람들이 그 말을 사실로 받아들였나요? 이미 이웃이자 동료이고 가족들이었다면서요. 서로가 적이 아니라는 것을 누구보다 잘 알았잖아요."

"불안이 미움으로, 미움이 분노로 옮겨가는 과정은 개인에게는 어려워도 무리에 속한 사람들에게는 너무나 쉬운 일이었어. 우리 같은 무지렁이뿐 아니라 정치인들, 군인들, 성직자들, 심지어는 초등학교 선생님들까지, 어쩌면 그리도 쉽게 갈라설 수 있었는지 믿을 수 없을 정도였지. '코큰 족은 좋고, 키큰 족은 나쁘다.'라는 이념이 확산되기 시작하자 광풍은 걷잡을 수 없이 퍼져갔던 거야. 집집이 사람들을 끌어냈고 마을 전체가 몰살당하는 일도 허다했어. 처음에는 손에 피를 묻히기를 꺼렸던 사람들도 당장 죽이지 않으면 나중에는 복수를 당하게 될 거라는 부추김을 받아 살인을 저질렀고, 그 뒤로는 아예 자기 자신을 잃어버린 채 오로지 힘을 가진 자들에게 충성심을 인정받기 위한 살인을 즐겼다네. 애꿎은 목숨을 희생시킨 뒤에는 자신의 행위를 정당화하려고 살인에 함께 가담했던 자들을 같은 편으로 끌어들이는 악순환이 온 나라를 뒤덮었지. 비겁한 악마들은 정말로 우릴 완전히 말살시킬 기세였어. 지옥에서 가까스로 살아남았지만, 결과적으로 우리는 모두 가족과 동료와 친구들을 잃었다네."

"그만해요. 끔찍해요, 그 이야긴."

에지아 아주머니가 고개를 떨어뜨리고 얼굴을 두 손에 파묻자 이보아 아주머니가 그녀를 진정시키기 위해 나섰다.

"다 지나간 일이야, 에지아. 끔찍한 일들도 잃어버린 가족들도 이젠 영영 과거에나 있는 거라고."

하지만 그렇게 위로하는 이보아 아주머니의 표정에서마저 침통함을 숨길 수 없었다. 별수 없이 이번에도 마사 아주머니가 나설 차례였다.

"자. 자. 이제 다들 옥수숫가루가 들어간 이 특별한 마 죽을 잡숴 봐요. 불에 구운 카사바도 집어 드시고요. 식어 버리기 전에 어서요."

엉겁결에 시작된 저녁 식사 앞에서야 비로소 평정이 되돌아왔다. 어느새 집으로 돌아온 아이들도 어른들 가운데로 파고들어 먹을 것 하나씩을 날름 집어갔다. 땅바닥에 놓인 접시 위로 흰개미들이 계속 달려들었지만 뜨거운 열기에 닿을 때마다 줄행랑쳤다. 그러나 우리는 툭툭 털어내고 후후 불면 그만이었다. 먹는 동안에는 입안에서 으깨지는 음식물 소리와 멀찍이 숲에서 우는 자고새 울음소리만 들려왔다. 쉴 새 없이 꼼지락대는 손가락들과 입가마다 스며든 기름기가 스러지는 햇빛에 반짝거렸다.

"보다시피. 여기는 희망이 없네."

아직 흥분이 채 가시지 않은 우쿠시오니 아저씨는 재에서 꺼낸 카사바를 몇 입 베어 물고 씹지 않더니 이야기를 마저 끝내고자 하는 눈치였다.

"여기에 남은 우리야 글렀지만 코큰 족 놈들이 만들어 낸 비극을 세상이 잊어서는 아니 되네. 자네 같은 젊은 외국인이라면 더더욱 알아야 해. 그놈들은 깡그리 무시무시한 벌을 받아야 한다는 걸. 우리가 이렇게 살아가고 있는데 코큰 족 놈들이 멀쩡하다는 건 정의가 죽은 거라고."

"단 한 사람 챠카 씨는 빼고요."

우울한 성토의 장으로 가라앉은 분위기에 대뜸 개입한 마사 아주머니의 말을 들은 순간 나는 두 가지에 놀랐다. 첫째는 이웃들의 대화에 챠카 아저씨의 이름이 거론된 것에 대한 생소함이었다. 워낙 말이 없고 교류도 없는 아저씨의 성격 탓에 그전까지는 이웃들 모두가 그를 외면하는 줄 알았기 때문이다. 또 다른 놀라움은 일종의 배신감이었다. 당연히 피해자 중 한 사람일 것으로 여겨온 아저씨가 홀연히 가해자 집단의 한 사람으로 옮겨가 버리자 머리를 세게 얻어맞은 듯한 충격이 전해졌다.

"챠카 아저씨가 코큰 족이었나요?"

놀라서 묻는 내게 마사 아주머니가 대답했다.

"피부색이 새까맣고 얼굴이 동그랗고 코가 납작하면 코큰 족이죠. 우리 키큰 족 사람들은 호리호리한 몸매와 예쁜 입술과 가느다란 손가락을 가졌고요."

그러면서 그녀가 자신의 손가락들을 내 앞에 펼쳐 보였는데 생김새가 챠카 아저씨의 손과 다른 것도 같고 비슷한 것도 같았다. 옆에서 마 죽을 휘젓던 이보아 아주머니가 어리둥절해 있는 내게 조금 더 정확한 답을 제시해 주고자 직접 나섰다.

"호호 그 양반 정말로 아무것도 이야기하지 않는다니깐. 챠카 씨는 코큰 부족 사람이긴 하지만 좋은 분이에요. '정의로운 챠카' 여기서 우린 다들 그렇게 부르죠. 고향에서 우리 네 사람의 목숨을 구해 주었거든요. 이제는 아이들까지 생겨났으니 모두 일곱 사람의 생명을 살게 해 준 거나 마찬가지이죠."

그녀는 정신없이 음식을 집어 먹는 아와와 쌍둥이 형제들을 지긋이 쳐다보며 이야기했다. 그러나 에지아 아주머니의 얼굴은 여전히 악몽에서 헤어나지 못한 표정이었다.

"그래도 저는 그가 무서워요. 그가 사람들을 죽이고 다니는 것을 본 사람이 있다던데요."

"당치도 않은 소리! 그건 순전히 그가 코큰 족이기 때문에 생겨난 헛소리요. 똑똑히 들어요. '정의로운 챠카'는 비록 저주를 받아 코큰 족으로 태어나긴 했지만 우리 키큰 족에 더 가깝다고 할 수 있소. 선과 악의 갈림길에서 스스로 옳은 일을 택했기 때문이오. 그를 코큰 족 어머니의 배에서 나오게 한 것이야말로 신의 커다란 실수였소."

"그건 이이의 말이 맞아요, 에지아. 챠카 씨는 좋은 분이에요. 단지 상처가 깊고 깊어서 누구와도 어울리는 것을 싫어할 뿐이죠."

이웃들과 나눈 그날의 대화 이후로 나는 베일에 가려진 챠카 아저씨에 관한 새로운 단서들을 속속 얻을 수 있었다. 하지만 수수께끼는 오히려 복잡해졌다. 아저씨에게 말을 걸기도 이

전보다 어려웠다. 사람들은 그가 여전히 코큰 족이라고도 했고, 이미 오래전부터 키큰 족의 편이었다고도 했다. 사람을 죽였다고도 했고, 구했다고도 했으며, 어떤 사람은 무섭고 끔찍한 사람이라고 피했고, 또 어떤 사람은 '정의로운 챠카'라고 칭송했다. 그렇게 온통 조심스럽고 의심스러운 점투성이였던 관계로 나는 아저씨와 대면하게 될 때면 어떤 이야기도 꺼낼 수 없었다. 차라리 아무것도 묻지 않는 것이 아저씨를 섣부르게 자극하지 않는 방법이라 여겨졌기 때문이다. 덕분에 내 안에서 의심과 호기심이 열병처럼 퍼졌다가 사그라졌고, 그러기를 반복하는 사이 짧은 수확의 계절은 가고 다시 우기가 찾아왔다.

우기로 접어든 숲에서 시간의 경계는 빛이 아니라 소리였다. 빗방울이 움막 위에 덮인 방수포 두드리는 소리, 흙벽 뒤로 전해지는 바타쵸카의 울음소리, 그리고 낮은 음성으로 읊조리는 챠카 아저씨의 새벽기도 소리가 난민촌의 아침을 여는 소리들이었다. 어제와 똑같은 하루의 시작이지만 나는 건초더미 위에 마련된 침상에서 눈을 감은 채 바깥의 소리들에 귀 기울이며 비의 양을 짐작해 보곤 했다. 그러다 '우지끈 쾅' 소리가 들려오면 기다렸다는 듯 밖으로 뛰쳐나갔다. 번개가 춤을 추는 장면을 구경하기 위해서였다. 숨을 헐떡이며 마을이 전부 내려다보이는 절벽 꼭대기로 뛰어오르면 보랏빛 하늘 이쪽저쪽으로 죽죽 그어지는 전깃불들을 한눈에 따라잡을 수 있었다. 이따금씩 공중을 새까맣게 뒤덮은 박쥐 떼가 벼락에 놀라 골짜기에서 골짜기로 옮겨 다니는 장관이 연출되기도 했다. 바라보는 것만으로도 가슴이 탁 트이는 광경이어서 그런 날은 온종일 서 있어도 다리가 안 아플 지경이었다. 목이 마르면 땅에 고인 물로 입을 헹궜고 길이 사라지면 신발을 벗어 던지고는 맨발로 숲속을 뛰어다녔다. 이제 숲에서 나를 두렵게 만드는 것은 없었다. 익숙해진 침묵으로 인해 모든 일이 아득한 옛날 일처럼 느껴졌고, 시간이 선사해 준 망각은 비와 숲에 얽힌 지난날의 두려움마저 말끔히 씻어주었다. 처음부터 아무 일도 일어나지 않았던 것처럼. 그렇게 기억할 것들을 남겨놓지 않는다면, 그리고 아무것도 알려 하지 않는다면, 이곳 난민촌도 그럭저럭 평온한 곳이 될 수 있을 것이다.

 마을의 평온을 느닷없이 깨트린 건 생각지도 못한 채트인의 카메라였다. 비에 젖어 영영 못쓰게 된 줄 알았던 카메라가 기적적으로 다시 작동되기 시작한 것이다. 며칠 전 카메라의 전원이 켜지는 것을 우연히 발견하고는 너무 기쁜 나머지 난민촌 언덕들을 이리저리 뛰어다닌 흥분의 순간도 잠시였다. '구름의 골짜기'의 이웃들에게 드디어 고향의 모습을 생생히 전해줄 수 있으리라는 기대감은 크게 예상을 빗나갔다. 아뿔싸. 사실은 큰 실수를 저지른 것에 불과했었다. 에지아 아주머니와 이보아 아주머니는 기념관에서 찍은 장면들을 보고 나서 참았던 울음을 터트렸고, 우쿠시오니 부부는 가차차 법정 장면에서 몹시 분개했다.

"왜 죽은 사람들을 아직도 괴롭히고 있는 거죠? 그리고 버든 씨는 어째서 우리에게 이런 걸 보여주시나요. 엉엉, 너무 힘들어요. 너무 아파요."

"제기랄! 우리가 이렇게 여기 있는데 우리를 빼놓은 채 누가 누구를 심판하고 용서한다는 말이오!"

"왜 우리에겐 아무런 설명도 없이 그들을 풀어 줬죠? 범죄자들이 있어야 할 곳은 감옥이 아닌가요? 보세요. 벌을 주는 대신에 치료를 해 주고 있잖아요. 벌을 받기도 전에 용서부터 한다면 희생자들의 억울함은 어떡하나요? 나의 엄마는요! 나의 아빠는요! 나의 전남편과 아이들, 그리고 나의 형제들은요!"

잔뜩 상기된 우쿠시오니 아저씨는 파래진 입술로 침을 튀기며 분노했고, 옆에 있던 마사 아주머니도 땅바닥에 주저앉아 잃어버린 가족들의 이름을 나열하며 통곡했다. 그제야 마을의 평온을 깨트린 것이 채트인의 카메라가 아닌 나의 부주의였음을 깨닫고 자책했지만 때늦은 후회는 소용이 없었다.

충격과 절망이 폭풍처럼 휩쓸고 지나간 다음 날 우쿠시오니 아저씨의 마당에서는 늦은 시간까지 회의가 열렸다. 예전처럼 옹기종기 둘러앉아 정보를 교환하고 친목을 도모하던 화기애애한 분위기는 아니었다. 침울한 공기 아래 모인 이웃들은 하나같이 경직되어 있었고 심각한 표정들을 하고 있었다. 나는 가시덤불에 앉은 기분으로 마당 구석의 잘린 그루터기에 걸터앉았다. 어른들은 한바탕 소동을 피우려는 아이들을 처음으로 무섭게 윽박질러 잠잠하게 만들었다. 숨 막히는 침묵을 깨고 우쿠시오니 아저씨가 비장한 어조로 안건을 꺼냈다.

"천 개의 언덕으로 돌아갑시다. 가서 우리도 재판에 참여합시다. 재판에서 범죄자들의 죄악을 빠짐없이 증언하고 코큰 족 놈들이 최대한 벌과 비난을 받도록 만듭시다."

아저씨의 목소리에 여전히 참을 수 없는 분노가 들끓었지만, 이웃들은 굳어진 얼굴로 눈만 동그랗게 뜰 뿐 우쿠시오니의 제안에는 선뜻 동조하지 못했다. 에지아 아주머니가 머뭇거리다 입을 열었다.

"그곳은 나에게 두려움을 줘요. 너무나 많은 고통을 거기에서 경험했다고요. 못 가요. 아니, 가고 싶지 않아요……."라며 말끝을 흐리자 우쿠시오니 아저씨가 잘라 말했다.

"그곳은 우리들의 고향이기도 하오."

하지만 에지아 아주머니도 작심한 듯 지지 않으려 했다.

"두려움 속에 살아가야 한다면 어떻게 고향이라고 부를 수 있죠? 그곳에선 아무도 안전하지 않았어요. 아무리 생각을 확대해도 그곳을 내 집이라고 부를 수는 없어요. 집은 여기에 있죠. 이보아와 아와가 함께 살고 있고, 당신들도 내 가족이나 다름없고, 집과 밭도 여기에나 있다고요. 그러니 나는 죽어도 내 집을 떠나지 않겠어요……."

우쿠시오니의 얼굴은 천둥을 머금은 먹구름처럼 곧 폭발할 것만 같았다.

"억울하게 죽은 우리의 가족들은 다 잊어버렸소? 우리를 이 꼴로 살게 만든 녀석들의 얼굴을 정말로 다 잊었다는 거요? 당신 혼자만 괜찮으면 정의가 죽는 것은 상관없단 말이요? 내 생각은 다르오. 과거에는 가족들을 잃어버린 게 나의 고통이었지만, 이제는 정의를 되찾지 못하는 것이야말로 나에게 두려움이라고 할 수 있소. 우리가 자랑스러운 키큰 족이라면 항상 올바른 쪽에 속해야 하오. 대답해보시오, 에지아. 어디가 올바른 쪽이지? 당신은 코큰이오, 키큰이오?"

우쿠시오니는 떨리도록 세게 쥔 주먹으로 자신의 가슴을 때리며 고래고래 고함을 질렀다. 포효하는 소리가 골짜기에 내려앉은 구름에 부딪혀서 숲 전체로 울려 퍼졌고 에지아 아주머니는 바람 앞에 매달린 나뭇잎처럼 벌벌 떨며 괴로워했다. 다른 아주머니들은 비틀거리는 에지아를 부축하면서도 여전히 아무 말도 하지 못했다. 겁에 질린 아이들만이 서로를 끌어안고 악을 쓰며 울어 댔다. 간신히 자리를 지키던 나는 저녁 늦게야 챠카 아저씨의 집으로 돌아와서는 흙벽에 머리를 쿡쿡 쥐어박으며 통한의 한숨을 수도 없이 내뿜었다.

 카메라 사건 이후로는 '구름의 골짜기'의 이웃들이 나에게 말을 건네지 않았다. 우쿠시오니 아저씨의 마당에서 열리는 저녁 모임에도 초대하지 않았고, 나무에서 직접 딴 열매를 들고 놀러 오던 아이들의 발걸음도 뚝 끊겼다. 이제는 나를 자신들과 같은 편으로 여기지 않고 있음이 분명하게 느껴졌다. 그 의심과 경계의 눈빛이라면 '고요의 언덕'에 머물렀던 나에겐 새로운 것이 아니었다. 그러나 갑작스럽게 닥친 슬프고 괴로운 나날들을 위로하고자 곁으로 다가와 준 인물은 놀랍게도 침묵을 고수해오던 챠카 아저씨였다.

 "누군가가 타인의 이야기를 옮기려 한다면 우리는 그자에게 열었던 문을 닫기로 결심하지. 자신의 이야기도 어딘가에 떠돌게 되리라는 염려에 불안해하는 거야."

 아저씨는 내 심중을 헤아리기 위해 가만히 기다리다 짧은 한마디를 더 남겼다.

"자네의 문제는 아니었네. 자네가 가지고 있던 그 물건에 담긴 진실들이 문제였지."

사건의 전말을 알고 있는 것으로 보아 아저씨도 이웃들로부터 이야기를 전해 들은 것이 확실했다. 하지만 챠카 아저씨는 예전처럼 멀지도 가깝지도 않은 거리를 유지하면서 나를 그대로 대해 주었고, 아저씨의 집에서 함께 머무는 것에 대해서도 달라진 것이 없었다. 그 뒤로는 '구름의 골짜기'에서 조용한 나날들을 보냈다. 흥분으로 언덕을 오르내리는 일은 뜸해졌고 비가 내려도 시원하지 않았다. 난민촌을 떠날 시간이 그렇게 가까워져 오고 있었다. 뜻밖에도 먼저 떠나간 건 이웃들이었다. 아침에 일어나 보니 우쿠시오니 부부와 에지아, 이보아 아주머니가 아이들과 세간들을 모두 챙겨 하룻밤 새 감쪽같이 사라졌던 것이다. 작별의 인사도, 사전에 아무런 암시나 통보도 없었다. 단지 보름달이 환하게 뜬 밤중에 한 무리의 사람들이 스웨스웨에서 나오는 행렬을 먼발치서 보았다는 목격담이 이웃 마을인 비야바코라로부터 속속 전해져 왔다.

그 뒤로 난민촌에서 그들을 본 사람은 없다. 뒷산에 자리한 유칼립투스 군락 사이에서 우쿠시오니 아저씨가 그토록 애지중지하며 몰래 기르던 커피나무 열매들이 한때 빨갛게 익었으나 수확되지 못한 채 진흙 바닥에 뭉개지고 말았다는 것은 이제 나 혼자만 알고 있는 사실이다. 텅 빈 그의 집 마당에는 미처 못 들고 떠난 마사 아주머니의 맷돌과 절구만이 덩그러니 나뒹굴었고, 쌍둥이 형제들의 멋진 놀이터였던 잭 플루트 나무는 바로 옆에 자란 멀구슬나무 때문에 꽃가루를 옮기지 못하고 시들어버렸다. 안타깝게도 난민촌에서 그들이 떠나간 일이 그리 중대한 사안은 아닌 모양이었다. 난민촌 사무본부에서조차 멀리 떨어진 '구름의 골짜기'로 인력을 보내 기록을 갱신할 기미는 보이지 않았고, 그들의 이야기는 일면식도 없는 다른 난민들 사이에서 옅게 드리워진 비안개처럼 비밀스럽게 입에 오르내리다 흩어졌다. 지난 수년간 고치고 또 고쳤을 움막의 흙벽은 흔적도 없이 사라지거나 새로 올 누군가의 임시 거처가 될 게 틀림없었고, 맨손으로 일군 텃밭은 우기가 끝나면 이름도 모를 잡풀들로 무성하게 될 것이었다. 그때가 되면 안타깝게도 여기가 나의 집이라던 에지아 아주머니의 발언 역시 틀린 것이 되고 말 것이다. 에지아 아주머니가 그 사실을 확인할 길이 없을 거란 건 그나마 다행이었다. 어쩌면 오래전에 고향과 가족들을 잃어버린 난민들에게 돌아갈 곳은 애초부터 없었는지 모른다. 자신들을 기억해줄 사람이 어디에도 없다는 것. 그것이야말로 남겨진 자들의 임시적 삶의 운명이자, 살아도 사는 게 아닌 비극적 악몽의 재현이었다.

마을에 처음 도착한 그날처럼 비가 주룩주룩 내려왔다. 공교롭게도 숲에서 나에게 작별 인사를 나누어줄 사람 역시 이웃들을 전부 떠나보내고 남겨진 챠카 아저씨와 바카쵸카 두 사람이었다. 이른 아침 배낭 꾸리는 것을 마치는 대로 서둘러 떠나려 했지만 온종일 내린 비가 나를 움막집 안에 붙잡아 놓았다. 울음을 그칠 줄 모르는 바타쵸카 때문이었다. 비가 내리면 우는 바타쵸카와 그의 곁을 지켜야 하는 아저씨의 사정을 모르지 않았기에 비만 그치면 떠날 작정이었으나 바타쵸카의 울음도 비도 그날따라 유난히 그칠 줄을 몰랐다. 물기를 흠뻑 빨아들인 냉랭한 흙벽에 기대어 시간을 잊은 듯 웅크리고 있었더니 저녁을 알리는 소리가 들려왔다. 다시 이야기하자면 우기의 숲에서는 하루의 경계가 빛이 아니라 소리였다. 풀숲에 우는 벌레 울음소리, 지붕 위를 쓸어 내는 바람 소리, 후드득후드득 빗방울 소리, 흐느끼는 바타쵸카의 울음소리를 차례로 벗겨가며 귀 기울이니 원시의 밤과 같은 장중한 침묵이 깔려 있었다. 평소였더라면 기진맥진하여 깊은 잠에 빠졌을 테지만 무거운 침묵이 나의 심장 박동 소리와 뒤섞이는 통에 잠 생각은 달아난 지 오래였다. 마지막 밤의 정적 속에 헤아리지 못할 아쉬움이 뼈아프게 밀려왔다.

떠나기 전 바람이라면 챠카 아저씨와 마지막으로 이야기를 나눠보고 싶은 미련이 남아 있었다. 기어이 쓸 만한 이야기를 찾아내겠다는 목적은 아니었다. 그러기엔 구름의 골짜기에서 만난 생존자들에게 돌이키지 못할 상처를 남겨 버렸다. 감춰진 진실을 캐내려는 호기심도 아니었다. 문 위에 그려진 붉은 원이 대학살 당시에 키큰 족과 코큰 족을 나누기 위해 표시된 흔적이었다는 사실은 이웃들의 증언을 통해 이미 확인해낸 바였다. 물론 한때 아저씨에 대한 의구심이 깊어졌던 것만은 사실이다. 챠카 아저씨가 코큰 부족이었다는 것을 알게 된 이후부터 나의 관심사는 아저씨가 피해자에 속하는지 가해자에 속하는지를 가려내는 것이었다. 이를테면 '과연 챠카 아저씨가 살던 고향집 대문에는 붉은 표시가 있었을까, 없었을까?', '아저씨의 상처 난 두 손에는 정말로 사람의 피가 묻었던 것일까, 아니었을까'하는 식의 궁금증이었다. 게다가 키큰 족 이웃들이 '가차차'에 분노하며 전부 고향으로 떠났을 때 혼자만 남기로 한 아저씨를 보고는 솔직히 부정적인 쪽으로 생각이 기운 것도 사실이다. 그러나 아저씨에게 마지막으로 그런 걸 따져 물으려는 것 역시 아니었다. 그보다 아저씨를 외롭게 남겨 두고 싶지 않은 마음이 생겨나 있었다. 그가 누구이든, 누구의 편이었든, 오롯이 숲속에서 혼자 감당해야 하는 고독의 굴레가 너무나 버겁게 느껴졌기 때문이다. 검푸른 녹음 속에 영영 아저씨를 남겨 놓을 일을 떠올리니 떠나려는 걸음이 한없이 무겁고 미안했다. 하지만 늦은 밤인데도 여태 비가 내리는 중이고 바타쵸카는 목 놓아 울고 있었다. 이런 날이면 차캬 아저씨에게 말을 거는 것은 역시 어려웠다.

꾸벅 졸다 언제 잠이 들었는지 너무 조용해서 깨어났다. 저녁 내 숲에 울린 바타쵸카의 울음소리도 어느덧 가느다란 숨소리로 바뀌어 있었다. 비가 멎은 것을 확인하기 위해 주섬주섬 장막을 들추고 바깥으로 기어 나오니 푸르스름한 달이 하늘에 떠 있었다. 한밤중인데도 달빛에 훤히 드러난 샛길을 따라 집 뒤편에 마련된 변소를 향하여 비몽사몽 걸어갔다. 가는 길에 팔을 휘저으면 형광의 반딧불들이 총총히 퍼졌고 풀숲의 벌레 소리들이 걸음에 맞추어 뚝 그쳤다 다시 울리곤 했다. 바나나 나뭇잎으로 둘러쳐진 변소에 도착해서는 머리 위가 뻥 뚫어진 관계로 유난히 찰랑이는 별들을 올려다보았다. 무수한 금은 가루들로 장식된 난민촌의 천장을 조금이라도 오래 감상하고픈 마음에 공터로 남은 우쿠시오니 씨의 마당으로 자연스레 자리를 옮겨오게 되었다. 머리 위로 솟구쳐 올라 밤하늘 속으로 빠져들 것만 같은 황홀경에 한참 동안 사로잡혔다. 그때까지 아무런 인기척을 느끼지 못하고 있었는데 문득 마당 반대편 의자에 우두커니 앉은 그림자 하나가 감지되었다. 소스라치게 놀라 땅에 박힌 듯 굳어 버렸지만 어쩐지 건너편 그림자는 미동도 없이 하늘을 올려다보고 있었다. 달빛에 드러난 구부정하고 앙상한 실루엣의 주인공이 챠카 아저씨였다. 그때는 두려움도 반가움으로 변했지만, 어둠과 정적 속에 꿈적도 하지 않는 아저씨를 가만히 깨워야 할 것만 같아 조심스레 말을 건넸다.

"챠카 아저씨죠?"

"잠에서 깼나 보군."

시원한 바람에 매캐한 낙화생 냄새가 아저씨의 짤막한 음성에 실려 왔다. 표정을 알아볼 수는 없었지만, 왠지 아저씨는 나를 정확하게 분간하고 있을 거란 생각에 말없이 고개를 끄덕였다.

"다른 곳으로 떠날 생각인가?"

이번에도 고개만 끄덕거렸다.

"어제는 나와 아들 녀석 때문에 떠나지 못했으니 계획에 차질이 생겼겠군."

"그동안 고마웠어요. 아저씨께도 바타쵸카에게도요."

엉뚱한 대답이지만 이번에야말로 용기를 내어 꼭 전하고 싶던 말을 전한 것이었다. 신기하게도 그 순간 아저씨와 나의 대화는 많은 말들을 건너뛰고도 서로에게 정확하게 오고 갔다.

"다시 천 개의 언덕으로 돌아가려나?"

"아니요, 계속해서 북쪽으로 올라갈 생각입니다."

추측건대 어쩌면 이 대답이 아저씨의 마음을 움직인 것이었는지 모르겠다. 바람의 방향이 바뀌어 이번에는 아저씨 쪽으로 불었다. 짧은 침묵이 우리 사이에 있었지만 이전처럼 부담스럽지만은 않았다. 가만히 기다리기로 했다. 기다림이야말로 까마득한 어둠 속에서 익숙하게 취해야 할 자세임을 배웠기에. 나를 보고 있는 것 같기도 하늘을 바라보고 있는 것 같기도 하던 아저씨가 드디어 입을 열었다.

"전에 자네가 이곳까지 찾아온 이유를 설명했을 때 내 고향에서 발견한 수상쩍은 표시들에 대해 묻지 않았나?"

정적을 깨고 아저씨의 입에서 나온 말이 뜻밖에도 '고요의 언덕'에 대한 내용이어서 당황스러웠지만, 그 질문은 이미 해결된, 그리고 지금에 와서는 중요성이 사라져 버린 내용이었다.

"그랬었죠. 하지만 그것에 대한 궁금증이라면 이미 이웃들의 증언을 통해 해결되었어요. 코큰 족이 사는 집은 건너뛰고, 키큰 족이 사는 집마다 붉은 원을⋯⋯"이라고 대답하다 황급히 말끝을 흐렸다. 코큰 족과 키큰 족을 직접 언급하는 게 당사자인 아저씨에게 어떻게 받아들여질지 우려되었기 때문이다. 하지만 이미 입 밖으로 던져진 발언을 초조해 하며 눈치를 살폈는데 갑자기 어둠 건너편에서 끅끅거리는 웃음소리가 들려오는 것이었다.

한결같이 경직되어 있던 아저씨에게서 처음으로 들어보는 긴장에서 해방된 웃음소리였다.

"글쎄. 내 생각에는 자네의 궁금증이 전부 해결된 것 같지는 않아 보이는군."

"네?"

"자네 말대로 그 표시는 키큰 족 사람들을 가려내기 위한 표시가 맞았었지. 그러나 내 생각엔 말이야……."

이번에는 챠카 아저씨가 잠시 말을 멈추었다. 밤공기에 가려져서 여전히 아저씨의 표정을 살필 수 없었지만, 점점 목이 메어오고 있다는 것을 두 귀로는 알 수 있었다. 영문은 몰라도 떨리는 심정으로 계속 그를 경청했다.

"정말로 중요한 문제는 키큰이냐, 코큰이냐 하는 것이 아니었다는 말이네. 사람들이 나를 누구라고 부르던가?"

"정의로운 챠카요."

"틀렸어, 그게 아니라 나를 또 누구라고 부르던가?"

"코… 코큰 족이요…."

"맞네, 그렇지만 우리 집 대문에는 붉은색의 동그란 원이 그려져 있었지…."

이렇게 시작된 아저씨의 숨겨온 이야기가 그간의 무성했던 추측과 제멋대로 내려진 숱한 확신들을 머리 위에 흩뿌려진 별

가루들처럼 아스라이 날려버리고는 나를 먼 과거로 인도하여 데려갔다. 벌써 이십 년이나 흘러버린, 그러나 여전히 생생하게 잊지 못할 그날의 '악몽' 속으로.

  악몽이 시작되기 전날 밤부터 잠을 제대로 이룰 수가 없었다고 한다. 라디오 방송에서는 반복해서 같은 노래만 흘러나왔고 사람들 사이에는 흉흉한 소문이 돌고 있었다. 밤이 깊어 정규 편성을 훌쩍 넘긴 시간이었음에도 기분 나쁜 음악이 반복적으로 전파를 타고 재생되었다. 꼭 무슨 일이 터질 것만 같은 불길한 밤이었다. 챠카 아저씨와 부인인 오루아 사이에서 태어난 어린 세 아들은 그날따라 엄마 아빠와 함께 자고 싶다며 유독 떼를 썼고, 챠카 아저씨 부부는 하는 수 없이 오지고와 바타쵸카와 오루조부를 모두 안방 침대 위에 허락해 주었다. 신이 난 세 개구쟁이는 엄마 아빠 사이로 파고들어 한참을 재잘거리다 곤히 잠이 들었고 아저씨는 잠든 가족들의 얼굴을 훑어보면서 혼자 너무 예민해져 있었다며 스스로를 다독거린 뒤 램프의 불을 껐다. 그때 이미 '천 개의 언덕' 전역에서 악몽이 시작되고 있었던 것을 챠카 아저씨는 까마득히 모르고 있었다.

  해가 떠오르기도 전에 아저씨를 흔들어 깨운 건 아내 오루아였다.

"챠카. 어서 일어나 봐요. 밖에서 무슨 소리가 들려요. 문밖에서 누군가 수군거리고 있나 봐요."

아저씨가 오루아를 안심시킨 뒤에 살며시 거실 창문을 열어보니 정말로 어둠 속 거리에서 사람들의 부산스러운 인기척이 느껴졌다. 정신이 번쩍 든 챠카가 잠옷 바람에 밖으로 나갔을 때는 삼삼오오 무리를 지은 거뭇한 형체들이 집집 대문마다 페인트를 바르고 있는 광경을 목격했다.

"이봐! 거기! 이 새벽에 뭣들 하는 거요?"

"쉿! 누구요?"

"챠카요."

"틀렸어. 코큰이요, 키큰이요?"

"나는 코큰이요."

"우리와 한 형제군."

"나는 당신들이 누군지도 모르오."

"우리도 코큰이요. 쉿! 그들이 오고 있소. 어서 그들을 도와야만 하오."

"대체 이 시간에 누가 온단 말이오? 그리고 무엇을 도와야 한다는 거요? 좀 알아들을 수 있게 설명하지 못하겠소?"

"그들이 와서 키큰 족 원숭이들을 몰아내면 더 좋은 세상이 올 거요."

"누가 뭣 때문에 오고 있다고요?"

"코큰 족 형제들이 오고 있지! 대의를 위해!"

한밤중에 이상한 일을 벌이고 있던 거리의 사람들은 무엇에 홀리기라도 한 듯 횡설수설하는 데다 몹시 분주해 보이기까지 했는데 자세히 보니 무리 중에는 평소 마을에서 안면이 있던 택시 운전사와 식당 종업원과 초등학교 선생님도 포함되어 있었다. 챠카 아저씨는 밤중에 돌아가는 그 모든 정황들을 어리둥절해 하며 다시 침실로 돌아왔고, 정확히 그때 멀리 떨어진 언덕으로부터 새벽을 찢는 듯한 총성이 들려왔다. 아저씨는 그제야 무언가 잘못되고 있다는 걸 직감했다. 떨리는 손으로 아내와 아이들 몰래 라디오를 틀어 보니 "키 큰 나무들을 베어내라!" "키 큰 나무들을 베어내라!"라는 매우 격앙된 음성의 구호만 반복해서 외치고 있었다. 알 수 없는 암호 같은 소리였지만 극도로 화가 난 목소리만으로도 불길한 징조가 감지되었다. 아저씨는 재빨리 라디오를 껐지만, 가슴이 철렁 내려앉았다. 총성을 듣고 깨어난 오루아 부인이 황급하게 아저씨를 찾아냈다. 잠든 아이들이 깨지 않도록 작은 소리였지만 역시 잔뜩 겁을 먹은 채 쥐어 짜내는 목소리로였다.

"여보! 여보! 조금 전 들린 게 총소리가 맞죠? 당신도 저와 같은 소릴 들은 게 분명하죠?"

"침착해요, 오루아. 아직 아이들이 자고 있어요. 일단은 집안에서 잠자코 기다려 봅시다."

잠시 뒤 날이 밝았지만, 아침부터 을씨년스럽게 쏟아진 비 때문에 주위가 그리 밝아지진 않았다. 그 뒤로도 간간이 들려오는 총소리에 챠카 아저씨는 뜬눈으로 밤을 지새운 상태였고, 오루아도 평소보다 이른 시간에 서둘러 세 아이를 깨워 일으켜 밥을 챙겨 먹이느라 분주했다. 방안에서 숨죽이며 경청 중이던 라디오 방송은 점점 더 노골적으로 변해가고 있었다.

"적들이 모두 사라지면 진정한 평화가 찾아온다! 그들은 이 땅에서 사라져 버려야 한다! 키큰 족 원숭이들을 모두 죽여라! 그들에게 자비를 베풀지 마라! 여자와 아이들을 먼저 죽여라! 적들의 싹을 잘라 버려야 한다! 시간이 많지 않다. 코큰 족 형제들은 서로 도와라!"

"저게 무슨 소리죠? 정말로 키큰 족이라는 이유만으로 모두를 죽일 셈인가요? 말도 안 돼요. 우리가 무슨 잘못을 저질렀나요?"

"진정해요, 오루아. 이곳은 내 집이요. 코큰 족의 집이란 말이오. 여기엔 한 발자국도 들어올 수 없소. 누구도 내 허락 없이 당신과 아이들을 건드릴 수 없소."

"그러나 두려워요. 너무 무서워요. 여보."

아직까지 '고요의 언덕'에는 폭력 사태가 일어나지 않았지만, 그것은 폭풍전야에 불과했다. 멀리 다른 언덕들로부터 들려오는 총소리는 잦아졌고, 점차 그것이 천둥소리인지 총성인지조차 불분명했다. 거리엔 부슬부슬 비까지 내리는 통에 사람들은 공황 상태에 빠져 술렁이고 있었다. 어떤 사람들은 문을 두드리며 다급하게 도움을 요청했고, 어떤 사람들은 라디오에서 배운 무서운 구호를 외치고 다녔다. 그사이 같은 동네에 사는 부모님의 안부를 확인하고 이웃들의 동태를 살피기 위해 거리로 나섰던 오루아가 창백해진 얼굴로 넋이 나간 사람이 되어 돌아왔다.

"큰일 났어요, 여보. 우리 집 대문 앞에 무슨 그림이 그려져 있어요. 사람들 말로는 그게 처형할 사람들을 알기 쉽게 표시해 놓은 거래요."

"뭐라고? 그럴 리 없소!"라며 부정했지만, 순간 챠카 아저씨의 머릿속에 새벽에 목격했던 수상한 사람들이 떠올랐다.

"아마도 저 때문인 것 같아요. 제가 키큰 족이니깐 표시를 한 거예요. 당신이 코큰 족이라고 해도 라디오 방송에선 키큰 족과 결혼한 코큰 족까지 전부 배신자라고 그랬어요. 저 때문에 당신과 우리 아이들이 위험해지게 될 거예요."

"틀림없이 무슨 착오가 있었던 걸 거요. 누가 쳐들어와도 내가 다 설명하리다. 아니! 됐소! 차라리 다 같이 이 동네를 떠납시다!"

"벌써 이웃 마을에선 어젯밤부터 살인이 시작되었대요. 강물에는 시신들이 떠내려오고 언덕 너머에는 독수리 떼가 새까맣게 득실거린대요. 도로마다 군인과 민병대들이 바리케이드를 쳐 놓아서 도망도 못 갈 거예요. 우린 꼼짝없이 다 죽게 생겼어요. 엉엉."

오루아 부인은 절망적으로 머리를 감싸 쥔 채 흐느껴 울었고, 아무것도 모르는 오지고와 바타쵸카와 오루조부도 덩달아 소리 내어 울기 시작했다. 그때는 챠카 아저씨도 덜컥 겁이 났다고 한다. 아무리 방도를 찾으려 해도 사방은 막혀 있고 눈앞은 캄캄하기만 했다. 그래서 차라리 꿈이었으면 좋겠다고 생각했다고 한다.

"오루아, 이리 와요. 내 품 안으로 와요. 눈물을 닦아 줄게요. 아이들에게는 지금 엄마가 필요해요. 녀석들을 달랠 수 있는 건 당신뿐이잖소. 당신이 그렇게 울면 아이들도 울음을 그치지 않아요. 제발. 침착하게 방법을 궁리해 봅시다."

챠카의 말을 들은 오루아는 울고 있는 아이들을 차례로 가슴에 안아 달래 놓은 뒤 냉정을 되찾고는 단단히 결심한 듯 일어섰다.

"저는 교회로 가겠어요. 키큰 족 사람들이 지금 그리로 모이고 있어요. 외국인 선교사들이 세운 교회이니깐 군인들도 함부로 들어오지 못할 거예요. 연로하신 저희 엄마 아빠도 그리로 간댔어요. 가서 그분들과 함께 있을게요. 당신은 그동안 아이들을 데리고 있어 주세요. 놈들이 캐묻거든 무조건 코큰 족의 아이들이라고 설득해야 해요. 알았죠? 나는 없다고 해요. 오래전에 도망갔다고 하거나 죽어 버렸다고 해도 좋아요. 우리 아이들을 지켜 주세요. 약속해요. 챠카."

아저씨는 있는 힘껏 부인의 손을 잡은 채 차마 답을 줄 수 없었다.

"잠깐만. 내게도 생각할 시간을 주겠소? 아아, 그런데 당신의 얼굴을 똑바로 볼 수가 없구려."

눈물 때문이었다.

"모두 살아서 만나려면 이 방법밖에는 없어요. 사랑해요. 나의 챠카. 저의 부탁을 들어주실 거죠?"

부인은 오히려 담대하면서도 부드럽게 챠카의 꼭 잡은 손을 스르르 풀고는 아이들에게 돌아가며 입을 맞췄다. 아저씨가 눈앞을 가린 물기를 훔쳤을 땐 이미 아내의 뒷모습이 문밖의 군중들 속으로 사라지고 없었다.

"쾅! 쾅! 쾅!"

오루아와 헤어진 지 얼마쯤 지나 누군가 다급하게 챠카 아저씨네 집 대문을 두드렸다. 문을 열어 보니 오루아의 육촌 동생인 이보아 아주머니와 처음 보는 세 사람이 피투성이가 된 채 서 있었다.

"형부, 도와주세요. 그자들이 도착했어요. 우릴 무자비하게 가축 도살하듯 죽이고 있어요. 제발 우리를 숨겨 주세요."

"이 사람들은 다 누구지?"

"저도 잘은 모르지만 모두 키큰 족 사람들이에요. 마사는 저희 이웃집에 살았고요, 이분들은 방금 거리에서 만난 우쿠시오니 씨와 에지아 씨에요. 가족들은 몰살당했고 겨우 도망쳐 나온 사람들이죠. 죄송해요, 형부. 그러나 생각이 떠오른 코큰 족이 형부밖에는 없었어요. 형부까지 저희를 버리시면 저흰 죽은 목숨이나 다름없어요. 그런데 언니는 왜 보이질 않죠?"

"오루아는 조금 전에 교회로 갔어. 키큰 족 사람들은 거기로 모이는 게 안전하다고 했지. 처제도 그리로 가보는 건 어떤가?"

"맙소사! 교회는 이미 불타 버렸어요! 키큰 족 목사와 몇몇 사람들이 우릴 배신했단 말이에요. 사람들을 예배당으로 불러 모은 뒤 문을 잠근 채로 불을 지르고 달아나 버렸어요. 코큰 족 군인들이 들이닥쳐도 살생부 명단과 대조해서 신원을 확인할 수 없도록 그런 일을 저질렀대요. 끔찍해요! 아무도 믿을 수 없죠. 여긴 지옥이에요!"

그때 챠카 아저씨는 아무런 현실적 감각을 느낄 수 없었다고 한다. 단지 온몸에서 힘이 빠져나가는 게 느껴졌고, 눈앞의 장면이 어둑어둑하게 일그러지는 것을 경험했다고 증언했다. 사랑하는 아내 오루아를 잃어버린 슬픔은 정작 모든 사건들이 지나가고, 그것도 한참의 시간이 흐른 뒤에야, 주체 못 할 고통과 그리움으로 불현듯 찾아왔다고 아저씨는 회상했다.

아내의 소식을 전해 들은 챠카 아저씨는 넋이 빠져나간 상태로 키큰 족 사람들을 지붕과 연결된 굴뚝 안으로 숨겨 주었다. 이윽고 대문 밖에서 총소리와 비명들이 점차 빈번하게 그리고 가깝게 들려오더니 마침내 올 것이 오고야 말았다. 칼과 팡가와 도끼와 방망이로 무장한 폭도들이 아저씨네 대문을 부수고 집 안으로 들이닥친 것이다. 손에 들린 무시무시한 무기들에서는 페인트에 담갔다 뺀 것처럼 새빨간 물이 뚝뚝 떨어졌고 폭도들은 그 무기를 아무렇지 않게 땅에 문지르며 겁을 주었다. 넓은 마당에 피비린내와 술 냄새가 진동했다.

"이보시오. 나는 당신들과 같은 코큰 족이오. 신분증을 보여 주겠소."

"이 배신자 놈!"

챠카 아저씨가 달려 나가 침입을 저지하려 했지만, 다짜고짜 수십 명의 남자들로부터 무차별적인 주먹세례를 받고 말았다. 순식간에 온몸에 생긴 멍과 베인 상처들로 아저씨는 넝마처럼 흙바닥에 내팽개쳐졌고, 아버지가 쓰러지는 모습을 목격한 세 아이는 비명을 지르며 울음을 터트렸다.

"집안을 샅샅이 뒤져 봐라!"하는 명령이 떨어지자 폭도들 가운데 일부 무리가 '코큰은 선이고 키큰은 악이다!'라는 노래를 합창하며 일사불란하게 집 안으로 들어갔다.

"네놈의 아내가 키큰 족이라는 사실을 모르고 왔는지 알아? 네놈 이름도 이 살생부 명단에 적혀 있다. 키큰 족 원숭이 년을 어디에 숨겨 두었나! 당장 내놓지 않으면 네놈 목숨을 가장 고통스러운 방식으로 끝내 주겠다!"

아저씨는 얼굴이 깨지고 목이 퉁퉁 부어올라 목소리조차 낼 수 없었지만 있는 힘을 다해 포효하듯 그들에게 대답했다.

"죽었소. 벌써 죽었단 말이오! 이제 여기에 키큰 족은 없으니 제발 우릴 내버려두시오."

집안에서 아무것도 찾아내지 못한 무리가 씩씩거리며 다시 마당으로 나왔을 때 아저씨의 애끓는 간청은 단번에 묵살되고 말았다. 분노에 찬 몇 번의 손놀림으로 어린 오지고와 오루조부가 픽픽 잔디밭에 고꾸라지고 만 것이다.

"이놈들은 코가 뾰족하고 목이 가는 게 틀림없이 키큰 족에 가깝다고 할 수 있다!"

살인을 저지른 자가 흉기를 빙빙 돌리며 고래고래 외쳤다. 풀숲에 엎드려진 두 아이는 더 이상 울지 않았고, 아이들이 보여서는 안 되는 무거운 침묵 속에 잠겨 있었다. 혼자 남겨진 바타쵸카가 경기를 일으키듯 더 큰 소리로 울자 화가 치밀어 오른 폭도들이 바타쵸카마저 해하려 다가설 참이었다.

"안 돼! 안 돼! 하나 남은 아이에게만은 손대지 마! 당신들 말대로면 그 아이는 큰 코와 굵은 뼈를 가진 코큰 족의 자식이 분명해! 코큰 족까지 함부로 죽인다면 당신들이 말하는 대의는 무엇이란 말이지? 그러니 다들 똑똑히 보라고! 이자들이 형제들까지 죽이는지 살리는지! 여기 있는 코큰 족 사람들은 똑똑히 기억해야 할 거야!"

터져버릴 것처럼 붉어진 아저씨의 눈시울에서 뜨거운 눈물이 쏟아져 나왔고, 온 마당에 울려 퍼진 악에 받친 절규에 코큰 족 폭도들은 주춤거리며 서로를 멀뚱히 쳐다보았다.

"좋다. 그렇다면 네놈이 우리를 배신하지 않았다는 것을 증명해 봐. 그럼 자네와 이 꼬마 녀석이 코큰 족이란 걸 인정해주도록 하지."라고 말한 폭도의 손짓에 다른 폭도들이 만신창이가 된 포로 한 명을 잽싸게 거리에서 끌고 왔다. 이미 몸 전체가 심하게 부서져서 말은 못 하고 간신히 숨만 헐떡이고 있는 키큰 족 남자였다.

"네놈 손으로 직접 이 키큰 족 원숭이 한 마리를 처형해라!"

아저씨는 몸서리를 치며 머리를 조아리고 거부했다.

"못합니다. 그것만은 못합니다!"

"지금 키큰 족을 동정하겠다는 건가? 아니면 네놈은 쏙 빠지고 우리만 살인자로 만들 생각인가? 못 죽이면 네놈과 아들 녀석은 모두 죽은 목숨이다! 그 후엔 네 집도 불태워서 아무도 너와 가족들을 기억하지 못하게 할 테다!"

엎드려 비는 아저씨와 붙잡혀 온 키큰 족 포로를 가운데에 두고 둘러싼 폭도들은 저마다 무기를 땅에 두드리며 환호를 지르고 노래를 불렀다.

"코큰은 선이고 키큰은 악이다!"

"차라리 내게 총을 주시오."

"이 겁쟁이 녀석아! 키큰 족에게는 총알도 아깝다! 녀석들의 숨통을 끊는 대는 이 팡가 한 자루면 충분하다! 어서 죽여라. 어서!"

결국, 챠카 아저씨는 있는 힘껏 팡가를 휘둘렀다. 천둥이 울려 퍼지는 빗속에서 아저씨와 바타쵸카는 목 놓아 울었고, 폭도들은 짐승 같은 소리를 내며 웃고 있었다. 빗물이 흥건하게 고여 찰랑이던 마당은 온통 새빨갛게 물들어 갔다.

비현실적인 비극이 끝이 난 줄 알았지만, 끝이 아니었다. 술에 잔뜩 취한 폭도 한 명이 어린 바타쵸카를 끄집어서 두 손을 억지로 잘라낸 뒤에 마지막 말을 남겼다.

"복수 같은 건 꿈도 꾸지 마라, 애야."

이야기는 거기에서 끝이 났고, 그렇게 해서 챠카 아저씨의 악몽은 까만 밤하늘에 모두 풀려나오게 되었다. 그 뒤로는 우리가 서 있던 언덕 위로 오랜 침묵이 흘렀다. 아저씨는 여전히 어둠 속에 있었으며 가냘픈 양어깨를 조용히 들썩거리고만 있었다. 나는 숨죽인 채 가만히 고개를 밑으로 떨구었다. 그림자가 드리워진 아저씨의 얼굴이 달빛으로 범벅이 되어가는 모습을 멀뚱히 지켜보고 있을 수 없어서였다. 먼발치서 한참 동안 끅끅대며 울음을 삼키려는 소리가 들려오는 동안 찌르레기 소리도 바람 소리도 들려왔다. 어느새 난민촌의 어두운 밤은 아저씨의 기억이고 수많은 별들은 아저씨의 눈물이었다. 발아래로 서서히 파래지는 땅을 바라보며, 아저씨의 슬픔이 그치기를 기다리며, 어쩌면 큰소리로 악을 비난하는 것보다는 묵묵히 스스로를 참회하는 편이 정의에 가까운 게 아닐까 하는 생각이 문득 떠올랐다. 내가 남과 다르지 않다는 것을 알게 된다면 말이다.

밤을 꼬박 지새우는 동안 따라오는 차도 마주 오는 차도 없었다. 마지막 국경으로 향하는 버스 안에서는 아침이 도래하기를 소망하며 긴 어둠의 끝자락을 간절히 기다렸다. 내리 열 시간째 눈앞에 장막을 친 어둠에 질린 탓일까. 온통 검정으로 속박되어버린 밤의 세계를 옅은 전조등 빛줄기에 의지하여 내딛으려니 한없이 뒷걸음질 치는 어둠이 자꾸만 불길한 상상들로 채워졌다. 다만 북쪽을 향해 나아간다는 사실과 목적지까지 얼마 남지 않았다는 계산을 상기하며 끝없는 암흑 속으로 쉬지 않고 내달렸다.

　칠흑 같던 밤하늘이 서서히 창백해지더니 마침내 어둠을 벗어던졌을 땐 그늘 한 점 없는 바위투성이 땅에 도착해 있었다. 산악 도로를 오르는 버스의 왼편으로는 날카로운 단층 절벽이 유리창에 닿을 듯했고, 오른편으로는 시커먼 골짜기들이 입을 벌리고 있었다. 우뚝 솟은 절벽의 위용과 수많은 지류들이 만들어 낸 협곡의 깊이가 너무나 거대해서 땅 위에 자잘한 흔적들을, 북쪽으로 전진하고 있는 나의 행보조차도, 죄다 초라하게 만들어 버리는 풍광이었다. 그러나 바닥에 널브러진 날카로운 암석들 때문에 버스는 마음대로 조종되기 힘들었고 길 앞에 피어오르는 먼지구름은 시야를 위협하는 치명적인 장애물과도 같았다. 도로 옆 비탈면 아래로 여차하는 순간 곤두박질치고 말았을 옛 트럭의 버려진 잔해들이 심심치 않게 눈에 들어왔다. 그러니 우리를 태운 버스는 낭떠러지에 매단 외줄을 타듯 아슬아슬 목숨을 건 곡예 운전 중이라고도 볼 수 있었다.

내가 도착한 땅은 그만큼 거대하면서도 웅장한 대륙의 속살이었다. 또한 아찔하게 메말라가는 아프리카의 속살이기도 했다. 이어지는 언덕들을 통과할수록 협곡의 물줄기가 가늘어지더니 마침내 수분이 증발된 밑바닥을 민낯처럼 드러냈다. 희뿌연 먼지 입자들과 뒤엉킨 조약돌들은 한때 이곳이 계곡이었음을 말해주었으나, 말라붙은 땅 위에 죽은 나무들은 그 한때마저 아주 오래전이었음을 시사하였다. 여러 갈래의 땀줄기가 해진 셔츠 밑으로 눅눅하게 젖어 드는 사이 주변의 온도는 급속도로 더워졌고 더위가 심해질수록 인내심도 바닥을 드러낼 것 같았다. 척박한 대지의 황량함이 내 안의 온갖 밀초적 신경들을 꿈틀거리게 만드는 참이었다. 이를테면 갈증과 허기, 그리고 오랜 여정의 완성을 향한 욕망이었다.

계속 북진하여 마지막 국경을 넘는다면 길었던 여정도 드디어 끝자락에 다다르게 될 예정이다. 지난 며칠째 카메라 배터리에 공급할 전력을 구하지 못한 데다 여분으로 남겨진 테이프도 한 개밖에 남지 않았다. 여행 중간에 지도와 수첩을 잃어버린 바람에 계획해 둔 경로와 일정들은 전부 공허와 혼돈 속으로 사라졌지만, 다행스럽게도 카메라 덕분에 광활하고 낯선 대륙에서 유의미한 행보들을 만들어올 수 있었다. 눈앞에 주어진 모든 순간이 놓치지 말아야 할 기회일지 모른다는 절박함으로 녹화 버튼을 누른 게 시작이었다. 그 뒤로 점점 이번 여행에서−나아가 인생에서도−전략적 용도로 카메라를 사용하는 법을 터득하게 되었다. 현실을 변화시켜야 한다는 생각이 들었을 땐 필요한 장면들을 찾아 나섰고, 무언가 담았다는 확신이 들었을 땐 성공의 안도감이 들곤 했던 것이다. 그러나 여전히 부족하다는 생각을 떨쳐내기 어려웠다. 여행의 마침표를 찍을 순간이 다가올수록 일말의 아쉬움이 신발 밑창으로 침투해 들어온 모래알처럼 걸음을 편치 못하게 만들었다. 성가신 기분이 공복감을 부추긴 탓일까. 마지막 목적지를 앞두고는 기필코 하이라이트나 클라이맥스가 될 만한 장면을 찾아 성공적인 결과물로 완성하겠다는 각오가 강렬하게 일어났다. 길었던 여정만큼이나 오래된 욕망이 지친 나의 심신을 뚫고 떠올랐을 때, 멀리서 검은 독수리 한 마리가 상승 기류를 타고 암석 고원 위로 높이 날아올랐다. 거짓말 같게도 바로 그 지점에서 한동안 까마득히 잊고 지낸 채트인이 떠올랐다. 그가 멀리, 높이, 그리고 아주 오래인 것처럼 느껴졌다.

적도에서 한참을 전진하여 대륙 끝자락의 고원 지대에 이르렀을 때부터는 현지인들의 교통수단에 의지할 수 없어졌다. 아프리카 종단을 앞두고 마지막 국경을 넘은 시기가 마침 '메히르'라 불리는 이 나라 최대의 경작 기간과 겹쳤기에 밭에는 농부들이, 시장에는 상인들이, 도로에는 운송업자들이 역동적으로 움직여야 마땅한 계절이지만 어딜 가나 핏기가 마른 것처럼 텅 비어 있었다. NGO 단체의 구호 요원인 제프 씨, 윌리엄 씨, 그리고 담비 양으로부터 구간마다 도움을 받아 그들의 사륜 구동차에 함께 몸을 실어야 했던 이유도 그 때문이다. 그들처럼 특수한 임무를 띤 인물이 아니고서는 이 '버림받은 황야' 지역을 마음대로 누비며 돌아다니는 것이 불가능했다. 특히 내륙으로 연결된 길에서는 사람의 자취조차 발견하기 어려울 정도였다. 실오라기 하나 걸치지 않은 것처럼 헐벗은 하늘과 마른 입술처럼 갈라지고 터진 지표면 사이에는 생명을 가진 모든 움직임이 숨죽인 채 멈추어진 모습이었다. 오로지 한 가지 신호에 주의를 기울이기 위해서였다. 생명의 신호였다. 최근 몇 년 동안 우기가 점점 늦게 찾아오고 길이도 짧아지며 '버림받은 황야에서 물이 사라지고 있다고 했다. 반복되는 가뭄과 비정상적인 강우 때문에 차를 타고 아무리 달려도 생명의 신호 대신 뜨거운 바람만 줄기차게 불어왔다. 사막화의 습격을 받은 도로는 간신히 실선의 형태를 유지하고 있었으나 바퀴 자국이 지나간 자리마다 황폐한 먼지구름이 연무처럼 피어올라 눈 앞을 가렸다. 그리하여 이 땅의 낮이 밤과 다르지 않은 암흑이었음을 깨닫기까지 긴 시간이 필요치 않았다.

'버림받은 황야'의 영토 안으로 들어섰을 때 눈에 띈 것은 아프리카의 여느 번화한 거리만큼이나 형형색색 종류가 다양한 비영리 단체의 간판들이었다. 국경 마을의 메인 도로인 아쿠푸루 거리에만 세계 각지에서 파견된 구호 단체들이 어림잡아 스무 군데 넘게 밀집되어 있었고, 길가에는 비포장도로를 기동하기 위한 사륜 구동차들이 각기 다른 로고들을 부착한 채 줄지어 있었다. 국경에 인접한 작은 시골 마을이 경제적으로 풍족한 곳일 리는 없었다. 기대되는 이윤이 얼마나 없었으면 거리에는 아프리카 전역에 즐비하던 다국적 기업의 상표들은커녕 작은 상점조차 눈에 띄지 않을 정도였다. 그러니 이러한 오지에 빼곡하게 들어선 구호 단체들을 목격하면서 감동이 밀려올 법도 했지만, 한편으로는 아루샤에서 목격했던 사파리 여행사들을 연상하게 되는 부분에서 얼떨떨하기도 했다. 그러나 기회는 기회였다. 도로는 모래에 파묻히고 대중교통의 운행은 중단된 척박한 땅에서 어떻게든 여행을 성공적으로 마무리짓기 위해서는 무엇이 됐든 매달리는 길밖에 없었다. 결국 황량한 땅에서 길을 찾아내는 일에 성공했다. 다섯 번째와 여덟 번째와 열한 번째 순서로 방문한 구호 단체 사무실에서 각각 제프 씨, 윌리엄 씨, 담비 양을 만나게 되었고, 그 친절한 사람들로부터—모두가 친절한 것은 아니었다—나를 태워 주겠다는 허락을 얻어낸 것이다.

가장 먼저 나를 여정으로 초대해 준 인물은 제프 씨였다. 푸른 눈동자와 금발의 백인임에도 아프리카 사람처럼 피부가 검게 그을어진 제프 씨는 왕성한 체력과 의욕을 바탕으로 '버림받은 황야에서 도움이 필요한 곳들을 종횡무진 누비는 구호 활동가였다. 일찍이 그는 경비행기에 몸을 싣고 아프리카 대륙 구석구석을 방문한 경험이 있었으며, 한 해에도 몇 차례씩 유럽과 아프리카를 오갈 만큼 부지런하고 추진력이 뛰어난 활동가였다. 게다가 그의 선한 성품과 너그러운 태도는 사람의 마음을 감동시키고 편안하게 만드는 데 탁월한 재능을 발휘했다. 나를 조수석에 태워 안내하는 동안에도 쉬지 않고 풀어낸 인간미 넘치는 입담 덕분에 '버림받은 황야'로 들어가는 거칠고 긴 길이 안락하게 느껴졌다. 운전대를 붙잡은 건강한 팔뚝은 쉴 새 없이 균형을 잡으며 길 앞의 난관들을 능숙하게 헤쳐나갔고, 푸른 눈동자는 심한 떨림 속에서도 시종일관 흔들리지 않으며 먼 곳을 응시했다. 실로 용기와 자신감으로 충만한 모습이었다. 그런 멋진 모습들에 감탄하고 부러워하며 제프 씨의 인도를 받아 '버림받은 황야'로 들어갔다.

"그건 카메라인가요?"

황무지를 가로질러 운전 중이던 제프 씨가 내 무릎에 놓인 카메라 가방을 곁눈질로 발견하고는 냉큼 물어왔다.

"이거요? 네, 카메라죠."

"옳거니! 당신, 아프리카를 찍는 중이군요!"

"뭐, 그런 셈이죠."

실은 친구의 카메라였지만 어쩌다 내가 다루게 되었는지, 그리고 지금껏 어떤 것들을 담아 왔는지에 대해 차근차근 설명하고 싶었으나 제프 씨가 곧장 내 무릎을 치며 감탄하는 바람에 기회를 놓치고 말았다.

"어려움에 처한 다른 사람들을 대중에게 소개하는 것은 좋은 일이죠!"

제프 씨는 내가 찍고 싶은 것이 무엇인지 알고 있다는 미소를 지어 보이며 격려해 주었다. 굳이 해명을 덧붙이진 않았지만 좋은 일을 하고 싶어 한다는 점에서는 그의 입장과 다르지 않았기에 고개를 끄덕이며 동의를 표시했다.

"아프리카는 지금 이 순간에도 많은 관심과 도움을 필요로 하고 있어요. 잘됐군요! 제가 오늘 당신께 이곳에 살아가는 사람들이 어떤 상황에 놓여 있는지를 소개해드리도록 하지요. 눈으로 직접 보지 않고서는 마음을 움직이기 어려운 법이에요."
라면서 길게 편 자신의 손가락으로 내 쪽을 힘차게 가리켰는데, 차가 흔들리는 통에 손가락이 나를 향한 것인지, 아니면 카메라를 향한 것인지 판별하지 못했었다. 별 상관은 없었다. 여전히 그에게 감탄하고 있었고 몹시 운이 따라주고 있다며 속으로 쾌재를 부르는 중이었다.

한껏 의욕이 고조된 제프 씨는 이동하는 내내 열띤 표정으로 앞으로 우리가 방문하게 될 지역에 대한 소개를 들려주었다. 장기간 비가 내리지 않은 관계로 사라진 식생 지역과 약화된 토양과 줄어든 지하수층에 관한 이야기였다. 한마디로 물이 사라져 간다는 설명이었다. 지역에 거주하는 인구 대부분이 하루 2달러

미만으로 살아가고 있으며 그중 절반에 해당하는 인구가 물과 식량을 불안정하게 공급받고 있다는 부연 설명도 이어나갔다. 그리고 잠시 뒤에는 가뭄과 가난이 만나는 땅에서 어떠한 현실이 만들어지게 되는지를 내게 보여줄 예정이었다.

"이 땅에는 '나쁜 날들'이라 불리는 기아의 계절이 존재합니다. 비가 오지 않아 식물이 죽고 농사를 망치게 되는 경우는 지구의 다른 곳에서도 일어날 수 있는 일이죠. 그렇다고 무조건 기근으로 이어지진 않아요. 하지만 인구의 대다수가 창문도 없는 한 칸짜리 움막집에서 평균적으로 일고여덟 명의 식구와 함께 지내야 하는 나라에선 이야기가 달라지죠. 절대적 가난이란 그런 거예요. 겪지 않아도 될 위기에 빈번하게 노출되는 것. 그로부터 사람들을 구해 낼 시스템이 아예 없거나 터무니없이 멀리 떨어져 있는 것. 그리하여 수많은 생명들이 한꺼번에 희생되는 재난으로 귀결되어 버리는 것. 이곳의 주민들은 그런 위기를 일생토록 겪어야 하죠. 그런 불행에 처한 사람들을 목격한 이후부터는 우리가 무언가 해야만 한다는 저의 의견에 당신도 동참해 주기를 바랍니다."

'우리'라는 표현에 굉장한 일을 함께하게 된 것처럼 설레고 흥분되었다. 감동적인 설명이 끝났을 즈음 고원에 숨겨진 듯 깊숙이 자리하고 있던 작은 마을에 도착했다. 제프 씨는 그곳을 '창백한 아침'이라고 소개했다.

 지리적으로 흙빛의 대지에 묻힌 '창백한 아침'은 무심코 보았다가는 모르고 지나쳤을 정도로 주변 환경에 완벽하게 조화되어 있으면서 아기자기한 요소들로 인해 동화 같은 면모를 드러내고 있었다. 가파른 단층 위에 자리한 마을은 마치 정교하게 조각된 탑 꼭대기의 장식 같았고, 원뿔 모양의 지붕마다 얹어진 커다란 물 항아리들은 흡사 머리에 물동이를 짊어진 아프리카 여인들의 형상을 연상시키며 웃음 짓게 만들었다. 그러나 제프 씨를 따라 마을의 안쪽으로 들어서면서는 심상치 않은 광경을 잇달아 목격해야 했다. 땅에는 먼지뿐이고 말라비틀어진 식물 줄기들이 여기저기 쓰러져 있는 모습이었다. 주민들은 떨어진 곡식을 찾아 텅 빈 밭 위를 헤매었고, 급기야 뿌리에 남겨진 수분이라도 캐내기 위해 맨손으로 흙바닥을 헤집고 있었다. 그제야 하늘을 향해 주둥이를 벌린 지붕의 물 항아리들이 순진한 동화보다는 절박한 목마름으로 눈에 들어오기 시작했다. 제프 씨가 이야기한 '나쁜 날들'이 오고 있음을 알려주는 불길한 징조들이 마을에 역력했다. '창백한 아침'은 무구한 자연 속에 둘러싸인 동화 같은 마을이었으나, 또한 까마득하게 자연에 고립된 채 절체절명의 위기에 처하게 될 마을이기도 했다.

"최근 몇 년 사이 이 지역에서 사라진 마을만 오십여 개에 달합니다. 안타깝게도 변화는 더 심해지고 있죠. 과거에는 오륙 년이 넘는 주기로 가뭄이 찾아왔지만, 최근에는 해마다 발생되는데다 피해도 갈수록 커지는 추세랍니다."

"마을이 천천히 사라져 간다는 말씀인가요?"

제프 씨는 멀찌감치 마을 어귀를 가리켰다.

"저기 우물이 보이시죠? 해마다 조금씩 파 내려간 깊이가 무려 백 미터에 이릅니다. 이젠 사람의 힘만으론 도저히 길을 수 없는 깊이라 예전에 없던 도르래까지 동원되고 있죠. 그래 봤자 낮에는 완전히 마르고 한밤중에만 약간의 물이 고일 뿐입니다. 그마저 말라 버린다면 주민들은 마을을 떠나야 하죠. 변화는 천천히 조금씩 다가오는 것이 아니라 빠르고 급작스럽게 닥쳐오게 될 겁니다."

제프 씨가 일러준 대로 '창백한 아침'에는 이미 변화의 조짐들이 고개를 들고 있었다. 무엇보다 표정들이 좋지 못했다. 주민들은 과거로부터 이어져 온 공유와 협력의 전통을 잃어버린 채 냉담과 침묵에 빠져있었는데, 예를 들면 집집마다 오래된 쇠 냄비는 있었지만 그 위에 구워지는 인젤라—테프 씨를 발효시켜 만든 전통 음식—는 하나도 없었다. 마을에서는 원래 넓적한 인젤라 한 접시와 은은한 향의 커피 한 잔이면 손님들을 환대하는 데 충분했다고 전해졌다. 그러나 이제는 누구도 손님을 초대하려 들지 않았다. 아이들은 울며 "인젤라! 인젤라!"하고 외쳤지만, 엄마들은 "없어! 아무것도 없단다!"라며 다그쳤다. 가장들은 먹을 것을 구하려 시장으로 몰려들었지만 값이 치솟은 인젤라 한 쪽을 위해서는 어른 소가, 인젤라 반쪽을 위해서는 어린 송아지들이 팔려 나갈 판이었다. 터무니없는 흥정임에도 당장 가족을 먹일 식량이 필요하다 보니 그런 상식을 넘어선 거래들이 심심치 않게 성사되었다. 농부들은 임신한 소와 농기구와 맹수로부터 가족을 보호할 총까지 헐값에 내다 팔았다. 어차피 농사를 지어 자급자족하는 일이 불가능해졌기에 가능한 일이었다. 단단하게 말라버린 땅은 마치 희망을 거부하듯 곡괭이와 쟁기를 받아들이지 않았고 곳간에 비축해 놓은 식량들도 점차 바닥을 드러냈다. 실은 애초부터 좋은 작황을 기대할 수조차 없었다. 기후의 어느 요소도 도와주지 않았기 때문이다. 초지에는 수개월째 비가 내리지 않아 잿더미로 변해 갔고, 땅에 심어 놓은 약간의 곡식들은 건조한 바람이 불 때마다 홀연히 날아가 버렸다. 상황이 이렇다 보니 시장에서조차 음식을 구하지 못한 주민들이 태반이었다. 여태 빈손인 가장들은 집에 돌아갈 명분을 찾지 못한 채 시장에 남아 온종일 서성였다.

결국 마을 사람들 각자가 살아남기 위해 고군분투하는 수밖에 없었다. 아이들은 물을 찾기 위해 밧줄로 물통을 몸에 꽁꽁 결박시킨 채로 험준한 바위 언덕을 오르내렸다. 주민들은 어릴 적부터 들판에 자라는 목초는 오로지 가축들을 위한 것이라 배웠지만 지금은 서슴없이 그것들을 뜯어 먹었고, 사람들에게 먹이를 빼앗긴 가축들은 가시덤불에 머리를 처박은 채 지푸라기를 헤집어야 했다. 또 어떤 이들은 죽은 나무에 걸린 새집이나 벌집 따위를 노리기도 했지만, 하이에나들 역시 그들을 호시탐탐 노리는 중이었다. 그러니 어쩔 수 없이 자포자기한 주민들은 환각 성분이 있는 챠트나무 잎사귀를 씹으며 허기와 목마름을 달래는 수밖에 없었다. '창백한 아침'의 주민들은 원망 가득한 눈빛과 표정으로 구름이 사라진 하늘을 올려다보며 이렇게 푸념했다.

"왜 침묵만 하십니까! 왜 거기에 계시지 않은 것처럼 숨어 버리셨죠?"

한편 내 옆에 있던 제프 씨는 주민들에게 닥쳐오는 그런 위기의 상황을 가만히 방관하고 있을 인물이 아니었다. 그가 다급한 음성으로, 동시에 울먹이는 표정으로, 나에게 어떤 행동이라도 보여줄 것을 촉구해왔다.

"어서 카메라를 꺼내지 않고 무얼 하세요?"
"허락도 없이 촬영을 해도 되겠습니까?"
"저에게요?"
"아뇨, 저들에게요."
"오, 버든 씨, 그렇게 복잡하게 망설일 일이 아니에요. 머리에서 손까지 너무 멀면 결국 아무것도 못 하게 되죠. 저들은 당장 위기에 처할 것이고, 그렇기에 우리는 수단과 방법을 동원해서 저들을 도울 수 있어야 해요. 정중함이나 뻔뻔함에 대해 고민하는 거라면 그럴 여유가 없다고요. 어려움에 처한 사람들을 돕는 것이야말로 정중함이고 지나치는 것이야말로 뻔뻔함이죠."
"저도 같은 마음이지만 과연 사람들을 카메라에 담는 것이 무슨 도움이 될 수 있을까요?"
그러자 제프 씨는 순진한 어린애를 상대하고 있다는 듯 애써 측은한 미소를 지으며 설명해 주었다.
"현실을 세상에 알려요. 들어봐요. 풍요가 넘쳐나는 지구에서 수억 명에 가까운 사람들이 일 년 중 상당 기간을 굶주리고 있어요. 그중 십만 명씩은 날마다 기아나 영양실조로 죽어가고 있고요. 배고픔으로 죽어가는 사람들의 숫자가 전쟁으로 인한 사망자의 숫자보다 훨씬 많은데도 세계는 개발 도상국 원조금의 열 배씩이나 무기 증강에 사용하고 있죠. 끔찍한 불균형이 아닌가요? 이 마을을 보세요. 물이 사라지고 있지만 우물을 만들기 위한 시추공이나 펌프는 없고 공사 장비를 들여올 돈도 없어요. 도움이 얼마나 절실하게 필요한지 느껴지시나요? 그런데도 저와 당신처럼 형편이 나은 나라에 사는 사람들은 우리가 소유한 부의 단 일 퍼센트조차 이러한 빈곤의 문제를 해결하기 위해 사용하지 않고 있어요. 우리가 살아가는 세계 바깥에서 무슨 일들이 일어나고 있는지 무관심하기 때문이죠. 하지만 버든 씨는 여기서 직접 목격하신 겁니다. 저들에겐 없는 값비싼 카메라를 가지고서 말이죠. 그 카메라에 지금까지 무엇을 담았든 상관없어요. 빅토리아 폭포도 좋고, 킬리만자로 산도 좋습니다. 그러나 현실을 외면해서는 안 됩니다. 다급한 위기를 다급하게 다루지 않는 것이야말로 우리가 처한 위기란 말입니다."

제프 씨의 뜨거우면서 감동적이기까지 한 설득에 못 이겨서 사람들을 향해 카메라를 조준했지만 이내 촬영을 접고 말았다. 제프 씨에게는 적당히 핑계를 둘러댔다. 분명한 것은 정말로 방전된 배터리나 하나밖에 남지 않은 테이프가 문제인 것은 아니었던 점이다. 평소였더라면 눈앞에 펼쳐진 장면을 담기 위해 열을 올렸을 테지만, 그러고는 쓸모 있는 장면을 건지게 된 것을 흡족하게 여겼을 테지만, 어찌 된 일인지 나는 사람들을 촬영하지 않기로 했다.

"안 되겠어요. 아쉽지만 테이프가 모자라요. 배터리도 거의 바닥나 있는 상태고요."
"그것, 참 안 됐군요."

제프 씨의 표정에 실망한 기색이 역력했다. 하지만 헤어지기 전에 자신이 속한 구호 단체의 로고가 새겨진 명함을 건네는 것을 잊지 않았다.

"시간이 나면 제 SNS에 들러 주시죠. 아프리카를 도울 방법이 거기에 상세히 소개되어 있을 겁니다. 그리고 명심해요, 친구. 누굴 돕는다는 건 결코 어려운 일이 아니랍니다. 여기 머리에서 손까지만 옮겨가면 된다고요."

헤어질 때가 되어서야 이번에는 그의 손짓을 놓치지 않고 알아볼 수 있었다. 제프 씨는 곧게 편 손가락으로 자신의 머리 쪽을 가리킨 다음 내 품에 안긴 카메라를 정확하게 지목했다. '창백한 아침'에서 제프 씨와의 만남은, 희망 가운데 남는 찝찝함으로, 그렇게 일단락되었다.

 두 번째 방문지로 나를 안내해 준 윌리엄 씨는 제프 씨와 피부색만 같았을 뿐 여러모로 정반대의 느낌을 풍기는 인물이었다. 출발이 성사되던 순간부터 그랬다. 현장으로 데려가 달라는 나의 제안에 선뜻 응한 제프 씨와는 달리 윌리엄 씨는 금속의 안경테 너머로 전혀 달갑지 않은 인상을 지어 보이며 잘라 거절했었다. 그러나 아프리카 종단을 위해 넘어야 할 마지막 국경을 넘어온 데다 하이라이트가 될 장면을 찾아내기에 여념이 없던 나의 고집을 윌리엄 씨도 끝내 당해내지 못했다. 현장으로 출발하는 일정에 맞추어서 이동만이라도 함께하게 해 달라는 끈질긴 설득에 단 하루만이라는 조건으로 승낙을 얻어냈다.

 드디어 그가 운전하는 사륜 구동차에 함께 올라타게 된 날, 이동하는 옆자리에서 지켜본 윌리엄 씨는 내가 익숙하게 동경해 온 전형적인 현장의 인물은 아니었다. 물론 그가 제프 씨와 같은 활동가로서가 아닌 원조 프로그램을 평가하는 자문관으로서 잠시 이곳에 온 것이라고는 하지만 그에게는 뭐랄까 뜨거운 이 대륙에서조차 차가움이 느껴지고 있었다. 이를테면 계속해서 달라붙기 마련인 파리떼를 쫓기 위해 지나치게 신경질적으로 손사래를 치는 모습이나, 비 오듯 흘러내리는 땀을 훔치며 연신 짜증 섞인 불평을 토로해대는 모습에서 인류애 같은 개념을 상상하긴 어려웠다. 그런 그에게 어색함을 누그러뜨리고 필요한 정보를 얻고자 대화를 시도했지만, 윌리엄 씨의 입은 원하는 답변 외에는 시종일관 무뚝뚝하게 말을 아꼈다. 냉랭한 반응에 심드렁해져서는 나도 잠자코 있으려던 찰나에 뜻밖의 주제에서 그의 말문이 트이게 되었다. 우연히 내가 제프 씨의 이름을 언급했을 때였다.

"제프라고?"

"네, 어제는 같이 '창백한 아침'을 둘러보았죠. 인정이 많으신 분 같았어요. 사람들을 도우려는 마음도 굉장히 감동적이었고요."

"크게 감동했다니 제프가 성공을 거두었군."

"제프 씨와 잘 아시나요?"

"이상주의자며 박애주의자지."

윌리엄 씨는 제프 씨를 알고 있는 것 같았지만 가까운 사이로 보이지는 않았다. 그가 제프 씨를 요약해 버린 짧은 두 마디에는 누가 들어도 부정적인 뉘앙스가 가미되어 있었기 때문이다. 아니나 다를까 이어진 대화에서 윌리엄 씨는 제프 씨에 대해 자신이 견지하던 비판적 입장들을 조목조목 꺼내 놓았다.

"무언가 좋은 일을 해보려는 그를 인간적으로는 존중하지만 '좋은 의도'가 반드시 좋은 결과를 가져오는 것은 아니지."

영웅적인 사명감으로 현장을 누비던 제프 씨를 가까이서 직접 목격한 나였기에 어리둥절하여 그에게 되물었다.

"혹시 제프 씨가 무슨 나쁜 일이라도 저질렀나요?"

"꼭 그렇기보단 제프가 실패를 인정하고 방법을 수정해야 한다는 게 내 견해이네. 더는 선심 쓰는 척하는 자세를 그만두고 문제를 해결하는 것에 매달려야 할 때야."

"어려움에 처한 사람들을 도우려는 그의 일을 굳이 '선심 쓰는 척'이라고 비하하신다면, 그처럼 '선심 쓰는 척'이라도 하려는 사람들이 세상에는 더 많이 필요한 게 아닐까요?"

사사건건 부정적이고 좋은 일에도 빈정거리며 남의 노력을 어떻게든 트집이나 잡아 깎아내리려는 태도를 향한 짜증 섞인 일침이었다. 그러나 윌리엄 씨는 표정 하나 변하지 않았다. 오히려 번뜩이는 안경테 너머로 더욱 차갑고 견고해진 눈빛을 발산하며 나에게 반문했다.

"그가 정확히 누굴 도왔다는 건지 말해줄 수 있겠나? 많은 구호 프로그램들이 빈곤을 줄이는 데 실패했지. 그런데도 제프는 여전히 무언가 이루어지고 있다는 생각을 사람들에게 심어주고 있어. 마치 목표에 도달하는 것보다 목표를 설정하는 것만으로 충분히 제 할 일을 다 했다는 식으로 말이야. 그러니깐 '아무래도 좋으니 그냥 뭔가 해라!'라는 식의 원조는 좋은 평판과 자기만족을 얻으려는 선택받은 자들에겐 성공을 가져다주지만 정작 이곳에는 실패를 가져다주었지. 도대체 제프와 같이 주인공 노릇하길 좋아하는 작자들은 어느 쪽을 바라보며 일하고 있느냐 이거야! 여길 보라고. 어째서 그들은 이 진절머리 나는 기근이 선진국의 뉴스 끄트머리를 장식하게 만드는 데까진 매번 성공을 거두면서 또다시 이곳은 이토록 실패하도록 내버려두었던 거지?"

윌리엄 씨의 설명이 점점 더 비수 같은 규탄으로 변해갈 즈음 불편했던 이동이 끝이 나고 내륙의 외딴 마을에 닿아 있었다. '버림받은 황야'에서 두 번째로 방문한 현장이자 윌리엄 씨가 완전히 실패했다고 일컬은 마을인 '헐벗은 오후'에 도착했다.

"뭔가요? 이게 전부······."

아무런 준비도 되어 있지 않던 나는 윌리엄 씨에게 긴장된 목소리로 물어보았다. 반드시 대답이 필요한 것은 아니었다. 가물가물하긴 했어도 이미 어디에선가 본 적이 있는 장면이었다. 그런데 과연 어디서였던가. TV 광고 속에서. 온라인에 떠도는 사진들에서. 아니면 책이나 교과서에서. 어디였든 눈앞의 광경은 언젠가 나를 거쳐 갔을 낯익은 장면인 게 분명했다. 그럼에도 낯선 감정으로 멍하게 바라보고 있어야 했다. 보고, 다시 봐도, 할 말을 잃어버리게 만드는 충격적인 광경이었다.

'헐벗은 오후'가 우리를 맞이한 첫인상은 마을이라기보단 폐허에 가까운 모습이었다. 땅에서는 화염에 휩싸인 듯 열기가 피어올랐고, 맹렬하게 부는 바람은 생명이 깃든 모든 운명들을 가벼운 먼지 입자처럼 쓸어버리려 하고 있었다. 죽은 가축의 해골들이 곳곳에 널브러져 있었고, 어떤 동물은 풍선처럼 부패한 배를 드러낸 채 아직도 서서히 죽어가는 중이었다. 집들은 집처럼 보이지 않았고 지붕의 물 항아리들도 전부 깨져 있었다. 한때 시장으로 이용되었을 커다란 공터에는 구호 활동을 위한 임시 천막들이 빼곡하게 들어서 있었는데, 일찌감치 물이 사라진 고향에서 탈출하여 '헐벗은 오후'까지 피란 온 외지인들에게 거의 점거되다시피 한 상태였다. 그나마 이곳에는 구호 단체의 손길이 미치고 있는 관계로 약간의 희망이라도 있다고 믿겨졌기에 최후의 방도를 찾아 모여든 것이라고 했다. 실낱같은 희망을 좇아 도착했을 피난민들이 물과 식량을 기다리며 늘어선 줄이 끝도 보이지 않을 만큼 길었다. 그러나 모여든 사람의 숫자에 비한다면 도움의 손길은 간신히 주어지는 정도라고 할 수 있었다. 인력과 물자 어느 것도 충분치 못했기에 사람들은 구호 활동가들에 의해 매겨지는 순번을 기다리는 수밖에 없었다. 이미 자연으로부터 혹독하게 배제를 경험한 피해자들이 또다시 운명을 운에 맡겨야 하는 비참한 양상이었다. 그런데도 사람들은 무섭도록 아무런 반응들이 없었다. 서로에게 인사나 대화도 없이 각자 배급받은 옥수숫가루를 조용히 부대에 담아 터벅터벅 텐트로 돌아갔다. 그러면 다시 먼 곳으로부터 탈출해 온 새로운 사람들이 도착해서 자신들의 차례를 기다렸고, 불행히도 거기서조차 선택되지 못한 사람들은 구름 한 점 없이 눈부신 하늘을 멍한 시선으로 올려다보았다.

파리떼만 붕붕거리던 적막을 깨고 윌리엄 씨의 짤막한 설명이 있고 난 다음에야 비로소 눈앞의 광경이 의미하는 바를 현실로 직시할 수 있게 되었다.

"단지 먹을 것과 마실 물이 없어서 이토록 많은 사람들이 죽어가고 있는 거야. 아무도 모르게 매일매일 파멸해 가고 있는 거라고."

그랬다. 그것은 이야기로 들었고 화면으로도 본 적이 있지만 내가 속한 세계의 현실로는 인식해 본 일이 없던 굶주리고 목마른 자들의 실제 모습이었다. 그러니깐, 내가 도착한 곳은, 배고픔이 뼈가 드러나도록 사람들을 갉아먹고 목마름이 어린아이의 영혼들까지 타들어 가도록 만들고 있는 '나쁜 날들' 즉 기아의 현장이었다.

'헐벗은 오후'에서 마주한 현실의 모습은 기존에 내가 알던 상식과 관념들을 가볍게 초월할 정도로 훨씬 충격적이면서 처참했다. 마치 인간의 영혼이 얼마나 쉽게 무너질 수 있는지를 눈앞에 목도하며 참담하게 조롱받는 기분이었다. 사람들이 입에 가져다 넣는 것들은 죄다 인간으로서의 존엄과 긍지를 무참히 파괴하는 것들이었다. 나무껍질, 야생 잎사귀, 말라붙은 잡초의 씨앗과 가축에게 줄 목초 등. 식물에 남겨진 살점이라면 무엇이든 닥치는 대로 뜯어 먹으려 들었지만 다 해봐야 한 끼 분량도 되지 못하는 적은 양에 불과했다. 급기야 죽은 소의 가죽을 벗기고, 가스에 부푼 염소의 위를 꺼내 먹고, 흙에 물을 개어 죽처럼 만들어 먹는 이들까지 목격되었다. 모두가 조상 대대로 금기시되는 일들이었으나 허기진 배를 속이기 위해서는 어쩔 수 없는 노릇이었다. 특히나 배고픔은 어린아이들을 가혹하게 대하였다. 공동체의 어른들은 아이에게 필요한 음식을 우선적으로 챙겨야 할 의무가 있었지만 '헐벗은 오후에 방치된 아이들은 하나같이 앙상하게 마른 데다 잘 걷지도 못해 전부 갓난아기처럼 보일 지경이었다. 부모들이 자녀를 내다 팔고, 자녀가 먹을 음식의 양을 줄이고, 심지어는 생존 가능성이 희박하다고 여겨지는 아이의 손에서 음식 부스러기를 빼앗아 아직 가능성이 있다고 여겨지는 아이에게 나누어 주는 일들까지 자행되었다.

한편 난민들이 최후의 보루로 믿으며 몰려든 구호소 앞에서조차 희망은 산산이 조각나 버리기 일쑤였다. 아이들은 벌거벗겨진 채 차가운 저울 위에 올라갈 순서를 기다렸고, 어른들은 아무 여성에게나 배가 고프니 제발 젖을 나눠달라며 애걸했으나, 어머니들도 아기에게 수유할 모유조차 말라버린 상태였다. 구호 요원들이 비쩍 마른 한 소녀에게 옥수숫가루를 탄 물을 먹이자 먹은 것이 그대로 그녀의 허벅지를 타고 줄줄 새어 나왔다. 너무 늦어버린 것이었다. 급기야 배급을 기다리던 줄에서는 자신이 임신했다고 주장하는 늙은 여성들까지 등장했다. 배 속의 아이들 몫으로 임산부에게 제공되는 옥수숫가루라도 받고자 함이었다. 그러나 구호 요원이 꺼낸 임신테스트기 앞에 절망하며 악다구니를 쓰는 것밖에는 그녀들 역시 얻어 낼 것이 없었다.

이토록 극도의 기다림이 지속되자 사람들은 인내심을 잃어 갔다. 부족한 구호물자와 한 모금의 물이라도 얻기 위해 여기저기에서 사투가 벌어졌다. 우묵하게 패인 눈마다 핏발이 서 있었지만, 비쩍 곯은 몸에서는 어떤 고함이나 위협적인 몸짓도 나올 수 없었다. 그저 애처롭게 허우적거릴 뿐이었다. 아이들은 싸우는 어른들의 틈바구니에서 바닥에 떨어진 곡식 낱알들을 재빨리 손바닥 위에 모아 빨아들이듯 들이마셨다. '탕!'하는 총성이 공중에 울리고 나서야 한바탕 소동도 잠잠해졌다. 어디선가 슬피 우는 여인들의 울음소리가 들려왔다. 모두 패배자처럼 한마디 말도 없이 다시 조용한 침묵 속으로 잠겨 들었다.

결국, 희망이 사라진 마을에는 죽음이 매일같이 찾아왔다. 작열하는 태양 아래 소와 염소들이 먼저 쓰러졌고, 다음은 낙타, 그리고 사람들의 차례였다. 노인과 어린아이들의 생명이 조용히 하나둘 꺼져 갔다. 아이들은 울음을 그쳤으며, 노인들은 파르르 경련을 일으키다 더는 몸을 일으키지 못했다. 시신을 추모하거나 장사 지낼 겨를조차 없었다. 살아있는 사람들은 자신들의 목숨부터 부지하기 위해 시신을 방치했고, 묻어 줄 사람이 없이 죽은 시신들은 메마른 땅에 그대로 누워 있어야 했다. 한 젊은 남자가 자신의 아버지를 매장하도록 도와 달라며 주변에 간청했지만 아무도 도와주지 않았다. 그리하여 시신은 메마른 강바닥에, 황야의 타는 듯한 바람 앞에, 그리고 길 위에, 속절없이 쌓여 갔다. 원래 마을에서는 남편과 아내가 서로에게 음식을 떠먹여 주는 행위가 애정의 상징이었다고 한다. 그러나 부부는 이제 각자 이렇게 부르짖고 있었다.

"주여, 저부터 구해 주세요! 저를요."

'헐벗은 오후'의 현장을 목격하고 난 직후에는 도저히 심경을 가눌 길이 없어 비틀거렸다. 자리를 피해 숨어 버리고 싶은 생각과 동시에 무력감과 자괴감이 파도처럼 일렁이며 가슴 속을 메스껍게 헤집었다. 내가 취할 수 있는 행동이라고는 손에 들려 있던 카메라를 보이지 않게 감추고 고개를 깊숙이 떨구는 것뿐이었다. 한동안 흔들리는 그림자만 초점 없이 노려보며 서 있었다.

"괜찮겠나?"

동요를 눈치챈 윌리엄 씨가 나의 상태를 확인하기 위해 물었다. 대답을 할 수 없었다. 윌리엄 씨가 나를 부축하여 똑바로 세워 놓은 뒤 다시 말문을 열었다.
"지금까지 매년 선진국에 사는 정치인들, 유명인들, 그리고 소외된 곳에 온정을 나누고 싶어 하는 평범한 시민들까지, 이른바 제프의 '친구들'로 불리는 사람들이 고통받는 아프리카 대륙을 돕겠다며 보내온 원조는 실로 어마어마한 액수였지. 그러나 문제는 크게 나아진 것이 없다는 사실이네. 자네도 똑똑히 보았겠지? 작은 우물 하나가 없어서 마을이 통째로 사라져 버리고 있는 것을. 구호 시설에는 의사와 간호사가 모자라고, 긴급한 수술은커녕 흔한 항생제나 설사약 따위가 없어 사람들이 죽음의 위기에 내몰리게 되는 현실을 말이야. 아마도 제프는 또다시 이렇게 말하겠지. '그게 바로 더 많은 도움이 필요한 이유'라고 말이야. 하지만 틀렸어! 진짜 문제는 지금껏 결과가 아니라 목표에 만족해 온 것이네. 결과는 우울하기 짝이 없지만, 목표는 신나고 멋지기 때문이지. 하지만 이제부터는 자신들이 할 수 있는 걸 뽐내듯 할 게 아니라 진정으로 이곳에 필요한 것이 무엇인지를 고민해야 할 때네. 제안서 쓰는 데에만 수고를 들이며 '친구들' 설득하기에 치중할 게 아니라 실제로 고통받는 자들의 목소리와 실태에 더더욱 귀를 기울여야 할 때란 말이야."

윌리엄 씨는 흥분을 가라앉히고 호흡을 가다듬었다. 그제야 나도 감정을 추스르고 숨을 토해 낼 수 있었다. 그가 나지막하고 서늘한 목소리로 자신의 견해에 대한 설명을 마무리 지었다.

"만일 그렇지 않으면 여전히 아프리카에는 '나쁜 날들'이 떠나지 않을 것이네. 아니 오히려 더 극심한 빈곤으로 시달리게 될 거야. 채 다섯 해도 살아보지 못한 어린이들 대다수가 만성적인 영양실조로 질병과 장애의 위험에 놓여 있지. 아이들은 지금도 7초마다 한 명씩 숨져가고 있고 앞으로 12개월 안에 4백여만 명의 어린이들이 똑같은 이유로 땅속에 묻히게 될 거야. 감동적으로 퍼주기식의 국제적 노력은 실패했네. 대체 얼마나 많은 아이들을 더 묻어야 정말로 우리가 실패했다는 것을 깨닫게 되지?"

차량으로 돌아와서 말라붙은 목을 축이기 위해 물병을 열었다. 내 안에 부대끼던 여러 감정들이 한꺼번에 왈칵 쏟아져 나올 것 같았지만, 꾹 참고 한 모금의 물을 삼켰다. 운전대를 잡은 윌리엄 씨는 다시 말이 없어졌다. 돌아오는 길에서야 그의 냉정함을 조금이나마 받아들일 수 있게 되었다. 그것은 마치 '헐벗은 오후'의 사람들을 겨냥하며 숨통을 죄어 오던 칼끝의 온도와도 닮아 있었다. 죽음의 공포 말이다. 태양이 쏟아져 내리는 밝은 대낮임에도 나의 눈앞은 암흑의 밤처럼 어둡고 캄캄했다. 윌리엄 씨와의 만남은, 절망 앞에 똑바로 선 서늘함으로, 그렇게 일단락되었다.

"차를 타고 저희가 달려온 길이 예전에는 전부 연두색으로 경작되었던 사실이 믿어지시나요? 과거 이 근방에선 한 톨의 모래 알갱이도 찾아볼 수 없었죠!"

고개를 돌려 아무리 먼 곳까지 내다보아도 눈에 들어오는 것은 뾰죽한 돌들과 자욱하게 일어나는 모래 알갱이들이 전부였다.

"이곳은 나무와 풀로 뒤덮인 곳이었고…… 그래요! 저 바위 언덕 아래로는 전부 다 숲이었다니까요!"

높이 떠서 수직으로 내리꽂히는 햇볕으로 인해 땅 위의 생명체들은 한창 주눅이 든 시간이지만 어찌 된 일인지 바람과 부딪히는 그녀의 목소리는 들뜬 노래처럼 생기 넘치게 들려왔다.

"토양은 곱고 비옥했어요! 들판에는 옥수수가 넘쳐났고 거의 모든 종류의 작물들이 경작되었죠! 덕분에 먹을 것을 걱정할 필요도 없었고요. 어떤 해에는 메뚜기 떼의 습격으로 농사의 절반을 망쳤지만 뿌렸던 씨앗의 절반을 거둬들인 것만으로도 충분했어요. 또 다른 해에는 농사를 완전히 망쳤지만 역시 걱정은 없었어요. 예년에 비축해 놓은 곡식들로도 넉넉했으니까요!"

옆자리에서 또랑또랑한 그녀의 음성이 악기처럼 바람에 켜지는 것을 감상 중이던 나는 그녀가 자신의 고향을 무척이나 사랑하고 있음을 느낄 수 있었다.

"그 시절에 가축들은 또 얼마나 많았다고요! 수천 마리의 양과 염소와 소 떼들이 마을을 둘러싼 광경이 황홀할 정도였죠! 버든 씨도 꼭 보셨어야 해요. 보고도 믿을 수 없는 장관이었어요……."

그러나 지금까지의 이야기가 현재는 모두 과거의 기억 속에만 존재하고 있음을 불현듯 깨달은 것인지 싱그러웠던 그녀의 표정이 시무룩해지고 말았다. 나는 다시 고개를 돌려 물끄러미 창밖을 내다보았다. 끝없이 펼쳐진 황무지 위에는 돌과 바람과 먼지들뿐이었다.

아쿠푸루 거리에서 세 번째로 만난 담비 양의 안내를 받아 '버림받은 황야'의 또 다른 마을을 찾아 나서는 길이었다. 일전에 방문했던 '창백한 아침'이나 '헐벗은 오후'보다도 훨씬 더 북쪽에 위치한 마을이니깐 그곳에 도착하게 된다면 여행을 통틀어 가장 멀리까지 떠나온 셈이 된다. 차를 타고 이동할 수 있는 도로마저 얼마 뒤면 곧 끝나 버린다고 하니, 아마도 대륙 남단에서 시작된 이번 여행은 그곳에서 끝이 날 예정이다. 그렇게 된다면 애초의 바람이던 아프리카 종단 계획도 성공이었다. 게다가 여행의 마지막 목적지를 담비 양과 동행하게 된 것은 여러모로 고

무적이었다. 그녀는 젊고 활달한 데다 자신이 하는 일을 진정으로 사랑하는 아프리카의 안내자였다. 무엇보다 마음에 든 부분은 그녀가 이곳에서 태어났다는 점이다. 아프리카가 고향인 담비 양은 정규 교육 과정을 마친 뒤에 장학생 자격으로 유럽에서 학위를 수여 받았고 지금은 다시 고향으로 돌아와 구호 단체의 전문의로 수행 중이었다. 그녀는 자신의 당찬 포부를 이렇게 밝혀왔다.

"아프리카에서 태어난 제가 행운을 누리게 된 건 누군가의 양보와 희생이 있었기 때문이죠. 저는 머리에 물을 이고 6킬로미터나 되는 거리를 날라야 하는 여자들이나 영양 부족과 질병에 시달리는 어린아이들 가운데 한 명일 수 있었지만, 운이 좋게도 그들을 대신해서 기회를 얻은 거예요. 더 나은 미래를 위해서요. 그러니깐 저의 미래는 혼자만의 미래여서는 안 된다는 것을 알고 있어요. 아시다시피 우리는 가난하죠. 그런데도 가족과 이웃들이 제가 공부할 수 있도록 혜택을 양보해 준 건 희망 때문이었어요. 각자의 자리에서 고된 삶을 감내하면서 저를 통해 더 나은 미래에 투자하기로 한 결정이죠. 그러니깐 그들에겐 희망을 돌려받을 권리가 있고 저는 그들에게 기여할 의무가 있는 거예요. 우리의 미래는 그렇게 서로 연결되어 있어요."

별처럼 빛나는 눈동자와 사랑스러운 까만 피부색을 가진 그녀가 자신의 소명을 그토록 담대하게 소개하는 모습이 내겐 아프리카의 미래이자 희망처럼 느껴졌다.

달리는 차 안에서 그런 담비 양을 잠시 울적하게 만든 것은 아마도 '나쁜 날들'이 황폐하게 변화시킨 고향의 모습과 사라져 버린 이웃들의 추억이었다. 그러나 다행스럽게도 그녀는 씩씩한 아프리카의 숙녀였다. 담비 양은 다시금 생기를 회복한 얼굴로 종전의 미소를 지어 보였다. 새하얀 치아와 맑은 두 눈에 비친 하늘이 유독 파랗고 시원해 보였다.

"그런데 당신은 어떻게 이 먼 곳까지 혼자 오게 된 거죠?"

"처음에는 혼자가 아니라 둘이었죠."

덕분에 한동안 잊고 지낸 나의 친구에 대해서도 모처럼 누군가에게 소개하기에 이르렀다. 신입생 시절 캠퍼스에서 처음으로 만난 이야기. 둘이서 같이 여행을 준비했던 이야기. 남아프리카공화국에서 극적으로 재회한 이야기. 얼떨결에 탄자니아의 버스 터미널에서 헤어지게 된 이야기까지. 그렇게 채트인에 대한 기억을 헤아리다 보니 덩달아 아련하게 그가 보고 싶었다. 한편 이야기를 듣고 난 담비 양은 엉뚱하게도 박장대소를 터트렸다. 숨이 넘어갈 듯 깔깔거리느라 하마터면 그녀가 잡은 운전대를 놓칠까 신경이 쓰였다.

"그러니깐 버스에서 한 명은 내리지 못했고 또 한 명은 올라 타지 못해 서로 헤어지고 말았다는 거잖아요. 이 아프리카에서 요! 아이고 배야!"

그것이 그리도 우스운 일인지 당황스러웠지만, 막상 그렇게 웃어넘길 수 있는 일이라 생각하니 한결 마음이 가벼워지는 것도 같았다.

"호호, 그래서요? 당신은 지도와 수첩 없이 여기까지 왔고 당신의 친구는 지금 어디에 있죠? 카메라 없이 다큐멘터리를 찍고 있는 건가요?"

그녀가 계속해서 웃어대느라 비포장도로를 몇 차례나 이탈했다 들어오기를 반복했다.

"그야 모르죠. 일찌감치 고향으로 돌아가는 비행기에 올랐을 수 있고. 그게 아니라면 수첩과 지도를 가지고 혼자 여행을 계속했을 수도……."

나 역시 문득 궁금해졌다. 지금쯤 그가 어디에 있을지, 여행을 어떻게 마쳤을지, 그토록 찾고 싶어 했던 것들을 끝내 발견해 냈을지. 황야에 이는 바람처럼 그런 궁금증이 머릿속에 떠올랐다. 그 무렵 달리는 차 창 너머로 보이는 대지로부터 조금씩 초록의 빛이 눈에 띄기 시작했다. 듬성듬성하긴 해도 메마른 모래 알갱이들을 힘겹게 밀어 올리며 움트는 모습이 분명 새싹들이었다. 혹독했던 '나쁜 날들'을 겪고 난 뒤에 이제는 회복의 시간으로 접어들고 있다는 '쓸쓸한 저녁'에 가까워진 것을 알아챌 수 있었다. 마을과의 거리가 좁혀져 오자 설레는 마음으로 주섬주섬 배낭을 챙기려는데 담비 양이 조심스럽게 내게 당부했다.

"참, 버든. 오해 없이 들어 주면 좋겠어요. 마을에 도착하게 되면 당신 친구의 것이라는 그 카메라는 되도록 사용하지 말아 주시길 부탁드릴게요. 우리가 진정한 '친구' 사이라면 말이죠. 괜찮죠?"

반나절 만에 도착한 '쓸쓸한 저녁'에서는 '버림받은 황야'에 들어선 이후 처음으로 맡아보는 구수한 냄새가 우리를 맞이했다. 반가운 모습들도 도처에서 발견되었다. 제일 먼저 눈에 들어온 것은 마을 주변의 들판에서 자라나는 초록의 호로파였다. 가축들이 돌아온 것이다. 아직 소의 등에 자란 혹은 예전만큼 솟아오르지 못했고, 가슴의 젖도 예전만큼 차오르진 못했지만, 가축들은 드디어 번식을 시작할 수 있을 것이다. 농사도 새롭게 시작되었다. 비록 쇠스랑과 멍에는 과거에 헐값으로 팔려나가 버렸고, 전에는 소를 이용해 갈던 밭을 지금은 나귀가 갈고 있지만, 생기를 회복한 땅에는 다시금 씨앗들이 자라게 될 것이다. 무엇보다 시장이 잃었던 생기를 되찾아가고 있었다. 구호 단체의 임시 천막들이 빼곡하게 들어섰던 마을 공터에는 갖은 채소와 열매들이 소담스레 쌓인 평상들이 들어섰고, 아이들이 벌거벗겨진 채 올려졌던 저울 위에는 다시 곡식들이 수북이 올려져 있었다. 안정을 되찾은 곡물 가격에 그것을 위해 농기구와 자식까지 내다 팔았던 지난날들이 무색할 정도였다. 마지막으로 시장 한복판에 놓인 우물도 눈에 띄었다. 구호 단체에서 설치해 준 펌프식 우물은 고장이 나서 못 쓰게 된 지 오래인 것 같았지만, 바로 옆에 주민들이 직접 파낸 재래식 우물가에는 가축과 사람들이 모여 있었다. 사람들은 두 손을 모아 퍼 올린 물을 벌컥벌컥 들이마셨다. 혼탁한 수면 위로 동물들의 털이 둥둥 떠다니는 게 보였지만 그들에겐 그 이상 달콤할 수 없어 보였다. 그런 장면들을 구경하며 마을 어귀에서부터 우리의 코를 벌름거리게 만든 냄새의 근원을 따라가 보니 마을 중앙부에 도착했고, 그곳에는 집집마다 지붕에 얹어진 물 항아리들이 반가운 모습으로 기다리고 있었다! 그제야 마을에 물과 식량이 돌아온 것을 확신하며 안도에 이르렀다. 아직 해가 기울지 않은 시간이었음에도 온 마을 사람들이 저녁 준비로 분주했다. 남자들은 수확한 곡물 입자들을 마당에 펼쳐놓고 공중에 흩뿌리며 겨와 낟알을 가려내는 작업이 한창이었고, 여자들은 화덕 앞에 땀을 뻘뻘 흘리며 불을 조절하고 있었다. 마침내 찾아낸 냄새의 발원지는 다름 아닌 연기가 모락모락 피어나는 쇠 냄비였다. 크고 둥근 인젤라가 노릇노릇 구워지는 중이었다.

"여어, 이리 와서 함께 커피를 나눠 드십시다!"

담비 양을 알아본 마을 어르신들의 환대로 우리는 구수한 향이 나는 조그만 나무 탁자 앞에 동석하게 되었다. 담비 양은 어르신들에게 일일이 나를 소개한 뒤에 스스럼없이 화기애애한 대화의 불씨를 피워 냈다.

"최근에 수확한 테프들은 어땠나요? '나쁜 날들'이 오기 전 만큼은 거두어들이셨나요?"

어르신들의 무리 가운데 한 영감님이 후루룩 소리를 내며 커피 한 모금을 들이켜고는 담비 양이 묻는 안부에 대답했다.

"글쎄 이렇게 말해 두지. 지내고 보니 기근이 온 것도 그리 나쁘지만은 않았다고 말이야. 백인들이 트럭에 싣고 온 식량 자루에서 밀가루가 한 삽 가득씩 퍼 올려졌으니깐. 평상시에는 꿈도 못 꿀 양이었지."

"호호 영감님. 이젠 백인들의 도움 없이 우리 힘으로도 문제를 해결할 수 있어야 해요. 언제까지나 어린애처럼 도움만 기다릴 순 없잖아요. 우리도 어른처럼 우뚝 일어나야죠."

"쩝, 그렇겠지. 그러나 그땐 조금 허무하면서도 비참하다는 생각이 들었지. 우린 이렇게 굶어 죽어가는데 그녀들은 어떻게 그리도 풍족할 수 있는 걸까 하고 말이야."

이번에는 옆에 있던 다른 노인이 커피잔을 내려놓고 끼어들었다.

"내 생각은 좀 다르다네! 우린 그들에게 고마워해야 하네. 그자들은 우릴 모르고 우리도 그자들을 모르지만, 백인들이 우리에게 전해 준 밀가루는 우리의 목숨을 살렸네. 비록 밀가루가 우리의 주식은 아니었지만 말이야. 하하하."

"맞아요, 어르신. 우리가 입은 도움을 어떻게 잊고 살아갈 수 있겠어요. 하지만 꼭 필요한 도움만 주어진 것은 아니었다는 점 역시 잊지 말아야 하죠. 어떤 면에서는 정부의 무능과 관료들의 부패에 원조한 측면도 있었으니까요. 도움의 손길은 '나쁜 날들'을 견딜 수 있도록 도와주었지만 도리어 '나쁜 날들'이 더 끈질겨지도록 일조하기도 했죠. 그러니 우리를 진정으로 도울 수 있는 건 결국 우리 자신뿐이에요. 이제는 저희 젊은 사람들을 믿어 주세요. 아이들을 학교에 보내 주세요. 아프리카에는 이렇게 파릇파릇한 미래들이 있잖아요?"

"젊은이들이 모두 담비 양 같다면 좋겠지만 요즘 젊은이들은 틀렸어. 도대체 얼마나 지난날을 빨리 잊어버렸으면 드레스 따위를 사기 위해 음식을 가져다 팔지? 좋을 때일수록 부주의해

선 안 돼. 당장에 먹을 게 있다고 먹어 치워서도 아니 되고, 미리 미리 절약해서 위를 줄여 놓아야지. '나쁜 날들'은 반드시 돌아오게 되어 있다고!"

어르신들의 그런 푸념을 그저 고리타분한 잔소리로만 들을 수 없는 노릇이었다. 지금은 '쓸쓸한 저녁'에 다시 구름이 모여든 관계로 고향을 떠났던 사람들이 돌아와 휴식을 누리고 있지만, 마을을 둘러싼 험준한 산맥과 삐죽빼죽한 바위들 뒤편에는 여전히 아픔과 위험이 웅크린 채 도사리고 있었다. 무엇보다 물과 음식은 돌아왔지만 그것들을 함께 먹을 사람들이 듬성듬성 빠져 있었다. 사라진 남편들의 자리였고, 아내와 아이들의 자리였다. 모두 이름도 모르는 이방 땅에 묻어 두고 온 것이다. 게다가 불확실한 운명 앞에 삶은 여전히 곤궁하고 빈약하기만 했다. 마을의 운명이 여전히 극도로 짧은 기간에 내리는 불규칙한 빗줄기에 달린 것이 문제였다. 밭에 뿌려진 씨앗들은 강렬한 햇볕을 견디다가 걸핏하면 으스러졌고, 비가 제때 내리지 않은 땅이 조금이라도 딱딱해지면 사람들의 가슴은 다시 절망의 기억에 사로잡힌 채 굳어졌다. '나쁜 날들'이 '쓸쓸한 저녁' 주민들의 마음 속에 두려움을 심어 놓은 것이다. 영감님들은 언젠가부터 지평선에 모습을 드러낸 붉은 모래 언덕이 하룻밤 지날 때마다 성큼 성큼 걸어오듯 가까워지고 있다며 걱정을 내비쳤다. 그런 가운데 사람들 사이에서는 원망 섞인 분노를 표출함으로써 절망과 공포를 떨쳐 내려는 모습들이 만연되어 있었다.

"신에게 아첨 떨지 말라! 그는 끝내 우리에게 침묵하고 마니깐. 신에게 간청하지도 말라! 어차피 그도 할 수 있는 게 없으니깐."

그러한 외침은 마치 주민들의 마음속에 커다란 구멍이 생겨난 것처럼 느껴지도록 만들었다. 표출되는 분노와 원망들은 추측건대 저마다의 가슴속에 만들어진 상처와 공백을 메우려는 울부짖음이기도 했다. 무언가를 간절하게 갈급하지만 응답이 없이 허공에 부르짖어야 하는 비통한 절규처럼 말이다. 혹은 정말로 기다리는 것일 수도 있었다. 마을 사람들도, 나도, 진정으로 우리가 기다리는 것이 무엇인지 여전히 알지 못했지만 말이다.

다시 담비 양이 어르신들께 물었다.

"그런데 오늘따라 마을의 저녁 준비가 왜 이리 분주하죠? 성대한 연회라도 열릴 예정인가요?"

"그들이 오는 날이기 때문이라네."

"아! 대상들 말인가요?"

"맞네. 세상의 끝에서 시작된 행렬이 오늘 저녁 이곳에 도착하지."

'세상의 끝'이란 표현에 귀가 번쩍 뜨인 내가 대화에 불쑥 끼어들었다.

"세상의 끝이요? 어르신, 도대체 세상의 끝이 어디죠?"

"어디긴. 사사와 자마니의 경계. 바로 '함드엘라'지."

함드엘라. 암호 같은 이름으로 소개된 한 마을이 세상의 끝이라고 어르신들과 담비 양이 입을 모아 설명했다. 멀리 '버림받은 황야'의 북쪽 끝에 고립되어 살아가는 유목민들이 일 년에 몇 차례씩 물을 찾아서 낙타들의 행렬을 이끌고 마을에 나타나는 것이 '나쁜 날들'이 시작된 이래 연례행사처럼 되었다는 사연이었다. 그렇다면 나의 상식으로는 도저히 이해하기 어려웠다. 같은 위기로 사투를 벌이고 있는 '쓸쓸한 저녁' 주민들에게는 낯선 외지인 무리의 방문이 결코 달가운 기다림의 대상일 리 없었다. 그들이 와서 마시는 물의 양만큼 자신들이 마실 물이 줄어드는 것은 자명한 사실이기 때문이었다. 그러나 마을 전체가 그자들이 도착하기를 손꼽아 기다린다는 것을 알고 나서는 놀라지 않을 수 없었다. 실로 '쓸쓸한 저녁'의 주민들은 오랜만에 맞이하게 될 손님들을 앞두고 들뜬 분위기였다. 늦은 오후의 태양이 펄펄

끓는 노을을 서쪽 하늘에 쏟아내자 종일 분주했던 손놀림들과 점증되어 온 기다림이 마침내 마을의 축제로 발전되었다. 쉴 새 없이 구운 인젤라 위에 부어진 새빨간 도로왓 소스가 풍미를 더했고, 장작불 위에 정성스레 손질된 염소 고기들에서는 후각을 자극하는 육향이 풍겨왔다. 동시에 황혼으로 물든 마을 여기저기로부터 노랫소리들이 터져 나왔다. 젊은이들은 "창고를 가득 채우고 꼭꼭 봉인해라! '나쁜 날들'이 다시 돌아오지 못하도록 전쟁의 춤을 추자!"라는 호전적인 노랫말로, 노인들은 "몸가짐을 조심스럽게 하라! 땅을 조심스럽게 밟아라! 좋은 날들이 지금뿐인지도 모르니깐!"이라는 겸허한 노랫말로, 서로 다른 감정을 표출하는 것 같았지만 희열에 찬 표정과 춤사위들은 한 몸처럼 똑같았다. 까맣고 단단한 육체 위에 일제히 피어나는 기쁨의 표정이자, 슬픔의 표정이었다. 축제의 열기는 그렇게 유목민들의 행렬이 무사히 도착하기를 기원하는 기다림으로 강렬하게 점화되었다.

"세상의 끝을 왕래하는 유랑자들이여! 오늘 밤 우리에게 와서 그대들의 메마른 목을 축이라!"

"저주받은 곳에서 태어난 자녀들이여! 오늘 밤 우리에게 와서 그대의 얼굴에 강을 이룬 눈물 자국을 보여 달라!"

"그러나 한 번도 굴한 적 없는 승리의 용사들이여! 오늘 밤 우리에게 와서 죽음의 영원한 패배를 선언하라!"

"목자의 보호를 받는 가축 떼처럼 신의 보살핌을 받는 성자들이여! 오늘 밤 우리에게 와서 그대들의 신성한 음성으로 우리의 자녀들을 축복하라!"

기다림이 고조될수록 껑충껑충 발을 구르는 사람들의 율동에 맞추어 땅에서는 연기가 자욱하게 피어오르고 몸뚱이들에는 땀방울이 번들거렸다. 간절한 염원을 담은 노랫말과 격정적인 춤사위가 어우러지며 주민들을 시장으로 모여들게 하고 있었다. 저마다 손에 든 물 항아리와 횃불들이 회오리에 빨려들 듯 시장 가운데 놓인 우물을 구심점으로 모이더니 지체없이 커다란 모닥불로 합쳐졌다. 타오르는 화염과 함께 사람들도 탄성과 열광에 휩싸이는 모습이었다. 거대한 불기둥을 향해 뒤섞인 인파 속에서 담비 양의 모습도 눈에 띄었다. 흙 위에 나풀거리는 몸짓은 불꽃처럼 자유로웠고 어둠 속에 환히 켜진 눈빛은 더욱더 아름답게 빛나고 있었다. 그러나 나는 뒷걸음질 치듯 열기의 테두리 바깥으로 피신하여 바라만 보았다. 실은 '쓸쓸한 저녁'에 진입할 때 그녀가 내게 전한 당부가 먹먹하게 남아 있었다. 그것은 아주 오래전 일인 것처럼 잊고 지낸, 그리고 채트인과 헤어지던 순간에도 떠올랐었던, 우울했던 질문 하나를 다시금 뼈저리게 내 앞으로 소환시켰다.

'과연 아프리카에서 친구를 만날 수 있게 될까?'

사람들 사이로 춤을 추는 그녀를 바라보며 나에게는 그런 몸짓도, 눈빛도, 빛도, 자유도 없다는 것을 깨달았다. 모닥불과 나 사이의 거리가 한참이나 먼 것처럼 느껴졌다. 내가 서 있는 불의 경계 바깥으로 어둑어둑 땅거미가 다가오고 있었다.

잠시 뒤 담비 양이 나를 찾아냈다.
"여기에 계셨군요, 버든 씨. 한참을 찾았지 뭐예요."
그녀의 몸은 땀으로 흠씬 젖어 있었지만 훨씬 생기를 띤 모습이었다.
"해가 떨어졌어요. 더 캄캄해지기 전에 돌아갈 채비를 해야겠어요."
"유목민들이 도착하려면 아직 멀었나요?"
"그들은 아주 늦은 밤이라야 도착할 거예요. 실은 반드시 오늘 도착한다는 보장도 없죠. 그자들은 아주 멀리에서부터 낙타들을 이끌고 올 테니까요. 마을 사람들은 그냥 이맘때가 되면 그들을 기다리는 것을 즐기는 거예요."

"혹시 그들이 무슨 보상을 가져다주나요? 다른 사람들이 몰려와서 우물물을 마시는 걸 어떻게 즐기며 기다릴 수 있죠? 이제는 다들 총을 들고 우물물을 지키고 있으면서."

"유목민들이 사막에서 직접 캐낸 소금을 가져오긴 하지만 주민들은 이미 넉넉한 양의 소금을 가지고 있어요. 그러니깐 사람들이 정말로 기뻐하는 것은 그냥 유목민들이 오고 있다는 사실 자체인 거예요. 가장 척박한 땅에 살면서 도움을 받은 적이나 고향을 버린 적이 없는 사람들을 동경하고 자랑스러워하는 것이죠. 혹독한 운명에 맞서 이겨낸 형제들을 향한 축하라고나 할까요."

"운명에 맞서 이겨낸 형제들……"

"네, 사람들은 그들이 죽음을 이겨낸 자들이라고 믿고 있죠."

불빛이 일렁이고 있었다. 흥에 겨워하는 마을 사람들의 환호와 북소리에 춤을 추듯 일어난 불꽃의 광채가 어둠에 묻힌 나에게까지 닿을 듯했다. 시간이 필요했다. 이대로는 돌아가고 싶지 않았다. 아직 카메라에 촬영 분량이 남았다는 미련 때문은 아니었다. 담비 양에게서 일격을 당하듯 느낀 거리감과 나 자신에게서 느낀 부끄러움의 간극 때문이라면 그런 감정이 들기는 했다. 그러나 한편으로는 여행이 끝나 버리기 전에 그자들을 만나

보고 싶다는 생각을 뿌리치기 힘들었다. 세상의 끝이라니. 운명에 맞서 이겨낸 자들이라니.

"저는 여기 남아서 그들이 오는 모습을 보고 가야겠어요."

담비 양은 갑작스러운 나머지 잠시 당황한 기색이었지만 역시나 흔쾌히 허락해주었다. 유목민들의 도착이 늦어질 수 있을뿐더러 아예 만나지 못할 수도 있는 점을 혹여나 내가 실망하지 않게끔 일러 주었고, 자신은 며칠 뒤 다시 마을을 방문할 예정이니 그때 아쿠푸루로 돌아갈 수 있도록 데리러 오겠다는 약속까지 친절하게 해 주었다. 작별의 순간이 다가오자 돌연 참았던 감정이 북받쳐왔다. 시간이 더 있었더라면 고마움과 애정과 미안함을 담은 여러 말을 전하고 싶었지만, 한 가지만은 그녀가 돌아서기 전에 반드시 확인하고 싶었다. 여행의 마지막을 위해서라도 그것은 나에게 해결하지 않으면 안 될 문제였다.

"어째서 카메라를 꺼내면 우린 '친구'가 될 수 없다는 듯 말했죠? 나는 당신도 저 사람들도 그리고 아프리카도 이토록 좋아하고 있는데 말이에요."

당장이라도 울음을 터트릴 것 같이 상기된 표정으로 묻는 내게 그녀는 그녀답게 미소를 머금었지만, 이번에는 조금 처연해 보이는 웃음이었다. 그리고 담비 양은 짧은 대답 대신 차분한 목소리로 긴 이야기 하나를 내게 들려주었다.

그것은 오래전 기억으로 거슬러 올라가 '나쁜 날들'이 이 땅에 처음 도래했을 때의 이야기였다. 땅 위에 거의 모든 동물을 말라 죽게 만들고 사람들을 무더기로 죽어 가게 만든 가뭄은 그때가 처음이었다고 한다. 유례없이 찾아온 가뭄은 급기야 아프리카 전체의 기근으로까지 확산되었다. 이웃 마을의 이웃 마을도, 이웃 나라의 이웃 나라들도, 상황이 비슷했기 때문에 대륙 전체가 비상구 없이 죽어가는 상황이었다. 그때 백인들이 아프리카를 살리기 위해 뛰어들었다. 그들은 지구 반대편에서 생명을 구하는 일에 동참할 사람들을 끌어모으기 시작했다. 좋은 일을 하기 위해 전 세계의 관심이 대형 콘서트장에 집중된 것은 그때가 처음이었다고 한다. 시대를 대표하는 유명 가수들이 생애 최대의 관객들 앞에 모여 자신의 인기곡들을 열창하면서 도움을 호소했다. 가수들은 관객들을 '영웅'이라고 치켜세웠고, 주머니에서 돈을 꺼내 보이며 먹을 것을 전해주자고 독려했으며, 커다란 함성을 전 세계로 보내자는 호응을 유도하기도 했다. 터져 나오는 환호와 갈채로 장내는 뜨겁게 들썩거렸고 어마어마했던 그날의 열기는 열여섯 시간에 걸쳐 전 세계의 안방으로 생중계되었다. 그러나 사실 그들의 표현대로 '전 세계'는 아니었다. 실제로 거실에 앉아서 텔레비전을 통해 그런 공연을 감상할 수 있는 사람들의 숫자는 당시 전 세계 절반의 절반에도 미치지 못했으니깐. 소외된 것은 아프리카 사람들도 마찬가지였다. 끔찍한 위기의 나날들과 싸우는 동안 폐허가 된 고향과 죽어가는 자녀들의 모습이 지구 반대편에서 감동적인 배경음악과 함께 생면부지의 사람들에게 소개되고 있던 사실을 자신들은 감쪽같이 모르고 있었다. 한편 공연의 클라이맥스는 그렇게 모인 식량과 구호품들이 수송기로 운반되어 마흔다섯 대의 대형 트럭에 나눠 실린 뒤에 울음바다가 된 난민촌으로 전달되는 장면이었다. 땅에 떨어진 식량을 난민들이 맨손으로 주워 들고 기쁨의 노래를 부르는 장면은 해피엔딩의 결말로 사용되었다. 그 모습을 지켜본 사람들은 이렇게 외쳤다. '모든 것이 가능하다! 우리는 시간을 정복할 수 있고 배고픔을 정복할 수 있다!' 그렇게 해서 사람들은 좋은 일을 해냈다는 자신감을 얻게 되었고 자신들 스스로가 희망찬 '전 세계'의 정점에 서게 되었다. 반면 아프리카가 언제나 누군가의 도움을 받아야만 하는 무기력한 어린아이의 이미지로 전락해 버린 것은 그때가 처음이었다고 한다.

"진정한 친구라면 가만히 곁에 있어 주는 것만으로도 충분하지 않겠어요? 서로에게 상처를 주지 않고, 조용히 아픔을 이해해주고, 포기하지 않고 기다려 주는 것만으로도. 그렇게 '함께'

가 되어 주는 것으로도 친구에겐 충분하죠."

담비 양은 다정한 포옹과 함께 이 마지막 말로 나에게 답해 주고는 초저녁의 어둠 속으로 유유히 멀어졌다. 희미하게 작아지는 그녀의 뒷모습을 지켜보던 나의 가슴이 뻥 뚫어진 것처럼 허전했다. 어쩌면 그것은 마을 사람들에게서 느껴지던 구멍과도 비슷했다. 절망인 동시에 간절한 기다림으로 남아버린 내면의 공백 말이다. 쿵쿵 울려오는 북소리가 가슴을 아프게 때려왔다. 심장이 욱신거리는 울림을 따라 더 세게 고동쳤다. 그녀는 여전히 내게 아프리카의 희망이자 미래와도 같았다. 쓸쓸한 저녁에서 담비 양과의 만남은, 가슴 속에 지울 수 없는 흔적을 남긴 채로, 그렇게 일단락되었다.

해가 사라지고 어둠이 땅에 내려왔다. 축제는 계속되었으나 모닥불의 온기가 미치지 않는 나의 자리에서는 밤의 감촉이 쌀쌀하게 다가왔다. 결국 다시 밤이었다. 담비 양을 떠나보낸 뒤로는 가슴속에 생겨난 쓰라린 공백을 메우려고 몸부림쳐야 했던 시간이었다. 머리에 떠오른 생각들과 그간의 경험들을 동원하여 내 안에 커지는 구멍을 어떻게든 막아보고자 했다.

  무엇이 잘못되었나. 인생의 정답을 알려 줄 열쇠를 찾고 싶었다. 나 혼자만의 행복으로는 불완전했다. 행복한 세상이어야 했다. 이왕이면 다수의 사람들에게 행복을 나누어 주고 싶었다. 겨우 몇 사람에게 나누어 주느냐와 더 많은 사람들에게 나누어 주느냐는 순전히 노력과 역량에 달린 것이라고 믿었다. 더 많이 돕게 될수록 더 성공적인 결과였다. 그러나 역량이 크건 작건 간에 반드시 진실되고 선한 것이어야 했다. 미미한 역량으로 무조건 많은 사람을 돕겠다는 식의 허영이나, 충분한 역량을 가지고 있음에도 고작 제 주변의 사람들만 챙기는 식의 기만은 위험했다. 가식과 위선은 종국에는 절망을 돕고 희망을 위태롭게 만들 뿐이기 때문이다. 정말로 사람들을 행복하게 만들려면, 그런 세상이려면, 내면의 은밀한 곳에서조차 거짓과 악이 승리하게 놔두어서는 안 되었다. 그렇지 않으면 언제라도 무너져 내리게 될 것이었다. 그래서 두렵기도 했다. 시련과 유혹을 이겨낼 수 있을지, 변질되지 않을 수 있을지, 행복을 찾을 수 있게 될지, 그리고 그런 것들의 의미란 게, 이를테면 사랑이란 게 정말로 존재하긴 하는 것인지. 이 모든 것들을 알아보기 위해 주어진 인생의 시간이 한 번뿐이라는 점이 무엇보다 불안했다. 결국 불확실한 삶에 대한 불안과 의문을 해결해 줄 실마리를 찾아 여기까지 온 것이다. 그러나 예기치 못한 일들로 길은 잃어버렸고, 계획은 엉망이 됐고, 정답은 찾지 못한 채 실패에 실패만을 거듭해왔다. 첫 번째 마을이 내게 답했다. '더 많은' 사람들에게라는 나의 계산은 틀렸다고. 두 번째 마을이 내게 답했다. '옳고 그름'에 대한 나의 판단은 틀렸다고. 세 번째 마을이 내게 답했다. '나한테 달렸다'는 믿음 역시 틀린 것이었다고. 여행의 막바지에 이르도록 이처럼 오답들로 얼룩진 채 초라하게 어둠 속에 남겨져 버렸다. 메워질 수 없는 구멍이 내 영혼의 중심을 관통하여 커다랗게 뚫려 있었다.

무엇을 놓쳤나. 여행 중에 만난 수많은 얼굴들이 스쳐 지나갔다. 그 가운데 몇몇은 유난히 마음에 걸렸다. 이를테면 랑가의 주민들. 은톰비 여사와 노분투를 비롯한 그곳의 식구들은 이방인인 나를 자신들의 일원으로 환영해 준 친절한 사람들이었다. 그러나 내 수첩에서 시작된 '의미 있는' 프로젝트 덕분에 나는 공개적으로 인정 많고 자비로운 사람으로, 그들은 한순간에 무기력하게 도움을 기다려야 하는 사람들로 나뉘고 말았다. 그런데도 그들은 친구가 떠난다며 여행을 출발하는 나에게 환송의 노래를 불러주었다. 볼라와요에서 헤어진 프라이드도 생각이 났다. 피부색이 다른 여행객을 위해 함께 국경을 넘어 기꺼이 고생길을 동행해준 친구였다. 그러나 목적지를 표시해 놓은 지도 위에서 나는 그를 향해 '거기까지만'이라며 매몰차게 선을 그었고, 그는 자신의 의지와 상관없이 그어진 선 밖에 서서 "걱정하지 마. 다 잘 될 거야."라며 담담히 받아들였다. 아니, 도리어 염려해 주었다. 헤어지기 전날 밤에는 모닥불 앞에서 밤이 새도록 여행에 필요한 이야기들을 들려주었고, 작별의 순간에는 우리가 사라질 때까지 손을 흔들며 기다려 주었다. 아루샤에서 만난 저스틴 할아버지에게도 진 빚이 있었다. 의도와 계산을 품고 들이닥친 낯선 방문객을 친손자처럼 반겨준 할아버지에게 나는 얼마나 무례하게 굴었던가. 기다리던 대답과 원하는 장면이 카메라에 담기지 않으면 할아버지의 면전에 원망을 드러냈었다. 정작 도움을 받은 건 나였으면서 혹시나 내게 도움을 요청하진 않을까 경계하기까지 했다. 단지 그가 '아프리카인'이기 때문이었다. 그러므로 돌이켜보니 나는 고작 '의미 있는' 일들이 적힌 수첩과 '거기까지만'이라고 선이 그어진 지도와 고정된 프레임에 어떻게든 '아프리카인'들을 담아 보려던 카메라 때문에 고맙고 소중했던 친구들을 번번이 놓치고 말았다. 결국 나는 아프리카에서 친구를 만나지 못한 게 아니라 친구가 될 자격이 미달된 것이었다. 여행의 끝자락에 이르러서야 이와 같은 공백들을 반추하며 후회에 잠겼지만 아쉽게도 너무 늦어버렸다. 나는 아프리카에서 친구를 만나지 못했다.

무엇을 잃어버렸나. 나의 진짜 친구. 여행을 함께해온 동반자. 새로운 세계에서도 나란히 나아가기로 약속한 벗이자 인생의 조력자. 형제처럼 격의 없이 지낸 가운데 늘 자신의 말보다는 나를 더 경청해주었고, 함께인 것만으로 든든하게 의지가 되어준 나의 형. 아뿔싸. 나는 채트인을 아루샤의 그 복잡한 버스 터미널에 남겨 두고 와버렸단 말인가. 어쩌면 그에 앞서 캄캄했던 초원의 조그만 텐트 안에 남겨 두고 온 것일 수 있었다. 내내 여행을 함께 했음에도 그가 어둠 속에 흘린 눈물의 의미를 헤아리지 못한 채 외면하고 말았다. 아니면 더 거슬러 올라가 고향집 나의 방안에 그를 남겨 두었는지도 모를 일이다. 같이 가자며 손을 내밀었던 그 약속의 의미를 아무렇지 않게 내팽개친 채 여기까지 왔다. 어쩌다 보니 채트인보다는 그의 카메라를 소중하게 다뤄왔으며 지금에 이르러서는 아예 기억에서도 그를 잊고 말았다. 그러니 내 안에 뚫린 공백은 고스란히 그가 빠져나간 부재의 자리이기도 했다. 그러나 채트인은 여기에 없고, 여행은 막바지에 이르렀고, 나는 혼자였다. 아프리카에서 나는 사랑하는 나의 친구마저 잃어버렸다.

어떻게든 가슴에 난 구멍을 싸매려 애써보았지만 애꿎은 수고들이, 기억에 관한 노력들이, 영혼에 고이 간직된 정념들까지도, 어둠의 심연을 향해 걷잡을 수 없이 잠식되었다. 확대되어 가는 내 중심의 공허함이 블랙홀처럼 모든 것을 빨아들였고, 두려워진 나는 두 손으로 가슴을 움켜쥔 채 틀어막아 보고자 했지만 상처는 줄어들지 않았다. 도리어 커진 구멍이 이제껏 실패하고 놓치고 잃어버린 것들에 대한 아픔을 고스란히 전해 주었다. 의욕이 빠져나간 몸이 땅속으로 꺼질 것처럼 스르르 눕혀졌다. 시간마저 어둠의 핵심 부근에 다다른 것이었을까. 주변은 온통 캄캄해졌고 모닥불의 작은 불씨들은 숨이 멎기 직전의 빛을 껌벅거렸다. 마을 사람들 대부분은 저마다의 거처로 돌아가고 없었다. 술기운에 땅 위로 드러누운 사내 몇 명과 잿더미를 휘적거리는 노인들만이 축제의 마지막 인사들이었다. 그토록 들떠 기다린 유목민들의 행렬 역시 나타날 기미를 보이지 않았다. 어둠에 묻힌 지평선으로부터 횡한 바람이 불어왔다. 머리 위로는 언제 떴는지 모를 초승달이 하도 얇고 가늘어서 당장이라도 사라져 버릴 것처럼 위태로워 보였다. 그러나 달보다 내 눈꺼풀이 먼저 꺼졌다. 잠이 들고 나서야 모든 게 잠잠해졌다. 여행도 기다림도 모두 실패였다.

눈을 떴을 때는 침묵이 짙게 고여 공기가 스산했다. 차분히 가라앉은 분위기로 인해 긴 시간이 지났음을 짐작할 수 있었다. 장작불을 꺼뜨리지 않으려 교대로 불씨를 지키던 노인들은 바위처럼 웅크린 채 잠이 들었고 이따금 부는 바람이 아카시아 가지 흔드는 소리가 들려오는 게 전부였다. 그 외에는 미동조차 없었다. 다만 등 뒤에서 올라오는 냉기가 칼이 되어 꽂힌 것처럼 온몸을 깊숙하게 관통할 따름이었다. 바닥에 누운 자세에서 허공에 대고 쓰라린 신음을 뱉어냈다. 긴긴 신음은 밤하늘의 안개인 듯 공중의 별빛들을 가렸다가 다시금 선명하게 드러냈다. 그리하여 뼈저린 신음이던 나의 입김은 머리 위에서 긴 외마디의 감탄사로 바뀌었다. 별들 때문이었다.

 "하아…."

 뻣뻣하게 굳어진 몸을 땅에서 일으키지 못한 채로 한참 동안 별들을 올려다보았다. 무수한 별 무리가 밤하늘에 옹기종기 떠 있는 모습을 바라보자니 수많은 얼굴들이 떠올라 황홀했지만, 누구와도 함께할 수 없는 사실이 가슴을 차갑게 얼려왔다. 별들은 반짝반짝 빛나면서도 까마득하게 떨어져 있어 쓸쓸해 보였다. 침묵을 지키다 때가 되면 스러져버릴 외롭고 허무한 운명들이었다. 가슴 가운데에 생겨난 구멍이 여전히 아파왔다.

그때였다. 별안간 믿기 어려운 광경이 눈앞에 펼쳐졌다. 어둠 속에 반짝이던 별들이 침묵을 깨트리고 일제히 요동치기 시작했던 것이다. 아주 멀리에서 들려오는 소리였을 테지만 별들이 서로 부대끼며 내는 찰랑찰랑 소리를 유심히 귀 기울여 들어보았다. 소리는 점점 더 가깝게 들려왔고 급기야 내가 누운 땅까지 미세하게 진동하기 시작했다. 자리에서 벌떡 일어나 지평선 쪽을 바라보았다. 안개가 몰려오고 있었다. 안개가 아니라 모래 구름이었다! 희뿌연 연무 같은 모래바람이 스멀스멀 대지를 덮쳐오고 있었다. 별들이 아니라 사람들이었다! 마을을 향해 다가오는 모래바람 속에서 익숙하면서도 반가운 형상들이 총총히 줄지어 반짝거리는 모습이었다. 이윽고 찰랑찰랑 소리는 결국 행진가였음을 알게 되었다. 그것은 낙타와 나귀와 염소와 사람들이 만들어 내는 장엄한 행렬의 소리였다. 멀리 모습을 드러낸 유목민들의 행렬이 안개와 모래구름을 타고 밤바다를 항해하듯 유유히 가까워져 오고 있었다.

행렬의 선두에는 하얀 베일 사이로 눈동자만 내놓은 사내들이 보였다. 사내들은 낙타 위에 가부좌를 틀고 앉아 배를 항해하듯 낙타 끈을 조종했다. 뒤따라오는 낙타들 위에는 어린아이들이 엎드려 있고, 그 뒤로는 나귀들이 줄지어 따라오고 있었다.

행렬의 말미는 부족을 탄생시킨 어머니들이었다. 역시 하얀 두건을 두르고 있었으나 안장 위에서 아기들에게 젖을 물리기 위해 드러낸 젖가슴을 보고 알 수 있었다. 여정이 얼마나 고되었던지 유목민들의 몸은 밤공기에 얼어든 것처럼 굳어 있었고 베일 사이로 드러난 표정들에는 갈증이 흉터처럼 드러나 있었다. 아예 벌거숭이인 채 허기로 비쩍 마른 몸을 드러낸 사람들도 눈에 띄었다. 대체 얼마나 험난했던 여정을 낮과 밤이 바뀌도록, 아니 몇 년의 시간이 흐르도록 계속하여왔던 것일까. 영혼의 뿌리까지 내려온 목마름을 해결하기 위하여서 말이다. 인상적인 점은 그토록 기다렸을 목적지가 코앞으로 가까워졌음에도 들뜬 기색 없이 느긋한 걸음걸이를 유지하는 모습이었다. 점점 다가올수록, 그림자가 벗겨지고 유목민들의 수척해진 얼굴이 확연하게 드러날수록, 황야는 다시 고요함으로 물들었다. 발걸음 소리는 수면 위를 운행하는 것처럼 매끄러워졌고 간간이 들려오던 바람 소리도 결국 장중한 어둠 속으로 거두어졌다. 위대한 침묵이 '쓸쓸한 저녁'에 찾아왔다. 마침내 세상의 끝에서 온 자들이 도착해 있었다.

같은 시각. 잠에 빠진 '쓸쓸한 저녁' 주민들은 전혀 기척을 느끼지 못했을 정도로 사뿐사뿐 마을로 진입한 유목민들이 곧장 한곳을 향해 다가갔다. 우물이 있는 방향으로였다. 세상의 끝에서 시작되었을 행렬은 수원에 둘러쳐진 야트막한 돌무더기에 당도해서야 비로소 고된 몸부림들을 정지했다. 간밤에 스며든 물기로 우물이 흥건하게 차올라 있었다. 유목민들 가운데 가장 연로해 보이는 노인 한 사람이 제일 먼저 낙타에서 내려와 땅에 코를 대고 숨을 들이쉬었다. 무리를 대표하여 무슨 의식을 치르는 것도 같았고, 개인적인 감격에 겨워 땅에 대고 속삭이는 것도 같았지만, 노인의 입에서도 지켜보는 유목민들의 입에서도 실은 아무 소리도 나오고 있지 않았다. 긴 여정으로 쌓인 피로와 통증이 육신에서 나오는 언어들을 전부 가져가 버린 듯했다. 다만 계속해서 거친 숨을 토해 내고 있었다. 강행군에 쉬어버린 숨소리들이 바람 소리와 어울리며 기묘하게 들려왔다. 곧이어 유목민들도 낙타에서 내려와 가축의 고삐를 풀어 주고 오랫동안 기다려온 순간을 향해 조심스레 걸음을 옮겼다. 우물에 이르러서는 수면 위로 몸을 기울여 굳게 다물어진 입을 벌렸는데 그때 유목민들의 목소리도 처음으로 들어볼 수 있었다.

"이리 가까이 와서 먼저 마셔라."

유목민들은 자신들이 타고 온 낙타를 쓰다듬으며 친구에게 말을 건네듯 순서를 양보했고, 낙타들은 수면 아래로 코를 박고 우물물을 들이켰다. 동물들이 빠짐없이 해갈하고 난 다음에야 사람들의 차례였다. 마을에 도착했던 대열과 반대의 순서로였다. 맨 처음 어머니들이 물을 마신 다음에는 아이들, 아이들 다음에는 아버지들이었다. 자신의 순서가 오기를 기다렸다 목을 축인 유목민들은 그대로 우물 주위에 둘러앉았다. 이제 마지막 한 사람만을 남겨 두고 있었다. 낙타의 등에서 제일 먼저 땅으로 내려왔던 노인이었다. 그는 모든 유목민들이 충분하게 목을 축인 것을 확인하고 나서야 자신도 절뚝거리며 우물 가까이로 다가갔다. 나무토막같이 여윈 팔뚝을 내밀어 갈라지고 터진 입술에 물을 적시고는 벌컥벌컥 들이켜기 시작했다. 유목민들은 그를 족장님 혹은 '즈나브' 할아버지라고 부르고 있었다.

새끼 염소에서 시작해서 연장자인 즈나브 할아버지까지 모두 돌아가며 물을 맛본 뒤에 유목민들은 질서정연하게 우물 주변에 자리를 잡고 앉았다. 그곳에서 그간에 쌓인 여독들을 풀고 갈 모양이었다. 남자들은 사례의 의미로 벽돌 형태로 다듬은 암염 덩어리들을 차곡차곡 우물가에 내려놓았고, 소년들은 가죽 부대에 담아온 약초를 꺼내 상처 난 낙타의 어깨와 다리 위에 조심스럽게 발라주었다. 여자들은 가장 중요한 역할을 감당했다. 딸들은 고향에서 가지고 온 빈 물통에 우물물을 가득 채웠고, 어머니들은 주변에 나뒹구는 불쏘시개들을 모아서 죽었던 모닥불을 살려낸 뒤 흙으로 구운 항아리가 설치된 화로를 만들어 냈다. 어머니들이 만든 화롯불에 딸들이 길어온 물이 끓으며 향긋한 커피 내음을 퍼트리기 시작하자 그제야 유목민들에게 온전한 휴식의 시간이었다.

 불 주위에 둘러앉은 여러 동심원들 가운데 유목민과 내가 처음으로 함께 있었다. 헝겊에 싸인 마른 빵을 꺼내 먹는 사람도 있었고 아이를 재우는 여인들의 자장가 소리도 들려왔다. 하지만 대부분의 사람들은 말없이 타오르는 불꽃을 구경 중이었다. 어둠 속 화롯불이 유목민들의 표정을 기이하게 밝혀 왔다. 피부 여기저기가 상처투성이인 데다 얼굴은 말라붙은 먼지와 핏자국으로 범벅이 된 몰골이었으나, 열에 들뜬 유목민들의 표정에선 마치 광선이 나오고 있는 것처럼 보이고 있었다. 지치고 황폐해진 육신에서 나오는 것치곤 뭐라 설명할 수 없이 밝고 또렷한 빛이었다. 넋을 놓고 바라보는 나를 두고도 유목민들은 개의치 않고 불과 물과 끓어오르는 커피 향에만 의식을 집중했는데, 불꽃에 고정된 눈동자들이 또 다른 세상을 들여다보는 것처럼 신비로운 빛을 발산 중이었다. 그 장면에 매료된 나도 덩달아 숨을 죽이고는 같은 장소에 있지 않은 것처럼 있어 보려 했으나 망부석처럼 얼어있던 내게 누군가 다가와서는 속삭이듯 말을 걸었다. 흔들리는 불길처럼 떨리는 음성이었고, 어둠을 밝히는 빛처럼 따스하게 전해지는 음성이었다. 목소리의 주인공은 나를 모를 테지만 나는 그를 알아볼 수 있었다. 유목민들의 족장인 즈나브 할아버지였다.

"자네와 같은 피부색의 사내를 만난 적이 있었지."

그 말에 하마터면 울음을 터트릴 뻔했다. 나만 그를 알아본 게 아니라는 희열 때문이었고, 나와 같은 피부색을 가진 사내란 말이 전해주는 희망 때문이었다. 즈나브는 여러 겹의 낡은 천으로 가려졌던 품속에서 주섬주섬 무엇인가를 꺼내 들었다. 놀랍게도 자신의 모습이 박힌 꼬깃꼬깃한 한 장의 사진이었다. 일 년 내내 물을 찾아 황무지를 방랑하는 늙은 족장에게 기어이 한 장의 사진을 선물해낼 사람이 이 땅에서 누구인지 나는 알고 있었다.

"아마도 할아버지는 바보 같은 제 친구를 만났겠군요. 그 사진을 전해 주기 위해 세상 끝까지라도 쫓아갔을 친구이죠."

"역시 자네가 그자의 친구란 말인가? 반갑네. 그렇다면 우리와도 '친구'가 되겠군."

환하게 웃으며 말하는 할아버지의 얼굴 앞에서 기어이 참았던 눈물을 왈칵 쏟아내 버렸다. 엉엉 소리 내어 우는 나를 보며 곁에 있던 유목민들도 선연히 웃음을 밝혀왔다. 그제야 하나의 생각이 확실하게 떠올랐다. 익살스럽게 웃느라 접혔다 펴지는 즈나브 할아버지의 얼굴에 감춰진 따뜻한 눈빛. 불꽃을 바라보며 어둠 속에 빛을 밝힌 유목민들의 살아있는 눈빛. 그 눈빛들은 나의 기억 속에서도 반짝반짝 신호를 보내오고 있었다. 그것은 카메라 너머로 아프리카를 바라보던 채트인의 진지한 눈빛, 그리고 나를 향해 미소 짓던 내 친구의 사랑스러운 눈길이었다.

그날 밤 나는 이 대륙에서 아주 오랜만에 일체감을 느껴보았다. 드디어 아프리카에서 '친구'를 만나게 된 것이다. 그리고 어쩌면 나의 벗 채트인과 함께 여행을 끝낼 수 있을지 모른다는 희망이 생겨났다. 둘이서 함께 시작한 이 여행을 말이다.

세상의 끝 너머

즈나브 할아버지와의 만남을 통해 여행의 최종 목적지 또한 극적으로 정해졌다. 세 번째 마을에서 여행을 끝내려던 기존의 계획을 수정하여 조금 더 북쪽으로 올라가 볼 결심을 했다. 유목민들에게는 고향이자 뭇사람들에게는 세상의 끝이라고 알려진 '함드엘라'를 향해서였다. 이왕에 여기까지 왔으니 아프리카 종단이라는 명분을 보다 확실하게 하겠다는 차원은 아니었다. 고작 지도 위에 그어질 선 따위가 이제는 중요한 의미가 아니다. 어차피 나의 수중에는 펼쳐 볼 지도도 없어진 지 오래였다. 그러나 지도 대신 카메라는 내게 남겨져 있다. 그러니 남은 촬영분을 염두에 둔 것이라면 그것도 반 정도만 옳다. 극적인 장면이나 하이라이트에 대한 미련은 담비 양과 헤어진 이후부터 말끔하게 사라졌다고 할 수 있었다. 그보다는 카메라의 주인인 채트인 때문이다. 나의 친구 채트인을 만났다는 즈나브 할아버지와 유목민들의 증언 때문이다. 물론 증언을 따라 무작정 채트인을 찾아 나선다는 게 무모할 뿐 아니라 가능성도 낮다는 것을 모르는 바 아니었다. 그와 헤어진 게 언제였느냐는 물음에 유목민들은 고개만 갸우뚱할 뿐이었고, 어디로 떠났느냐는 물음에는 먼

지평선을 손가락으로 가리킬 뿐이었다. 그러나 막막했던 상황 가운데 그들의 입에서 언급된 한 장소가 나에게 강렬한 일깨움으로, 혹은 뉘우침으로 다가왔다. 바로 사막이었다.

여행을 준비하면서 채트인과 아프리카를 그릴 때마다 우리는 사막이라는 공간을 떠올리며 벅차오르는 애정과 동경을 공유하곤 했다. 아프리카에 대해 아무것도 몰랐던-진짜로 오게 될 줄은 더더욱 몰랐던-그 시절 우리에게 사막은 무한한 상상의 터전이자 신비로운 장소로 여겨졌기 때문이다. 함께 이야기를 나누던 좁고 답답했던 현실에서 벗어나 끝없이 탁 트인 대지를 떠올려보는 것만으로도. 무수히 별들이 쏟아지는 하늘을 떠올려보는 것만으로도. 두 사람에게 형용 못 할 자유를 선사해준 목적지가 아프리카 대륙의 사막이었다.

#001 (다큐멘터리 첫 장면) 빛으로 가득한 사막을 걷고 또 걷는 그림자들. 불안정한 호흡. 흔들리는 발걸음….

그 완벽한 대화의 장소에 도착해서 또렷하고 감동적인 시선으로 바라보게 될 세계의 모습을 꿈처럼 그려왔다. 물론 꿈같은 이야기였다. 막상 아프리카에 도착하니 텅 빈 사막은 자연스럽게 일정과 행선지에서 멀어지게 되었다. 눈앞에 어지럽게 돌아가는 매력적인 이야기들을 카메라에 포착하기 위해서는 한가롭게 광야를 거닐거나, 해가 뜨고 지는 모습을 관조할 여유 따윈 우선순위에서 밀려났다. 그보다는 복잡다단한 현실 속에 나아갈 길을 찾아야 한다는 각오로 충만해졌다. 그런 연유로 채트인이 아프리카에 합류할 당시 작성해 온 다큐멘터리 기획안의 도입부와 결말에 여전히 사막을 걷는 장면이 포함된 것을 확인했을 때 든 생각은 두 가지였다. 그가 아직 아프리카를 모르고 있다는 생각과 그의 카메라에 더 놀랍고 대단한 것들을 담아주겠다는 생각이었다. 여행은 그렇게 시작되었고, 이후 우리의 지도에서나 대화에서 사막은 다시 등장하지 않았다. 그보다 채트인에게 내가 안내해온 길은 오히려 사막으로부터 멀리 떨어져 있다고 할 수 있는 떨어진 곳들. 그러니깐 다양한 사건과 인간 군상들 속으로 들어가서 경험과 지식을 습득하고 그것들을 토대로 미래에 유용할 단서를 찾아내는 일만이 여행의 과제이자 목적이었다. 세워 놓은 계획들이 전부 틀어지고 채트인과 엇갈리게 되기 전까지는 그랬다.

그러나 안타깝게도 아루샤의 버스 터미널에서 헤어지게 된 이후부터 우리의 시간은 뒤죽박죽이 된 채 따로 흘러오게 되었다. 혼자가 된 채트인이 자신의 남은 여정을 어떻게 꾸려갔을지 알아볼 방도는 내게 없다. 다만 그를 만났다는 유목민들의 증언으로 미루어보건대 그가 사막을 향해 떠났음은 의심의 여지가 없었다. 하지만 카메라도 없이 달랑 빈손으로 사막까지 갔단 말인가? 그렇다. 채트인이라면 그런 결정을 내릴 수 있었을 것이다. 여행이 계속될수록 그는 카메라를 중요하게 다루지 않아 왔다. 어찌 된 영문인지 그의 일거수일투족은 작품으로 남길 장면보다 피사체들의 삶 가운데로 들어가는 일에 더욱 몰두하는 것처럼 느껴졌고, 카메라는 그저 낯선 사람들과 '함께'가 되기 위한 구실에 지나지 않아 보였다. 그러니 채트인이 카메라 없이도 자신이 바라던 장소로 찾아 나서게 된 선택에는 이상할 게 없다. 그는 혼자서 사막으로 떠난 것이 분명했다. 나 역시 '함드엘라'로 떠나기로 결심했다. 그가 머문 행적들을 좇아 그동안 멀어진 두 사람 사이의 거리를 좁혀볼 생각에서였다. 마지막 남은 한 개의 테이프에는 그가 기대했던 사막의 장면들을 그를 대신하여 담아내겠다. 그리고 더 큰 행운이 따른다면, 혹시라도 이 대륙에서 그와 재회할 수 있게 되기를 바라는 심정으로, 유목민들의 귀향 대열에 합류하기로 한 것이다. 즈나브 할아버지는 그런 나를 받아들여 주었고 유목민들은 자신들에게 가족과도 같은 낙타 한 필을 기꺼이 내어주었다. 담비 양에게는 미안하게 됐지만, 나중에 다시 '쓸쓸한 저녁'으로 돌아온다면 그녀에게도 자세히 설명할 기회가 있을 것이다. 동이 틀 무렵 휴식을 마친 유목민들이 채비를 마치고 어슴푸레한 어둠 속에 대열을 재정비했다. 새벽 내내 무릎을 꿇고 엎드려 있던 낙타들도 일제히 땅에서 일어나 긴 줄 위에 늘어섰다. 드디어 즈나브 할아버지가 입으로 부는 휘파람 신호에 맞추어서 맨 앞쪽부터 차례로 지평선을 향해 출발했다. 아주 오랜만에 채트인과 함께했던 여행의 순간들이 떠오르며 흥분되기 시작했다. 여정은 그렇게 다시 시작이었다. 아프리카에서 만난 새로운 친구들과 함께. 그리고 세상의 끝에서 만날 나의 오랜 친구를 향해.

유목민들의 행렬은 빛과 어둠 속에 하루하루 앞으로 나아갔다. 한낮에는 태양의 열기가 대단했고 밤이 되면 지구 밖에서 불어오는 것 같은 찬 공기가 온몸을 꽁꽁 얼려왔다. 하지만 그런 것들이 집으로 돌아가려는 행렬에 영향을 미칠 수 없는 노릇이었다. 낙타들의 걸음은 한결같이 느긋했고 유목민들은 두꺼운 망토 자락을 얼굴까지 덮어쓰고 앞으로 나아가기를 멈추지 않았다. 땅 위에 드리워진 그림자의 길이가 늘어났다 줄어드는 것 외에는 한 치의 흐트러짐도 없는 모습들이었다. 심지어 어린아이조차 떼를 쓴다거나 배가 고프다며 칭얼거리는 모습 없이 앞서가는 아버지들의 뒷모습을 조용히 따라갈 뿐이었다. 침묵 속에 이어지는 시선과 시선들에는 애정과 신뢰가 담겨 있었고, 그 시선의 맨 앞쪽에서, 그리고 끝없이 펼쳐진 광야에서, 어른과 아이와 가축들이 하나인 엄중한 행렬이 나아갈 길을 제시하고 있는 사람은 즈나브 할아버지였다.

허허벌판 위를 걷는 여정이라고 단순히 목적지를 따라 전진하면 그만인 것이 아니었다. 유목민들이 아득한 평원을 이동하는 방식은 물과 초지를 따라 움직이는 것인데 시시각각 달라지는 자연의 무대에서 물이 생성되는 지점들이 지도 위처럼 정확하게 표시되어 있을 리 없었다. 유목민들은 그저 자연이 인도하는 길을 따라 평생에 걸쳐 사막 위를 걷고 걸어왔다. 역사보다 오래된 강에서부터 하룻밤 사이에 생겨난 작은 우물에 이르기까지. 물이 있는 장소들을 찾아다니며 자신들이 캐낸 소금과 맞바꾸기도 하고 새로운 식량을 얻기도 하는 방식으로 대자연에서의 삶을 이어오고 있었다. 그러나 최근 들어서는 우물이 사라져 가고 있다고 했다. 극심한 이상 고온 현상과 사막화의 영향으로 갈수록 물의 신호가 희미해지고 다음 지점과 그다음 지점 사이의 거리가 아슬아슬해져 가는 중이라고 했다. 그것은 유목민들에게 길을 잃거나 방향을 헷갈리게 만드는 치명적인 위험이 도래할 수 있음을 의미하기도 했다. 그 때문에 사막 위를 걷는 행렬은 극도로 신중하게 내딛는 한 걸음 한 걸음의 연속이었고, 그런 환경을 누구보다 오래 겪었을 즈나브 할아버지는 광야에서 유목민들이 나아갈 길을 이끌 적임자였다.

유목민과 낙타들은 할아버지를 향해 목숨을 내건 신뢰를 보냈으며, 할아버지는 선두에서 부족 전체의 운명을 등에 지고 묵묵히 행렬을 이끌어 나갔다. 며칠 동안 등 뒤에서 바라본 즈나브의 모습은 그가 사막에서 얼마나 탁월한 인도자인지를 내게 이해시켜주었다. 할아버지는 마치 신비한 눈을 가지고 있기라도 한 것처럼 황량하고 척박한 이 세계를 꿰뚫어 볼 줄 알았다. 낮에는 해와 풀포기와 붉은 먼지구름이 인도하는 방향을 따라, 밤에는 별들과 땅의 감촉과 바람이 인도하는 방향을 따라, 선단을 이끄는 선장처럼 뱃머리를 돌려가며 거침없이 앞으로 나아갔다. 그러면 놀랍게도 아무것도 보이지 않던 폭풍 속에서, 산악 지대에서, 지평선 너머에서, 정말로 반짝거리는 우물이 우리를 기다리고 있던 것이다. 도대체 어떻게 그리 멀리 떨어진 데다 꽁꽁 감춰진 우물들을 찾아낼 수 있느냐는 물음에 즈나브 할아버지는 이렇게 대답했다. 띄엄띄엄 떨어진 우물들은 원래 하나의 물길로 이어져 있는 거라고. 그러니 먼저 찾아야 할 것은 흩어진 것들이 아니라 커다란 하나의 길이라고. 그것은 말로야 쉽지만, 눈앞이 온통 뾰족한 바위와 말라 버린 풀과 흩어지는 모래뿐인 땅에서는 도무지 불가해한 일이었다. 그래서인지 내 앞에 펼쳐진 사막은 가도 가도 똑같기만 한 조용하고 광활한 평원이었다.

사막에서 즈나브 할아버지가 탁월한 인도자인 이유는 그처럼 물을 찾아내는 신기한 능력 때문이기도 했지만, 할아버지의 눈은 훨씬 더 깊고 은밀한 곳까지 헤아릴 줄 알았다. 이를테면 유목민들에게 내면의 고향이나 존재의 연원으로 일컬어지는 곳, 바로 영혼이었다. 할아버지를 향한 부족민들의 사랑과 공경에는 그가 자신들의 영혼을 가장 잘 이해하는 어른이라는 점이 중요하게 작용했다. 할아버지의 기억 속에는 누구보다 많은 영혼이 간직되어 있으므로. 즈나브는 부족민들 한 사람 한 사람의 역사를 알게 해 줄 산증인이나 마찬가지였다. 아버지와 아버지의 아버지의 이야기, 수많은 조상들의 탄생과 죽음의 이야기가 즈나브에게는 고스란히 현재로 기억되는 지금이자 멈추지 않고 살아있는 현실이었다. 덕분에 유목민들은 할아버지의 도움을 받아 텅 빈 사막 한가운데에서도 저마다 자신들의 뿌리와 본질을 돌이키며 잊지 않았다. 스스로 알고 있는 자신과 자기의 기원을 연합시키는 것. 영혼이란 거기서 도래하게 되는 것이라고 할아버지는 내게 설명해 주었다. 역시나 알쏭달쏭한 이야기였다. 하지만 확실하게 짐작이 가는 부분은 있었다. 눈으로는 볼 수 없는 것들을 즈나브 할아버지는 이 사막에서 생생하게 마주하고 있는 점이었다.

하지만 할아버지의 그런 통찰이 단지 즈나브 한 사람의 전유물인 것은 아니었다. 사막에서 태어난 유목민들에게 물과 영혼을 꿰뚫어 보는 일은 숙명인 동시에 생존과도 직결되는 문제였다. 그리하여 끝없는 행렬은 모두에게 끝없이 배워나가는 여정과도 같았다. 낮에는 어깨너머로 보이는 서로의 걸음에서, 밤에는 모닥불 앞에 피어오르는 이야기들 속에서, 유목민들은 보이지 않는 것을 보는 눈을 부단히 수련하는 중이었다. 부족의 어머니들은 아기가 처음 세상에 태어나는 순간부터 삼 일간은 모유를 비롯하여 아무것도 먹이지 않는다고 했다. 평생 물을 찾아 떠날 운명인 아이들에게 목마름부터 가르치기 위해서였다. 부족의 아버지들은 아이가 소년으로 자라나면 무려 일곱 세대 위의 조상들이 누구였는지를 가르친다고 했다. 일평생 광야를 떠돌아야 할 운명인 아이들에게 자신들이 어디에서 왔는지를 가르치기 위해서였다. 이처럼 유목민들은 태어남과 동시에 목마름을 가르침으로써 살아남는 법을, 나 자신이 누구인지를 배움으로써 죽음을 준비하는 법을, 모래 위에서 익히고 기억했다. 그러므로 기나긴 열에 늘어선 유목민들은 제각기 작열하는 태양 아래 남자들, 아이들, 여자들이지만, 또한 그들은 사막 위에서 끝없는 배움과 역경 속에, 빛과 어둠과 폭풍 속에, 인간으로 날마다 태어나는 중이었다. 그러한 사실들을 알아가면서는 유목민들의 대열에 연결되어 있는 것만으로 뭉클함이 전해졌다.

한편. 길고 고된 여정 가운데 계속해서 전진할 수 있게끔 활력을 공급해 준 것은 사막이 제공하는 단편적 순간들이었다. 추운 밤을 뚫고 솟아오르는 태양. 눈이 시리도록 푸르게 바뀌는 창공. 건조해진 육신을 씻어 내리는 한 모금의 물. 여행 중 마주치게 되는 그런 짤막한 순간들이 지친 순례자의 기운을 북돋아 주곤 했는데, 그중에도 육신이 충만하게 회복되는 순간은 사막 위에서 취하는 휴식의 시간이었다. 기나긴 행진 가운데 낙타들이 걸음을 멈추고 지친 신호를 보내면 그 때와 장소를 기점으로 유목민들은 어디에나 야영지를 만들었다. 기다란 나무 뼈대를 둥글게 엮어 세우고, 짚이나 천으로 기운 거적을 덮고, 그 안으로 동물과 사람들이 함께 들어가 더위와 추위로부터 피신하는 방식이었다. 움막에서 휴식을 취하는 어린아이들이 작디작은 손길로 동물을 쓰다듬는 모습을 보고 있으면 지친 몸과 마음이 저절로 거룩해지는 기분마저 들곤 했다. 그러나 휴식에서 느끼게 되는 감동의 절정은 역시 모닥불이 타오르는 순간이라고 할 수 있었다. 지푸라기조차 없는 불모지 같은 황야에서 여인들이 햇볕에 말린 낙타 배설물을 땔감 삼아 불을 지피면 달구어진 돌멩이들 위로 응고된 동물 젖과 말린 빵과 같은 정결한 음식들이 신성하게 차려졌다. 거기에 굳어진 손발을 녹이고 음식들로 허기를 달래면 어김없이 모닥불이 타닥거리는 소리를 들으며 커피를 나눠 마시는 순간이 기다리고 있던 것이다. 커피를 마시는 동안에는 유목민들의 입술에서 오래된 침묵이 떨어져 나가고 저마다의 이름이 나긋나긋한 음성에 실려 대자연의 고요 속에 왕래했다. 달고도 쓴 커피 몇 모금으로 지친 몸과 영혼에 축복이 내려지는 불 앞의 시간을 누리고 있으면 자연스럽게 옆자리에 앉은 유목민들은 물론이고 멀리 떨어진 채트인과도 한결 가까워진 기분이 들곤 했다. 비록 휴식의 순간은 짧게 지나가 버렸고, 우리는 또다시 모든 짐을 낙타에 실은 채 아무것도 보이지 않는 지평선을 향해 지체 없이 출발해야 하는 운명들이었지만 말이다.

반대로 사막 위의 시간이 힘들게 다가온 순간은 채트인과 나 사이에 거리가 얼마나 될까 하는 물음이 떠오를 때였다. 지평선은 계속해서 뒷걸음치고 대지는 언제나 전과 다름없어 보이는 단조로운 풍경이 아득한 거리감을 전해 올 때면 종전의 휴식 때

취한 짧은 여운은 보잘것없이 축소되어버리기 일쑤였다. 무엇보다 감당하기 어려운 것은 지금의 내가 어디쯤 있는지와 어디로 가고 있는지를 헤아릴 수 없다는 자각이 떠오를 때였다. 처음엔 간간이 카메라 화면에 뜬 날짜를 통해, 혹은 손가락으로 센 일출과 일몰의 횟수를 통해 계산을 시도하려 했으나 무리였다. 그나마 초저녁에 뜬 달의 모양이 차차 변화되어 가는 모습이나, 밤하늘을 가로지르는 은하수의 고도가 달라지는 과정을 관찰하며, 시간이 완전히 정지된 것은 아니라는 안도에 이를 뿐이었다. 광야 위에서 오랜 경험을 가진 유목민들에게 물어보아도 별 도움을 기대할 수 없었다. 그들에게 시간은 한 시간 두 시간 셀 수 있는 수학적인 것이 아니며 출발지와 도착지가 분명한 직선적인 개념도 아니었다. 하물며 유목민들의 언어에는 '내일'을 의미하는 단어 자체가 존재하지 않았다. 그러므로 언제쯤 도착하겠냐는 물음도 사막에서는 허공의 메아리에 불과했다. 위치를 알 방법은 더더욱 요원했는데 지도는 언제나 유목민들과 즈나브 할아버지의 눈과 마음속에 있었고, 내게는 "저기 밝게 빛나는 별이 앞쪽에서 우릴 비추면 제대로 가고 있는 거야."라는 식의 대답만 친절하게 돌아올 뿐이었다. 시간과 거리에 대한 이해의 간극이 이렇다 보니 급기야 유목민들과 내가 서로 다른 세계를 걷고 있는 듯한 착각마저 들었다. 그럴 때면 내 눈에 비친 유목민들의 행렬은 태양 빛이 반사되는 평원에서는 신기루들처럼, 칠흑 같은 밤의 어둠 속에서는 그림자들처럼 아른거렸다. 결국 채트인과 나 사이에 거리는 끝내 알아내지 못한 채 지구상의 어두운 구석을 혼자 걷고 있다는 좌절감에 번번이 빠져들고 말았다.

  그날도 마찬가지로 일 분 일 초가 일 년만큼 길게 느껴지는 하루였다. 메마른 지표면을 태양광선이 사정없이 찔러 대는 바람에 육신은 열기로 가득 찼고 머리에는 현기증이 맴돌았다. 걷고 또 걸어도 여전히 같은 길을 걷고 있었으므로 시간과 공간에 대한 상념들마저 아지랑이처럼 일그러졌다. 갈 길은 요원한데 낙타들의 걸음은 너무나 느긋해서 속이 타들어 갔다. 달아오른 열기를 식히기 위해 허겁지겁 물을 찾았다. 낙타 허리춤에 매달아 놓은 가죽 부대에서 물을 꺼내 벌컥벌컥 넘기다가 인내심을 잃어버리고 정수리 위로 콸콸 쏟아부었다. 보석처럼 빛나는 물이 머리를 흠뻑 적시고는 달궈진 모래 알갱이들 사이로 빠르게 흡수되어 사라졌다. 유목민들의 시선이 일제히 말없이 내 쪽을 쳐다보았다. 그제야 '이게 어떤 물이던가!'하는 참회가 밀려왔지만 이미 엎질러진 다음이었다. 게다가 머리가 시원해지기는커녕 곧바로 증발된 수분들이 간신히 유지되던 마지막 평정심마저 빼앗아 달아나 버린 듯했다. 뜨거워진 머리가 핑 돌면서 갑자기 온 세상이 새하얗게 변했다. 눈을 뜰 수 없을 정도로 밝은 빛이 두 눈에 일격을 가하듯 침투해 들어왔는데, 그 강렬했던 찰나의 느낌 이후로는 아무 기억도 나지 않았다.

 눈을 떴을 때는 나의 몸이 커다랗고 하얀 천 아래 뉘어져 있었다. 화들짝 놀라 덮어 씌워진 천을 걷어 내고 일어나니 유목민들이 주변을 동그랗게 둘러싸고 있었다. 영문을 몰라 어안이 벙벙했지만 나를 쳐다보는 눈길들도, 정수리에 내리쬐는 광선도, 한결 시원해져 있었다. 머리맡을 지키고 앉아있던 즈나브 할아버지의 얼굴도 보였다. 햇빛에 하얗게 센 수염을 쓰다듬으며 그가 부드럽게 웃고 있었다. 멋진 미소였다.
 "다시 살아났군."
 "여기가 어디죠?"
 "자네가 쓰러졌다 일어난 곳을 몰라보겠나?"
 주변을 돌아보니 여전히 허허벌판인 사막 위였다. 아마도 나로 인해 한동안 행진이 정체되었음을 짐작할 수 있었다. 그렇지만 불과 조금 전 일어난 일들조차 머릿속에 떠오르지 않는 관계로 즈나브에게 물어보아야 했다.
 "어떻게 해서 제가 누워있게 되었나요?"
 "탈수를 겪었네."

즈나브 할아버지로부터 자초지종을 전해 듣고 나서야 순간적으로 정신을 잃고 기절했던 것과 하필 태양을 피할 그늘조차 없던 긴박했던 상황과 다행히 물에 적신 흰 천으로 햇볕을 차단하여 열을 떨어트린 덕분에 위기를 모면할 수 있었던 사연들을 알게 되었다. 미안한 일이었다. 공연히 나 때문에 유목민들에게 저장된 물의 양은 줄어들었고 길 위에 버려진 시간은 늘어난 셈이었다. 혹독한 환경에서 그것이 의미하는 바가 무엇인지 알았기에 마음이 무거웠다. 여행이 성공할 가능성은 희박해진 것이고 공통으로 져야 할 위험은 가중된 것이었다. 나의 앞으로, 아니 이제는 우리 모두의 앞으로 도래하게 될 수백 가지 위기의 상황들을 상상하는 것만으로 가슴이 죄어오는 것 같았다. 불리한 계산을 만회하고 이탈된 여정을 제자리에 돌려놓기 위해 서두르기로 했다. 그런데 자리를 박차고 일어서려는 나를 향해 유목민들은 빈 배를 채우라며 저마다 품속에서 말린 과일 조각과 물을 꺼내 건네주는 것이었다. 차마 그것들을 사양하고 싶었으나 이미 우걱우걱 받아먹고 있는 나였다. 목이 메어왔다. 그런 나를 즈나브 할아버지가 다독이며 상황은 정리되었고 우리는 다시 출발 준비를 마치고 일제히 낙타 위에 올라앉았다.

"언제나 서두르는 것이 태양보다 위험하다는 것을 잊지 말게."

그 일이 있은 뒤로도 광야는 끝없이 펼쳐진 공간이었고, 갈증은 더해지는 고통이었으며, 휴식은 간신히 찾아오는 위안이었다. 시간이 지날수록 목적지는 간절했지만, 거리는 줄어들지 않았다. 마치 바람과 돌과 모래 위를 하염없이 걷는 기분이었다. 다행히 즈나브 할아버지가 나에게 각별한 주의를 기울여 주었다. 조금이라도 내가 지친 기색이거나 또다시 어두운 침묵의 수렁으로 빠져들려 할 때면 할아버지는 당신의 등 뒤에 일어나는 그 작은 동요를 어떻게 알아차릴 수 있는 것인지 신기할 따름이었다. 황야에 이는 모래 폭풍이 가슴속을 헤집으려 할 때마다 즈나브 할아버지가 번번이 선두에서 내려와 말동무가 되어줌으로써 내 안의 소란을 잠재워 주곤 했던 것이다. 그때 할아버지가 들려준 수많은 이야기들이 나를 불안과 외로움에서 건져 주었고, 특히나 내가 처한 압도적인 환경으로부터 나를 자유롭게 해방시킨 것은 언제나 '사사'와 '자마니'에 관한 이야기였다.

할아버지의 친절한 가르침을 통해 나는 유목민들에게 통용되는 독특한 시간관념에 대해 배우게 되었다. 이전까지는 시간이 모두에게 똑같이 적용되는 기준으로 당연하게 여겨졌다. 이를테면 달력이나 시계에 표시된 숫자들은 누구에게나 동일한 약속이고, 시간이 과거에서 미래를 향해 흐르는 것은 부정될 수 없는 물리적 진실이었다. 그러나 아무리 의심의 여지 없는 진리일지라도 일상적인 환경 너머에서는 다르게 인식될 수 있음을 배우게 되었다. 이를테면 사막을 유랑하는 유목민들은 기존에 내가 이해하던 고정되고 단일한 시간에 속해 있지 않았다. 대신 그들은 저마다 다른 여러 개의 시간 속에 살고 있었는데, 각자에게 주어진 그 시간을 부르는 이름은 '사사'였다. '사사'는 우리에게 실제로 경험되고 느껴지는 시간으로 살아있는 지금의 모든 순간을 지칭했다. 여기에는 나를 통해 현재에 실현되고 있는 현상은 물론이고, 직접 경험했던 사건과 가까운 미래에 일어날 것으로 예측되는 일들까지 모두 포괄하여 개개인에게 각종 의미가 부여되는 시간으로 이해할 수 있었다. 할아버지의 가르침에 의하면 사막 위의 사람들은 저마다 '사사'에서의 시간을 살아가는 것이었다. 오직 이 활동 무대 안에서만 유목민들은 자신들의 존재를, 경험과 기억을, 환경과 역사를, 인식하게 되는 것이라고 했다. 따라서 지금의 여정 가운데 일렬로 길게 늘어선 낙타와 사람들은, 짤막한 대화들은, 꾸준히 찍어 온 발자국과 소비시켜 온 불과 물과 음식들은, 번복되어온 희망과 절망의 순간들은, 그리고 눈앞에 펼쳐진 황량한 모래 언덕들은 전부 '사사'의 시간을 구축하는 재료들인 셈이었다. 유목민들은 자신들이 주체가 되는 이 '사사'의 시간을 저마다의 삶을 통해 소중하고 특별하게 여기고들 있었다.

'사사'가 실제적이며 미시적인 개인의 시간이라면 '자마니'는 잠재적이며 거시적인 전체의 시간을 지칭했다. 거기에는 아직 일어나지 않았거나 영영 일어나지 않을 사건들, 자연의 리듬 안에 가능성의 형태로 대기 중이거나 틀림없이 일어나게 될 사건들, 그리고 '사사'에서 이루어지고 난 모든 시간들이 총체적으로 포함되어 있었다. 그리하여 '자마니'는 개개인의 통제와 의식을 뛰어넘는 미지의 영역이며, 영원한 침묵의 시간이며, 모든 현상과 사건들을 모아놓은 마지막 창고이자, 우주이며, 이전도 이후도 없는 무한한 바다와도 같다고 했다. 결국 '자마니'에는 '사사'의 시간에서는 눈으로 볼 수 없는 모든 것들이, 그러니깐 유목민들과 낙타들 사이의 참된 관계와 상호 간에 완벽하게 이해되는 우주의 모어와 생명의 본질과 아득한 땅 어딘가에 꼭꼭 숨겨져 있을 우물들까지, 모조리 망라되어 있다는 것이다.

이 '자마니'의 개념과 '사사'의 개념이 합쳐진 시간이 바로 사막에서 태어난 유목민들이 살아가는 우주이자 현실이었다. 즈나브 할아버지는 내게 '자마니'는 '사사'를 발현시키는 바탕이자 근원이라고 소개했고, '사사'는 '자마니'를 짐작하며 기다릴 수 있도록 도와주는 무대이자 단서라고 설명해 주었다. 여기에 유목민들의 독특한 시간관념이 자리 잡고 있다. 모든 사건이 나를 통해 '사사'의 시간에서 실현되고 난 뒤에 '자마니'의 시간 속으로 물러간다는 것. 시간은 지나가 버리는 것이 아니라 스며든다는 것. 다시 말해 미래는 아직 도래하지 않았을 뿐 아니라 경험되지 않았으므로 '사사'에 포함되지 않는 비 시간적인 개념이며, 진짜 시간은 오직 현재에서 과거로 끊임없이 영토를 넓혀 간다는 원리였다. 그러므로 사실상 우리들은 '사사'와 '자마니'의 우주에서 앞을 보고 나아가는 것이 아니라, 뒷걸음치듯 물러서는 것이라고 했다. 얼핏 즈나브의 말장난같이 들렸던 이 차이가 실제로 내가 처한 환경에서는 놀랍도록 큰 변화를 가져다 주었다. 지금껏 내가 속해 있던 시간을 기준으로 볼 때 나는 광야 위의 유목민들을 신기루나 그림자들 같다고 여기고 있었다. 하지만 알고 보니 내가 믿었던 시간이야말로 이곳에선 환영에 불과한 것이었다.

'사사'의 시간을 걷게 된 이후부터 나의 삶을 지배해 온 낡고 오래된 개념들이 모래 위 먼지처럼 떨어져 나갔고, 그로 인해 불확실한 것들이 전해오던 불안감 역시 떨쳐 낼 수 있게 되었다. 기존의 시간에서는 지명과 이정표, 그리고 날짜 같은 것들이 내가 처한 위치와 목적지까지의 거리를 알게 해줄 척도였다. 그렇지만 사막에서 확실한 것은 그런 것들이 아니었다. 이곳은 인간의 정복을 완고하게 불허하는 자연의 대지. 바람이 언덕을 있다가도 없게 하고 비구름이 강줄기를 없다가도 있게 만드는 변화무쌍한 하늘과 땅의 각축장. 천 년이 하루 같고 하루는 천 년

같은 무수한 모래알들의 땅이기 때문이었다. 그러므로 유목민들의 행렬에서 언제나 확실한 것은 먼 미래가 아닌 지금 여기, 그리고 이 땅을 밟고 있는 나 자신이었다. 유목민들은 광야에서 길을 잃어버리게 되면 두리번거리기보다 자신들이 어디에서 왔는지를 잠잠히 기억해 냈다. 날짜와 요일에 집착하기보다 삶 가운데 자신들이 성장하는 일에 몰두했다. 이렇듯 압도적으로 막막하고 혼란스러운 환경에서도 내가 누구인지 집중하고 마음을 현재에 둠으로써 사막 위를 걷는 여정은 항상 새로운 시작이자 영원한 지금이며 이미 도착해 있는 것이나 마찬가지였다.

한편 '자마니'를 짐작하게 되면서 내 안에 두려움도 사라지게 되었다.―전부는 아니었다― 전에는 이런 생각이 나를 괴롭혀 왔다. '갑자기 끝나버리면 어쩌지?'라는 생각. 그것은 여행 내내 꾸준히 축적되어 온 두려움이기도 했다. 아마도 돌발적으로 겪은 몇몇 상황들에서 비롯되었을 것이다. 예고도 없이 기습적으로 찾아온 사건들 앞에 놀란 가슴을 졸이다 보면 자연스럽게 그런 상상이 떠올랐으니깐. 반대로 행복을 느낀 순간들에서였을 수도 있다. 몹시 기뻤던 순간에조차 우연히 찾아온 행복이 너무 빨리 사라지지는 않을까 하는 염려를 떠올리곤 했었으니깐. 그러나 단조로운 광야에서 나로 하여금 두려움을 의식하게 만드는 출처는 너무도 명백했다. 모든 사건들이 종결되고 소멸되는 하나의 지점, 바로 죽음이다. 그렇다. 사막에서 나는 죽음에 대한 두려움과 마주하고 있었다. 어딘지도 모르는 낯선 곳에서 갑작스럽게, 그것도 누군지도 모르는 사람들 사이에서 끝이 나 버린다고 생각하면 아찔하고 무서웠다. 아무것도 이룬 게 없다는 것도, 아무도 다시 볼 수 없다는 것도 그랬지만, 가장 두려운 것은 다가올 종말을 피할 길이 존재하지 않는다는 사실이었다. 적어도 내가 알던 시간에서는 그랬다. 누구에게나 한 번의 기회로 주어지는 삶은 누구에게도 예외 없이 죽음으로 결말이 났다. 아프리카를 여행하면서 그것이 얼마나 단순하면서 일상적이고 심지어 가벼운 사실인지를 무기력하게 받아들여야 했던가. 그러나 삶과 죽음을 나란히 걷는 유목민들의 시간 속에서는 그 비참했던 사실조차 반전되었다. 나이들어가는 것과 늙어가는 것과 죽음을 맞이하게 되는 것은 '사사'에서 '자마니'로 천천히 옮겨가는 과정이었다. '자마니'로 되돌아가는 것은 개인으로 단절되어 있던 '사사'의 시간으로부터 영원히 소멸되지 않는 기간으로 들어감을 의미했다. 여기에 놀라운 신비가 있다. 죽음이 끝이 아니라는 생각. 예를 들면 밤이 오면 세계는 비록 어둠 속으로 잠겨들지만 존재하기를 멈추지 않는 것처럼. 우리의 삶과 시간도 죽음에 의해 소멸될 것 같지만 참된 본질만은 더 커다란 세계, 영원한 빛과 창조와 지혜의 세계, 그러니깐 '자마니'의 세계에 존속한다는 생각 말이다.

 유목민들의 행렬이 이처럼 특별한 시간을 걷고 있음을 알고 나서는 광야를 바라보는 시선도 달라지게 되었다. 나의 눈에 그저 무의미의 반복으로 들어오던 주위의 풍경도, 다가설수록 멀어지기만 하던 지평선도, '사사'와 '자마니'의 시간에서는 완전히 새로운 의미로 해석될 수 있었다. 우리는 그저 텅 빈 공간을 걷는 게 아니었다. 멀리 보이는 지평선은 더는 뒷걸음치지 않았다. 목적지에 언제쯤 도착할지 남은 거리가 얼마인지 하는 걱정들도 다 부질없는 것이었다. 다만 중요한 사실은 눈앞에 펼쳐진 이 세계가, 멀리 보이는 지평선 안쪽에 자리한 넓은 영토가, 지금은 전부 나에게 주어진 세계라는 점이었다. 길게 늘어선 낙타들과 더 길게 늘어진 그림자들, 죽어 버린 나무들과 바닥을 드러낸 강바닥들, 수많은 모래 알갱이들과 붉게 일어나는 모래바람은 알고 보니 모두가 지금 이 순간 나의 왕국에 속한 백성들이었다. 거지와 도둑과 모반자들과 모순덩어리들이 득실대고 있었지만 상관없었다. 어차피 결국에는 나만이 아껴줄 수 있는, 그리고 어쩌면 나를 주인으로 섬기고 있기에 가난하고 굶주린 데다 가엾어져 버리기까지 한 나의 유일한 세계였다. 그러므로 나에게 허락된 이 세계를 작은 것 하나라도 외면하지 않고 두루두루

소중히 보살펴야만 했다. 아니, 받아들여야 했다. 이름을 부르고 목소리를 듣고 진정으로 이해하게 될 수 있을 때까지. 기다리고 또 기다리기로. '사사'의 시간에서 나는 앞으로 갈 수 있는 것이 아니라 기다리고 있는 것이기 때문이다. '자마니'의 세계에서 나는 이 땅을 횡단할 수 있는 존재가 아니라 스며드는 존재이기 때문이다.

"우물이다! 저기에 우물이 보인다!"

갑자기 뒤쪽에서 누군가 내지른 소리가 오후의 적막을 가르고 메아리로 울려왔다. 낙타들이 먼저 술렁이기 시작했다. 순간적으로 앞쪽에 있던 즈나브 할아버지를 쳐다보았다. 석양이 후광처럼 둘러쳐진 그의 얼굴에서 내가 기절했다 눈을 떴을 때 마주쳤던 부드러운 웃음이 흘러나오고 있었다. 역시나 멋진 미소였다.

선물처럼 발견된 우물곁에서 낮과 밤을 머물렀다. 모처럼 낙타와 사람들의 어깨를 짓누르던 태양의 무게에서 해방되어 충분한 휴식을 누릴 수 있던 시간이었다. 낙타의 등에서 내려와 땅에 입을 맞춘 즈나브 할아버지는 투명하고 차가운 우물이 신의 은총으로부터 탄생한 것이라고 설명해 주었다.

"전에는 이 자리에 우물이 없었네. 주변에 땅이 마른 것을 보면 몇 달째 비가 오지 않았다는 걸 알 수 있지. 그렇다면 저 우물은 이 세계의 것이 아니라 '자마니'로부터 온 것이네."

"다른 가능성이 있는 게 아닐까요? 안개나 이슬이 스며들어 웅덩이가 되었다거나, 땅속에 고여 있던 지하수가 솟아 올라왔다거나."

"그런 작용이 있을 수 있었겠지. 하지만 어디까지나 그건 우리들의 생각이 허용되는 '사사'에서의 재료들의 조합에 불과하네. 훨씬 더 이전에. 그러니깐 헤아릴 수도 없는 우물의 근원이 오래 전부터 이곳에서 우리를 기다리고 있던 것과 마침내 우리가 우물 곁으로 인도될 수 있었던 것은 모두 '자마니'에서 비롯된 것이라고 할 수 있네."

"사람들은 그런 걸 우연이라고 부르죠."

"'자마니'를 알고 있다면 우리는 그것을 기적이라고 부른다네."

"하지만 어떻게 확신할 수 있죠? '사사'에 살아가는 한 아무도 정답을 확인해보지 못했으면서. 우리가 체험하고 느낄 수 있는 경험들은 오직 '사사'에서만 이루어진다고 하지 않으셨나요?"

"'사사'와 '자마니'가 따로 떨어진 세계가 아니라 나란히 동시에 존재하기 때문이네. 자네 말대로 우리는 '사사'의 시간에서만 이해하고 기억할 따름이지. 마치 신이 우리를 굽어살피고 있으나 우리는 신의 얼굴을 볼 수도 만질 수도 없는 것처럼 말이네. 하나 우리들의 의식이란 게 비록 짧고 변덕스럽고 굳어져 버리는 성질을 지니고 있다고 해서 우리를 둘러싼 거대한 숨결을 느끼지 못한다고는 할 수 없네. 그럼 애초부터 '자마니'의 존재 역시 영영 비밀에 묻힌 채로 잊혀져 왔겠지."

"이상하군요. 제겐 '자마니'의 존재를 가정한다는 것 자체가 모순처럼 느껴지는데요. 어떻게 의식이 미치지 않는 세계를 의식의 세계에서 바라볼 수 있다는 거죠? 까마득한 우주의 실제 구조가 어떻게 내부에 갇힌 채 살아가는 우리들에게 확언 될 수 있단 말인가요?"

"바로 그거네! 모순 말이야. 밤중에 꿈을 꾸면 우리의 의지와는 상관없이 영혼 깊숙한 곳에 내재된 진실들을 들여다보게 되지 않나? 별을 올려다보면 우리가 태어나기 훨씬 전인 아주 먼 과거와도 대면할 수 있게 되지. 사유에 붙잡히기 좋아하는 우리들은 모순이란 게 떠오를 때마다 이상하게 여기거나 우연쯤으로 치부해 버리지만, 사실은 그런 모순들이야말로 '사사'에서 '자마니'로, '자마니'에서 '사사'로 연결되는 비밀스러운 통로라고나 할까?"

알 것도 같고 모를 것도 같은 이야기였다.

"애꿎은 직관을 길들이려 하지 말고 어디 천천히 모순을 맛보시게나!"

껄껄 웃으시는 할아버지의 권유에 따라 이번에는 나도 땅에 무릎을 꿇고 엎드린 채 물을 들이켰다. 벌컥벌컥 한참을 빨아들였는데도 모래에 고인 물은 전혀 줄어들지 않았다. 입안에서 아주 차갑고 기묘하고 멀리서 온 것 같은 맛이 찰랑였다.

즈나브 할아버지가 물었다.

"신의 숨결이 느껴지나?"

턱밑으로 흘러내린 물로 얼굴 전체를 쓱 한번 씻어낸 뒤에야 저절로 고백이 튀어나왔다.

"신의 은총으로 탄생된 물이라는 것을 인정할 수밖에 없겠군요."

그날 저녁 유목민들은 밤하늘 아래 모여 우물 곁에서 감사의 기도를 올렸다. 침묵 속에 흥얼거리는 목소리들이 일렁이는 어둠을 헤집으며 날아다녔고 별들도 그 소리에 이끌리듯 구름을 뚫고 땅으로 내려왔다. 신성한 불빛들이 우리 모두를 뒤덮고는 발아래 모래알들에까지 들러붙어 반짝거리게 되자 마치 사막은 빛의 바다에 젖어 든 것 같았다. 아마도 신의 은총을 입어 '자마니'에서 탄생되었다는 우물이 이토록 검고 환하게 온 세상에 넘쳐흐르게 된 것이 아닐까 하는 상상이 펼쳐졌다. 이제껏 나를 속박해 왔던 어둠이 신비로 물들어 더 넓고 거대한 세계로 확장되는 황홀한 과정이었다. 내가 속한 광야는 어느덧 시간을 훌쩍 뛰어넘고 귀납과 유추를 벗어 던진 꿈과 신화와 진리의 바다 한가운데였다. 나도 기도란 걸 해봐야겠다는 감정이 들었지만, 방법은 몰라 그냥 눈을 질끈 구겨 감았다. 다행히 내 안에서도 불빛들이 넘실거리고 있었다. 멀리 떨어져서 닿을 수 없던 것들과 이전에는 미처 눈에 보이지 않던 것들이 은하수처럼 기억을 스치고 지나갔다. 처음으로 느껴 보는 내 영혼의 숨결이었다. '사샤'와 '자마니'에 동시에 살아가는 나의 본질이었다. 그날 이후 나는 별들을 사랑하게 된 나머지 그토록 몸서리치며 거부하던 어둠까지 순순히 받아들일 수 있게 되었다.

휴식을 마치고 우물가에서 떠나온 행렬은 며칠 뒤 완연한 사막 지대로 접어들었다. 그것은 유목민들의 고향인 함드엘라에 가까워졌다는 점에서는 반가운 신호일 수 있었지만, 한층 달아오른 땅의 열기와 오랜 여정으로 지친 사람들에게는 그렇지 못한 신호에 더 가까웠다. 사막은 끝없이 연장되는 평행선과 같았고 파란 하늘과 붉은 땅 사이에는 집으로 돌아가려는 유목민들과 채트인을 만나려는 내가 있을 뿐이었다. 뿌연 먼지와 꿈들이 뒤엉켜서 아롱이는 두 세계 사이를 한 점 그늘도, 한 마디 불평도 없이 나란히 걸어왔다. 새로운 시간을 이해하게 되면서는 유목민들의 행렬에 적응하게 되었으나 그렇다고 사막이라는 공간을 무조건 낙관적으로 볼 수 있는 것은 아니었다. 식량이 저장된 보따리가 갈수록 줄어들더니 부스러기만 남았고, 야속한 태양은 사람들의 얼굴과 손등을 숯처럼 태워 갔다. 급기야 빈 뱃속에서 오래된 허기가 욱신거리는 통증을 보내오자 나는 그것이 좋지 못한 신호의 시작이었음을 알게 되었다.

끝없이 펼쳐진 평원, 말라붙은 강바닥, 폭풍이 빚어놓은 모래 언덕 등. 익숙했던 지형들은 어느덧 자취를 감추었고 대신 우리가 한 발짝 한 발짝 내딛고 있는 땅은 금방이라도 와르르 무너져 내릴 것 같이 균열이 간 무기질의 평면 위였다. 조심스럽게 땅을 밟으며 앞으로 나아가는 동안 갈라지고 터진 지표의 틈새로부터 지옥에서 타는 불길 같은 주황색 연기가 피어올랐다. 그 위를 지날 때마다 낙타들은 괴로운 신음 소리를 냈고 사람들은 저마다 침묵 속에 가슴을 졸이고 있을 터였다. 한낮이 되면 열기는 더욱더 끔찍했다. 무자비하게 내리꽂히는 태양 광선이 현기증을 불러일으켰고, 땅에서 올라오는 뜨거운 열 때문에 숨을 쉴 때마다 몸속으로 화염이 들이닥치는 기분이었다. 그러니 절박해지는 것은 물이었다. 사막에서 물을 찾으려던 시도들이 번번이 수포로 돌아가고 말았을 땐 내 안에서 절망도 다시금 커졌다. 한 번은 검게 타서 죽은 아카시아 나무 한 그루를 발견하고는 남자들이 달라붙어 미친 듯이 흙을 파냈다. 땅속에 박힌 뿌리가 아직 물기를 머금었을지 모른다는 기대 때문이었으나 결국엔 아무것도 얻어내지 못했다. 지쳐 버린 사내들만 축 늘어진 채 거친 숨을 헐떡일 뿐이었다. 또 한 번은 그토록 바라던 물이 진짜로 발견된 적도 있었다. 사막 한복판에서 우연히 발견된 연못은 놀랍게도 노랑 빨강 연두의 영롱한 빛깔을 띠었고, 투명한 수면 아래로는 청량음료 같은 거품 방울들이 올라오고 있었다. 그 놀랍고 오묘한 자연의 현상을 들여다보며 마치 저주받은 땅에서 영험한 마법의 샘이라도 찾아낸 것처럼 감격했으나 웬일인지 유목민들 가운데 기뻐하는 사람은 없었다. 도리어 절대로 마셔서는 안 된다며 기겁하며 만류하는 것이었다. 알고 보니 연못은 지반을 뚫고 나온 유황 물이 고여 이루어진 웅덩이였다. 그제야 연못 주위에 뻣뻣하게 누운 새들의 주검을 알아보았다. 멀리서 물을 발견하고는 얼마나 반가운 마음에 날아와 단숨에 들이켰을까 싶어 허탈하면서도 애석한 마음이 밀려왔다.

그렇게 마지막 휴식을 기점으로 광야에서는 물을 구경조차

할 수 없었다. 다행히 '쓸쓸한 저녁'의 우물에서 가져온 물이 아직 가죽 부대에 남아 있었지만 안심할 만큼의 양은 아니었다. 그러므로 유목민들은 섣불리 물을 꺼내 마시기보다 차라리 갈증을 택했다. 세수나 설거지는 모래로 대신했고, 입이 말라붙어 피가 흐를지언정 목마름을 참아냈다. 그러나 인간의 육신으로 사막이 시험하는 갈증을 온전히 견디기에는 역시 한계가 있었다. 시간이 경과되면서 속속 이탈자들이 발생하기 시작했다. 어른, 아이 할 것 없이 앞사람이 목을 축이면 뒤에 있는 사람도 잇달아 물을 꺼내 마시는 행위가 전염병처럼 번져갔다. 하지만 즈나브 할아버지를 위시한 어느 누구도 그들을 제지하거나 타이르지 않았다. 피골이 상접하고 맥박이 느려져서 숨을 헐떡이고 있는 사람에겐 당장 물이 필요하다는 사실을 모두가 인정하고 있었기 때문이다. 얼마나 괴로운 시간을 견디고 있는지를 유목민들은 침묵이 흐르는 가운데 서로를 처절하게 이해하는 중이었다.

그러다 갈증이 절정으로 다다르게 되면 차라리 밤을 기다리는 편이 나았다. 끔찍하게 작열하던 태양이 잠시나마 모습을 감추고 한결 숨통이 트이게 되는 순간이나마 허락되었기 때문이다. 기약 없는 희망과 끝 모를 절망으로 고문을 가해오는 물을 기다리는 것보다는 오차 없는 우주에서 예고된 어둠이 내려지고 별들이 쏟아지는 시간을 기다리는 편이 한계에 다다른 육신

뿐 아니라 마음을 다스릴 수 있는 현실적 방안이었다. 지난번 우물에서 그러했듯 어둠이 땅 위로 흘러들어와 흥건해지게 되면 그제야 우리들도 물을 만난 물고기처럼 숨을 쉬고 잠을 자고 꿈을 꿀 수도 있던 것이다. 그렇게 애원하던 밤이 마침내 찾아오면 메마른 사막에서 지치고 굶주린 우리의 영혼을 달랠 유일한 방편은 기도였다. 욕망과 복수심 그리고 위선과 같은 내면의 찌꺼기들을 깨끗이 정화 시켜줄 사막의 물은, 그러니깐 목마른 나의 영혼이 끈질기게도 갈급했던 맑고 신성한 생명의 물은, 오직 기도에서만 만들어질 수 있었다. 어쩌면 나는 그것이 즈나브 할아버지가 이야기해 준 모순과도 같다고 생각했다. 하나도 만족스러울 게 없는 상황에서 유목민들은 신에게 감사를 고백했고, 점점 더 혹독해지는 역경 속에서도 기도는 갈수록 겸허해졌다. 우리들이 알고 있는 세계와 모르는 세계를 연결해 주는 비밀의 통로. 즈나브 할아버지는 삶의 모순들에 대해 그와 같이 설명했었다. 여전히 모르겠다. 아직도 그 통로가 실재한다는 것에 대해 나는 어떠한 감각도 지니고 있지 않았다. 하지만 유목민들이 올리는 기도에는 같이 동참했다. 신의 은총으로 예비된 우물을 다시 한번 맛보게 해달라고. '자마니'에서 '사사'로 이어지는 기적의 통로를 고난에 처한 우리들이 발견할 수 있게 해 달라고. 매일 밤 까만 우주의 별빛들 사이로 간절하게 빌었다.

하지만 다시 동이 트고 어둠이 썰물처럼 빠져나가면 지난밤의 기도들은 너무도 간단하게 묵살되어 버리는 것 같았다. 특히 그날은 더욱더 그런 기분이 드는 하루였다. 시작부터 뒤숭숭한 분위기였다. 간밤에 휴식을 취하던 낙타들 가운데 한 마리가 끝내 일어나지 못한 것이다. 평소에는 투정조차 부리지 않던 아이들이 이른 새벽부터 죽은 낙타의 이름을 부르며 울부짖는 소리에 희미하게 밝아오던 사막은 숙연해졌다. 어른들은 태양이 달아오르기 전 서둘러 땅을 파낸 뒤에 낙타를 눕히고 모래로 덮어 주었고, 혹시나 독수리들이 꺼내 먹지 못하도록 큰 돌들을 찾아 무덤 위에 얹어 두었다. 즈나브 할아버지는 고목 같은 손으로 우는 아이들 한 명 한 명의 뺨을 어루만지며 달래 주었다.

"죽은 게 아니라 깊이 자는 거란다."

"땅속에 누워 있으면 아스파쵸는 우리와 집으로 돌아가지 못하잖아요."

"우리들이 돌아가서 잠깐 머무는 집은 땅에 있지만 영원한 집은 '자마니'란다. 아스파쵸는 우리보다 먼저 가서 기다리고 있는 거란다."

"그럼 앞으로는 제가 뜯은 풀을 먹여줄 수 없나요?"

"그는 이제 배고파하지 않는단다."

"아스파쵸의 목에 매달려서 속삭여줄 수도 없나요?"

"그는 이제 어디에서나 귀 기울이고 있는 거란다."

"차라리 우리도 함께 데려가시지. 어째서 이토록 슬퍼지도록 내버려두시나요? 아스파쵸도 저희와 같이 슬퍼하고 있나요? 그럼 신은 나쁜 일은 한 거잖아요."

울음을 터트리며 묻는 아이의 질문에 할아버지는 지그시 눈을 감은 채 침묵에 잠겨 들었다. 눈물로 범벅이 된 아이가 다시 말했다.

"헤어지기 싫어요! 따로 떨어져 있는 것도 싫어요! 제가 원하는 건 지금 아스파쵸와 함께 있는 거예요. 그가 당장 이곳으로 걸어와 주는 거란 말이에요!"

울부짖는 아이를 품에 끌어안은 채 이번에는 즈나브가 눈을 뜨고 다시 입을 열었다. 흐릿한 그의 눈가에도 눈물이 고여 있었다.

"저기에 잠든 아스파쵸가 네 기억 속에서도 사라져 버렸니?"

"절대로 그를 잊지 않을 거예요."

"그럼 아스파쵸는 우리 기억 속에서 계속 살아가는 거란다. '사샤'와 '자마니'에서 그는 우리와 떨어진 게 아니라 함께하고 있는 거란다."

"제가 사랑한다는 걸 아스파쵸도 잊지 않았으면 좋겠어요. 가슴이 터질 것처럼 아파요."

아이들이 즈나브 할아버지의 품에 안겨 우는 동안 땅 밑에서 유유히 솟아오른 해가 길을 밝혔다. 여행 내내 의지해 온 태양이 증오스럽게 느껴진 순간이었다. 이후에 다시 사막으로 내몰려진 행렬은 한층 무겁게 가라앉았다. 저마다 침묵 속에 고통스러운 위협을 견뎌내는 중이었다. 낙타들은 무릎이 까지고 발굽이 닳아져서 피범벅이 된 네다리로 기어가야 했고, 낙타를 잃은 사람들은 만신창이가 된 몸을 비틀거리며 걸어서 행렬을 뒤따라왔다. 기어이 식량마저 바닥을 드러내고 말았다. 남아 있던 동물의 젖은 양이 모자라서 아이와 여자들을 먹이고 나면 남자들은 요기만 가능할 정도였다. 물 역시 극도로 조심스럽게 다루어졌는데, 다행히 유목민들 사이에는 모자란 물통이 있으면 서로의 물을 나누어 주는 전통이 존재했기에 아직까지 바닥을 드러낸 물통은 없었다. 하지만 반대로 한 개의 물통이라도 바닥을 드러내게 된다면 그것은 사막 위에서 집단적으로 죽음을 선고받는 것과 다름없었다. 며칠 동안 즈나브 할아버지가 아무것도 입에 대지 않았다는 사실은 그날 늦은 오후에야 알게 되었다. 나의 앞쪽에 가고 있던 할아버지의 몸이 너무나 가볍게 나풀거리며 땅으로 내려오는 모습을 목격하고 난 뒤에야 말이다.

처음에는 꿈을 꾸는 줄로 착각했다. 빛의 돌풍 속에 아른거리던 할아버지의 뒷모습이 점점 쪼그라드는 것처럼 보이더니 별안간 나비처럼 날아올라 사뿐히 사막 위에 내려앉는 꿈이었다. 그러나 유목민들이 창백해진 얼굴로 달려들어 햇볕으로부터 할아버지를 구해내려고 온몸을 던져 그늘을 만드는 장면에서 꿈은 깨어졌다. 즈나브 할아버지가 쓰러진 것이었다. 할아버지는 땅바닥에 누운 채 일어날 생각이 없어 보였다. 남자들이 바들바들 떨리는 손으로 흰 망토를 펼쳐 물에 적시려는 순간 할아버지는 온 힘을 쏟아 고개를 가로저었다. 여자들도 허겁지겁 동물 젖을 꺼내 조금이라도 드시라며 할아버지에게 사정했지만 역시 소용이 없었다. 즈나브 할아버지는 남은 의식을 다하여 완강히 그것들을 거부했고 사람들은 어쩔 줄 몰라 하며 울음을 터트렸다. 특히 어린아이들은 할아버지의 겨드랑이 밑으로 파고들며 주체할 수 없이 울부짖었다. 그러자 할아버지의 오래된 눈동자가 눈물범벅이 된 아이들의 작고 단단한 얼굴들을 애처롭게, 그러나 한없이 사랑스럽게 어루만졌다. 그게 할아버지의 인사였던 것 같다. 찬찬히 인사를 다 마칠 때까지 눈을 감지 않으시던 할아버지는 짧은 경련을 일으킨 뒤 온몸에서 힘이 빠져나간 상태로 깊은 잠에 빠져들었다. 쓰러지고 엎드려져 흐느끼는 우리들의 괴로운 표정과는 달리 입고 있던 망토를 깔고 누운 할아버지의 얼굴은 모든 것을 이룬 것처럼 평온하게 보였다. 잠든 얼굴에 패인 주름들 때문에 할아버지가 여전히 웃고 있는 것처럼 보이고도 있었다. 충혈된 유목민들의 눈처럼 붉게 물든 하늘로부터 뜨거운 바람이 불어왔다. 그 바람이 평생토록 모래 위에서 해어지고 기워졌을 할아버지의 망토 자락을 펄럭였다. 마침내 할아버지는 모래보다 바람에 가까워진 것이었다. 이제는 우리가 볼 수 없는 곳에서 우리는 알지 못하는 것들을 알고 계시리라. 그러나 어디에서나 우리를 지켜보며 포기하지 않기를 간절히 기도하고 계시리라.

작별 인사를 전하기 위해 돌아가며 할아버지에게 입을 맞춘 뒤에 유목민들은 땅을 파내고 잠든 즈나브를 모래로 고이 덮어 주었다. 아침에 낙타를 묻어 주었을 때와 같이 돌을 올려놓는 것도 잊지 않았다. 아이들이 작은 손으로 동그랗고 흰 돌들을 들고 와서 무덤 위에 쌓아 올렸다. 할아버지와 조금이라도 더 함께 있기를 원하는 사람들이 돌무더기를 부여잡은 채 목 놓아 울음을 터트렸다. 뉘엿뉘엿 넘어가려는 해를 등지고 주저앉아서 돌아오라며 돌아오라며 즈나브 할아버지의 이름을 허공에 부르짖었지만 노을이 펼쳐진 사막은 침묵만을 되돌려 주었다. 땅에 남겨진 할아버지의 육신을 장사지낼 때는 품속에 지녔던 유품들도 함께 묻어 주었는데 닳은 신발과 넝마가 된 망토 위로 채트인이 전해 주었다던 사진도 함께 묻혔다. 꼬깃꼬깃 접힌 사진 속 즈나브는 영원히 그치지 않을 것같이 활짝 웃는 표정이었다. 할아버지의 낙타에 달려있던 가죽 부대에서는 물이 전혀 줄어들지 않은 물통 한 개가 발견되었다. 사람들은 그 물통을 품에 안고는 발을 동동 구르며 또 한 차례 사막을 울음바다로 만들었다.

해가 저문 뒤에도 유목민들은 할아버지의 무덤 곁을 떠나지 않고 애도를 계속했다. 애도는 절규에서 노래로, 노래에서 기도로, 기도에서 다시 절규로, 밤이 새도록 그치지 않는 울음이었다. 그날 저녁은 텐트를 치지 않았고 모닥불도 없었다. 다만 어둠 속 여기저기에서 훌쩍이는 소리들이 있을 뿐이었다. 사람들이 그토록 부르짖으며 간청한 즈나브 할아버지의 목소리는 벌써 사막의 어둠보다 더 깊숙한 어둠으로까지 도달한 것인지 애석하게도 우리의 귀에는 들려오지 않았다. 절망과 애도의 밤 복판에서 나도 즈나브 할아버지를 기억해내기 위해 눈을 감았다. 두 눈을 꼭 감고 조용히 떠오르는 나의 영혼을 향해 물어보았다.

무엇이 보이는가.
오직 캄캄한 어둠.

기억하는 사람이 있다면 눈에 보이지 않을 뿐 여전히 그 사람의 기억 속에서 함께 살아가는 것이라고 할아버지는 죽음에 대해 설명했었다. 그렇다면 아직 나에게도 남아 있을 할아버지를 어떻게든 찾아내어 보존해야 했다. 내가 가진 의식과 경험을 전부 동원하여 할아버지가 등장하는 기억들을 모조리 떠올려 보기로 했다. 첫 만남의 순간부터 시작해서, 할아버지의 생김새, 표정, 말투와 음성, 사건들, 그리고 그가 들려준 이야기들에 이르기까지. 차근차근 하나도 빠짐없이 되짚어 보아야만 했다. 아주 작고 사소한 것이라도 놓쳐서는 안 되었다. 온전한 기억으로 되살리기 위해서는 할아버지의 모든 순간이 잃어버려서는 안 되는 소중한 단서들이었다.

이제 무엇이 보이는가.
커다랗고 고통스러운 구멍.

할아버지에 대한 기억을 되살리려 애쓸수록 가슴속으로 뚫어지는 아픔과 공백이 느껴졌다. 그것은 익숙한 구멍이기도 했다. '버림받은 황야'에서 경험했던 놓치고 잃어버린 것들에 대한 상실의 구멍이었다. 두 번 다시 할아버지의 빛나는 눈을 마주 볼 수 없을 것이다. 부드러운 미소와 함께 전해지던 위로를 받게 될 수도 없을 것이다. 추억이 더해갈수록 할아버지의 부재 또한 뼈저리게 느껴졌다. 떠오르는 기억들만큼이나 영영 상실되어 버린 것들도 함께 부각되었다. 나에게 뚫린 구멍의 크기가 확장되어 가면서는 내 안의 고통 역시 걷잡을 수 없이 통렬해졌다. 끝내는 존재를 구성하는 모든 것들이 구멍의 심연 속으로 빨려 들어가 소멸될 태세였다. 즈나브 할아버지에게 얽힌 무성한 기억들을 '사사'의 시간 속에 낱낱이 풀어헤쳐 보자면, 종국에 이르러서는 내가 존재하는 세계와 일치되기 마련이었다. 두 사람의 관계가 맺어졌던 기억의 무대를 구성하는 모든 재료들은, 예컨대 사막 위에서 우리가 공유했던 언어와 공기와 시공간과 밤과 낮과 물과 모래들은, 지금에 와서는 전부 할아버지의 죽음과 연루되었다고 할 수 있기 때문이었다. 그러므로 할아버지를 집어삼킨 구멍은 나 역시 집어삼킬 예정이며, 내가 밟고 있는 의식의 영토는 남김없이 몰수될 위기에 봉착하고 말 것이었다. 곧 무너져 내릴 나의 '사사'의 세계에서 어디로든 피할 곳을 찾지 않으면 안 되었다. 가만히 기다리고 있다가는 모든 것을 잃어버리게 될 운명이었다. 그때 '사사'와 '자마니'를 연결해 주는 비밀 통로에 대해 언급했던 할아버지의 말씀이 떠올랐다. '사사'에서 우리에게 실현되고 난 사건들은 빠짐없이 '자마니'의 시간으로 흡수되는 것이라고 내게 가르쳐 주셨다. 어쩌면 거기에서 다가올 종말을 피하고 할아버지를 찾아낼 수 있을지 모른다는 한 줄기 희망이 번뜩였다.

절체절명의 위기에 놓인 나의 영혼을 향해 계속해서 물어보았다. 어떻게 하면 '사사'에서 '자마니'로 연결된 통로를 찾아낼 수 있는 것일까. 그것은 기적이 아니라면 불가능한 일이었다. 이를테면 세상의 법칙들과 이치가 반전되는 모순 같은 상황이 닥쳐오기를 기다리는 수밖에 없었다. 하지만 어떻게 그것이 가능할 수 있단 말인가. 내가 속한 세계에서는 불가능했다. 그러니 종전의 노력과는 반대로 경험과 가능성에 의지하던 나의 세계로부터 의식과 기억들을 떨쳐내기로 했다. 잠재적이고 총체적이며 거시적 시간인 '자마니'로 진입하기 위해서는 지금의 내가 있는 '사사'에서의 관념들과 작별하는 방법밖에 없었다. 내가 알고 있는 나 자신을 완전하게 무너트리는 것. 합리화와 착각과 미망의 텃밭으로 가꾸어진 나의 영지를 파괴시키는 것. 단절을 깨부수고 고립된 자아의 감옥으로부터 탈출하는 것. 그리하여 내가 주인이던 세계에서 더 큰 주인의 세계로 옮겨가는 것. 그러한 존재의 탈바꿈만이 이쪽 세계에서 저편의 세계로 연결된 구멍을 통과해 낼 유일한 방법이었다. 최후에 남은 나의 본질과 영혼만을 취하여서 모든 것을 빨아들이는 어두운 구멍 속으로 소용돌이쳐 들어갔다. 지금까지 나의 삶을 지배해온 낡고 오래된 개념들이 우수수 떨어져 나갔다.

이제 무엇이 보이는가.

(신이시여!) 드넓은 우주.

    너무도 이상한 일이었다. 질끈 눈을 감은 채 가슴 속에 뚫어진 구멍 안으로 빨려 들어온 것인데 동시에 나는 이전보다 훨씬 더 거대한 세계로 빠져나와 있었다. 내 앞에 새롭게 펼쳐진 세계를 어떻게 형용할 수 있을 것인가. 그것은 마치 별들의 고향이자 빛과 어둠의 요람이자 모든 폭포수가 모여드는 바다와도 같았다. 이해를 초월한 것들로 가득 차 있었으며 무한한 시간과 만물을 포함하는 끝없는 우주였다. 드디어 '자마니'에 도착한 것이다. 이제야 모든 것들이 내 앞에 선연하게 드러났다. '사사'에서는 즈나브를 통해 귀로 듣기는 했었으나 눈으로는 볼 수 없던 세계의 참 모양이 비로소 상처와 고통의 베일을 벗어 던지고 한눈에 들어오고 있었다. 다시 보니 내 안에 생겨난 구멍의 정체는 바깥 세계인 '자마니'가 내부의 세계인 '사사'를 관통하여 지나가는 흔적이었다. 암흑 같던 부재와 공백의 자리는 단지 내 안에 생긴 텅 빈 공간이 아니었다. 그것은 태초부터 나를 둘러싸고 있던 더 큰 세계로 인도되는 비밀스러운 통로였다. 영원한 시간과 만물의 공통어와 창조의 질서와 관계에 깃든 언약과 모든 피조물들의 순수한 정체성이 까마득한 우주 공간에 별 가루들처럼 흩날리며 소용돌이쳤다. 혼란스러우면서도 너무나 조화롭고, 질서정연하면서도 너무나 자유분방한 운동이었다. 오랫동안 홀린 듯 그 광경을 바라보았다. 아마도 거기로부터 모든 것이 시작된 것이 틀림없었다.

그러나 끝도 없는 우주에서 대체 무슨 수로 내가 만나고자 하는 한 영혼에게로 도달할 수 있단 말인가. 다시 잠잠히 기다리기로 했다. 이번에도 즈나브 할아버지의 도움이 필요했다. 어떻게 하면 멀리 떨어진 데다 꽁꽁 감추어져 있는 우물들을 찾아낼 수 있느냐는 나의 물음에 할아버지는 이렇게 대답했었다. 우물들은 원래 하나의 물길로 이어져 있는 거라고. 그러니깐 먼저 찾아야 할 것은 흩어진 것들이 아니라 커다란 하나의 길이라고. 우리를 이어주고 있는 하나의 길. 이번에는 그 길을 따라가 보기로 했다. 할아버지의 숨결을 뒤쫓아 유영하기로 했다. 어마어마한 시간과 거리에 대한 걱정이라면 소용없었다. '자마니'에서는 오직 서서히 스며드는 것만이 존재가 움직이는 방식이었다. 나와 분리되어 있던 것들과의 연합을 겸허히 받아들이기로 했다. 진정한 존재의 터전에서 우리들이 하나로 연결되어 있다는 믿음. 그러므로 나를 아프게 한 고통이 더 큰 고통의 일부이며, 나의 슬픔 역시 더 큰 슬픔의 일부였다는 초월적 자각만이 마땅히 내가 가야할 곳으로 인도해 낼 것이었다.

이제 무엇이 보이는가.
마침내. '진짜 모습들'

  여러 사람들의 존재가 새로운 모습으로 떠올랐다. 노분투, 은톰비, 프라이드, 저스틴 할아버지, 존, 음카보, 마사이의 전사들, 운전기사, 희생자들, 구스타보 부부, 션, 들쥐들, 난민들, 챠카 아저씨, 바타초카, 우쿠시오니, 마사, 에지아, 이보아, 제프 씨, 윌리엄 씨, 담비 양, 유목민들, 그리고 가족들, 친구들의 모습이 차례로 보였다. 사람들은 평평한 땅에 둘러앉아 따스한 햇볕을 즐기는 중이었다. 버려진 도시와 오염된 관광지와 범죄 소굴과 시궁창과 쓰레기 더미와 음습한 골짜기와 타들어 가는 평원으로부터 멀리 떨어진 곳에서. 그러나 사랑하는 이들과는 가장 가까운 곁에서. 저마다 태양이 떠 있는 시간을 소중히 여기고들 있었다. 사람들의 얼굴에서 새하얀 빛이 환하게 빛났다. 채트인의 모습도 보였다. 그가 여전히 아이 같은 눈으로 카메라를 들고선 새로운 곳들을 찾아 자유롭게 누비고 다니는 모습이었다. 채트인이 들고 있는 카메라가 친근한 위장 내지는 진지한 구실에 불과하다는 것을 모르는 사람은 이제 없다. 그는 타인에게로 가까이 다가가서 온전히 '함께'가 되는 것을 가장 즐거워하는 나의 친구이자 우리 모두의 친구이기 때문이다. 채트인의 얼굴에서도 환하게 빛이 나고 있었다. 그렇게 '자마니'의 세계에서 만난 사람들의 얼굴에서 한결같이 빛이 터져 나오는 중이었다. 눈이 부실 정도로 찬란한 빛이지만 도리어 아무런 방해 없이 그들의 중심을 만나볼 수 있었고, 그들의 영혼에까지 친밀하게 닿을 수 있었다. 이전까지는 세계를 얼핏 바라만 보았다. 그러나 이제는 달라졌다. 존재의 진정한 가치와 아름다움이 비로소 선명하게 이해되는 시간이었다. 한 사람 한 사람을 사랑하지 않고서는 도저히 못 견딜 것 같이 뭉클해지는 나의 영혼이었다. 그러다 수많은 빛 가운데서 마침내 즈나브 할아버지를 찾아냈다.

할아버지는 눈을 감은 채 땅 위에 누워 잠을 자고 있었다. 초원 위에서 길 잃은 낙타 한 마리를 구조하여 우물가로 데려온 뒤 목을 축이게 하고는 할아버지 자신도 같이 단잠에 빠져든 모양이었다. 너무나 반가워서 소리를 내지르고 싶었으나 아기처럼 곤히 잠든 할아버지를 방해하지 않기 위해 꾹 참았다. 대신 기다리기로 했다. 이제는 진정으로 기다릴 수 있게 되었다. 들판에는 초록의 풀이 가득 자랐고, 하늘에는 비를 머금은 구름이 떠 있었다. 더는 할아버지에게 쏟아져 내리는 햇볕을 걱정할 필요도 없었다. 이곳에서는 태양이 육신을 상하게 할 수 없었으며 빛과 어둠이 똑같은 것이었다. 잠든 할아버지의 표정이 여전히 빙그레 웃고 있는 것처럼 보였다. 나는 할아버지가 깨지 않도록 소리를 죽인 채 울음을 터트렸다. 환희에 찬 눈물이었다. 고통 속에 실재하는 기쁨이었다. 한마디로 모순 같은 상황이었다. 할아버지는 이미 오래전부터 알고 계셨으리라. 다만 간절히 기도하며 기다리고 계셨으리라. 즈나브 할아버지의 부드러운 미소에서, 낙타가 마시는 우물물에서, 그리고 내가 흘린 눈물의 방울방울에서도, 새하얀 빛줄기가 터져 나왔다.

유목민들과 내가 함드엘라에 도착하게 된 순간은 그날 밤으로부터 불과 며칠 뒤였다. 이후로는 일상이 기적처럼 다가왔다. 비록 오는 도중에 우리는 선장을 잃어버린 것과 마찬가지 신세였으나 즈나브 할아버지가 남겨둔 물이 줄어들지 않는 우물처럼 목마름을 채워주었고, 그가 하늘에 올라 별이 된 덕분에 사람들은 풍랑 같은 여정 속에서도 헤치고 나아갈 길을 또렷하게 발견하며 따라올 수 있었다. 그렇게 해서 유목민들과 아이들과 낙타들은 무사히 자신들이 태어난 고향에, 그리고 나는 그토록 바라온 세상의 끝에, 마침내 도착하게 된 것이다. 사막 끝자락에 위치했지만 멀리서도 알아볼 수 있을 만큼 한눈에 들어온 함드엘라는 정말로 세상의 끝처럼 느껴지는 장소였다. 드넓은 지표 위에 들어선 외딴 마을의 비현실적인 분위기가 뜨거운 사막보다는 차라리 한겨울의 설원을 연상시키고 있었는데, 필시 마을 전체를 감싼 새하얀 빛 때문이었다. 겹겹이 쌓여 굳어진 하얀색의 소금 결정들이 발산하는 빛이 온통 땅으로부터 올라오고 있었다. 가까이 다가갈수록 너무도 눈이 부셔서 앞을 제대로 볼 수조차 없었다. 유목민들은 내게 이 사막이 아주 먼 옛날에는 바다였던 사실을 귀띔해 주었다. 정확하게 얼마나 오래전인지 아는 사람은 없었다. 그러나 즈나브 할아버지였더라면 이렇게 대답해 주시지 않았을까. 얼마나 오래된 것인지 우리가 알 수 있다면 그것은 정말로 오래된 것이 아니라고. 그리하여 바다에서 사막이 된 기나긴 시간이 조용히 소용돌이치며 내 가슴속에도 스며드는 것이 느껴졌다. 말없이 고개를 끄덕였다. 이제는 나도 시간을 어느 정도 이해하게 되었다는 의미였다. 적어도 그동안은 응당 나의 것인 줄로 여겨 온 시간이 실은 모두가 함께인 더 큰 시간 속에 긴밀히 연결되어 있었음을 말이다. 그러니 우리가 막 도착한 이곳은 진정 세계의 끝이라 불리기에 합당했다. 지금의 나는 나의 시간이 끝이 나고 우리의 시간이 시작되는 지점, 그러니깐 두 세계의 명백한 경계이면서도 완벽하게 하나로 일치된 지점에 서 있는 것이기 때문이었다.

오랫동안 바닥을 드러낸 마을 우물에 모처럼 물이 다시 채워졌다. 유목민들이 사막을 건너는 동안 저마다 목숨처럼 지켜냈고, 때로는 목숨과 맞바꾼 생명의 물이 비로소 한군데로 합쳐지게 되었다. 유목민들은 그 물로 낙타와 아이들의 갈증부터 다독여 주었다. 하얀빛이 반사되는 수면을 향해 고개를 수그린 낙타들의 목이 파르르 떨렸고 다리와 어깨에서는 뜨거운 혈액이 흘러내렸다. 아이들은 사막 위에서 한 마디씩은 더 자랐을 손가락들을 활짝 펴서 낙타의 몸에 흐르는 피를 씻어주었다. 손길이 상처에 닿을 때마다 낙타들은 괴로운 신음을 내면서도 세례를 받아들이듯 그간 쌓여온 피로와 고통을 말끔히 씻어 내는 모습이었다. 의식을 치른 낙타들은 사람이 이끌지 않아도 저절로 줄지어 우리 안으로 걸어 들어갔다. 한결 가벼워진 발걸음으로였다.

어른들은 차분하면서도 능숙한 몸놀림으로 의식을 준비했다. 남자들은 힘을 합쳐서 쓰러진 집들부터 보수하기 시작했고, 여자들은 집 안에 있던 항아리에서 먼지를 걷어내고 발효된 동물 젖과 말린 열매들을 꺼내왔다. 그때 갑자기 마을 어딘가에서 비명이 들려왔다. 사람들은 하던 일을 일제히 내려놓고 소리가 들려오는 쪽으로 모여들었다. 인파를 따라가니 비명은 허름한 흙집 안에서 나오고 있었다. 해산을 앞둔 한 여인의 고통에 찬 음성이었다. 여인은 어둠 속에서 몸을 웅크린 채 반복되는 아픔을 호소했고, 여인의 곁에는 산파를 자처한 여성들이 사력을 다해 그녀의 손을 붙잡아 주고 있었다. 바깥에서 집 주위를 빙 둘러싼 우리들은 그저 숨죽이고 기도하는 수밖에 없었다. 신께서 그녀와 태중에 아기를 어둠 속으로부터 건져 올려 주시기를.

태양이 운행할수록 여인이 내지르는 비명은 짧고 날카로워졌고 여인을 붙잡아 주던 다른 여인들의 외침은 길고 절박해져 갔다. 산모가 간신이 몰아쉬는 호흡에서조차 고통과 비명이 느껴지고 있었다. 그 순간 모든 이들이 안타까워하며 그녀의 아픔에 동참하기를 원했으나 야속하게도 고통은 고스란히 생과 사의 기로에 놓인 한 여인만의 몫이었다. 땀범벅이 된 여인의 작고 여윈 몸뚱이가 갈수록 창백해지며 아슬아슬하게 종말로 치닫는 과정을 사람들은 기다리는 수밖에 없었다. 온몸에서 피와 물이 빠져나와 꺼져가는 불씨 같던 산모가 거의 한계에 다다른 자신의 호흡에 마지막 기운을 불어넣었다. 그러자 단 한 번의 비명과 함께 파멸을 앞둔 것 같았던 어둠 속에서 생명의 불꽃이 번쩍 타올랐다. 새로운 생명이 짧고도 긴 산도를 거쳐 마침내 여인의 자궁 밖으로 나온 것이다. 산파의 품 안에는 양수에 흠뻑 젖어 미끄덩거리고 반짝거리는 작은 생명체 하나가 안겨 있었다. 유일하게 자신이 알던 어둡고 아늑한 세상으로부터 눈부시고 시끄러운 세상 밖으로 막 밀려 나온 참이었다. 그 모습이 얼핏 바다에서 육지로 갓 튀어나온 한 마리의 물고기처럼 신비로우면서도 측은해 보였다. 아이는 처음으로 느껴보는 햇볕이며 바람이며 흙먼지와 같은 모든 것들을 괴로워하며 울음을 터트렸다. 유목민들은 아기의 울음을 인간으로 살아가며 겪게 될 설움과 감격에 대한 첫 고백으로 받아들이며 축복해 주었다. 그렇게 함드엘라의 하늘에 우렁찬 아기의 울음소리가 울려 퍼졌다. 유목민들이 다 같이 감사의 기도를 드린 뒤에 의논을 거쳐 아이의 이름을 즈나나바쉬라고 지어 주었다. '드디어 비가 내린다'는 뜻으로 '비를 기다린다'라는 즈나브 할아버지의 이름에서 따온 것이었다.

즈나나바쉬의 탄생으로까지 말미암아 세상의 끝에서 벌어진 그날의 축제는 온 우주의 축제 날인 것 같았다. 은하의 한편으로부터 대기를 지나 쏟아져 내리는 빛과 온기의 은총. 태고의 시간으로부터 온갖 잡다한 지각의 약동을 인고로 누르고 앉아있던 산맥들의 광막한 존재감. 지표의 은밀한 데로부터 창공으로 상승하고 창해로 팽창하는 환희의 연주. 구름과 바다의 무한한 협력적 윤회. 비상하는 새들과 회전하는 별들의 낮과 밤의 돌림 노랫소리. 그처럼 유일하면서도 총체적인, 아득하면서도 분명한, 우주의 리듬을 따라 사람들은 흐릿하게 지워지다가 또렷하게 드러나는 무한의 춤을 반복했다. 죽음에 대한 슬픔과 탄생에 대한 기쁨을 아우르는 모순 같은 눈물의 춤이자, 욕망과 신념과 운명을 초월하여 우주의 모양을 드러내는 기적 같은 참회의 춤이었다. 또한 땅과 물의 춤인 동시에 육신과 영혼의 춤이기도 했다. 결국, 사사와 자마니의 경계인 세상의 끝에서 추는 우리 인간들의 춤인 것이었다.

이번 기회에는 나도 아프리카인들의 춤사위에 몸을 내맡기기로 했다. 여행의 마지막이 다가오고 있음을 직감했다. 불꽃과 커피 향 사이에서 갈수록 격렬해지는 춤동작에 지나온 여정과 그간의 시간이 내 안에 파도처럼 차올랐다. 밀려오는 감동이 심장을 두근거리게 만들었다. 대륙 곳곳에서 나를 여기까지 안내해 온 놀라운 이야기들이 떠올랐다. 처음 계획했던 여행과는 많은 것들이 달라졌다. 모든 것의 시작은 '나는' 그리고 '그들은'이라는 질문에서였다. 하지만 채트인과 나를 갈라놓은 아프리카 대륙은 '너는' 그리고 '우리는'이라는 새로운 물음을 더해 주었다. 물론 여전히 나는 모르고 있다. 인생의 정답을, 타인의 아픔을, 삶과 죽음의 진정한 의미를. 그리고 어김없이 도래할 내일의 미래를 말이다. 어쩌면 모든 문들을 활짝 열어 줄 것으로 기대했던 열쇠를 찾으려던 시도 역시 실패라고 할 수 있었다. 문들의 개수는 생각보다 헤아릴 수조차 없이 많았고, 구조와 종류가 다양했으며, 겹겹으로 굳게 잠겨 있기까지 했다. 그중 몇 개를 간신히 열게 된다 하더라도 그런 실체와 형국이라면 사실상 밀폐된 벽이나 다름없었다. 그러니 인생에서 확실한 열쇠를 손에 넣으려던 계획은 처음부터 성립될 수 없는 것이었는지도 모르겠다. 실제로는 세상이 얼마나 복잡하고 고통스러우며 위험이 도사리고 있는 곳인지 아프리카에 오기 전에는 알지 못했다.

그러나 열쇠는 몰라도 내가 고립되어 있던 밀폐된 방의 구조와 벽 뒤에 존재했던, 아니 기다려 주고 있던, 더 넓은 세계에 대해서는 조금이나마 알게 된 바가 있다. 모순적이게도 구멍 덕분이었다. '자마니'의 세계에서 '사샤'의 시간을 관통하여 내 중심에 뚫린 부재와 상실의 구멍은 다만 나를 슬프고 아프고 두렵게만 만든 것이 아니라 나의 바깥에 존재하는 더 큰 세계에 대해서도 짐작할 수 있게 도와주었다. 그것은 깨달음이었다. 어떤 시간과 공간에서도 내가 혼자가 아니며, 나의 노력이 아닌 커다란 섭리 안에서 약속은 이루어지게 되어 있으며, 그러므로 우리가 떨어질 수 없는 '함께'이며 '하나'라는 사실을 확증하는 구체적 증거이기 때문이었다. 비록 '사샤'를 여행하는 우리들은 저마다 단절되어 있고 죽음의 한계에 봉착할 신세일 수밖에 없겠지만, 이 세계에 뚫어진 구멍을 인지하려 할 때, 눈을 감고 구멍을 통해 숨겨진 '자마니'를 엿보려고 할 때, 그리고 거기서 나에 대한 집착과 환상을 내려놓고 너와 진정으로 만나기를 간절히 소망하게 될 때, 기적은 살아서 쉬지 않고 우리에게 일어나게 된다. 반드시 찾아내야 할 하나의 정답을 향해서가 아닌 무수한 오답들 속에서도 삶이 인도되어온 과정 전체로 기적을 깨닫게 되는 것이다. 그렇게 몸과 영혼이 한데 섞여 신명 나는 생명의 춤판을 벌이는 동안 나의 친구 채트인을 만나보고 싶다는 생각이 오롯이 가슴속에 명료해졌다. 여행의 끝이 정말로 가까워져 오고 있었다.

이튿날 태양이 떠오름과 동시에 마을 뒤편으로 뻗어있는 사막으로 떠날 채비를 모두 마쳤다. 이른 아침임에도 불구하고 유목민들이 전부 몰려나와 따뜻하게 배웅해 주었다. 축제는 지난밤에 끝이 났지만 열기는 아직도 우리의 영혼과 심장과 손길에 깃들어 있었다. 한 사람 한 사람씩 가슴을 맞대고 껴안을 때마다 고스란히 그것이 전해지는 게 느껴졌다. 몹시 벅차오르면서 문득 즈나브 할아버지가 생각났다. 절대로 그를 잊지 않을 것이다. 그리고 이 사람들을, 내가 만난 아프리카인들과 내가 모르는 아프리카인들을, 절대로 잊어버리지 않을 것이다. 작별 인사를 마치고 드디어 사막을 향해 출발했다. 채트인이 떠났다는 방향으로였다. 아직 그가 돌아오는 모습을 목격했다는 사람은 없었다. 이동이 일상이고 일상이 이동인 유목민들이다 보니 서로 엇갈리게 된 것인지 아니면 채트인이 여전히 사막에 머무르는 것인지는 모를 일이었다. 그곳은 아무것도 없는 땅이라며 걱정해 주는 사람들도 있었다. 그러나 나에게는 아무것도 없는 땅이 아니었다. 그곳은 나의 친구가 '함께' 오기를 열망했던 곳이자 어쩌면 지금 순간에도 기다리고 있을지 모르는 우리들의 약속의 장소였다. 소금 평원으로부터 하얀빛이 반사되어 눈이 부셨다. 언제부터였는지 기억에 없지만 카메라는 완전히 꺼져 있었다. 발걸음은 가벼웠고 발자국은 사막에서 불어오는 바람결에 먼 우주로 흩어졌다.

우주의 모양

로켓 끝에 긴 밧줄을 매달고 지구에서 우주로 발사시킨다. 밧줄을 매단 로켓이 우주 전체를 누비는 기나긴 여정을 진행하다 언젠가 다시 지구에 무사히 착륙하게 된다면. 그다음으로 로켓에 매달렸던 밧줄의 양쪽 끝을 붙잡고 잡아당겨 줄을 모두 회수한다. 이때 우주로 던져졌던 밧줄을 모두 회수하는 것이 가능하다면 우주는 완전한 하나의 공간이라고 할 수 있다. 그러나 밧줄이 어딘가에 걸려 회수할 수 없게 된다면 우주의 어딘가에는 커다란 공백, 즉 거대하고 투명한 구멍이 존재하고 있음을 알 수 있다. 밧줄이 구멍에 고리처럼 걸린 것으로 추론할 수 있기 때문이다.

"버든."

"일어나, 버든."

"해가 뜨고 있어."

우주의 모양

구멍 난 세계 속으로

·

이야기를 마치며

절망의 흔적

누구나 저마다의 〈구멍〉을 가지고 살아갑니다.

눈으로는 볼 수 없지만 그것은 우리의 삶의 여정과 궤적을 통해 확실하게 증거되는 부분입니다. 죽음으로 귀결되는 운명 앞에 누구도 패배와 단절, 그리고 이별의 아픔을 벗어날 길이 없습니다. 어떤 크기나 형태로든 부정적인 느낌으로 감지되는 〈구멍〉을 메우기 위해, 혹은 망각하거나 속이기 위해, 계획을 세우고, 학습하고, 경험을 쌓고, 목표를 달성하고, 남들과 비교하며 아등바등 살지만, 결국엔 실패하고 맙니다. 모든 생명의 탄생과 만남은 반드시 죽음으로 귀결되기 때문입니다. 명료하면서도 명백한 우주적 진실입니다. 이 이야기는 그 〈구멍〉에 대한 짤막한 묘사입니다.

저에게 〈구멍〉이 발견된 장소는 아프리카였습니다.

미래의 계획들을 공유하며 함께 아프리카를 여행하던 동반자를 사고로 잃어버리게 되었습니다. 그 장소를, 그 순간을 떠올리면 여전히 억울하고 후회스럽고 가슴 한구석이 쓰라리게 아파 옵니다. 인생에서 가장 행복하고 소중했던 시간과 장소에 예고도 없이 찾아온 〈구멍〉은 사랑하는 저의 친구를, 선량한 아프리카인들을, 그리고 그들이 꾸던 꿈들을 모조리 빼앗아 갔습니다. 돌이키고 싶지 않은 〈구멍〉과의 대면이었습니다. 시간을 되돌릴 수 있다면……. 다시 그들과 함께였던 순간으로 돌아갈 수 있다면……. 이토록 끝없는 후회 가운데 간절히 거부하고 싶던 〈구멍〉이지만, 사랑하는 사람들과 이 세계의 참모습을 동일한 〈구멍〉을 통해 엿보게 된 것은 참으로 아이러니입니다. 그렇게 〈구멍〉 주위를 맴돌며 살았습니다. 구호단체 직원으로 아프리카 구석구석을, 상처와 아픔을 간직한 지구적 재난의 현장들을 찾아다니며 친구가 꾸던 꿈을 좇고 그가 사랑하던 사람들에게 속죄하는 심정으로 살아온 지 어느덧 십 년이 흘렀습니다. 이 이야기는 그 〈구멍〉에 대한 기나긴 여정의 기록입니다.

버든과 채트인

주인공 버든은 확신 없이 방황하는 삶을 그만두고 자신의 길을 발견하겠다는 기대를 품은 채 아프리카로 떠나옵니다. 영혼의 단짝인 채트인의 합류로 시작은 순조로웠으나 미지의 대륙으로 들어갈수록 여행의 목적과 방향은 상실됩니다. 하루하루 엉망이 되어가던 어느 날. 급기야 두 사람은 예기치 않은 사고를 겪으며 아프리카에서 엇갈리게 됩니다.

이야기 속 두 주인공은 함께 여행을 출발해서 나란히 동행하지만, 때로는 망각하고 때로는 반목하는 서로 다른 세계로 그려집니다.

버든은 '짐을 진 자'(Burden)라는 뜻으로 실패와 고통과 상처로 얼룩진 이 세계에 갇힌 우리들을 상징합니다. 목적을 이루기를 갈망하며, 계획과 방향의 설정을 통해 확실한 성공을 추구하고, 인생의 실마리를 풀어줄 열쇠를 찾아 행복이라는 문제를 해결하기를 갈망하지만. 사랑하는 모든 것들과 궁극적으로 함께할 수 없음에 허망할 뿐입니다.

채트인은 외부에서 '속삭이는 존재'(Chat-in)라는 뜻으로 진실한 관계, 영원한 기쁨, 참된 사랑에 눈을 뜨도록 영감을 주는 영혼의 동반자를 의미합니다. 오직 살아있는 시간과 함께하는 모든 관계들 이외에는 중요한 것이 없음을 깨우치게 하는 존재입니다.

버든은 필요에 따라 자신의 길에서 채트인을 쉽게 잊어버리지만, 그와 헤어지고 아프리카를 떠돌아다니면서 만난 인물들을 통해 스스로를 뉘우치고 채트인과 재회를 간절히 바라게 됩니다. 마침내 단절은 극복되고 버든과 채트인은 하나가 됩니다. 버든의 다른 이름은 삶, 채트인의 다른 이름은 죽음입니다.

희망의 증거

개인의 안락한 삶, 안전한 경계, 그 영토 안에서 저마다의 성공과 의미를 추구하는 삶을 살아가지만, 우리의 세계는 숙명적으로 어느 순간 마주하게 될 〈구멍〉을 내포하고 있습니다. 주인공 버든 역시 의욕적으로 출발한 여행에서 예기치 못한 사고로 친구와 이별한 뒤 〈구멍〉을 인지하게 됩니다.

슬럼화된 대도시의 경제 난민들(첫 번째 마을), 분쟁의 참상을 겪은 전쟁 난민들(두 번째 마을), 기후변화로 인해 극한의 위기로 내몰리고 있는 환경 난민들(세 번째 마을)을 차례로 방문하며 자기 내면과 인간의 세계에 뚫린 〈구멍〉에 눈을 떠가는 버든.

이야기 속에서 〈구멍〉은 인간의 피할 수 없는 고통과 존재론적 한계를 내포하는 비유적 장치이지만, 또한 나 자신의 경계를 허물고, 사랑하는 이들과 연대를 소망하게 하며, 우주의 진실된 모습을 드러내 줄 비밀스럽고 신비로운 단서로도 드러납니다.

그러므로 〈구멍〉은 거부할 수 없는 고통이자, 타인과 연결된 통로이면서, 나 자신만 알던 세상에서 더 넓은 우주로 우리를 인도하는 기적과 같은 구원의 흔적이기도 합니다. 마치 죽음으로 한정된 세계에 갇힌 인간을 위해 연약한 육신을 입고 땅으로 내려와 '함께' 십자가를 지고 '사랑'의 길로 초대한 그리스도의 못 자국처럼 말입니다.